张　锐　锋　作　品

古灵魂

张锐锋 著

GUANGXI NORMAL UNIVERSITY PRESS

广西师范大学出版社

·桂林·

古灵魂
GU LINGHUN

图书在版编目（CIP）数据

古灵魂：全 8 册 / 张锐锋著. —桂林：广西师范
大学出版社，2024.5
　　ISBN 978-7-5598-6836-7

Ⅰ．①古… Ⅱ．①张… Ⅲ．①散文集－中国－当代
Ⅳ．①I267

中国国家版本馆 CIP 数据核字（2024）第 060573 号

广西师范大学出版社出版发行
　广西桂林市五里店路 9 号　　邮政编码：541004
　网址：http://www.bbtpress.com
出版人：黄轩庄
全国新华书店经销
广西广大印务有限责任公司印刷
　桂林市临桂区秧塘工业园西城大道北侧广西师范大学出版社
　集团有限公司创意产业园内　邮政编码：541199
开本：880 mm × 1 230 mm　1/32
印张：97.5　　字数：2 060 千
2024 年 5 月第 1 版　　2024 年 5 月第 1 次印刷
印数：0 001~6 000 册　　定价：368.00 元（全 8 册）

第

四

册

卿云烂兮

糺缦缦兮

日月光华

旦复旦兮

——《卿云歌》

明明上天

烂然星陈

日月光华

弘于一人

——《八伯歌》

目　录

卷二百八十一——卷三百四十五

卷二百八十一

庆郑

一个人应该跟从一个可靠的国君，然后为他忠诚地做事，这样你所在的国就会兴盛，你所做的就会有意义。可是你要跟从一个昏庸的国君，你的所有付出都会使他更加昏庸。我是晋惠公的近臣，或者说，我是他的御戎，从他做国君的时候，我就开始跟随他。国君对我是信任的，可是我却不信任他。但这并不影响我对他的忠诚，这也是他信任我的理由。

我从小就学会御车术，可是我却从没有跟随哪个师傅。可以说，我与自己所驾驭的车辆和马匹有着天然的默契，我从小就理解它们，我也喜欢它们。为了了解我所驾驭的车辆，我曾仔细观察造车的工匠怎样制作每一个部件。高大的车轮，毂、辐和辋精密地组合在一起，长长的单辕和马匹连为一个整体，车轴两头的铁头装着刺矛，它在冲杀中不会被敌人接近，否则就会被绞杀。

我也曾和各种战马相处，知道它们各自的脾性。很多日子里，我就住在马厩里，我的身上沾染了马的气息，它们借着自己的嗅觉就会知道我是它们中的一个。渐渐地，我知道它们和我们一样，有着各自的品性。但它们是忠实的，它们的内心里没有狡诈和诡计，也没有人世间的污浊，它们是清澈的，就像一条激流奔腾的河，你只要在它的身边，它的水里就会映射你的身影和面容。

你从马匹的身上可以看见你自己。马也有快乐的时候，它会兴奋地跳起来，在草地上撒欢儿，不断喷着响鼻。可是它们更多的时候是沉静的、忧郁的，这是它们天生的气质。它们也会抗拒，也会发脾气，但总的来说，它们是忠诚的，对我是毫无保留的。我在马厩里的日子是快乐的，一早醒来之后，就会有一匹马俯下身子，将它的脸贴住你蹭来蹭去。我睁开眼，清楚地看见它的瞳孔里所映照的我的表情。

一匹马也是会笑的。不要以为仅仅人会笑，人所有的，马也拥有。有一次，我在野外的草地上放马，它们吃饱了之后就都围在我的身边，我坐在草地上享受着温暖的阳光。日子在树的阴影伸长之后就会缩短，日头也逐渐偏向了西面，我懒洋洋地坐着，一边安闲地用手指为一匹马挠痒。我挠着挠着，它突然露出了不同寻常的表情，它的嘴巴张大，好像嘴角向两边翘起，眼睛也眯了起来，它笑了，似乎还是大笑，可是这样的笑还是没有发出声音，它的笑也是沉默的，就像它平时的沉默。在我看来，它几乎就要发出笑声了。或者说，它的笑声只有在沉默中显现，让沉默者听见。

马是站着睡觉的，它卧着的时候却是清醒的。我在马厩里一觉醒来，它们仍然站着，好像它们从不睡觉，实际上它们闭着眼睛，已经进入了梦乡。它们也会做梦，我曾看见一匹马突然在半夜惊醒，一声长嘶，它的前蹄跃了起来。显然它做了一个噩梦。它梦见了什么？是

古灵魂

什么怪物闯进了它的梦？我不知道，它也不会跟我说。它只是用它的动作和声音告诉了它所受到的惊吓。它梦见了一头凶兽？或者它看见了人的搏斗和凌空飞舞的剑？看见了鲜血淋漓的场景？还是看见了被刀剑砍下的人头？

很长一段时间，我已经把自己当作了一匹马，我已经不是一个人，而是一匹马。我的脸似乎变长了，我也变得忧郁和沉默。但我和马有着默契和交流，我只要一个眼神，它们就好像理解了我所说的，它们内心的想法似乎也成为我的想法，因为我总是对它们沉默中的表达有着充分的回应。我常常与马对视着，我好像从这个秘密的通道进入了它的灵魂深处，那里有它自己的花园，有它自己的草地，也有它另一个马厩。那里的一切不是现实中的样子，而是有着另外的奢华。

所以我驾驭车辆的时候，就变得得心应手。仿佛我所驾的车可以在水面上行走，可以越过看起来难以逾越的沟堑，也能够在最狭窄的路上飞驰。有一次，国君对我说，我听说你有着非凡的御车术，可是我平时乘坐你所驾驭的车，并没有看见你和别人有什么区别。你总是坐在那里，既没有什么漂亮的动作，也没有什么驾车绝技。别人驾车和你驾车一样平稳，那么你的技艺究竟在什么地方显现？

我说，在平时不需要太多的御术。别人驾车乃是看着车和马，看着自己手里的缰绳，看着眼前的路，而我和他们是不同的。他们所见的，我都看不见，我只看见我内心里的车和马，以及我内心里的缰绳和路，我所行的路，不是真实的路。我熟知每一匹马在想什么，也熟知车上的每一个部件，知道哪一个部件松动了，哪一个部件是可靠的。我只要听着车轮的声响就知道这部车的状况，知道路上碾过了什么，也知道我所走的路。我驾车不是依靠自己的双眼，而是依靠自己的灵魂。

我所听见的，不是我的双耳所听见，而是我的灵魂所听见的。与其说我听见的只是车马发出的声音，不如说是我的灵魂里的声音，我所听见的不在外面，而是在我自己里面的。因为我的灵魂不仅在我自己之中，也在这车和马的形躯里，我们是不能够拆分的，而是连成了一个整体。所以我所看见的也是我灵魂里的路，这样的路连接着天道，它将看起来并不相通的路连为一体，它将窄路变为宽路，又将泥路变为坚硬的路。因而我的车路可以通往四方，它越过沟堑的时候，就像长了翅膀。

国君说，我听不进去你所说的话，因为你所说的就像天书一样，其中的字我一个都不认识。我只认识我所见的，只要我的眼前见了，一切都成为真的，我见不到的都是虚假的。我不相信人世间所讲的一切道理，我只相信我所亲眼见到的。我不知道天道是什么，我也没见过天道，我只想看看你驾车的技艺，我不知道你所说的和你所做的是不是一回事。我从来不相信别人所说的，我只看他所做的事情，很多时候我也不相信自己所说的话，因为我所说的会忘掉，但我所做的却留在那里。现在你就开始驾车吧，不然我怎能相信你能在战场上载着我纵横驰骋呢？

我说，我可以演练给你看，但你应该相信我，因为我相信我所说的每一句话，也相信我自己。我说过的就不会忘记，我所做的和我所说的一样。如果我不能做到的，我就不会从我的嘴里说出。无论是车道、仁道、治国之道还是所有的道，都在天道的笼罩之中，它们是相

古灵魂

通的。万物都遵循道，如果没有道，万物也不存在，天下就会一片混乱。你看天上的飞鸿，它们能够在飞行中保持队形；你又看地上的蚂蚁，它们都有各自的分工。即使是草地上的花草，它们也各自遵循节令，它们只在适当的时候才开花。

于是我驾起了我的戎车，又将骏马分别安排在各自的位置。它们的头昂扬而起，马鬃随风飘扬，四蹄踢踏着地面，刨起了地上的尘土。我一跃而起，差不多是飞上了车，双脚就像生根一样，稳稳地钉在了上面。我的身体纹丝不动，我轻轻抖了一下缰绳，我的用力是那么轻，以至于旁观者根本看不出我手里发出的力气，但它已经传递给了前面的马匹。它们心领神会，立即腾跃起身体，戎车几乎在一瞬间飞驰起来，车轮似乎离开了地面，就像贴着地面飞行一样。

我驾车飞腾着，一会儿向左旋转，一会儿向右旋转，然后从一条小路上飞驰而过，又掉转回来，从两棵树中间穿越。前面一道深沟，但对我和我的马车来说，都是毫无畏惧的。我再次抖动缰绳，四匹马步伐一致，在到了沟沿的时刻，同时一跃而起，带着戎车飞了过去，又稳当地落在了对面。车轮在没有路的地方照样穿行自如，草丛和荆棘都拦不住我的车马，马匹身上的铠甲在太阳下熠熠生辉，我就像驾着一道闪电在我内心的路上飞驰。

我既看不见我前面的路，也看不见旁观着的国君，我只是沉浸于自己之中。我的灵魂在飞驰，我的心已经在一片蓝天所飘浮的白云里。我前面的马匹，就像四道金光，从一个地方到另一个地方，既没有障碍，也没有道路，只有伴随我的一片片白云。我的车完全是轻盈的，比羽毛还要轻盈，比飞鸟还要轻盈，比风中的树叶还要轻盈。我的身躯随着戎车飞翔着，路上的所有坎坷和崎岖，都不存在，或者说，我和我的车以及奔腾的骏马也不存在。在这样尽情地飞翔里，世界只剩下了无，即使这无，也是在疾风里飘动。

最后我停住了车，四匹马从飞腾中迅速停住，为了这突然的停顿，它们的身躯差不多站立起来了，并发出了充满了激情的几声嘶鸣。我从车上飞身而下，又稳定地立在地上。国君对我说，我都看不清你究竟怎么做的，我只是看见你立在车上，车在旋转和飞奔，你从我的身边掠过的时候，就像从我的头顶飞过，让我感到十分惊恐。你从两棵树中间驰过的时候，就像一道电光，你好像将树的影子都带走了。你有着非凡的本领，但我不明白，你是怎样做到的？这么惊险的飞驰，你竟然一点儿都不惊慌？

我说，我不知道我是怎样做到的，因为我已经忘记了我怎样做的。因为在驾车的过程里，我每做一个动作都是无意而为，我并没有刻意谋划什么，我只是让玄奥的天道从我的内心释放出来，让我和它一起飞驰。这样的自由，只有我能知道，观赏者是看不出来的。你只看见我驾车的样子，也只看见我的戎车在飞奔，却很难看见其中的奥秘，因为这奥秘在天道里，它只能被领会，不能被看见。

我与自己的车和马从不是分离的，我们彼此成为一体，这是一种玄奥的融合，一种快意的享受，一种融入天道里的自由自在。这样的境界，是在我们的内心里达成的。平时我所许诺马匹的，我必定会给它们；我不能做到的，它们也会知道。所以我们因为彼此的信赖而不发生别扭，它们也从不会违背我的想法。因为我所想的，它们都知道。就像在澄明的天气里，我们一抬眼就可以看见很远的地方的景

古灵魂

物。我们都在这样的澄明里，我们从过去就可以看见，一直都能够看见，所以我和它们已经失去了界线，我就是它们，它们也就是我。实际上，我已经用不着苦心孤诣地想着如何驾驭它们，因为我已经住在了它们的形躯里，并为它们点亮了灯，它们的眼前是明亮的。

国君听了我的话，非常不高兴。他的脸沉了下来，他说，你究竟要说什么？然后他就转身走了。我究竟说了什么？难道我所说的话灼伤了他？我只是想告诉他驾车的道理，但他却不爱听。我知道国君喜欢别人的奉承和赞美，但他也应该喜欢天地之间的道理呀。可是他真的不喜欢，我说了他所不喜欢的。但我是忠诚的，我想告诉他，一个人怎样才能遵从天道，而不是顺从自己的本性。一个国君难道不应该这样么？

也许是我的话无意中刺痛了国君，因为他曾许诺秦国的河西五城，只是一个空空的许诺。他所许诺里克和丕郑的千顷良田，也是空空的许诺。他只是给出许诺，却让这许诺只是几句空话而已。他似乎已经忘掉了他说的话，但别人不会忘掉。他只是在自己遇到困境的时候让别人给他恩惠，但这恩惠在他看来是理所应当的——他既不敬畏天道，也不知道仁道，他只知道自己。他不可能是一个好御夫，不懂得驾驭车马的人，又怎能驾驭一个国家？所以他不是一个好国君。

可是这样的国君，我为什么还要跟着他？因为我已经跟随他了，我从马的身上看见了好品性，那就是忠诚于它的主人。我既然选择了这样的主人，就必须跟随他。不论他是谁，也不论他有着怎样的坏品行，也不论他是否失去了仁德之心，我仍然要跟随他。我的跟随不是为了别人，而是为了跟随自己，为了保持自己的德行，也为了遵从内心的天道。要知道，我只是一个好的跟随者，是众多马匹中的一匹马，所以要在被驾驭中放出马的光芒。这样，我既是一个驾驭者，也是一个被驾驭者，我被国君所驾驭，而我所驾驭的却是我自己。所以，我在驾驭车和马的时候，看见了自己的命运。

古灵魂

卷二百八十二

虢射

秦国派来了使臣，他们也遇到了饥荒，所以向我们求助。我是晋惠公的舅父，他让我辅佐他治理晋国，可我是一个武将，曾经跟随里克身经百战。我曾是里克的戎右，站在战车上征伐四方，我用长戈将一个个试图击杀我的敌手斩杀。我从来不惧怕任何敌人，因为我有着高强的武艺，有着有力的双手，即使对手有一点阴险的偷袭，也能被我敏锐地发觉，并寻找机会找到对手的破绽，一举击杀他。

我深知在战场上，生存就是获胜，搏杀没有规则，也没有其它秘密的理由，不论你采用什么方法，只要存活就是最后的胜者。一切道义和仁义、怜悯和德善都没有意义，只有残酷、冷漠和不择手段才是最好的获胜秘诀。因为你不杀掉他，他就会杀掉你，你和他谁要死去，只有这一个问题需要抉择。实际上，这是一个毫无疑问的疑问，它用手中的长戈来决定。所以在战场上没有疑问，只有一个最终的决定。

所以我不喜欢那些空谈仁道和德善的人，他们所说的毫无用处。我也不喜欢那些辨别真与假的人，这个世界上有什么是真的？又有什么是假的？所有有用的就是真的，所有无用的都是假的。就说一个人所说的话吧，你能辨别他所说的哪些是真的？又有哪些是假的？他所说的都是对他有用的和对他有利的。他所说的不是为了真，而是为了他自己。他所说的也不是为了去做，而是为了说出。

人世间所有的事情都是这样。一个在战场上的生存者，才不会对真和假去辨别，他活下来了，这就是真的。事实就已经说出了真，还需要你嘴里的言辞么？言辞只是为言辞而存在，如果说言辞具有意义的话，那就是使用言辞来迷惑倾听者。它只是你与别人搏杀的手段，所有的言辞背后才有真，所以真是隐藏在背后的，你不要从言辞里寻找真。从虚假的东西里寻找不虚假的东西是愚蠢的。

国君召我们商量是否给秦国粮食。朝堂上的气氛是严肃的，大臣们发表自己的看法，国君听着众人的话，想着自己的对策。大夫郤芮说，秦国又派公孙支出使我国，就是为了提醒他们对我们的恩惠，也提醒我们没有割地给秦国。以前是公孙支率兵护送国君回国，这一次让他前来就是给我们施加压力。而且他们去年刚刚给我们粮食，帮助晋国度过饥荒，好像我们没有理由拒绝。

大夫吕省说，的确是这样，我们没有给他河西五城，已经违背了诺言，秦国已经不高兴了，或许已对晋国心生怨恨，只是没有说出罢了。丕豹又逃到了秦国，必定会从中挑唆。我听说上次泛舟运粮，他们就很不情愿，只是为了给诸侯们显示他的仁德和宽厚而已。他这样做是为了笼络人心，图谋做天下的霸主。可是公孙支是护送国君归国的参与者，秦国派他出使，已经显露出了秦穆公的心机。可我们遇到饥荒的时候，他们曾出手相助，现在他们天灾流行，如果我们再一次背弃秦国，就背弃了道义，恐怕就说不过去了。

大夫庆郑说，国君是依靠秦国才登上君位的，但过后就背弃了割地的许诺，这样说，我们已经亏欠了秦国。我们遭遇饥荒的时候秦国援助了大量的粮食，他们从雍城出发历经千里之遥，舟船一艘接着一艘，白帆遮天蔽日，我们又一次亏欠了秦国。可是秦国欠我们什么？难道我们就应该亏欠别人？邻国出现了饥荒，就应该伸手援救，这乃是国家之道，也是做人之道。这还有什么可商量的？晋国不应有任何顾虑，国君决定就可以了。

我说，你们所说的，我都听见了。我听说国家之间的事情只有利益，没有什么道义。道义都是做给别人看的，所以我们不应该只谈论虚假的道义。我不懂得仁义之道，但我知道怎样征战与搏杀。邻国之间的事情都是搏杀之道，你不杀掉他，他就会杀掉你，那么你选择哪一个？先君就很明白这个浅显的道理，所以四方征战，无往而不胜。若我们受困于道义，就不会拥有晋国的今天，虢国和虞国也不会归于我们，晋国还谈什么强盛和兴旺？

国君频频颔首，看来他认可我的说法。我继续说，国家之间就和搏杀之中的敌我之间一样，虽然没有冤仇，但仍要搏杀。道义不是嘴里说的，而是只有强者才拥有。你们有谁见过道义？道义是什么样子？你见过河边的水鸟和它嘴里叼着的鱼讲过道义么？它叼着鱼，就不会再鸣叫了，因为它所叼着的，就是它的道义。

国君的脸上露出了笑容，我的想法可能和他的想法是一样的，他让我继续说下去。我说，所以国家之间就是力量的搏杀，要抓住一切可能的机会。往年晋国的饥荒，就是上天赐给秦国的机会，可是秦国不知道这是机会。他不懂得攫取还借给我们粮食，使我们恢复了元气。这是他的错误，因为他浪费了机会。事实上，上天并不会一直给你机会，机会是最珍贵的，也是最稀少的，你浪费了一次，可能就不会有第二次。因为上天对每一样的事物都是节约的，它从来没有慷慨过，也许你挥霍了上天赐予的，就不会再有了。

——现在，这样的机会轮到我们拥有了，但愿我们不要辜负了天神的恩赐。我们不知道天道，但我们能看见天意。秦国已经违逆了天意，我们就不能像他们一样违逆天意了。所以我们必须趁机攻伐秦国。至于秦国和我们的结怨，已经是事实，他们虽然没有说出，但他们的心里已经和我们结怨了。即使我们慷慨地援助他们以粮食，仍不会消除这怨气。因为他们觉得自己已对晋国施恩，晋国所做的一切都是微不足道的。既然我们用一滴水灭不了大火，还不如用火来灭掉火，用怨气来回报怨气。

大夫庆郑反驳说，一个没有道义的国怎么会持久？一个没有道义的人怎样立足？别人帮助你你却不知道感恩，难道你以后不再需要别人的帮助了么？秦国援助我们的时候，怎会知道自己也会遭遇饥荒？我们背弃别人的时候，怎会知道我们将不会再遇到饥荒？若我们失去了道义，谁还信赖我们？这不是与邻国结怨，而是与天下结怨。当初商纣王失去了道义，他也就失去了天下，所以天下才归于周王。若我们也失去道义，晋国将来还不知是谁的晋国。我们救助秦国，就是在救助自己。

此时，国君说话了。他说，你不要再说了，你说的好像有道理，但天下的事情不是你所说的那样。天道就是天意，现在秦国也遭遇了饥荒，这不是天意么？人间的事情是由天神来决定的，这饥荒也是天神所决定。这样的决定有什么理由？我们不知道。但我们知道天意倾向于晋国了。当初秦国派兵护送我归国，就是天意。表面看起来是秦穆公的决定，实际是天神的决定，只不过天神借用了秦穆公的手，来做天神要做的事。往年我们遭受了饥荒，也是天神的决定，秦国援助我们，也是天意。这世间并没有恩惠，只有天神的恩惠。

——所以你们不要再谈论恩惠了，如果天神阻止秦国，他会给我们恩惠么？人世间有无缘无故的恩惠么？你们有谁接受过这样的恩惠？恩惠从来不会在人与人之间发生，而是人与神的事情。所以我们要虔诚地敬畏神，而不是将神的恩惠当作人的恩惠。大夫虢射说的更符合天神的意思，我们就遵照天意来做吧。我们不给秦国粮食，这样它就不会强壮，而我们将自己的粮食给了别人，我们就会减少自己的力量。我们还是趁着他们在饥荒里的日子，去攻打秦国，他们的土地就归于晋国了，我们就会兴旺和强盛。我记得先祖被分封的时候，就有人占卜，说他的后代会繁荣昌盛，这难道不是天意么？

国君还是采纳了我的谏言，准备攻打秦国。看来这一次晋国将得到更多。我们不仅不给他河西五城，还要从秦国手里夺取更多的城邑。国君是睿智的，他的言辞驳倒了大夫庆郑的言辞，他的言辞也说出了我的思路。他借用了天神的智慧，又用天神的威权盖过了仁道的威权。我喜欢这样的国君，不仅是因为我是他的舅父，而是他的想法和我的想法一直是相同的。每当有重大的事情，他总是和我商量，而我也通过这样的国君，实现了我内心的渴望。

我不愿意被虚假的东西欺骗，国君也不愿意。虚假的欺骗只能欺骗相信虚假的人们，那么，什么是真实的东西？就是你手中拥有的，才是真实的，你手中没有的，不论使用多么漂亮的言辞都不会给予你。这需要你用另一只手去拿，直到你的手握不住它。我的手又握住了什么？我想，我握住了手中的剑，也握住了国君内心的想法。我是强壮的，所以我有足够的力气握住自己。

从朝堂里出来，我的心情是愉悦的。那些喜欢虚假的人多么不幸，比如说庆郑，他说了那么多，又有什么用？他所说的只能用来迷惑自己，但他既迷惑不了我，也迷惑不了国君。这个人会因他所说的而死去，因为他已经死在了自己的言辞里。一个人怎能从言辞里找到路呢？我要承认，他是一个非凡的御车者，但他的技艺只在空中飘零，就像秋天的落叶一样。这是失去用处之后的归宿，是被大树抛弃了的无用之物。

这个冬天和以往的冬天一样寒冷，这是晋国的冬天还是秦国的冬天？好像冬天覆盖一切，但我们将把这冬天更多地给予秦国。他们不仅在饥荒里，还在危险中。一阵狂风迎面过来，我转过脸去，避开这狂风。在这寒冷中，我听见了都城里的几声犬吠。它们是机警的，似乎发现了什么，也许是谁的脚步惊动了它们。

卷二百八十三

秦穆公

公孙支回来了，他带着满脸绝望，和我诉说了晋国拒绝援助的情形。我异常愤怒，这样的情形是我想不到的。看来还是丕豹更了解晋惠公，他就是这样一个无耻的国君，在他的心里既没有道义，也没有情义，你无论给他多少，他也绝不会回报一滴水。他差不多聚集了一个人所有的无耻，不仅背弃别人的恩德，还背弃自己的诺言。他不仅背弃了仁义，也背弃了天下。这样丑陋的面孔，我却把他扶为晋国的国君。我也恨自己，当初竟然听信了他的话，却没有看清是谁在说话。

公孙支说，我在晋国遇见一个老者，他感叹说，晋国就要亡国了。我问道，你为什么说这样的话？他说，我们的国君是一个昏庸的国君，一个昏庸的国君必定断送一个国家的性命。我说，我听说晋惠公是很精明的，怎么你这样说呢？他告诉我，这个国君背弃恩施，也毫无亲情，看到别人的灾祸就高兴，听见不高兴的话就封住别人的嘴巴，看见反对自己的就杀戮，又贪爱私利，不做任何对别人吉祥的事情，不与自己的邻居敦睦，喜好猜忌别人对他的好意，也没有丝毫的仁义，这样的人怎能守护好自己的国家？

——我继续问他，他捋了捋白须，满脸疑惑地看着我说，你还不知道么？据说秦国的使臣来了，现在就住在晋都里，他们和我们往年一样遭遇了饥荒。我说，我也听说了，他来晋国是求助的，希望晋国能援助他们粟米，以度过灾荒。他说，秦国的国君是一个仁义之君，晋国遇到灾荒的时候，他们能不计前嫌，给我们运来了大量粮食，不然我们怎能度过饥荒呢？可现在秦国也遇到了饥荒，晋国理应予以回报。可是我们的国君不但不回报秦国的恩德，还要趁机攻打秦国。

——我说，这怎么可能呢？我想晋国的国君不会做出这样的事情吧？老者说，嗨，他什么事情做不出来呢？我听说力主乘人之危攻打秦国的，是国君的舅父虢射。这个人也是个奸诈之徒，可一个国君只听从奸诈者的话，就说明他也是一个奸诈者。奸诈者不是因奸诈而奸诈，而是为贪利而奸诈。我在这个世间还没有见过奸诈者会有什么德行的，因而这无德无义乃是奸诈者的本性，他不仅不以这奸诈为耻，还因奸诈得利后感到得意。

——我又问，难道这么大的晋国就没有一个贤臣了么？老者说，我听说庆郑是一个贤臣，他力主援救秦国，秦国怎样对待我们，我们也应怎样对待秦国，两个邻国之间，就像两个邻居一样，应该彼此帮助，这是人间的大义。可是他所说的，没有人听。一个贤良的人在一群无德的人中间，他就不会有位置。因为他们的心里没有德行的位置，就不会有德行者的位置，德行者的话语也就随风飘散了。

——在粪坑里，只有蛆虫和苍蝇是快乐的，而君子就会掩鼻而走。我还听说世间有一种鸟，它们聚集在一起，总是让最矮小的做它们的头领，只要出现一只个头大的，就会被这群鸟一起啄死，最后这样的鸟就越来越小，现在我们的眼睛已经看不见它们了，我不知道它们还存在不存在了。就像庆郑这样的人，他也会被啄死的。

——这个老者转身离我而去，我看着他的白发飘动着，就像白云一样远去了。我甚至没看清他的面容，只看见他浑浊的眼里发出忧郁的光芒，他驼着背，拄着一根弯曲的柱杖，那柱杖敲击地面的声响很久才在我的双耳消逝。老者是忧伤的，他为自己的晋国而忧伤。但我是愤怒的，我因秦国竟然有着这样的邻国而愤怒，也因晋国竟然有这样的国君而愤怒。这个国君的不义之行激怒了我，使我很久还在喘息，感到呼吸急促，我的心里燃起了火焰，我的浑身都在发烫，就像烧红了的炭。

——他所说并不是没有来由，因为很快晋惠公就召见我，对我说，晋国连年遭灾，今年的收成也不好。往年没有秦国泛舟运粟的救济之恩，晋国难以度过饥荒年景。现在秦国也遭遇了饥荒，晋国本应回报恩德，予以援助，但我们实在没有余粮了，秦国的恩德只有来年相报了。我抑制着内心的愤怒之情，用很低的声音说，我知道了，就是晋国不愿意借给我们粮食。他说，不，不是不愿意，实在是没有余粮了，你让我拿什么给你呢？

——我没有向他施礼，转身就走了，然后登上了车，在疾风中一路驱驰，回到了秦国。沿途的山峦是萧瑟的，山势蜿蜒曲折，道路是那么狭窄，车后的尘土很快将晋国遮住了。实际上我不想转回头去多看一眼，那飞扬的尘土和我的悲愤一样，在寒风里一路飘荡。冬天的寒风吹不灭我的火焰，我是一路燃烧着的。我忘记了饥饿，也忘记了自己，我只是一团烈火，被我的马拖着，狂奔着。我又感到十分痛苦，没有完成国君交给我的使命。看来丕豹说得对，我就这样空手而归了。

我听着公孙支的讲述，我也变成了一团烈火，我的身体好像要被焚毁了。我在地上不停走动，却似乎是在水面上漂动，我被一种可怕的力量托着，我漂动着，却不知要漂向哪里。我好像已经不能支配自己的脚步了，我停不下来。我的浑身发抖，手里拿着的东西掉在了地上，可是我不知自己拿的是什么，也不知道是什么掉下去了，我只是听见了砰的一响。

是的，我不是被晋国的国君欺骗，是被我的愿望所欺骗。我明白了，刚才掉到了地上的，就是这愿望。原本我手里拿着的也是这愿望，可是我竟然拿不住它，它掉在了地上，发出了砰的一响。这是碎裂的声响，是对我重重的一击，可是我竟然毫无察觉，我竟然什么都不知道。它是这么突然，这么令人猝不及防。是的，我的愿望太好了，却不知道这好的东西原是不存在的。或者，它原本就是破碎的，但我拿在自己的手上却觉得是完整的，它掉下去的时候，我才获知了它的本相。

我本不该有这愿望，但内心的虚幻滋生了愿望，我将自己给别人的当作别人给自己的，于是这愿望就引发了深埋于地下的愤怒的骚动。我向自己的愿望发出了鸣箭，却发现引来的是空洞的回响，除了这回响之外，再也没有别的响应。我怎么这么傻呢？我从仁义之道出发，却发现这是一条断裂的路，它不通往任何地方。我饮着山间的甘泉，用双手虔诚地将水掬起，它却从我的指缝里漏掉了，或者它从来

古灵魂

都不存在，这水不过是我的幻觉。甚至这泉眼也不存在，我所掬起的，本是一些干涸的石头。

当初夷吾向我求助的时候，是那么卑下，若他不借助秦国的力量，他就不敢回到晋国，即使他回去了，他也必定被别人捆绑着行走，要么就会被别人杀掉，然后再换一个国君。但他利用了秦国，利用了我的感情，他用虚假的语言打动了我，他用虚假的许诺给了我愿望，又将这愿望的骨头抽走了，然后这愿望就沦为虚空。这个卑劣的行骗者，他一直在欺骗我，我却认为这欺骗是可信赖的。他有着一张张假面，我却只看见了其中的一张脸，并以为那张脸就是他的脸。

是啊，不是别人欺骗了我，是我欺骗了自己，是我的愿望欺骗了我，我在这愿望里行路，却踩踏到了猎人的陷阱里。我的智慧呢？我的谋略呢？我的自信呢？原来我所拥有的，就是被自己所欺骗的，那么我还有什么呢？别人的可耻和卑劣仅仅是别人的算筹，我却在别人的计算里。我难道不是可耻的么？有什么还比自己的愚蠢更可耻的呢？

我现在终于没有什么愿望了，我要在那破灭了的地方寻找自己。我似乎看见这破灭了的泡沫里有自己的影子，我的面容不在铜镜里，而在被砸碎的铜镜里。我将用我的剑将这耻辱砸碎。那么，这是不是另一个愿望？另一个即将破碎的愿望？另一个自己营造的骗局？我为什么总是在一个个欺骗里犹豫和迷惘？

那么我究竟需要什么？我不喜欢血腥，但现在需要把装满了血腥的杯盏举过头顶，我就要将这血腥饮下去了。我要将我内心的恶神放出来，让这恶神来说话，并指给我前面的路。我所渴望的不在别处，却要在愿望的尸骨里寻找。雪耻不是复仇，因为我本来就没有仇恨，但我却有了深深的耻辱，而这耻辱却是愚蠢的果实。

现在我充满了雪耻的饥渴，我定要让晋惠公也尝到这样的果实。从前是我的愚蠢结出了这样的果子，现在他的愚蠢也要开花结果。他的愚蠢不在于他的狡诈，而在于他的吝啬、贪婪、幸灾乐祸和背弃别人的恩惠。他所看见的是自己手里的，我要让他手里的东西，像我的手里的东西一样，掉在地上。恶神已经从我的心里站起来了，它曾一直睡着，现在它醒来了，站立了起来。我曾用仁善将它压着，让它变小，可是我的仁善施与别人的时候，被别人丢弃了。于是我从它的身上搬开这块石头。

晋惠公的拳头从我的后面击打我，他甚至不是用剑刃，而是用剑柄击打我，这是羞辱我的开始，但还远不是结果。我的路才刚刚开始，我要在他想不到的路上击垮他。我要突然转身，躲过他的剑，并夺取他的剑，将这剑刃对准他，让他在鲜血、刀剑、长矛、战车交织的云影里躺下，发出一阵阵野兽的哀嚎。让他感到自己所做的、自己所拿的，原本是卑微的、卑劣的、难以忍受的疼痛。我把这血腥饮下去，填满我的肚子，填满我的心，也填满我的饥渴。我再也不能忍受这怒火了，这怒火使我的双目失明，我看不见前面的任何东西，我只看见一团团烟雾在升起。但这烟雾却是我的引路者，我就要行走在这被怒火烧成灰烬的路上了。

古灵魂

卷二百八十四

穆姬

我已经没有理由抚慰我的夫君了。我从小就知道，夷吾是一个很自私的孩子，拿到他手里的东西决不肯给别人，他还经常抢夺别的孩子手里的东西。我曾陪他一起玩耍，他既是胆怯的，也是残忍的。可是那时他毕竟是一个孩子，我想他长大之后就会变的。我并不希望他做国君，因为他的本性不适宜做一个好国君。

自从我做了秦穆公的夫人之后，就很少见到他。但我一直惦记着我的各个兄弟。在父君的逼迫下，他们曾流散四方，现在我的兄长重耳还不知道逃亡到什么地方。我虽然出身于君侯之家，但我父君匆忙将我嫁给了秦穆公，记得那是一个冬天，尽管占卜者认为卜筮结果是不吉的，但他仍然坚持要让我在冬天出嫁。我怎会有力量抗拒父命呢？

那是一个多么寒冷的冬天啊，我一路流着泪，来到了秦国。冬天的日头很小，它是苍白的，好像满脸病容，有着忧伤的、倦怠的表情，不像夏天的阳光那么热烈、开朗、繁盛，能够给地上的万物带来辉煌。我抬头看着天空，它就像一片薄薄的锦帛，被寒风吹动。从此我堕入了一种莫名其妙的恐慌，因为卜筮的卦辞似乎在说着我的命运。我等待着不祥的将来，我等待着卜辞所说的一切，这是眼泪浸泡了的等待。

君王家的儿女是不幸的，也许他们只有一个美好的童年，剩下的时光就变得晦暗。父君是无情的，他只听骊姬的话，他在自己喜欢的女人那里获得了一切，却忘记了我们。他也曾爱过我们，但这样的爱是多么短暂，因为他的爱不够更多的人分享，所以忘记了我们。他甚至逼死了太子申生，又将重耳和夷吾追杀到异国。也许，一个人一旦成为国君，就突然变得冷酷无情了？他得到了一个国，就必定要抛弃自己的感情么？

好在我的夫君对我很好，我似乎暂时获得了幸福。可是秦国和晋国竟然产生了怨恨。我的夫君发怒了，他决心要讨伐晋国。我没有什么理由阻止他。可是我的内心是痛苦的，两边都是我的亲人，可是他们将在战场上搏杀，他们都将在生与死的边缘交锋。我的父君将我嫁于秦穆公的时候，就是为了两国敦睦，能够在姻亲中获得安宁。可是现在他们要刀兵相见了，姻亲的光驱赶不走杀戮的暗影。

我是秦穆公的夫人，又是晋惠公的姊姊，我不能站在任何一边，我又站在任何一边。我既不能说什么，也不能不说。可是我要说什么呢？我只有坐在夫君的身边默默流泪。这就是我一直等待的不吉么？这些事情都是由于我的原因？可是我的原因又是来自哪里呢？要是我的兄长重耳做了晋国的国君就好了，可是他现在又在哪里逃命呢？

夷吾不是一个有仁德的国君，他从来就是一个毫无信义的叛逆者。我的父君同样是追杀他们，重耳选择了逃跑，而夷吾则选择了抵

古灵魂

抗。他已经背弃了仁孝。我的夫君派兵护送他归国，并将他扶立为国君，可是他答应割给秦国的河西五城转眼就不认了，他背弃了他的承诺。他所说的都是假话，他从不说真话。这样的人还怎么让别人信赖呢？他许诺了里克和丕郑以土地，可是他不仅没有给他们，还将他们杀掉。谁要想拿走他手里的东西，他就将恶行加于那个人身上。他从来就没有长大，他还是小时候的样子。

可他是一个国君啊，怎么能这样呢？往年晋国遇到了饥荒，秦国慷慨地为他运去了粮食，可是秦国现在也遇到了饥荒，他怎么能拒绝援助秦国呢？秦国对他是有着重恩的，他居然一点儿不念秦国的恩惠，甚至还要攻伐秦国。我的夫君要惩罚这个忘恩负义的人，我又怎能阻拦呢？我想劝阻他，可是我说不出口，因为我也不愿让我的夫君蒙受羞辱。

夷吾这个人怎么尽做一些坏事呢？一个强盛的晋国，就要断送在他的手里了。记得他将要回晋国的时候，我一再叮嘱他，让他做了国君之后要善待太子申生的妃子贾君，还让他收纳重用晋国的公子们。他答应了，而且向我立誓为约。可是他一旦做了国君，所做的事情恰好相反。他看见贾君容貌秀美，竟然将她占为己有，烝为自己的夫人，又排斥众公子，身边聚集了一些利禄之徒。因为这些人也和他一样虚假和奸诈，只知道赞美他，又能揣度他的心事，他喜欢什么，别人就给他说什么。

这仍然是一个冬天，日头还是那样苍白，使得地上的事情一片苍茫。难道人生就是一个又一个冬天么？我好像从没有春天和夏天，因为我的心是苍凉的。我的梦里常盘踞着一头野兽，它在那里卧着，闭着眼，好像睡觉一样，它一直保持着沉默，但我却感到惊骇。我很想伸出手来，触摸它，拨开它的眼睛，想看看它真实的样子，可又害怕把它惊醒。

　　别人都在等待希望，可我从来就没有希望，而是一直耐心地等待某种不祥的灾祸。我已经把灾祸变为自己的一部分了。我实际上已经不害怕这灾祸，只是对灾祸充满了好奇。我就像在自己的窝边徘徊的蚂蚁，看着阴沉的天空，等待着一场大雨的到来。这大雨将伴随着电闪雷鸣，淹没我的窝巢，淹没我的等待，淹没一切一切。

古灵魂

卷二百八十五

步阳

寒冬过去了，春天来了，天气渐渐暖和起来。农夫们已经开始准备耕播的锄头了，他们从粮囤里拿出了种子，又在冰雪消融了的土地上刨开土地，将那些去年野草的宿根翻到表面，让阳光充分照射。地里的湿气开始上升，暖气是从地下深处开始的，年初是从土地苏醒开始的。可是突然传来消息，秦军已经渡过大河，开始大举讨伐晋国了。

晋惠公惊慌地召集大臣们商议对策，朝堂上充满了慌乱的气氛。国君对众臣说，秦军已侵入我晋国，据说已经到了韩原，我们该怎么办呢？郤芮说，我们现在就发兵，我们有那么多骄兵悍将，又有战车无数，我们还要讨伐秦国呢，没想到他已经来了。虢射说，没什么可怕的，我历经百战，这样的阵势早已见过。秦军越过大河，已经精疲力竭，而我们是以逸待劳，以晋国的强盛，完全可以一举击溃它。这是一个天赐良机，看来秦国将要属于我们了。先君在世的时候，就已将一个个邻国灭掉，现在该轮到秦国了。

庆郑说，秦国曾护送君王归国即位，君王却违背了割地的诺言，秦国没有追究，也没有因此讨伐我们。晋国遭遇饥荒的时候，得到了秦国的无私援助，秦国也没有要求予以回报，更没有乘人之危袭击晋国。秦国遭遇饥荒的时候，我们却背弃了秦国的恩德，无情无义地拒绝援助，反而想趁着秦国的饥荒攻打它。君王已经将事情做绝了，我们还有什么回旋的余地？难道秦军不应该攻伐晋国么？

国君勃然大怒，他气得半天说不出话来。他说，你是晋国的大夫还是秦国的大夫？你作为晋国的大臣，本应辅佐国君，忠诚于国君，现在晋国已经遭到了入侵，你却站在秦国的一边说话，对国君也不恭顺，这岂不是助长别人的气焰，而损害晋国的利益么？庆郑说，君王误解了我的意思，我既不是站在秦国一边，也不是站在晋国一边，我乃是站在天道一边。我们曾经所做的，就是秦国攻打我们的原因。我只是想说，晋国因自己的所行，已经触怒了天神，秦国的讨伐有它的理由。这不是我对君王的不忠，而是想向君王说出事情的原因。应对归应对，原因归原因。

国君说，秦军已经来了，我召你们来，是为了寻找应对之策，可是你们都在说什么呢？虢射说，谁能说出什么妙计，只有在两军搏杀里才能获知胜负，剑伸向你的时候，只有拿出你的剑，还有什么可说的呢？郤芮说，何不把卜偃请来，他的卜筮之术无人能比。也许他能告诉我们怎么做最好。

我是一个驾驭战车的武将，我熟知御车和搏斗之术，但庆郑的技艺远超过我。他有着御车的绝技，也有着正直的品行，我喜欢这个人，也由衷地佩服他。他的言辞太犀利了，太直率了，没有修饰和装扮，所以会让国君不高兴。我知道，国君是喜欢赞美的，可是他却从

古灵魂

不赞美。国君喜欢掩饰自己的弱点，但他却用利箭射中国君的弱点，让国君感到痛楚。这样的人，国君怎么会喜欢呢？

这个人是透亮的，你的目光可以穿透他，看见他的内心。他从不躲藏，他总是把自己放在空阔地上，这样的人又怎会不成为箭靶呢？他御车的技艺是诡异的、玄奥的和神奇的，可是他的言辞就不能像他御车那样巧妙么？庆郑是一个直率的君子，他虽然是忠诚的，但他的言辞总是刺痛国君。他虽然身怀绝技，但他说话的时候放弃了所有的技巧。他的心里只有公正的道，没有自己的私情和私心，所以他在说话的时候总是行走在一条直道上。

可是我却学不到他的本领。虽然我也会御车，但我却没有玄奥和神奇。我也说话，但我总是把更多的话藏在心里。我喜欢躲藏，说明我还是弱小的，我还没有他那么强壮，也没有他那样明亮。我需要暗影，以便把自己藏在这暗影里，并在这暗影里沉默。我还不能将自己完全交给一个危险的世界，但我仍然喜欢我眼前的这个人。也就是说，因为他的存在，我不喜欢自己。可是我这样的一个连自己都不喜欢的人，国君却喜欢我。

因为他不是喜欢他所看不见的，乃是喜欢他所看见的。他也不是喜欢他所听不见的，乃是喜欢他所听见的。但是这都是我所不喜欢的，我更喜欢在我内心里藏着的东西，我不敢将这暗影里的放在光亮里。国君身边的许多人不就是这样么？郤芮是这样的人，他知道国君的心里想什么，所以他所说的都是国君想说的，国君似乎只是借了他的口说出了自己的话。那么他的真实的想法是什么呢？谁也不知道。

吕省也是这样的人，他说得很少，但他每说一句话，都在腹中徘徊了很久。也许他在想，国君究竟想听什么话呢？于是当他说出来的时候，已经筛选过了，他将谷子漏到下面，又将秕糠放到了筛子里，只让国君看见这筛子里的东西，因为国君是喜欢秕糠的。他不是害怕国君，而是害怕自己。一个国君喜欢什么人，什么人就会聚集在他的身边。也就是说，国君所喜欢的，是和自己一样的人，他喜欢别人，乃是喜欢他自己。

　　虢射似乎和他们有所不同。他是一个真实的利禄之徒。他是国君的舅父，所以他所说的从来不曾想过，他所说的都是顺口说出。这个人既愚笨又无智，既鲁莽又蛮横，他所讲的道理都是无德无道的。他也从不修饰自己的语言，看起来也是直率的，却毫无智谋可言，以至于他所说的话过后就忘记了。所以他一会儿说一个道理，另一会儿将是另一个道理，而这两个道理却水火不容。他不知道自己要说什么，因为他自己也是迷茫的，但总是碰巧和国君想说的话一样。

　　那么我又是谁？我究竟是我的言辞里的我呢，还是躲藏起来的我呢？也许我不是一个，而是两个人。这两个都是我。一个是让国君喜欢的我，另一个是我自己喜欢的我。可是这喜欢的和不喜欢的却是不可分的，我为此而感到痛苦。我想把我躲藏的部分放在能被看见的地方，但我却是怯懦的，我没有勇气和胆魄。我并不怕死，因为我在征战中从没有怯懦。那么我究竟怕什么呢？我不知道。但我觉得自己总有害怕的东西，那个东西就藏在我的身形里。它与我真实的东西一样躲藏着，可是那究竟是什么？

　　我对自己感到迷惑，老虎和蛇，我究竟是哪一个？老虎是斑斓的，它有着漂亮的花纹，它并不急于捕捉猎物，因为它的力量使它无所畏惧，它随时可以获得自己想要的东西。它即使卧在树下打盹，也不会有其它野兽敢于接近它。它的牙齿和利爪即使藏起来，别人也深知它拥有可怕的东西。可是我没有这样的牙齿和利爪。

而蛇是有毒的，它出没无常，诡异而狡猾，会在你不防备的时候突然出现，让你感到惊骇。如果遇到了厉害的对手，它就会快速逃走，窜入茂密的草丛。它有着可怕的外表，身上的花纹也足以令人恐惧。可是更多的时候我们却见不到它。它总是躲藏在暗处，很少把自己暴露在裸地上。在国君的身边，我看见许多老虎和蛇，可是我不是他们。因为我既不是阴险可怕的，也不拥有令人恐惧的力量。

我既没有漂亮的斑纹，也没有这斑纹中优雅的恶。我既不是顺从的，又是表面的顺从者。我既不是抗拒者，又是内心的抗拒者。我既是勇敢的，也是胆怯的，因为我面对搏杀的鲜血毫无惧色，但在国君的面前却失去了这勇气。因而，我好像既有老虎的影子，也有蛇的影子。我的内心里藏着两样东西，我勇猛，我也阴险狡诈，可我既没有老虎的从容，也没有蛇的毒性，所以我身上的两个影子就在这两个影子的交织中一起丧失了。

唉，秦军已经把刀剑伸进了晋国的衣袍，就要触及皮肉了。国君已经感到了惊慌。看来我很快就要去疆场上厮杀了。面对着生与死的抉择，我是不会犹豫的。我将用我的勇力来战胜内心的另一种恐惧，用面对死的无惧来摆脱生的恐惧，我将驾驭着我的战车前往韩原。我不能预知我的生与死，但我却可以用这样的决绝的血战，来突破自己的迷茫。

春天的云是很高的，它不像严冬的云总是低垂着，而是被上升的地气推高了。这样的天气是开朗的、开阔的，但晋国就要经历一场血战了。我想象着自己将驾驭着战车奔驰于这云端，我将驾驭着云，在天上奔驰，我或许会在这血战里死去。这有什么可怕呢？也许在对手的长矛刺入我胸膛的时候，我会感到一阵疼痛，然后慢慢地倒下，会有一只归来的飞鸿用翅膀掠过我的双眼，那是多么好的一刻，我等待着这一刻。

卷二百八十六

卜偃

　　国君召我去商议战事，秦军已经进入晋国的境内了。其实面对天道，已经用不着卜筮来决出结局了。晋惠公的言行已经决定了晋国的命运，上天已经给了我们很多预兆，这些预兆比卜筮更灵验，还需要多说什么呢？

　　去年秋天的时候，晋国的沙麓山崩塌了，我就对别人说，这是不吉之兆，期年就要遭遇灾祸，差不多就要亡国了。高山意味着艮卦，两山不能合并却长期对峙，彼此的怨恨就不能消除，冲突就必定要发生。现在高山崩塌之后转化为泽地，山泽之间的相遇就必定要带来减损。卦辞里就暗示了不吉——一个人抱住另一个人的腰，却没有获得身体，也见不到这个人的脸，行走在庭院也见不到所要见的人。那就是说，抱住他的腰就会使他疼痛难忍，伤害了他背部的肉，他的疼痛必然要反击，而这反击也必定使抱他的人感到疼痛。

　　而且晋国的山崩塌也意味着一个国家几乎要灭亡，山的崩塌只是一部分倒塌，而山的基座还在，那么，这征兆说明晋国仍将存在。现在我走在去朝堂的路上。刚下了一场春雨，路面还是湿润的，这空气多么好啊。我使劲呼吸着，高悬的日头，发出刺眼的光芒，把它的光亮挥洒在地上。沿途的树木已经有了发绿的外表，一些叶片也已滋生出来了。有时还会有一点寒气，但总的来说不冷不热，也没有蚊虫飞舞，真是个好季节。

唉，可是我已经老了，不能很好地欣赏这春天的景色了。我的胡须已经白了，春天似乎对我来说是遥远的事情了，因为我已到了人生的秋天，我被疾风卷起，被抛往不知之处。我为多少人卜筮，却不知道自己落在何处。占卜者是不能为自己占卜的，因为这将让自己的占卜不再灵验。天神让你知道他的部分秘密，但不让占卜者知道自己的秘密。这是天神的巧妙安排，他将自己的秘密分散到很多人身上，也让天象和地上的意象作为兆头，但不让一个人知道一切。你所知道的只是你该知道的，你所不知的就是不该你所知的。可是，晋国的事情，天神又让我知道多少呢？

面对一个个卦象，我经常感到迷惘。因为每一个卦象都既是吉利的，也是不吉利的，那么究竟是吉利的，还是不吉利的？那么在人世间，没有完全不吉利的事情，也没有完全吉利的事情。事情从来不是完整的，它的内部含着两个互相冲突的部分，就像两军的搏击，胜负似乎已经不重要了，关键是在这搏击中都要死伤，这怎么会吉利呢？也就是说，人世间的事情从总的方向看，都不可能是吉利的。

就像我这样，一生差不多没有什么波折，但我变得愈加衰老了。这难道是吉利的么？但一切似乎又是顺利的、吉利的，这样慢慢地变老有什么不好呢？我所能做的，就是顺着天意行走，就像沿着道路行走一样，就会省力，就会减少疲惫，就会走得更远一些。可现在的国

古灵魂

君，一次次违背天意，他总是在荆棘丛里行走，就必定要被荆棘划伤，也易于崴了脚，或者掉到暗洞里。他的天性就是悖逆的，怎么会走得远呢？

春天是最好的时节，正是春耕播种的时节，万物从现在开始。它们遵循着天道赋予的节奏，从这里迈开步伐。我看见农夫们已经按照这节令指引的，做自己的事情了。他们用锄头刨开土地，又用手抓起了黑色的土，揣度着种子播下去的时候，能不能发芽。种子的发芽生根和人的死亡相似，它被埋入土地才会看见它的活力。而人的死亡也是被埋入地里，可是他在地上的活力不见了，也许这才是他的真正生机。

因为就要和秦国搏杀了，多少人又将死去。我不想看见生灵涂炭的景象，可是人迟早要死去的，他们来到人间只是暂时居住而已。可是我更愿意让所有的人活得长久。尽管很多人都忍受着痛苦生活，但生活也给他们安慰。可是面对一个失去了道义的晋国，又将这活在其间的痛苦加深了。可谁又能选择他们愿意去的地方呢？就像农夫播下的种子，他的手将种子撒在什么地方，它就只有在那个地方生长。

对失道者的惩罚是必要的天意，谁又能阻止这惩罚呢？据说秦军已经攻入了韩原，他们渡过了波涛汹涌的大河，来到晋国的土地上。我想，晋国的命运要改变了，晋惠公必定要遭受大挫折。他让我占卜，可是占卜只是说明天意，他真正想要的不是能够通过占卜得到的。他让我占卜，仅仅是为了寻求一点儿慰藉，那么我就给他一点儿慰藉吧。可是这慰藉乃是国君的慰藉，祸患仍然属于晋国和它土地上的民众。

我闭上眼睛就能看见国君的结局，可是他仍相信我的卜筮。我不知走了多久，终于来到了朝堂，国君和大臣们都在等待着我。或者说，他们不是等待我，而是等待一个自己想要的结果。说实话，我不愿意让他们失望，因为他们的结果都应该是失望的，所以我希望给他们以希望，以便让他们沉浸于虚假的希望里。希望是残酷的，人世间最残酷的就是希望，因为这希望是易碎的，它转眼就会沦为虚空。因为它的残酷，因而也就尤其珍贵，即使是瞬间的希望，也能让他们从虚空里看见自己。

我从他们的眼睛里看见了他们的希望，又从他们的脸上看见了将来。难道他们真知道自己的期待么？他们因期待而等待，而期待却不在他们的等待中。所以我看见他们的目光是空洞的，他们所含有的不过是火焰烧尽之后的灰烬。在春天这样的美好时候，灰暗的云落满了他们的脸上和身上，他们的心也蒙着灰尘。

我在地上摆开了蓍草，将这些蓍草摆成了一个个图形，这些图形是神秘的，它与天上的星空是对应的。我把蓍草一次次分开，因为天象不是固定不变的，而是星转斗移，不断暗示着地上的人事。只有这地上的蓍草能够呼应它的变化，并和天上的神说话。天神知道一切，或者说他安排了一切。他将通过这蓍草所展示的卦象，告诉人们还没有踏下的足迹。这意味着，这足迹早已经摆放在那里了，可是人们不知道，他们仅仅是在那已有的足迹上再踏上自己的足迹。

国君问我，这次和秦军交锋，不知吉凶如何？我说，这卦象里有几个动爻，说明还不能确定。但这变化里仍有着另外的变化，它太复杂了。可是其中隐含着大凶，可也隐含着大吉。卦辞里说，一个人

古灵魂

将踏到陷坑里，很久不能脱身，其中有坎卦的意象，坎为水，它将在流动里将这陷坑填平。卦象的变化中还有兑卦的意象，兑为泽，它意味着两个大泽会连在一起，这又是吉利的，因为这一卦象就有喜悦的意思。总之，国君的命运将和水联系在一起，看来国君将要渡过大河了。

众臣忽然欢欣起来，虢射说，看来此次出兵就要渡过大河踏上秦国的土地了，这还不是大吉大利么？可是掉入陷坑又是什么意思？我说，这是说可能会陷入困境，但水最后会淹没这个陷坑，人也就脱困了，应该是有惊无险的情境。而且在大河的对岸会有人接应，这样捆绑在身上的绳子也就解开了。郤称说，这就是说，当我们的大军打过河对面，就会有人接应我们，君王的忧虑就没有了。看来秦国就要灭亡了。

郤芮问我，你说得好像还不太清楚，我想问一下最后的结果。我说，这就是最后的结果，我所说的只有这些了。他又问，那就是说，国君将会渡过大河，踏到秦国的土地上？我说，是的，卦象上显示的就是这样。我所说的，并不是我说的，而是卦象所说的。卦象所说的，也不是卦象所说的，而是天意所说的。它所传达的就是天意，而天意就是事情的结果。

庆郑说，我知道如何驾车，却不懂得占卜之术。但我相信卜偃的卜筮，天意是不可违拗的，所以一个驾车的人一旦掉入陷坑，他的车也会损坏。不过要是能进入秦国的土地，还是好事情。国君说，你再占卜一次，看看庆郑给我驾车护卫，是不是吉祥？我又一次摆开蓍草，寻找着隐秘中的卦象。经过反复拆解，我告诉国君，这是一个男人把粮食抛到空中的样子，看来是一个吉祥的卦意。你想吧，把谷子抛撒到空中，风就会把空壳吹到一边，饱满的谷子就会落到地上，应该说，这是一个吉卦。

国君又说，那你再看看别的吧，让我心里知道得更多。我说，不可以了，对同一件事情只能卜筮两次，如果不断问卦，占卜就不灵验了。你要知道，这卜筮是在问天神的意愿，他的意愿不可能都告诉我们。他将最重要的告知，就已经展现了他对我们的垂爱，如果我们想知道一切，这会让天神憎恶我们的贪婪。现在已经知道了将要行的路，剩下的就是顺着这指引，用自己的双脚去行路了。

我从朝堂出来之后，看见南面的乌云已经朝着晋都的方向接近。风越来越大了，春天的风怎么会这么大呢？大树的顶部剧烈地摇晃，仿佛就要被拔起一样。我感到一种巨大的力量从地底开始，摇动着我脚下的土地。大树摇晃的原因和我被摇晃的原因是一样的。也许又要下雨了。我看见那乌云越来越密集了，它们汇聚起来，向这里涌动着，变化着，像无数的乌鸦展开翅膀，飞向晋国。我从中隐约看见了闪电，也听见滚动的、沉闷的雷霆，在地上的搏杀开始之前，天上的搏杀已经开始了。

庆郑

我一直在想，卜偃的卜筮究竟在说什么？我是相信占卜的，尤其相信卜偃的占卜。他一直掌管晋国的卜筮事务，几乎每一次预言都被验证了。他所摆放的蓍草里，有着未来的秘密。我不知道他是如何占卜的，但我相信他得出的结果。他说，国君将渡过大河，那么他是怎样渡过大河的？为什么要去大河的另一边？难道我们真的要攻入秦国境内？还是其中含有另外的奥妙？

我听说，卜偃在往年秋天的时候就曾预言，晋国的沙麓山崩塌了，晋国差不多就要亡国了。可是他现在又说国君将走在秦国的土地上。他一面说卦象里含有大凶的兆头，又说是吉祥的，这是什么意思？我希望晋国是强盛的，但我不愿意看见无道者获利。国君所作的恶，也该受到必要的惩罚。否则天下就会是无道者的天下，天道也不能畅行了。

一个人言而无信，贪爱私利，又背弃自己的诺言，不知道别人的恩德，失去了应有的德行，却能够通行无阻，这怎么会有一个美好的世界？如果坏的行为不被制止，好的品行得不到发扬，我们的生活还有什么意义？你一次次违背天意，放弃人的仁德，难道秦国就不应该讨伐你么？而你在被讨伐中失去，难道不是正当的么？

唯一的解释是，卜偃并没有说出全部真实，他只将部分的真实说出来，又将残酷的事实隐藏起来。他没有说出的，并不是没有，而说出的却是浮在水面上的。不过这已经足够了，一个人即使从这水面上也能照见自己的面容，而水底的东西已经和这面容无关了。我的内心充满了矛盾，心情异常复杂，以至于我都不知道自己究竟在想什么。我似乎已经不关心结果了，因为结果能够在等待中看见的。重要的是，在这即将发生的故事里，我在哪里？我能不能把自己的事情做好？

我是国君的御戎，我有着护卫国君的责任。我既不希望在我的护卫中让国君受伤，也不愿意这不义的反抗获胜。可这是多么困难的抉择，甚至这结果只有其中之一，我却在这两者之间犹豫和彷徨。我走在了岔路的面前，我究竟要走哪一条路？很快就要出征了，我仔细检查戎车的每一个部件，车轴上涂好了膏油，车轮的转动没有丝毫的声息。我套上心爱的小骊马，在野外奔跑了一遍，一切都很好。它们将在杀伐中表现自己的力量、步伐、速度、耐力和敏捷，我也将展示自己高超的驾车和搏杀技艺。

我在野外不停地调试车马，旋转和突然掉头，转弯和腾跃过沟坎，想象着眼前的敌人，并在万敌丛中挥舞着自己的长戈，我的目光射向前方，一张张惊恐的面孔从我的眼前闪过。我也听到了来自背后的伸向我的长矛，但我一闪身就躲了过去。一阵高似一阵的杀伐声，就像大河的波涛汹涌澎湃，我漂浮在了一个个声音的波涛上。车轮从鲜血的河流上漂动，在死亡的深渊上飘动，好像一朵在血的表面上一次次掠过的乌云。

这就是一个惊心动魄的梦幻。我所想象的，将是真实的，可是真实的却未必就在我的想象中。一个梦幻里所包含的，实际上全都有了。那么真实还有什么意义？不过是这梦幻的重演。这梦幻将围绕一个无道的君王，一个背信弃义的君王，一个贪利的君王，就是这个人，将我带入了血泊之中。他将我带入了这梦幻，而这梦幻将成为真实。

既然知道这梦幻，就不会有恐惧。因为恐惧只是梦幻里的恐惧，醒来的时候一切将消失不见。所以我不会在鲜血前有任何恐惧了。梦幻里的恐惧已经足够大了，它已经将我压缩到一个狭小的角落，我就只有向自己的内心窥探了。于是我从内心里看见了足够的空阔，足够的光亮，足够的繁茂，也看见了足够的寒冷和荒凉。那么，这不就是卜偃的卦象里所说的事情么？

可是我还必须护卫这个君王，这是我的职责和使命。不是我要这样做，而是天意这样安排的。我不是为了服从一个君王，而是服从我内心里的天意。我不是服从别人，而是服从我自己。可是我的内心的声音分明不是我想遵从的，而是还有一种我不得不遵从的声音在我的内心回荡。它是一种不可违拗的声音，它压倒了所有其它的声音，所以我必须听从它。车轮碾轧着路面，但我感到它是从我的身上碾过去的，我分明感受到了难以忍受的疼痛。

春天是耕播的季节，可现在却要播撒死亡和恐惧了。春天是温暖的季节，可现在却要面对血腥和寒冷了。虽然天空是晴朗的，但我却感到窒息。因为我的灵魂是压抑的，它被两块巨石挤压着，它试图在这两块巨石之间扎根。它的根是那么柔软，似乎来自土地的力量还不够大，所以它在压抑中犹豫着，在痛苦的选择中徘徊，又在这徘徊中加深了痛苦。

那么我所护卫的不是一个具体的人，而是一个虚幻的君王。他不是那个具体的血肉之躯，而是一个名分，一个譬喻，一个并不存在的君王，所以我必须护卫他。至于那个真实的在我身边的君王，我是厌恶的，甚至是憎恶的。那个虚幻的君王是天道的守护者，所以我守护他，为他挥洒我的热血。可是那个具体的、站在我身边的君王，他已经失去了天道和仁道，他背弃了所有美好的东西，也背弃了天神，我将抛弃他。

在我们就要出征的时候，国君突然告诉我，将不用我来为他驾车和护卫他了，这个位置将由步阳来替代我。步阳同样有着驾车的高超才能，但他不会违背国君的想法，所以在战场上易于动摇自己的想法，而这即使是微小的顾忌，也会让自己犯错。好吧，那就由步阳来驾车吧，我的心里就不会有那么多痛苦了。我只是一个战场上的冲杀者，我将尽情冲杀，而不会想着自己身边有一个君王了。我内心的冲突都是由这个人带来的，现在我已经没有任何顾虑了，我不会想着去护卫任何人，我只是自己的护卫者。

我听别人说，国君这样做，是觉得我对他不恭顺——是的，他喜欢恭顺的人，这一点，步阳是合适的，他的生性是恭顺的。国君又让仆徒作为戎右，因为仆徒也是恭顺的。但在战场上，需要勇力和暴力，需要胆魄和技艺，而不是需要恭顺。原以为卜偃的占卜可以让国君继续任用我，可是他并不选择天意，而是选择了恭顺。可是恭顺怎能抵御强大的秦军？在刀剑交锋的厮杀中，恭顺怎能抵得过暴虐的血性？

所以，国君此次出征必将不利，甚至是大凶——卜偃的卦象不就包含着大凶么？背弃别人的恩惠，我听说会失去自己的亲人。以他人之灾为自己之幸，也绝非仁爱之道，贪图一己私利而不给予别人，就会埋下祸患。也就是说，大凶之灾不是在交战中，而是在无德之中。我说的都是自己的真话，但国君却觉得我出言不逊。真话和假话就那么难以分辨么？难道真话就不如假话更值得相信么？

为了让步阳驾车的时候更为得心应手，国君竟然选择了郑国赠送的小驷马。出于一个晋国大夫的职责，我还是提醒了国君。我谏言说，自古大战所用的马匹，都是来自本国的战马，因为它能够服水土，也熟悉人的心灵和习性，更易于听从主人的指令，也能记住自己国家的道路，这些本地的马匹有着外地马匹不可比的优势。尽管郑国所送的是名马，但在大战中，我们不是依靠马的名声，而是依靠马的实在，用有名无实的马匹就会遭祸，这就像国君用人一样。

国君说，名马之所以获得名声，是因为它的力量和速度优于其它马匹，不然怎么能成为名马呢？人世间获得名声的人，必定有着过人的本领，不然他的名声又是从哪里来的呢？我不用名马却用本地的马匹，岂不是让人耻笑？我即使不能识人，但我还不能识得名声么？一个人连名声都不重视，他还能重视一个人的才能么？所以我要用郑国的名马，它必定会在大战中对我有利。

我说，对于人的本领，我不知道。但我熟悉马的品性。若它不懂人心，就不会领会主人的想法，也不能很好地接受命令，它就会按照自己的想法行事，这样就会偏离主人的引导。它没有参加过血战，就不会获得经验和教训，也不会避免可能出现的危险。不熟悉道路，就会迷失方向。因为一切都是陌生的，就会临阵感到恐惧，就会因惊慌而失去规矩。

——那么，马的选择就和人的选择违背，若是人也因此而手足无措，马就会失去温顺的性情，不顾一切狂奔，你不论怎样管教它都会失去作用。名马的样子虽然好看，似乎英武健壮，但它到了关键时刻，鼻子就会乱喷粗气，看起来狡猾而愤怒，血脉偾张，血管就显露在皮肤上。实际上它外表的健壮乃是掩饰内心的虚弱，它的内部已经枯竭。到了那个时候，也许一切就晚了，战车就会进退没有余地、周旋缺少能力，国君悔恨都来不及了。

国君说，我不能听从你的，我要听从我自己的。你出言不逊，不知道恭敬君王，却整天谈论虚假的天道，现在又要用你的道理来改变我的想法，这怎么可能呢？你可以调教你的马匹，但不能用那样的方法改变一个君王。若是你说的是忠告，我还能接受，但我不相信你说的是忠告，而是你在临战前扰乱我的心性、动摇我的信心。你去做好自己的事情吧，不要在我的面前摇唇鼓舌了。

唉，晋国快要亡国了，国君既不听从劝告，也不听从占卜，那么他还听从什么呢？我看出来了，他内心的声音是凌乱的，他似乎已经被我的劝诫动摇了，但他为自己顽谬的天性所驱使，拒绝了好心的忠告，为了顽谬而顽谬，为了荒唐而更其荒唐。他的坚持既没有理由，也没有真的坚持，他既不听从别人，也不听从自己。

古灵魂

既然我不能改变所不能变的，那还说什么呢？我们就沿着春天的路往前走吧。走着走着，就会看见前面究竟会遇见什么了。并不是希望事实验证我的说法，我只是为了国君能改变自己的想法，但这是徒劳的。春天的路是开阔的，因为两边的树木已经开始发绿，道路就越发明显了，这让你看得清楚，也容易辨认。即使是在暗夜，路也会闪着白光，它向你敞开，它迎接你，接纳你，使你不至于迷路。但它也引诱你，窥探你，让你发现每一条岔路，让你困惑和痛苦。

在这样的路上，所有的事情将发生，并被我看见。也许我所看见的是我愿意看见的，也许是我不愿意看见的，但不论怎样，事情都要发生。我是不是更喜欢没有发生的事情？已知的事情已让我厌倦，但我对未知的事情却充满了好奇。我的欢欣在好奇中跃动，它在现在发芽，在现在长出叶子，它希望自己开花。我并不是希望看见我想要看见的，而是感到在时间里充满了我所不知的奥秘。我希望看见这奥秘。

卷二百八十八

韩简

　　我们距离韩原已经不远了。秦军连破三关，也已经到了韩原。大战一触即发。我是桓叔的后裔，祖父韩万是曲沃桓叔的儿子，我的父亲是赇伯。我现在是下军将，率领着下军，而国君则亲自率领上军，我们将在韩原与秦军决战。

　　已经是几个月过去了，我们和秦军对峙，并做好了激战前的准备，大军只等一声令下，就会扑向敌军。但是国君心里有点儿胆怯了，他坐卧不安，整天愁眉不展，因为他从来没有经历过这样的激战。他把我召到跟前，不停地问我，我们能够获胜么？我告诉他，我不知道，一场血战不是在血战之前就能够知道结果的，它只有等到最后的时候，我们才可见到结局。若是双方都预先知道一切，就不需要决出胜负了。

　　天气有点儿闷热，阴云低垂，微风轻轻刮着，国君不停流汗。远处的山峦被云雾笼罩，隐隐现出它的轮廓。好像天神也变得十分紧张。国君让我到前面观察秦军的动向，窥探军情的虚实。我到了一个高地上，又站在楼车的顶部，看见秦军的战阵威严，旌旆飞扬，刀戟

古灵魂

发出幽暗的光。我回到了军帐，将我看见的告诉国君。我说，秦军士卒比我们少很多，但士气旺盛，斗士也比我们多。

国君问，这是因为什么？你看得清楚么？我说，我站在高地上，又站在楼车上，从高处向下俯瞰，秦军的阵容一眼可望。他们的军阵齐整，旗帜在风中飘扬。我不能看清每一张脸，但能看见他们的头都向上昂着，微风传来了他们战马的嘶鸣，也听见了士卒发出的呐喊。这呐喊是出自肺腑，而不是虚张声势。尽管声音是微弱的，但我能感受到他们有着内心的愤怒，这声音里运足了底气，从身躯里冲向云霄。

——因为国君逃亡时依靠秦国渡过了难关，入国的时候又是仰仗秦国的护卫和借助了秦军的威严，晋国遇到饥荒的时候，又有秦国千里迢迢运来了粟米，这三次对国君的施恩从没得到报偿，并且国君还毁弃了自己割地的承诺。现在你又亲自率领大军前来迎战，更加激怒了对方。所以秦军聚集了猛将和勇士，他们充满了愤怒之情，所以他们的气是充足的，勇力也会成倍增加。但是反观我们的军士，阵容松垮，将士懈怠，也没有什么斗志，所以说我们的战车和士卒众多，但斗士却鲜寡。而秦军看起来人数和战车少却斗士众多。

国君说，你说的有道理，但我们必须出击。若要让秦国轻易获胜，秦军就会蔑视我们，不仅蔑视我们的将士，也蔑视晋国，还将蔑视我。任何人都不能接受蔑视和轻慢，何况我还是一个国家的君主。假使我被蔑视，我还怎么去见天下的诸侯？我还怎么面对晋国的民众？我还怎么坐在国君的座位上发号施令？我可以被杀掉，但不能被蔑视。

我说，国君早应想到这样的事情，当初就不会毁弃诺言和背弃恩德。国君说，我不会后悔，当初所想的和现在所想的不一样。我不对从前说话，我只对现在说话。从前的事情已经被秋风吹落，现在的叶子已经是新的了。你就去秦军的阵前挑战吧，把我出击的理由告诉秦穆公。所有的话语最后都要由刀剑说出，刀剑也是最后的理由。

我持着挑战书前往秦军大营。秦穆公怒目圆睁，手持镂花的、镶着金纹图案的长戈与我会面。我代国君说，我们的君王对你的恩惠丝毫不敢忘记，无论是护送国君回国即位，还是帮助晋国度过饥荒，国君都等待时机予以回报。可是你不等晋国的回报，却要率军前来攻打晋国，我们就只好迎战了。我们本不想这样，但晋国大军一旦集合就不能随意解散，我们必须给将士们撤退的理由。

秦穆公的目光利剑一样逼视着我，长戈的尖刃上发出了寒光，他的手将这长戈握得很紧，似乎就要捏出了火。我继续说，秦军若能退兵，这是我们的期望，而要不撤兵，晋国的战车和大军怎么敢回避你的进攻？我听说，客人来了就要设宴招待，客人走了就会撤去宴席，这是应有的礼仪，晋国又怎能违背待客之道呢？

秦穆公说，你们国君还没有回到晋国的时候，我就为他感到十分担忧，害怕你们的先君追杀他。他回到晋国而君位未定的时候，我仍然为他担忧，我不知道他会不会就像前几个扶立的国君一样，被他的大臣所谋害。现在他的君主名分已经确立，并且已经安居于自己的宝座，我不需要再为他担忧了。但是他也该自己为自己担忧。可他从来不为自己担忧，也就枉费了我的良苦之心。那么我就不说什么了，请你回去告诉你的国君，让他调整好晋国大军的阵形，磨砺自己的剑载，套好自己的战马，我要亲自去阵前拜会他，为他擦拭一下剑锋，见识一下他的剑还有没有光亮。

秦穆公的声音是洪亮的，他的声音让我的双耳震动，军帐外的疾风卷起了尘土，也让树木的梢头不断摇摆。他的金戈横在腰间，仿佛不是他在说话，而是他的金戈在说话。因为这话音里有着宏朗的金戈之音，满带着血气和暴戾。他似乎胜券在握，他的口气已经是得胜者的口气，他的话音也是得胜者的话音。我转身离去，仍然感受到背后的目光就像一千张强弓搭上了利箭，它正在射向我。可是我只给了他一个背影，一个向远处走去的背影，我又用什么来抵挡？

我回到晋军的军营，将秦穆公的话转告了国君。他似乎陷入了沉思。不知过了多久，他忽然说，一切随天意的安排吧，我们已经做了该做的事情，剩下的事情就由不得我们了。看来他们是不肯退兵了，那么我们就准备出击吧。卜偃已经从卦象里看见了结果，但这结果并不是确定的，大凶中含有大吉，我们拥有这么多战车和勇士，害怕什么呢？无非就是如卦象里所说，我们攻破敌阵，渡过大河，让进犯的秦军为此悔恨。国君转身拿起自己的剑，对着军帐外透进来的光亮看着剑锋上的光芒。

他好像已经几天没有睡好了，眼瞳是发红的，脸上现出几分疲倦。他虽然表现出毫无畏惧的样子，但实际上仍然自觉理亏，没有足够的斗志。临阵前的紧张和焦虑使他内心混乱，但事情已经到了这个地步，也只有孤注一掷了。他的面前已经别无选择了。他看着自己的剑锋，究竟在想什么呢？也许这剑锋上所闪烁的，仅仅是一片空白，因为他的前面所展现的是一片苍茫。

也许一个国君所想的，也是他的将士所想的。这种倦怠和迷惘就像大波浪一样将人卷起，又重重地抛在了谷底。倦怠不是空白，迷惘也不是空白，但却都包含在国君所看见的空白里。这是宝剑锋芒里的空白，是国君焦虑中的空白，但对于天道来说，它的空白里包含着无数，包含着天意的玄奥。我看见士卒们擦拭着自己的长矛和长戟，但动作是懒散的，就像一个个冬闲时节的农夫，坐在自己的屋子里打磨无聊的时光。

激战的前夜推出了天幕上的无数星光，我看着这群星闪耀，看着它神奇的图案，却不能和占卜者一样说出其中的奥妙。它一定有什么深意，只是我不知道。明天是未知的，却已经被这闪烁的星光说出了结果。我问我的御戎梁由靡，明天的血战将会有什么结果？梁由靡说，只有天神知道，可是我已经准备好了。我曾想过几种结果，一种是我们获胜了，秦军溃退了，那么我们应该适可而止，这也是对秦国恩德的回报。另一种是我们失败了，秦军就会夺回国君曾经许诺的河西五城，那么也算是国君用这样的方式兑现了自己的许诺，我们也就不欠秦国的恩惠了。因为我们许诺的，他们已经夺去了。

还有一种可能，那就是我在激战中丧生，我已经什么都不知道了，那么所有的事情就结束了，因为对于一个死者，不用为人世间的事情操心了。我所想的都是最好的结果，也是最坏的结果，但不论怎样的结果，只有在明天的激战中才能获得。若是我能捉住秦穆公，那么我将告诉他，我不会杀掉你，因为你对晋国是有恩的。你必须保证不再进犯晋国，那么我将会把你放掉。可是我这样做，国君会杀掉我么？

古灵魂

我说，国君会杀掉你，但我要先杀掉你。因为你私自做了你想做的事情，而两国交战，不是由我们决定的，而是国君的决定。我们作为晋国的大臣，乃是侍奉国君，所有的一切应该由他做出决定。但我要是杀掉你，我也可能会被杀掉。因为你本应被国君亲手杀掉，我却先杀掉了你。可是决战还没有开始，我们却想着怎样杀掉自己，难道这是两个亡灵的对话么？那么生者和死者还有什么区别？

梁由靡说，在交战中谁都可能死去，我们不知道怎样守住自己的身形，却知道最后还有自己的亡灵。既然生和死不由自己决定，那么我们已经可以把自己当作亡灵了。我们终将死去，终将成为亡灵，迟早都会得到的，就不要着急，那就让我们等待明天的到来吧。你看，那漫天的星斗，都是地上的亡灵。

卷二百八十九

梁由靡

搏杀中的人都不是真实的人，因为他们在搏杀中已经失去了自己。他不仅忘记了自己是谁，也不知道自己在做什么。秦军的军阵严整而庄严，他们的士卒几乎都是屏住着气息，等待着冲杀。晋军的阵容则是宏大的，国君亲率的上军和韩简率领的下军呈现出两头夹击之势，秦军就显得十分孤单、单薄，但他们却毫无畏惧。国君擂响了战鼓，我们从两边冲向秦军，喊杀声在半空震荡，以至于驱散了天上的几朵白云，剩下了一片碧蓝，耀眼的碧蓝，空洞的碧蓝，无边无际的碧蓝。

就在我们冲向秦军的时候，秦军竟然也朝着我们冲来，他们似乎积蓄了充满了躯身的血，睁大了双眼，疾风般地卷了过来。两军的战阵顿时被冲散了，战鼓的声音被喊杀声压住了，变为沉闷的背景。战车和裹着铠甲的马匹，在愤怒中横冲直撞，长矛和长戟在对撞中发出了混乱的响声，一个个飞扬的头盔带着红缨在风中疾驰，就像野地里无数鲜花在飘移。鲜血飞溅着，一个个躯形从站立的姿势中快速倒下，而另一些人却从低下的头颅里又挺了起来。他们从远处看起来并

古灵魂

不像一个个具体的人，而是一个个影子，就像灯光照射下墙壁上的影子，互相交织在一起，生动的面孔没有了，被黑色的轮廓覆盖。

我只看见一个个影子纠缠在一起，我的心里已被这一个个影子所纠缠。天空是那么晴朗，它用巨大的、空阔的蓝，笼罩着这无数影子，朝着这些影子盖了下来。这不是一个个人挥舞着兵刃在激战，在生与死的边缘激战，而是一个个影子在激战，它们没有生和死，没有仇和怨，也没有任何理由，在血泊里纠缠。真实被宏阔的激流冲击为泡沫，一切更像是虚假的，更像是一个个幻觉。

我们不是在激战，而是在梦中遭遇了一个个恶影，那么恐怖，那么可怕，那么惊心动魄，却不由自己支配。我似乎一下子被惊醒，我捕捉到了一个影子，一个独特的影子，我看清了，那就是秦军的首领秦穆公。我紧紧盯住了他。我驾着战车向他冲去。战马发出低沉的嘶鸣，类似于虎的咆哮。我抖着缰绳，调整着马匹的步伐和节奏，让它们加快速度。

现在我只看见一个人，其他的人们似乎并不存在。作为戎右的辂射挥动着他的长戈，将一个个影子拨开，不知是哪个人的血溅在了我的脸上，就像火星迸溅到我的脸上，我感到一阵灼烧般的发痛。秦军似乎已经被我军冲散了，甚至击溃了。前面的秦穆公的戎车在奔逃，他已经脱离了大军，冲入了一条小路。我就在他的背后，我的目光已经射向他，我看见他的战马惊慌地狂奔，他的背影发黑，他不时回过头来，看着我。

看来我和韩简所说的话就要应验了，我就要捉住秦穆公了。我就要捉住秦国的君王了。我的内心太激动了，以至于我的手在颤抖。我看见他手持的戈尖在闪光，这蓝天下的闪光不断晃动，就像他举着一盏灯在奔逃。前面的路越来越难走了，不断有凹坑将战车抛起来，又落下去。我将视线放长，发现他似乎不是在奔逃，而是他的前面还有一辆战车，他是在追逐那辆战车。

他追逐着前面的战车，而我又在追逐他，这是多么富有意味的追击。现在是我多么希望前面那辆战车突然掉回头来，这样我们就可以截住他，形成合击之势。这多么像一场快乐的游戏，一个人追着一个人，而另一个人又追着那个追逐者。我看见虢射从自己的箭囊里拔出了一支箭，搭在了弓上。他的箭羽在手中抖动，嗡的一声，箭发出去了。

那支箭从虢射的弓弦上飞了出去，它在空中发出嘶嘶的声响。微风似乎吹得它偏离了预定的方向，但它仍然在飞，箭羽快速变为一个白点，似乎就要消失了。那个白点在即将看不见的时候，一下子钉住了那个我紧盯的黑影。那个黑影一歪，他的戈尖上的光好像黯淡了，我听见那个黑影痛疼的一喊。

秦穆公的战车似乎慢了下来，我和他的距离越来越近了。我听见他的战马发出了悲声，他的战车上的金饰越来越耀眼。我在想，我捉住他之后，将和他说什么？我难道真的会把他放掉么？要是把他放掉，他会用怎样的感激之情对待我？或者他会向我哀求么？一个君王会向我哀求么？我怎样和他说第一句话？也许我会说，你看见了吗，是我捉住了你。我将看着他苍白的脸，看着他悲凉的眼睛，看着他的绝望，他还会有一个君王的神气么？

我将把自己的长戈横在胸前，让他看清我的脸。我用眼睛盯着他，让他垂下眼帘，并低下头。他的傲慢将不存在。不，我不能将他放走，他已经成了我的俘虏，我怎能放掉他呢？我要将他押回晋都，让国君来处置。我记得多年前受里克之托，曾和屠岸夷一起前往梁国，让公子夷吾回来做国君。那时我曾对他说，你要回去做国君，我们都将忠诚于你，你不会有危险的。现在他已经是我的国君，我不能忘记从前所说的话，不能失去一个大臣的职责。我会将秦穆公带到国君的面前，对他说，我捉住了他。

可这时我听见后面有人喊我。我回转头，发现是庆郑在追赶我。他对我说，国君就要被秦军捉住了，你们赶快去营救……可是我就要捉住秦穆公了，就这样将他放走了？韩简说，国君的生死更重要，我们赶快去营救国君吧。我浑身冒汗，汗水从头盔里向脸上直流，我的脸上像布满了河流，但我的心却被更大的河流冲刷着、激荡着，我不得不放弃我所要的。秦穆公不是因为我不能捉住他，而是他获得了逃脱的天意。

这时突然从哪里冲出几百个野人，他们所穿的衣服是破烂的，不整齐的，手里拿着长长的棍棒，迎面截住了我。我看见我的背后，竟然还有跟随我的几辆战车，他们也被拦住了。这些人的面孔乌黑，一个个有着愤怒的表情。我们从来没有和他们结怨，却遭到如此猛烈的攻击。这些人是谁？他们为什么要营救秦穆公？为什么要和我们作对？这些人面对我们毫无惧色，用手中的棍棒作战。他们是天神派遣来的援救者？

我就要因为营救国君而放弃追捕秦穆公了，这样的结果我没有料到。我的内心中的渴望被拿走了，被无所不在的天神拿走了。许多事情就是这样，当你就要将你想要的东西拿到手的时候，你的手却被迫缩了回去。当我驾车调头的时候，我看见我追击的那个黑影笑了。我不能看清他的脸，但我感到他在笑，不是他的脸在笑，而是整个黑影在笑。这是一种逃脱了的笑么？还是在幸运中滋生的藐视的笑？还是俯瞰的嘲笑？他虽然在我的前面，但我突然感到他是站在高处的，他在俯瞰我。

　　我跟随着庆郑的指引，向着国君受困的方向驾车狂奔。我的战马在奔腾，它们不知疲倦地飞扬着四蹄，有力地叩击着地面。车轮在颠簸中旋转。天光似乎黯淡了，日头已经倾斜，它的光芒已经不是那么热烈了。我手中的缰绳也似乎越来越重了。梦幻般的一刻已经从梦幻中消逝，我好像不是在路上飞奔，而是在我的遗忘里飞奔。

古灵魂

野夫

我们生活于岐山脚下，依靠种地和狩猎度过一个个日子。我们的身体是健壮的，从来不惧怕死亡。因为每一个人都会死的，既然这样，还有什么可怕的？我们喜欢平和的生活，却不喜欢别人来干扰我们的安逸自在。可是有一次，我们几百人在山里狩猎，发现了一匹漂亮的野马。这是从哪里来的野马？我们带着疑惑杀掉了它。

那个晚上是快乐的，我们在野外燃起了篝火，扯开嗓子唱歌，跳起了我们的舞蹈，并在火上烤着刚得来的马肉。肉香从火焰上飘起，散发到我们的鼻孔里。我们分享着马肉，喝着自己酿制的酒，在野地里随意呼喊，还惊动了树林里的夜鸟。它们从我们的头顶惊慌地飞过，不知飞到了什么地方。

天空是发黑的，它褪去了白日的蔚蓝，露出了它黑暗的本色。但这深邃的黑中点满了星光。夜鸟的翅膀是黑的，树林里的所有树木是黑的，远处的山是黑的，一切都是黑的，这是世界的本来面目，只是白日的太阳赋予了它们各种美好的颜色。这些颜色本不存在，却借用了天上的光给自己披挂了漂亮的羽毛。我们围绕着篝火，火焰的尖端飘忽不定，不断迸溅着火星。在漆黑的夜晚，只有火焰是生动的，我们就像火焰一样跃动，表达着自己的快乐，并使这夜晚也充满了快乐。

有谁想到，我们的快乐是有代价的。这快乐里有着未知的不幸。在火焰的光芒里潜藏着一个个看不见的黑斑，是的，所有的明亮中都藏着看不见的东西，但我们只在看得见的生活里尽享着快乐。我们不寻找未知的事物，只享受已知的、能够看见的快乐。现在我们吃着马肉，在篝火旁享受美好的时光。如果每一个人最后都要死掉，那么我们捕捉到的快乐就像捕捉到野兽一样，它供我们享用，这还不够么？日子一天天过去，每一天都不是从前的日子，我们只住在已经捕捉的这个日子里。

可是，很快秦国的官吏就率兵捕捉了我们。我们被戴上枷锁，押解到国君的面前。我们才知道我们所吃的马肉，乃是秦穆公丢失的一匹名马。押解我们的人说，你们必死无疑，你们吃掉的是国君最心爱的马，你们因为享用马肉而丢失了性命，真是太不值得了。我们中的一个人说，你不懂得快乐的意义，所以你会觉得不值得这样做，可是我们已经获得了一个夜晚的快乐，难道不能为了这快乐去死么？

另一个人说，那一夜真好啊，我永远也忘不了。我说怎么那匹马的肉那么好呢，原来国君的马和别人的马就是不一样。生活本来就是短暂的，现在死去和将来死去有什么不同呢？他还嘲笑那个押解我们的士卒，我们曾捕捉过很多野兽，现在你们捕捉了我们，而你也将会被捕捉，人世间的事情就是这样，所以你也会有这一天。我们踩下的脚印，你也会踩上去。一个秋天落下树叶，另一些树叶在另一个秋天跌落。

我们见到了秦穆公，也看见了他腰间的剑。但他的脸上却洋溢着微笑。他说，一个君子不应该因牲畜而伤害他人，我的良马丢失了，我曾十分伤心，但现在知道它的下落了，我的心里就不再悲伤。因为你们吃掉了它的肉，它落在了你们的肚子里，所以我看见你们也就看见了我的良马。我听说，吃掉良马的肉而不饮酒，身体就会受伤害，现在我赐给你们美酒，饮了这美酒，就不会生病了。

国君亲自给我们斟酒，又拿来煮好的肉，我们在国君的宫殿里获得贵宾般的招待。我们原以为会被杀头，却得到了又一次享乐。然后观赏了国君的花园和他宫殿里的珍宝，还听了乐师的演奏。临走的时候国君又赠给我们崭新的衣裳。我们从来没有穿过这么好的衣服，回到我们的村庄后，就将这衣裳珍藏起来。

可是我们怎样报答国君的恩德？我们多次请求为国君做些什么，可国君从没有答应我们。他的恩德并没有想着回报，他只是出自他内心的美德，并用这美德熏染我们，让我们的心变得温暖。几年过去了，我们没有忘记从前的一幕，也没有忘记国君赐给我们的美酒。我们一直谈论着这美好的相遇，谈论着国君的微笑和他流露出来的真诚。但他却没有给我们回报的机会。

这一次，我们听说秦国要去讨伐晋国，国君亲自率军征讨，我们感到了欢欣，因为我们终于有了报答国君的机会。听说，晋国的国君是一个暴虐的、背信弃义的人。国君曾庇护他在梁国躲过了他父君的追杀，又把他护送回晋国，让他做了国君，可是这个人从来不思报答别人的恩惠，还毁弃了自己的诺言，当初答应赠给秦国的城邑也毁约了。这真是一个无信无义的国君，秦国早应该讨伐他了。

按照我们的理解，国君并不会追究本应得到的赠礼，他是宽宏大量的，他为别人做好事从来就不贪图回报。可晋国的国君应该记住自己所亏欠的，他该感到内疚。这个人却从不这么想。晋国遭遇饥荒的时候，我们的国君给他们运去了粮食，那是多么感人的场面，那么多的船只，一艘接着一艘，顺着奔流千里的河流，帆影遮住了河上的天空。可是他仍然不知道感恩。秦国也遭受了灾荒，当国君派人去求助的时候，他却拒绝了。这是一个什么样的人？他的心是冷酷的、毫无情义的，他该受到惩罚。

我们悄悄跟随秦军向晋国出发。我们背囊里装满了干粮，背着自己制作的弓箭，还带了我们平时狩猎的木棒。我们曾在山林里和野兽搏斗，这一次我们要帮助国君和晋军搏斗了。他们难道比野兽的牙齿更锋利么？比野兽的利爪更可怕么？我们还准备了绳索，要是捕捉住他们，就用绳索捆绑起来，用捆绑野兽的绳结系牢，他们必定逃不掉。

激战开始了，国君的战车冲了上去，他是勇敢的，他没有任何恐惧。那么多的战车绞杀在一起，骏马在奔腾和咆哮，长矛在交织碰撞，鲜血在流淌。晋军的战车太多了，他们的士卒也多，可是秦军是勇敢的，他们毫不畏惧，毫不退缩，在敌群中冲杀。战车在急转、在冲撞，车轮扬起了尘土，喊杀声震动了树木的梢头，就像几股旋风的相遇。我们埋伏在树林里，观看这从没有见过的两军对决。

晋军依仗的是人多势众，但秦军却依仗着自己内心的愤怒和正义激发的勇猛，他们甚至一个人和几个人搏杀，一辆战车和几辆战车搏杀。他们已经让晋军感到了恐惧。秦国国君的战车冲入了敌阵，陷入了重围，又从中冲杀出来。一辆晋军的战车在奔逃，国君的战车紧追不放，但后面又有晋军的几辆战车冲了出去，紧紧盯住了国君。后面晋军的战车上，一个人向国君发出一支箭，国君是不是被射中了？

我们一声呼喊，从林间冲了出去，报答国君的时候到了。我们的喊声让晋军的战车感到震撼，手中的大棒砸向敌军的头，有人捡起地上的石头掷向敌人和他们的马匹，这让他们的战马受惊，被攻击的晋军陷入了一片混乱。一个人喊着，我们曾吃了国君的良马，现在我们要吃敌人的战马。在我们的大棒下，一个个敌人露出了惊恐的面容。我们中的许多人涌到了国君的身边，护卫着国君的战车。

其中的一辆晋军战车，突然掉头转向。我们中一个人喊着，不能让他逃走，不能让他逃走……但那辆战车疯狂奔逃，车后掀起了一阵尘土。我们追了一会儿，但他的马太快了，已经追不上了。国君从臂膊上拔出了箭，将它折断，扔到了荒地里。他的脸上没有痛苦的表情，而是对我们微笑着，问道，你们是谁？为什么来救我？一个人说，国君还记得从前吃掉你良马的人么？

卷二百九十一

仆徒

　　我是国君的家仆，但现在我是国君的戎右。我拿着长戟，护卫着国君，在秦军的包围中左冲右突。秦军是凶猛的，他们看着我的长戟向他们刺去，却不去躲避，而是迎着我的兵刃而来，并狡猾地用他们的矛拨开了我的锋刃。他们看着我的兵刃竟然连眼都不眨，而是愤怒地冲向我。显然他们是冲着国君而来，他们看见了国君，并用必死的心想要捉住他。

　　原本应该由庆郑驾车，但国君认为他不够恭敬，所以换成了步阳做御戎。步阳的御车术是高超的，但庆郑更胜一筹。步阳更多的是不断躲避，但庆郑却是在直驱中寻找时机。庆郑认为，御车要有大道，即使在狭窄的路上心里也要拥有大道，这样狭窄处就会变得开阔。在军阵中搏杀，也要有大道，不要以为敌军的刀剑就可以阻挡，那样车马就会被挡住，要在刀丛中寻找大道。步阳却是谨慎的，他不是缺乏勇猛，而是顾忌车上所护卫的国君。他不是自己感到畏惧，而是驰车中害怕国君受到伤害。

　　出征前国君曾让卜偃占卜，结果是任用庆郑做御戎是吉利的。但

古灵魂

国君说，既然任用庆郑是吉利的，那么任用别人也同样吉利。庆郑既然对我不尊敬，那么就任用尊敬我的人来做御戎，这样我就会感到放心。用一个我所信任的，难道不是更吉利么？国君也将护卫他的重任交给了我。我一直跟随在国君的身边，他知道我的勇力，也知道我的忠诚。

庆郑也是忠诚的，但他不能掩饰自己，他是浑身透亮的，心里没有谜，因为所有的谜都已经展现了谜底，这就会让看见这谜底的人受到折磨。他也不是对国君不恭顺，而是以为说出自己要说的话，比恭顺更重要，因为这样的话能够帮助别人。别人的话是用嘴巴说出的，而他的话是从自己的内心里掏出来的，可是却让人感到惊慌，因为这样的话是带血的。可是人们能直视血，却不能直视带血的话，因为这样的话会把他所带的血涂到别人的脸上，人们会觉得自己的脸上有了污浊。

一切都来不及了，我们的战车在躲避中陷入了秦军的重围。我奋力抵挡来自几个方向的攻击，我凭着自己的搏杀之术和浑身的力量，将一个个士卒斩杀，又将一个个刺来的长矛拨开，在弯曲的血路上冲杀。但秦军已经忘掉了生与死，他们不断潮水般涌来，他们的波浪一个接着一个，愤怒地拍打着战车。我看着他们一张张脸在我的四周旋转，他们缠绕着我，就像给我套上了绳索。我感到一阵阵眩晕，我的长戟发出了呼啸，我的声音已经嘶哑了，身上的力量也渐渐枯竭。

战马已经完全惊慌了，它们好像不听步阳的调遣了，这样的情形庆郑已经预料到了。我忽然想起庆郑曾提醒过国君，让他的戎车不要套上郑国赠送的良马，而是仍然用从前的小驷马。他对国君说，自古以来在大战中要用本土的战马，因为它能服水土、善解人意、懂得人的习性并听从主人的驾驭。但要用其它国家的马匹就不一样了，它们遇到大战会惊慌，因它不懂人心，就不会安心听从御者的教训，又不熟悉道路，所以必定要违背御者的意旨，就可能进退周旋都不能得心应手，让主人陷入困境。

可是国君不听从他的话。这不是因为他说的无理，而是因为他所说的所有的话，都让国君厌恶。他越是劝告，国君就越要坚守自己的想法。国君不理解真正的忠诚，也不理解真正的良言，而是只理解让自己满意的语言，或者说，他不是为了理解，而是为了接受。他所不能接受的，就让自己朝着相反的方向驱驰。现在，庆郑的预言已经成了现实，战马惊慌了，它们不听从步阳的指令，在惊慌中失去了方向，步伐也失去了协调一致的节奏，战车作战的规矩没有了，使国君的戎车受到秦军猛烈的发疯般的攻击。

慌不择路的马匹在奔逃中把战车带到了淤泥中，车轮深陷其中。国君大声呼喊庆郑。庆郑说，国君不听劝谏，也违背占卜，本来就要品尝败绩，却还要逃跑，让我怎么救你？我要救你，就将你所违背的又一次违背，我还怎么坚守我的正道呢？那样你不惩罚我，天神也会惩罚我。说完他就掉转战车离去。

庆郑显然是负气而走，他难道不知道他的离去就是背弃了忠君之道么？国君因负气而背离了天道，难道他也因国君的负气而负气，从而背离了天道么？即使他不救国君，也应该救自己内心的道义。可他却转身离去了。即使不是国君，而是一个深陷泥淖中的其他人，他就不该营救么？庆郑太执拗了，就像国君一样执拗。执拗使自己失去了

古灵魂

本性，可是执拗又何尝不是自己的本性？

很快庆郑去呼来了韩简和梁由靡。梁由靡驾着战车到了国君的身边。于是国君让梁由靡驾车，而让虢射做他的戎右。我们合力将战车推出了泥淖，可是秦军已经逼近了，秦穆公的戎车也杀了回来，他的战车周围是一群手持棍棒的野人，他们衣衫不整，但一个个就像猛虎一样扑向了我们。晋军已经被击溃了，士卒们四散而去，我们被那么多秦军团团围住，看来已经逃不掉了。

秦穆公大声喊，你们就束手就擒吧。然后他看着惊惧的国君，以获胜者姿态发出了嘲笑。他说，你在梁国避难的时候，我没想到你会这样，我的大军护送你回国的时候，我没想到你会这样，你违背诺言的时候，我也没想到你会这样。你们遭遇饥荒的时候，我给你粮食，也没有想到你会这样。我曾为你一次次担忧，现在只有你为自己担忧了。我听说，一个人拥有德行的时候，不用为自己担忧，但失去了德行就会为自己担忧，因为上天不护佑没有德行的人。你的担忧来自你自己，又要自己来承担这担忧。

天空愈加晴朗了，天上失去了所有的云彩，就连微风也停住了。眼前无数的兵刃也停住了，我感到了喧嚣里的无限宁静。我想起了卜偃的卜筮结果，他说国君将渡过大河，可是谁知道要以这样的方式到秦国的土地上。我们都要成为秦国的俘虏了，我们就要被捉住了，命运的选择不属于自己了。在就要结束的激战中，一个个勇猛的形象走进了我的灵魂，可是我的勇猛又在哪里呢？勇猛可能是毫无用处的东西，它原本是奢侈的，无意义的，因为勇猛不过是生命的表演，它只存在于表演中。一切结束之后，这表演也就结束了。

而忠诚本身也是这样，它就是将自己和别人的命运捆绑在一起。可是这样的捆绑使你失去了自由，失去了本应属于你的选择。我从来没有像现在这样深入到自己的内心，并仔细窥视它里面的黑暗。我也从未见到过自己的内心，可是在这个时候，它出现了，好像仅仅是一点缝隙里透进来的光，它照见了每一粒灰尘。谁又能有机会看见自己的内心呢？

　　紧张不安和恐惧反而也停住了，我突然变得轻松了。这是一种被命运决定之后的轻松，一种放下了全部责任之后的轻松。我不需要护卫国君了，我所护卫的那个形象，已从我的身旁离开，他也要接受未知的安排了。我在战车上的位置也没有了，我本不在那个位置上，但国君将我放在了那个位置上，这个位置现在被抽走了，我所站立的地方原来是一片空白，它仅仅因为我的站立而被填满，现在那里空了。

　　我失去了恐惧，也失去了曾经的勇气，同时失去了自由。这自由原来就没有，现在连那曾经不存在的也失去了。因为那不存在的仍在幻象里存在，现在连这幻象也不存在了。战马、战车和血战中的长戟，都成为别人的战利品，成为获胜者的象征物，连我自己也成为一个譬喻，一个晋国的譬喻。那么国君也是这样，他也成为秦国的俘虏，他也成为一个象征物，一个譬喻。不过他本来就是一个象征物，一个譬喻，他只是因战败而回到了自身，回到了他本来的样子。

　　我只是在和秦军的作战中，看见了一张张闪过的脸，他们有的死了，有的还活着。我不知道他们的命运，我也不可能知道。那些脸只是在我的战车前一个个闪过，他们似乎没有进入我的记忆，或者以另一种方式藏在了我的记忆的背后。我原本就不认识他们，但我在激战

古灵魂

中和他们相遇。在平常的日子里，我本是没有机会和他们相遇的，但却在这里见到了他们，这难道不是一个奇迹么？

我又怎知自己会有这样的结果？我从来没有去过秦国，但却以一个俘虏的身份去秦国了，我仍然跟随着国君，只不过这将是以一个俘虏的身份伴随着另一个俘虏，我怎能想到会有这样的结果？这仍然是一个奇迹。不过我既然失去对自己的支配，就没什么要担忧的了，因为我的命运在别人的手里，我还需要担忧么？因为我什么都不知道，所以只能将命运托付给命运，将结果托付给结果，可是我对这一切都一无所知，所以我就没什么担忧的了。若我知道其中的一点点可能，我就会感到焦虑，因为我毕竟对将来知道什么，但我一无所知的时候，就只有在时间中等待，而且我不知道我所等待的究竟是什么。

我被押解着，走上了漫漫长途。路是陌生的，就像我所要去的地方是陌生的。我的将来也将是陌生的。我自己也成为一个我所不认识的陌生人。我要和我重新相识，我每走一步都是与自己的一次重逢。这重逢既是高兴的也是悲哀的。我因自己放下一切的轻松而高兴，却为自己不能理解自己的命运而悲哀。我知道自己在飘荡，又怎知自己为什么飘荡？怎知自己将飘荡到什么地方？

卷二百九十二

穆姬

有人来告诉我，夫君已经得胜归来，但我还没有见到他。我还听说，他捉住了晋国的国君，还要杀掉他，以祭祀天神。可是晋惠公毕竟是我的弟弟，我怎能忍心让他死去？我的亲人已经一个个死去了，现在我的夫君又要杀掉我的一个亲人。生于君侯家中为什么会这么不幸呢？

多少年来我一直思念自己的故土和亲人，可是晋国在韩原一战，却战败了，我的弟弟晋惠公也成了秦国的俘虏。自从嫁给了秦国国君，我再也没有回到晋国，却不断听到各种坏消息。我的两个弟弟因为被扶立为国君，被里克杀掉了，我的另外两个兄弟重耳和夷吾流落他乡，至今我还不知道重耳的下落。夷吾依靠秦国做了国君，但他违逆天道，不思报恩，还继续追杀重耳。他回晋国的时候，我曾一再叮嘱他，要善待太子申生的遗妃，也要善待众公子，让逃亡的公子们回到晋国，但他一样也没有做到。

夷吾所做的都和我所期望的相反，他的车和我的想法是背道而驰的，这不仅失去了一个国君的仁德，也辜负了我对他的期望。这让我十分痛苦，我曾怨恨他，希望他得到惩罚。但现在他已经做了秦国的俘虏，就要被杀掉了，我却后悔我对他的诅咒。我再也不愿意看见我的亲人死去了，不是他不应该死，而是我不愿意看见自己的亲人死去。

我为什么会有这一个个不幸的遭遇？出嫁之前，我的父君曾让人占卜，得到的结果是，归妹卦变为了睽卦，太史史苏预测说，这个卦象是不吉利的，因为卦辞说，男人宰杀羊却看不见血，女人拿着箩筐却白忙一场，受到西面邻居的责难，却又得不到补偿。归妹变为睽卦，意味着孤立无助，而震卦变为了离卦，也就是离卦与震卦的互相转化，谁又能受到雷与火的轰击而不受损伤呢？车子要脱离车轴，敌方的木弓要拉开对准你，大伙要烧掉军旗。这难道不是在说现在发生的事情么？

是不是因为我的出嫁给他们带来接二连三的灾祸？我一想起自己苦命，就会失声痛哭。我不知道自己哭过多少次，我的眼泪就要流干了，我的眼窝成了干涸的湖，我的心里杂草丛生，已经荒芜了。可是我又怎能按照自己的想法行事？我还有怎样的选择？一个女人，一个生于君侯之家又嫁给了君侯的女人，她的根就只能扎在石头缝里么？我的根既缺少泥土，也缺少雨露，我只能在寒冷的秋天飘摇，并一点点落尽了自己的叶子。

我是寂寞的，因为我的内心的苦痛没有人理解，也没有人问我为什么流泪。我的眼泪是从心里往外流的，可是别人所见的却是我眼里的泪水。我的日子靠着泪水的滋润，所以我每天都在尝着自己的泪水的苦涩，谁又能知道这些呢？他们看见我外表的华美，却不知道这所开的花结出来的是一个个苦果。就连这苦果也是寂寞的，因为它是在寂寞的枝头挂着的。我就在这寂寞里照着自己，看着自己寂寞的形象，并藏在这形象里哭泣。

我听说晋惠公要被带到秦宫，就领着我的儿子太子罃、公子弘和女儿简璧登上了高台，并在高台上放满了柴草，我的双脚踩在这柴草上。我穿着丧服在这高台上哭泣。这里的风很大，我的衣服里鼓满了风，就要被吹得飘了起来。我派遣的使者用双手捧着我的丧服去迎候我的夫君秦穆公，并对他说，上天给我们降下了灾祸，让两国的国君不是以礼相待，用互赠礼物来相见，而是彼此动用刀兵相互杀戮。若是晋国的国君早上进入秦都，那么我就带着我的儿女在夜晚自焚，若是晚上进入秦都，那么我就在早上自焚。你知道，我说了就会做，为了我的弟弟活着，我情愿自己死去，我看不见的事情，就不会因其发生而悲伤。请夫君想想吧，想好了就告诉我。

我等待着这个时刻。我已经踩在了火焰上，我的身躯将在这火焰里化为灰烬。我将带着我的儿女一起飞往天庭。我用自己的手抚摸着身边的儿女们，他们还小，还不知道我为什么要这样。我哭着，他们也跟着我哭。我不断为他们擦干眼泪，可我的眼泪却又流了下来。我有着苦涩的泉，这泉眼是填不平的，它从地下以巨大的力量涌向地面。它涌到了土地上，并将土地冲出了沟壑，将我的心冲出了沟壑，我的心里已经是沟壑纵横了。我需要火焰，需要燃烧，需要用自己的灰烬覆盖这万千沟壑。

使者不久就回来了，他说，国君答应了你的要求，决定将晋惠公拘押在郊外的灵台，也许国君会赦免了他的罪。我说，我已经决定

古灵魂

了，只要我的弟弟被杀掉，我就将这火点燃，我已经没有别的选择。这样我的灵魂就能与我的亲人们在路上相逢，我的灰烬也能乘着寒冷的西风飘回晋国。我是在寒冬来到了秦国的，我又要在寒冬回到我的故土，来时是我的躯形，归去则是我的灰烬。

他安慰我说，国君得胜归来，你应该感到高兴，你却穿着丧服在哭泣，而且晋惠公毁弃诺言，背弃天道，应该受到惩处。韩原一战，秦国大获全胜，也会让国君的威名传扬于诸侯之间，这岂不是好事？而且穿着丧服无论对国君还是你都不吉利。我说，我想的和你不一样，因为我既属于秦国，也属于晋国，他们都是我心头的肉，他们的互相伤害，都会让我心痛，我忍受不了这样的心痛。我的哭泣是我的心里在哭，我所哭的不仅仅是我自己，我也为秦国哭泣，也为晋国哭泣。我被两块石头夹在了中间，既不能脱身，也不能呼吸。

它们撕裂了我，我变成了两半，已经不是一个完整的人了。你说我该怎么做呢？我的内心里裂开了一道深渊，我正在往下掉。这深渊是没有底的，我一直在往下掉，我不知道自己将掉到哪里，可现在我的眼前一团漆黑。我什么都看不见，我也不知道怎么办，所以我渴望火焰，渴望自己成为灰烬。

我为夫君的获胜感到高兴，却也为他感到悲伤，因为他所击败的是我的亲人。我为我的弟弟感到悲伤，却又为他即将面临的死感到疼痛。我曾抱怨他，甚至怨恨他，可是他就要死去了，我发现自己的怨恨乃是对亲人的怨恨，而不是对一个仇敌的怨恨。那么这悲伤、疼痛和高兴怎么会同时在我的灵魂里出现？

所以它将摧毁我，摧毁我的心，也摧毁我的躯形。我要这空洞的躯形做什么？我需要自己的心灵，可是我不需要一个痛苦的心灵，一个不能忍受的痛苦的心灵。我的躯形里放不下这样的心灵，于是我只有将这两者一起毁弃。我曾经的卜辞里有着我的苦命，这苦命若是注定的，那么我就将这苦命毁弃，也将这苦命所连带的一并毁弃。别人的命运归于别人，我的苦命归于我，我的苦命就不会连带别人了。

夫君终于回来了，我看见这张熟悉的脸，他的脸上充满了快乐和兴奋。我理解他的快乐和兴奋，但这快乐和兴奋却加深了我的痛楚。他说，我获胜而归，捕捉了晋惠公，你应该和我一起享受这快乐，而你却满脸悲戚。我说，我的确为你高兴，但我的痛苦远比快乐要多，也更深。你所战胜的是我出生和成长的晋国，你捉住的是我的弟弟，我怎么能用你的高兴压住那么多的悲伤呢？我穿着丧服，是因为我的晋国就要灭亡了；我哭泣，是我的弟弟就要死去了。你杀掉了我的弟弟，也就杀死了我。

他说，我听说你的先祖唐叔虞被分封的时候，狂人箕子就说，他的后代必定会繁荣昌盛，他的国必定会长久。所以晋国怎么会灭亡呢？至于晋惠公的生与死，还需要我和大臣们商议，所以你不必为此悲伤了。你知道，箕子的话是有先见之明的，他说的都应验了。他在商纣王使用象牙筷子的时候，就预言商纣王的天下就要灭亡了。他进谏说，用象牙做筷子，就会用碧玉做杯盏，用宝玉做杯盏，就会想着将天下的珍宝据为己有，天下之王一旦奢侈，就像泼出去的水，再也收不回来了。纣王的国就要亡了，他的话不久就应验了。

我说，现在秦国已经击败了晋国，还俘获了它的国君，这不是已经亡国了么？它的国君死了，还说什么繁荣昌盛呢？我的亲人已经死去很多了，他们已经越来越少，你又要杀掉我的一个弟弟，我一个人活下去又有什么意义？我已经准备好了柴草，你以后看见火和烟的时候想起我，我就十分感激了，因为我就要变为火和烟了。所有的火和烟中都会有我，你会从中看见我，也能看见我的快乐。我的快乐不在现在，不在你的面前，而是在火和烟之中，那时我会从火和烟中呼唤你。

　　夫君沉默了，他用双手托起我的脸，仔细地看着我。他的眼中也流出了泪水。这是我心里的苦泉也连通到了他的心里么？我说，你不是快乐的么？我自己痛苦，但我愿意你快乐。若我的痛苦连累了你，我也应该死去。他说，我本是快乐的，因为我击败了晋国，但我却因你的痛苦而失去了这快乐。你的痛苦是因为我的快乐而得到的，我不愿自己独自快乐，也不愿让你独自痛苦。你的痛苦淹没了我的快乐，因为我不愿意让你变成火和烟。我愿意你是真实的，你的一切就在我的身边，我能看见你的脸，也能触摸到你的躯身。若是你变为火和烟，我又怎能看见你、触摸到你呢？我不能把我的手伸到火中，也不能从烟里捧起你的脸，那样，我的步伐再快，又怎能追得上散去的烟呢？

卷二百九十三

韩简

　　我随同国君做了秦国的俘虏，据说国君将会被杀掉，并用来祭祀天神。原本要将我们押解到秦都雍城，但不知为什么秦穆公改变了想法，将我们拘押在灵台。国君焦虑不安，整夜不能入眠，他一会儿就会站起来，在狭窄的房间踱步。他说，我们怎么会这样呢？他不断发问，好像是问我，也好像是问自己。他的心里始终盘旋着一个谜，晋军有那么多战车和士卒，怎么会被秦军击败？

　　他还说，若是庆郑能够及时施救，我们也不会被秦军俘获。要是我在出征前将他杀掉，就不会这样了。我说，庆郑还是忠诚的，他只是怨恨你不听他的进谏。你不用他做你的御戎，他仍然提醒你不要用郑国的驷马，可是君王没有采纳他的谏言。要是听从他的话，改用原先的本土驷马就好了。你的戎车陷于泥淖，就是因为战马失去了驱控，它慌不择路，也不熟悉晋国的道路，又不听从御者的指令。何况，他没有及时施救，是一时赌气，这也说明他本性是直率的。但他并没有放弃忠诚，而是呼唤我和梁由靡前去救援。

　　国君说，可是你们就要捉住秦穆公了，要是我们捉住了秦穆公，事情就不一样了。我说，也许我可以捉住秦穆公，但突然冲出了一些野人，他们用棍棒攻击我们，这些野人不知从哪里冒出来的，我们的阵脚也乱了。我在路上听秦军的士卒说，这是一些曾偷吃了秦穆公良马的贼寇，但秦穆公不仅赦免了他们的杀头之罪，还用美酒招待他们，他们是为了报恩而来的，所以争相赴死。恩德和仁义也是一种力量，而这样的力量在平时是看不见的。

君王应该看见了，我们做了秦国的俘虏之后，晋国的大夫们都披头散发，拔除军营跟随着你，他们为晋国感到悲哀和绝望。他们都是忠诚的，对你是忠诚的，对晋国也是忠诚的。所以晋国不是因为失去了力量，而是君王所做的事情失去了天道，因而击败我们的不是秦军，而是我们所不知的天意。

但秦穆公却派使者来安慰晋国的大夫，说，你们为什么会这么悲伤？我跟随着你们的国君回到秦国，只不过为了几年前所做的一个梦，我所做的难道有什么过分之处么？我并不想和晋国交战，但我不得不这样做，你们也是这样。你们虽然被我们俘获，但这不是你们的过错。晋国的大夫们说，你脚踩后土，头顶皇天，天神听见了你所说的，我们也听见了。我们做了秦国的俘虏，就随时听从吩咐。所以我们不必悲伤，也许秦穆公会免除了我们的死罪。我们在这里等待结果吧。

国君说，你们可能会活下来，但我必死无疑。我不仅没有按照自己的许诺将河西五城割给秦国，还拒绝了秦国遭遇饥荒时援粮的请求，看来我必死无疑了。现在河西五城也不会拥有了，它必为秦国所有。与其这样，我当初还不如把它赠给秦国。若是那样，秦国也不会攻打晋国了。我听说，秦穆公的父君秦德公在位的时候，对是否可以定都雍城犹豫不决，于是在祭神时问卜，占卜者预言他的子孙要在河边饮马。这占卜者的预言不就要实现了么？这一切不就是天意么？看来一切发生的，必定要发生。我的力量太小了，怎能阻止天意的畅行？今天的事情，很久以前已被注定。

我说，过去的事情已属于过去，现在后悔都没用了。重要的是前面的路仍要走下去，秦穆公的做法值得效仿。国君用仁德比用剑好，用剑只是一时的震慑，乃是权宜之计，只有用仁德治理国家才能持久。他说，没有前面的路了，我已看不见前面的路，我就要死去了，以后的事归于别人了。我想，这一切不幸都是由穆姬带来的，她出嫁的时候就占卜不吉，先君如果听从了史苏的占卜，就不会让我沦落到今天这个样子。

我说，龟甲的占卜只是形象，蓍草的占卜不过是数字，事物的成长就会生成形象，有了形象才会有事物的滋长，滋长之后就会用数字的方式显现它的本性。先君已经损坏了仁德，他怎能听得进别人的忠言进谏？即使听从了史苏的占卜，又能怎样？《诗》说，民众的灾祸不是上天所降，乃是因人失去德行所生，如果当面附和别人的话，背后又毁谤，内心从来不敬畏天道，占卜又有什么用？占卜并不是为了让人听从，而是为了让人不违背自己的德行，在两个不同的结果之间权衡，若是选了最好的，你所做的一切就自然符合天意了。

国君说，也许你说的有道理，可是我遇到了这样的结果，就在想着从前所有的事情，似乎每一件事情都有着联系，我总想找到真正的原因。其实我想这么多有什么用？我只是睡不着觉，觉得应该想点什么。唉，我应该做每一件事情时就多想一想，也许会有一个好结果。结在树上的果子是什么样子，是因树的原由，草木不断摇动，是因风的原由，所有的事情都有着原由，可这事情的原由又在什么地方？

我说，所有的原由要到自己内心去寻找。所以君王就不要抱怨庆郑，也不要抱怨穆姬，更不要抱怨其他人。抱怨不仅无用，而且还伤害自己的形躯。不用怨恨别人了，一株谷子长成了那个模样，是因为它的种子里所含的秘密原由。一个人所做的事情，是他的内心就是那样想的，所以他就会按照自己内心的样子来做事。我们的眼睛总是看着外面，却很少向自己的内心窥探。因为内心是幽深的，甚至是黑暗的，我们能够看见的东西很少，所以就不愿意继续看下去了。

他说，我和别人在一起，总是想着别人就要进入我的内心了，这让我感到恐惧。所以我要遮住自己，不让人看见我的里面，这就尤其使我恐惧。这样我的生命就变得艰难而黯淡，我为什么非要做一个君王呢？其实我在梁国的时候是很快乐的，但我自从有了做国君的心事，一切就改变了。里克请求我归国，我感到了危险，感到了恐惧。于是我就求助于秦国。做了国君之后，又感到别人要将我置于死地，为此我杀掉了里克和丕郑，我以为这样就安稳了，可是我却更加恐惧。

我竟然一直生活在恐惧里。为了不再恐惧，我不断杀人，也不断在梦中惊醒。我杀别人的时候，也想到了别人也要杀我，就觉得自己就要死了，所以就愈加恐惧。我违背了诺言，是因为我不想失去晋国的土地，因为我乃是靠着土地才安稳的，如果失去了土地，晋国就会变得弱小，我也就更加恐惧了。我并不是没有想过报答秦国的恩惠，而是这恩惠中仍然藏着恐惧，这恩惠是报答不完的，我就愈加恐惧。

我所做的一切都是为了消除恐惧，可是我越是想消除它，它就越是缠绕着我。这恐惧为什么就这样顽固，它竟然在我的心里怎么也除不掉。当我除去一个恐惧的时候，另一个恐惧就接踵而来。我和秦国开战，也是为了恐惧。我有着失去自己的恐惧，所以我要去和秦国拼死一搏。我甚至预感到我会失败，但我不知道会以这样的方式失败。我从没有想到死，可是现在死却到了我的身边。一个将死的人，还要说什么好呢？也许我只有一死，恐惧才会从我的心里消逝，因为人所最为恐惧的就是死，但死后就不会再一次死去了。

我说，也许你不会死的，既然秦穆公可以赦免偷吃自己心爱的良马的贼寇，又怎能让一个国君死去？何况，晋国和秦国还是姻亲，他这样做不就损害了自己的名声么？我想他不会这样做的，他既然要做一个仁德的君王，也就应该将这仁德保持下去。也许穆姬也会相救，你毕竟是她的亲人，她怎会看着你死去而无动于衷呢？

他说，不，她不会的。她所求我的，我一样也没做，所以她会怨恨我。她的怨恨就会让她放弃对我的拯救。我们曾经是亲密的，可是她已经在秦国这么多年了，怎么会站在晋国的一边？一个女人的怨恨比男人更深，她一定希望我死去，这样她的怨恨才能解除，就像我的死去可以解除我的恐惧一样。我说，可是一个女人的爱远比男人更深，她对你有着怨恨，但她也对你有着爱，这爱可以填平怨恨的陷坑。你记住了怨恨，却忘记了爱，但她不会的。

国君似乎突然想起了什么，他问我，你刚才说秦穆公曾做过一个梦，他做的究竟是个什么样的梦？这已经是多年前的事情了，他生病了，一连五天都没有睡醒，却不断说着人们听不清楚的梦话。醒来之后人们问他梦见了什么？他说梦见了天神，天神告诉他，让他在将来平息晋国的内乱。他记不住梦中到了哪里，也记不清天神的样子，但他却听清了天神的话。天神说话的时候并没有张开嘴巴，他的话是从云里说出的，说完之后云就散开了。他睁开眼后，就看见了一个个模糊的人影，他发现天神是藏在人影中的。也许天神不在别处，而是在我们的中间，只是我们认不出他，也就不会听他的话。

灵台的夜是深沉的、寂静的。在这样的黑暗里，我们借着窗户上微弱的月光来说话。我看见的国君仅仅是一个黑影。他站起来走一走，然后又躺下来，一会儿好像想起了什么，就又站了起来。他的话语从他的黑影里发出，所以这声音就变得像回音一样，邈远、空阔、飘忽。它似乎伴随着风声，伴随着一个个梦。我很难辨别这声音是不是出自国君，因为我太熟悉他的声音了，这既像是他的又不像是他的，那么我究竟在和谁说话？

我们被囚的灵台，乃是周文王所建，它是文王德行的见证和譬喻。《诗》说，开始设计灵台的时候，就有了巧妙的安排，民众一起来兴建，它很快就建成了。所以一切好的事情不用急躁，因为你会得到民众的拥戴。由于文王的仁德，他规划了灵台，民众就来兴建，灵台建成了，民众都来归附。这灵台连接着深邃的天穹，连接着无限多的星群，连接着一个个神奇的命运，也连接着天下万民。

一些事物将注定消逝。这灵台是破损的、衰败的，它已经在凋敝中一点点被遗弃。它留下了一个泥土剥蚀的高台，很少有人能够站在它上面去遥望星空了。我们被囚禁的屋子也是破损的、衰败的，只是因为我们的被囚，它才获得了一点活气。我们笼罩在一片萧瑟之中，腐烂的气息伴随着我们，连同先王建立的德行也在衰败和凋敝中。只有夜晚的星群仍然明亮，它在多少年前被先王仰望，被万千民众仰望，现在依旧被我所仰望。但这是多么寂寥的、清冷的群星，它们寒冷而永恒，它们高贵而遥远，它们只能被仰望而永不可及。

我和国君却被囚禁在灵台。我不再是晋国的大臣，而是秦国的俘虏，我的国君也不再是晋国的国君，他也是秦国的俘虏了。我们在这灵台看不见天上的星象，也在这黑暗里看不见自己。我的眼前曾经是苍茫的，可现在连这苍茫也坠入了黑暗里。我能不能听见文王的声音？这是一个囚徒的渴望。我倾听着，国君已经睡着了，可我仍然沉浸于这深沉的寂静里。我不知道自己的命运怎样，但我现在却拥有这无限的寂静。这寂静是美好的，因为它乃是文王所缔造。我聆听这寂静，就像听见了来自遥远的美德，这是我所渴望听见的寂静。也许这样美好的寂静也应该让国君听见，可他已经睡着了，他只能听见自己梦中的寂静了，甚至他的睡眠已经放弃了梦中的一切，包括梦中美好的寂静。

卷二百九十四

郤乞

　　秦穆公改变了主意，不杀晋惠公了。我原听说秦国要杀掉晋惠公以祭天，但因穆姬的求情而峰回路转。我听说穆姬带着三个儿女站在堆满了柴草的高台上，只要秦穆公押解着晋惠公进了雍城，就要燃火自焚。这个穆姬不愧是晋献公的女儿，她的决绝动摇了秦穆公的想法，只好把晋惠公囚禁于灵台。

　　现在秦穆公已经和晋惠公在王城结盟，并答应让他回到晋国。我作为晋国大夫奉国君之命归国传命，主持朝政的吕省让我对着晋国的大臣和民众宣命——秦国已经答应我归国，但我却失去了作为一国之君的尊严，我不能蒙着羞耻归国继续做国君了，所以你们就占卜选择一个吉日让太子圉继位吧。许多人听到这样的话，都伤心地落泪了。

　　国君已经觉得自己错了，也说出了自己的羞耻，人们还能说什么呢？很多大臣询问国君在秦国的情况，我告诉他们，国君已经从被囚禁的灵台迁移到舒适的地方居住，秦国也以侯王之礼善待国君，危险已经过去了。国君在日夜反省自己从前的过失，并为这过失感到痛心。国君也让人占卜，每一个卦象都是吉利的。一些人不断擦拭着眼泪，听着我所说的每一句话。

是啊，人们对国君原本是不满的，可现在却开始同情国君。人的身体是柔软的，他的心也是柔软的，就像土地一样，只要有雨水滋润，它就会变得柔软，就能够播种，就能够让万物生长，并让生活里充满了繁茂。而用冰冻的方法对待土地，世界就在冰封中变得坚硬而顽固，好的种子怎能发芽开花？国君的谦逊就是美德，美德就能够化解冰雪和寒冷，就能让民众的心舒张和重归柔软，国家就会繁茂。

吕省代国君下令，把土地赏赐给跟随国君被囚禁在秦国的众臣，以及在韩原之战中阵亡将士的遗属，这样可以聚拢人心。又在每个州征收军赋，以恢复战败后的晋军，让晋国恢复以往的强盛。众臣都想让国君回来，于是我和吕省前往秦国去请求国君。

一路上，我和吕省谈起国君，他说，我一直跟随国君，从晋都到屈邑，又从屈邑到梁国，然后又回到了晋国。他不愿意听从和他内心的想法不一样的谏言，他和别人商议的时候，他的心里早已有了答案，只是希望别人的看法和他的想法一样。

我说，预先有了自己的想法，那就不可能接受别人的谏言了。一个人所想的是狭隘的，只有众多人的所想才会让眼前开阔，所以国君才会有了今天的遭遇。他说，国君所想的都是自己，从来不会放弃自己的私利，他乃是依靠自己的本性生活，却不能从自己的本性中推演别人的本性。他想得到的，就不会想别人也想得到，他自己放弃的，也不会想到别人也将放弃，所以他看见了自己，却忘记了别人。

他说，是啊，可是我们都生活在别人中间，每一个人都是由于别人才成为自己的样子。可是国君从来只在自己中间活着，所以他不可

古灵魂

能看见自己之外的事情，他所做的事情就没有德行，就失去了世道人心。晋国被秦国击败是必定的，可是他却不知道。他没有被秦穆公杀掉，已经是十分幸运了。

我说，国君已经成了秦国的囚徒，他会想到事情原委，也会追溯从前所做的事情的对与错，我想，他已经改变了，他不再是以前的样子了，将变成另外一个人。我把他的话说给众人的时候，人们都被感动了。可见人们已经谅解了他，转而同情他了。那么多人流泪了，我的眼睛也湿润了。

吕省说，你们看见的国君还不是真正的国君，因为我比你们更知道真正的国君是谁。他不会重新看自己，他所说的也不是真的要说的。我从来不相信一个人会变成另一个人，一个人就是他本来的样子，难道你见过一株谷子变成一棵树么？你见过一只羊变成一匹马么？国君所变的，是他说的话，而不是他自己。他这样说，是为了试探民众对他的看法，是为了回到晋国并依旧做他的国君，这才是他真实的面孔。

我说，不会吧？他可是诚恳的，他已经蒙受了耻辱，也让晋国得到了羞辱，还怎会用虚假的话来骗取民众和大臣？吕省说，一朵花有着几层叶瓣，你只有拨开一层才能看见下一层，如果你只看见其中的一片，就没有看见花的样子。树上的果子不是每一个都能伸手摘取，高处的东西需要你爬到高处才能拿到。

我一直跟从国君，我就在他的身边，他的每一个举动我都能看得见，而更多的人的视线被遮住了，你们不会看见那真正的果子是被众多的叶子盖住的。国君的话仅仅是他的计谋，为了自己要获取的，他必须使用计谋。有德行的用他的德行来熏染别人，没有德行的用他的计谋来获取别人的信任。他的计谋被他的诚恳的样子藏在了后面。

这样的人只在他遇到危险和困境的时候，才看起来是诚恳的，一旦这危险和困境消逝了，这诚恳也就随之消逝。因为他的诚恳原本就没有，他的诚恳仅仅是为了让人感到他的诚恳。就像一个人的影子映照在水面上，他离开了，他的影子也就从水面上消逝了。所以不要看他摆出的样子，要看他的真实的人在什么地方。这样，你既不要相信自己的眼睛，也不要相信自己的双耳。

我说，那么我们还为什么要去迎候国君？他说，我们是晋国的大臣，职责就是侍奉国君，因为他是国君，所以我们要去秦国迎候他。他的本意并不是让位给别人，哪怕是他的儿子。他是要让别人迎接他回来，这样他就可以恢复往日君王的威严，我们现在就是要去做这件事。我们不要仅仅做他说出的事情，而是去做他心里想的事情。

不愿从自己的内心走出来的人是可悲的，也是可怕的，因为他的一切都被自己的内心所困，他的内心的所有想法不是成为他获得天道的途径，而是成为自己的束缚。他已经用自己的绳子捆绑住了自己。他越是渴望从内心获得光亮，这光亮就越小，而且会渐渐熄灭。这样他就会变得一团漆黑，他既失去了自己，也失去了仅有的光亮。他不知道从别人那里添加柴草，也不知道自己内心的狭小。他就会在这狭小中摸索，找不到自己的路，然后就滥用自身本性中的诡诈和计谋。

而他身边的人们也是不幸的，因为他们也需要围住这诡诈和计谋而旋转，并受到各种折磨和痛苦。他们甚至不知道这诡诈和计谋的来历，也不知它将自己指引到哪里。一个国君拥有了这样的不幸，就会将这不幸给所有跟随他的人，还会因为别人对国君的侍奉，而实际上所侍奉的却是他的诡计和连带的不幸。国君已经因为内心的黑暗而离不开这黑暗，以为这黑暗就是光亮，所以他要把别人内心里的光亮也要熄灭掉。他要让所有的人都喜欢黑暗，并称颂这黑暗，还要跟随他在这黑暗而狭小的屋子里徘徊。

实际上，国君所背弃的既不是仁德，也不是天道，而是他找不到这些他真正需要的东西。他是贫乏的，可又不知道自己的贫乏。他所背弃的，也不知道自己的背弃，他所得到的，也不知道这得到的究竟是什么。他的两手空空，却紧紧攥着不存在的东西。吕省说得对，这样的人，怎会知道反观自己？他所想的从前，不是真正的从前，他所说的现在，也不是真正的现在，因而他所说的一切，都是黑暗里不曾看见的一切。这样的国君，我们为什么要将他迎回晋国？

可是我和吕省就要去迎他归来。他的黑暗仅仅归于他，但这黑暗也要归于晋国了。我们乃是朝着一条通往黑暗的路走去。尽管上方的光亮在闪耀，但那光亮遥不可及，我们想去的地方无法抵达，却要向前面的黑暗里走去。秦国已经想和我们结盟，但这仅仅是秦国的一厢情愿，因为它们想要的光亮，我们这里不会有，它想要的一个和睦的邻居，也不会有。两国已经在韩原进行了激战，虽然晋国战败了，但这战败的耻辱却不会被接受。我想，它要把晋惠公放回来，就是一个错误，它将会为这个错误付出血泪。也许不是明天，也不是后天，但这一天可能会到来。

车轮和路面不断接触的响动，马蹄嘚嘚的节奏，都是未来的伴随者。我们所走的不是现在的路，而是一条未知之路。我感到马车载着我，也载着吕省，也载着将来，乃是走着一条危险的、悬崖边上的路，我们随时可能掉下去。下面是什么？我们将掉到哪里？车行在高处是危险的，而在低谷里行走则显得更为安全。我从来没有和吕省说过这么多话，现在我们是长途中的伴侣，因为不断说话而消除了长途的寂寞。

更深的寂寞却在我们的话语里。吕省显然比我更知道国君内心，这是因为他一直跟随国君，他已经走进了一个人的内心，并在这内心里盘旋了很久。他已经看清了这内心里所藏的秘密，他以前也将这秘密藏在了自己的内心里，现在他和我说出来了。他把这秘密传给了我，我也将像他一样有了要深藏的东西，我感到身躯变得沉重了。

古灵魂

丕豹

我知道会有这一天的，晋惠公的无情和不义必定会激怒天神，他必将受到惩罚。多少个日夜，我盼望着他遭受天谴，他的罪太重了，以至于这地上已经承载不了他的罪，他踩踏的土地必要陷下去，将他放到深渊里。

他不仅毁弃了割让给秦国土地的诺言，也毁弃了封给大臣土地的诺言，为了逃避这诺言，还要杀掉被许诺者。他不仅背弃了秦国的恩德，竟然还和给自己恩惠的秦国刀兵相见，岂不是违背天理？我逃到了秦国，就是为了报杀父之仇，然而却一直没有机会。我想亲手杀掉他，让他品尝被杀的滋味，让他在临死之前看见我和我手里的剑，知道我为什么要杀掉他。我要让他追悔莫及，让他知道，他怎样对人，人也会怎样对他。

可是秦穆公太善良了，他的心太软了。一次次遭受晋国的欺辱，却一次次承受了。他对别人的恩德不仅未能得以回报，反而用自己的仁德浇灌了一株毒草，使这毒草在肥沃中长大，并投来了仇视的目光。我知道不论怎样对待这个人，他都不会记住你的好处。他会将你的仁善当作你的愚蠢，因而会愈加鄙视你。

现在终于激怒了秦穆公，他亲自率兵征讨晋国，并以愤怒和勇力击败了晋军，晋惠公也变为了秦国的囚徒。我听说秦穆公要杀掉晋惠公，用他的血来祭祀天神，这真是太好了。他成为秦国的俘虏，让他感到他曾经给别人的羞辱，让他戴上枷锁，被投入囚牢。这不仅是为了让他遭受别人所遭受的，也是将他所犯的罪锁在他的身上，让他感受罪的沉重。让他带着这沉重的罪死去吧，他早应该获得这样的惩罚。

我要看见他临死前的样子，看见他低着头哭泣，也看见他的恐惧。这是公平的，他曾让别人死去，现在他也要死去。他曾让别人哭泣，现在他也在哭泣。他曾经让别人恐惧，现在他的浑身也瑟瑟发抖。他是贪婪的，他以贪婪所得到的，都将化为乌有。他是奸诈的，但这奸诈将随着他一起消失。他是无情无义的，那么就让这无情的变为无情，无义的归于死亡。让一个坏国君变为卑劣的、肮脏的泥土，并让野草覆盖这羞耻的灵魂。

他原想要这世间所有的，甚至想要没有的，可是让他先归于空无，这样他自己也没有了，他就真正得到了所有的，也得到了没有的。让他用死来得到他的贪欲，因为这贪欲只有死能够将其填满。让他用死来获得土地，因为只有土地可以让他的形躯腐烂，让他的死也归于腐烂。他是血腥的，他一直用血腥获得快乐，现在他将自己的血腥放到血腥中，然后在死去的黑暗中畅饮，让他的灵魂也彻底浸泡在血腥中。

大夫狐突曾在去曲沃的途中遇到了太子申生的灵魂，他告诉狐

古灵魂

突，他要将晋国的土地送给秦国，现在也许是太子申生的灵魂出现了。他不仅要把土地给秦国，还要让晋惠公成为没有归宿的游魂，让这个行恶的灵魂在空气里游荡，被蚊虫一点点啃啮干净，成为它们的食物，然后在盲目的飞舞里悲鸣。

晋惠公杀掉了我的父亲，我被迫逃到了秦国。在逃命的途中，我的内心被仇恨和悲伤所充满，但却不知道自己能做什么。我是无用的，我发现仅仅有仇恨和悲伤是不够的，还需要有复仇的能力，可是我一直在迷惘之中，因为我不知道从哪里来获取这复仇的能力，也不知道用怎样的办法来平复我的悲伤。我原想借助秦国的力量来除掉我的仇人，可是秦穆公却一次次放过了他。秦穆公有着一个国君的仁德，但这仁德却不能借来复仇。复仇是残酷的，它需要的不是仁德，而是暴戾和残酷，可我从哪里来寻找暴虐和残酷？我的身上没有这样的力量，我所寄居的秦国也没有，或许它的愤怒和力量还没有被激发。

我耐心地等待着。晋惠公的背德和背义终于激怒了秦穆公，他放下了仁德，又以仁德和正义的名义一举击溃了晋国的大军，并俘获了晋惠公。我知道会有这一天的，可不知道这一天会在什么时候到来。现在晋惠公已经在死亡的途中，死亡将像潮水一样将他所拥有的全都淹没。他的一切都将被剥夺。不是我要看见他怎样死亡，而是他要看见自己所有的一切将怎样失去。他已经开始呼吸死亡的空气了，他的每一次呼吸都是死亡给他的恩赐，因而死亡已经在他的呼吸之中了。

这时他会想什么？他会追悔自己所做的事情么？可是追悔已经无用了。他的追悔已经不能将别人的仇恨消解，也不能将冤死的生命复活，也不能改变他必死的命运了。这是多么神奇的事情，我渴望的时候，他却得意地活着，我等待的时候，他也仍然得意地活着，但我感到复仇无望的时候，死亡却到达了他的跟前。

死亡已经占满了他的肺腑，占满了他的躯形，他曾经不曾感受到的，现在感受到了，他会觉得从前的生活是多么快乐和美好，可当时却并不会这么想。他会觉得贪婪是无用的，没有意义的，曾经想要那么多，现在所有的东西都没有了。最好的东西就是活着，甚至连痛苦也是美好的，因为痛苦也意味着他还活着。现在连这痛苦本身也将失去了。

这一切就像农夫收割谷子，飞舞的镰刀在闪光，一片金色的谷子在这闪光里倒下，只剩下了禾茬，甚至连这禾茬也将被刨去，做了冬天的柴火。月亮在暗夜里隐去，但它还会有再次闪光的时候。然而他的死去就意味着永恒的黑暗，他再也没有亮光了。不，他原来的生活就是漆黑的，他从来没有亮光，因为他的内心就是漆黑的。或者说，他的死去仅仅是他原本生活的重复，因为他早已经死去了，我的复仇仅仅是对一个死者的复仇，或者说，我的复仇仅仅是一个个出自我内心的诅咒。

以前我的复仇是隐藏的秘密，是孤独的、彷徨的，因为这秘密的存在，我是燃烧的，我的火焰在我的灵魂里。我已经被烧成了碎片，烧成了灰烬和尘埃，我冒着烟在飘散，我不知道自己在哪里。我说的话别人不相信，因为我带着复仇的秘密。别人似乎知道这秘密，所以对我所说的怀有单一的理解。我曾劝说秦穆公攻打晋国，他对我微笑，我懂得这微笑的含义。即使我仅仅为了秦国的利益，他也认为我

古灵魂

乃是为了我内心的秘密。可是我的内心的确有一种强大的我不可抵御的力量，我受着这力量的驱使，我乃是被仇恨派遣的，我只能为仇恨说话。可我也是为着秦国的，因为我逃到了秦国，秦国遮护了我。

我已经不能离开这秘密了，这秘密就是我的生活，现在我所复仇的人就要死了，那么这秘密就要离开我了。我拥有的重要的东西就要被丢弃，我将卸下身上的重负，可以深深地呼吸了。我的呼吸里也是有死亡气息的，因为复仇的希望让这死亡的气息越来越浓了。这既是我的气息，也是别人的气息，既是复仇者的气息，也是仇人的气息，总之它和死亡交织在一起，和我的生活交织在一起。

但是事情竟然出现了转折，当我的希望就要变为现实的时候，现实却又一次抛弃了我的希望。秦穆公押解着晋惠公就要进入秦都的时候，穆姬的使者出现了。他拿着穆姬的丧服，告诉秦穆公，只要带着晋惠公进入宫城，穆姬就会带着她的儿女自焚。穆姬已经在高台上放好了柴草，只等着把这柴草点燃。她竟然忘记了晋惠公给她的怨恨，忘记了这个秦国的囚徒怎样违背了给她的承诺。他一旦做了国君，既没有善待晋国的公子，也没有照顾太子申生的遗妃，而是将太子申生的遗妃占为己有，还要追杀公子重耳。穆姬就这样忘记了发生的一切？她的怨恨是怎样消散的？难道以往的事情都是随风而去的烟雾？

面对穆姬的胁迫，秦穆公妥协了，他将晋惠公囚禁到灵台，甚至还要放走他。我向他进谏说，国君不能将这个人放走，如果你不杀掉他，他会重新露出藏在衣襟里的暗刃。一个猎人不将他所捕捉的凶兽杀掉，它的牙齿仍会伤害他。它不会因为你放掉它而收起自己的利爪和牙齿，它的本性就是坏的，怎会因为你的恩德而变好？以前的许多事情都已经证实了，晋惠公能够背弃你很多次，以后仍然要背弃你。

秦穆公仍然对我微笑着说，他已经受到了屈辱，我已用这样的屈辱惩罚了他。一个人死去是容易的，因为他死去仅仅承受临死前的恐惧，一旦这恐惧过去，他就什么都没有了，也就不会再一次感到恐惧。但他的屈辱将伴随着他，这将比死亡的威胁更严厉。他将带着耻辱去生活，这耻辱将永远会折磨他。即使他仍然活着，他的生命也不会长久。这样他不是在利刃下死去，而是在折磨中死去。

我说，你说的仅仅是你的想法，但不是他的想法。他只要活着，就不会感到这屈辱，而是会为此感到庆幸。只有有德行的人才会感到屈辱，而一个没有德行的人就不会有屈辱。因为他乃是为无耻而活着，无耻就是他活着的理由。无耻能抵消屈辱，因而他会活得心安理得，会将别人看来的屈辱视作自己的更加无耻的理由。我来自晋国，所以更了解他，知道他是什么样的人。他会把失败的原因归于别人，而不是埋怨自己，更不会觉得自己做错了什么。你不应该放他回去，这等于将一头恶兽放归山林，它仍然是原来的样子，你对它的所有恩惠并不会改变它行恶的本性。

秦穆公说，秦国和晋国需要和睦相处，若要把他杀掉，这或许是最容易的，但从此两个邻国就会结仇，秦国就不能向中原拓展，我们就会被困在边远一隅。我需要晋国，需要一个好的邻居。所以我思虑再三，还是要放掉他，至少晋国的民众不会仇视我。难道我不想把他杀掉么？他一再背弃我，毁弃他的诺言，我却要放掉他，这不是违背我自己么？

我说，那就请求国君杀掉这个恶人吧，你的想法是好的，但恶

古灵魂

人依然是恶人。你想和他归于和好是徒劳的。秦国的确需要一个好邻居，但一个恶人所统治的国不可能成为好邻居。你不论怎样对他，他都会用恶来对待你。因为一个恶人只是依靠恶来过活，他离开了恶，也就不知道怎样活着了，他的生活里已经离不开恶。杀掉他，就是除掉了恶。与其让恶继续畅行，不如挖掉这恶的根须。

秦穆公微笑着，不再言语。我害怕这微笑，就像害怕我内心的仇恨，因为这微笑和仇恨一起，压得我喘不过气来。我知道我说服不了他，他已经决计将晋惠公放走了。可我还能做些什么呢？我没有更好的语言打动国君的心。他觉得我仅仅是站在我的位置上和他说话，但我不能站在他的高处。国君总是有理由的，所以我的理由总是不充分的。我已经将自己带血的心拿出来了，但他依然不为所动。看来我的复仇已又一次落空，我只能再一次将仇恨注满自己，它将继续伴随我，纠缠着我。但是秦国也要遭殃了。

我觉得自己愈来愈孤独了。也许仇恨本身就是孤独的，因而它只能在孤独中彷徨，我又在这仇恨里愈加孤独，我不能与它告别，因为我不能与自己告别，然而这是多么绝望的孤独。我既不能理解自己，也不能理解别人，所以我的语言是苍白的，我的仇恨也变得苍白，我的孤独也变得苍白，我所看见的一切都是苍白的，没有希望的。我只能把自己的仇恨放在日子里，但一个个日子仍不能将这仇恨磨损，它的分量越来越重了，而我自己却变得空洞，以至于我不知道自己住在哪里，是的，我只是住在仇恨里，可这仇恨却在空中轻轻飘动，就像天上的白云，它好像属于我，我却触摸不到它。但是秦国也要遭殃了。

卷二百九十六

太子圉

　　我的父君被秦国囚禁在灵台，原先秦穆公要将他杀掉，但现在又要把他放回晋国了。这让我高兴又让我担忧。父君做了那么多背弃秦国的事情，秦穆公却要把他放回来，他们真是太傻了。他们好不容易捉住了他，却又要放走他，秦穆公究竟要做什么？父君因背信弃义而和秦国交战，又做了秦国的俘虏，这是多么巨大的耻辱，让社稷蒙羞，他怎么就这样回来呢？先君积攒的家业就这样被挥霍了，他还有什么脸面做国君呢？

　　我要做了国君，就绝不会像他那样，做了那么多蠢事，丢尽了晋国的脸面，也丢尽了自己的脸面，让大臣和民众失去了对他的信任。他已经派遣大夫郤乞回来了，宣称自己不愿意再做国君了，命晋国的大臣选一个吉祥之日让我继承君位。我没想到这个时机来得这么快，我就要做国君了。

　　可是我仍然不太相信父君说的是真话，我知道他从来都是把要说的藏在心里，说出来的并不是他想说的话。那么他真的要把君位让给我么？我的眼前就像是幻觉一样，既不相信这是事实，也不相

古灵魂

信这真的是幻觉。因为他惯常使用的都是欺诈和背信，所以秦国才讨伐晋国，他才做了囚徒，现在我为什么还相信他？就因为我是他的儿子么？

先君所做的一切还犹在眼前，他将自己的儿子四处追杀，我的父君不就是逃到了梁国了么？梁国的国君将公主嫁给了他，生了我和我的妹妹。我们出生之后，曾找卜筮者占卜，说我将成为别人的大臣，我的妹妹将成为别人的妾，于是就给我起名为圉，而给我的妹妹起名为妾。我的名字有着被围起来的含义，我是被围在宫殿里？还是被围在别人的牢狱里？我不知道这个名字究竟是幸运的还是不幸的，也许以后的结果会得到应验。

也许我真的要做国君了，那样我就会被大臣们围在宫中，这是不是对占卜的应验？可是卦象说的是我要作为别人的大臣，国君怎会和别人的大臣联系在一起？可是郤乞分明代我的父君宣称要让我做国君，这岂不是和当初的占卜违背？也许我的父君就像以往一样，所说的话仅仅是为了欺诈，他在欺骗我，也在欺骗晋国的民众。

实际上我的内心矛盾重重，也迷雾重重。我很难理清纷乱的心绪，也很难拨开眼前的迷雾。我既希望我的父君归来，又希望秦国杀掉他。若是他死去，我就可以坐在国君的位置上，但他若要回来，他就不会甘心让位。我知道他是贪婪的人，为了坐在国君的座位上，他不惜许诺把河西五城割给秦国，又不惜毁弃自己的许诺。他为了这君位，不惜杀掉曾帮助他回国的大臣。他的所作所为，太像先君了。先君就是这样的人，我要是做了国君，会不会也像他们那样？也许会有同样的想法，因为我同样想做国君。

现在，吕省已经去秦国了，他将和秦穆公商议放回我父君的事情。许多人都想让他回来，他们都被他的假话感动了。他们已经忘记了他所做的恶，却被他的一滴泪所滋润。民众是愚蠢的，他们只看现在，也只看露出表面的东西。民众也是宽厚的，他们能承受悲惨的命运，也能忘记悲惨的命运。他们唯一的安慰就是遗忘，若是没有遗忘，他们将怎样生活？他们依靠遗忘而生活，也依靠遗忘而获得快乐。

我无法将我知道的告诉所有的人，也无法将我猜测的告诉我自己，因为他们不能接受，我也不能接受。我能接受的就是我想要的东西，不能接受我所不想要的。可是我想要的，却仍然是渺茫的，它在这渺茫中似乎一点点接近我，可是我却不能伸手拿到它。这就像天上的明月，它有时变得很大、很明亮，它好像已经离我很近了，但我却仍然够不着它。我只能抬头仰望。我看着它，它却突然躲到了云中。我想看见它的时候，它却没有了，给我留下了漆黑的天空。但我忘记它的时候，它又出现了，在遥远的天边闪耀，并将它的光芒披在我的身上，我感到了它的明亮、它的诱惑。

但它已经是我的一部分。我经常为它所折磨，我的心已经属于它。它是冰冷的，但我的灵魂在它的里面，它又变得充满了活力。它像火焰般跃动，我的心似乎被它点燃，可是这火焰仍然是寒冷的。我仿佛看见了希望，但我的心依然是漆黑的。我想离开它的时候，它又向我微笑。我已经是太子了，国君的宝座似乎只有一步之遥，可是这一步我却迈不过去。我想到了多少从前的事情，太子申生不也是太子么？可是他却被逼身亡，他的冤屈不会成为我的冤屈么？我既在他的希望里，也在他的冤屈里。

我的父君究竟是怎样想的？我捕捉不住他的内心，因为他自己也捕捉不住，它是飘忽的，它是无形的，又是在各种形象里变化的，我不知道哪一个是他，哪一个是他将要抛弃的自己。我既认识他，也不认识他。他永远是陌生的。因为他乃是一个捉摸不定的形象，我在这捉摸不定的形象里寻找我的道路，我将从哪里开始，又到哪里结束？所有的事情都在我的猜测里，却不在现实里。

我身边的仆从对我说，太子就要做国君了，晋国需要改变了。我说，我不需要晋国改变，我只需要改变自己。一个连自己都不能改变的人，怎样去改变他人？是啊，我仅仅是一个等待者，一个焦虑的等待者，我不能改变自己，只能等待自己的改变。我不能改变自己的命运，只能在等待中，接受命运的安顿。我就像田地里的谷子，只能随风摇摆，等待农夫的锄头和来自天上的雨水。

可是地下的虫子在啃着我的根须，地上的虫子把我的叶子吃掉，谁又知道我等待中的疼痛？别人只看见谷子上飞舞的漂亮的蝴蝶，却不知这漂亮的蝴蝶只是为了饮去我心中的甘露。我的面前没有镜子，我却生活在镜子里。我想打碎这镜子，但这镜子却是无形的，我在这无形之中找不到它存在的证据，也不知用什么东西可以击破它，然后我就可以从中逃脱。我就像我的名字一样，被四面的墙壁围住了，被无形的镜子困住了。

不，我是被我的名字困住的，因为我的名字乃是因占卜而得，所以我的名字就是我的命运。我被自己的名字困住了。它看起来仅仅是一个字，它的每一个笔画都在指引我，其中有我的路，也有我的迷途。其中有我的灯，也有我的漆黑。它就像地上的山峦，我还不能站在高处，一眼看见它的面目。我所看见的，乃是我所在的地方看见的，而站在高处的只有我看不见的神灵，而我永远不可能站在神灵的位置上。

一个字既是一道光，也是一个人，一个具体的、不断呼吸、不断等待的人。这个字用来描述我，又夺去了我的所有。它将我收入了它的笔画里，又让我在这笔画里寻找自己。它给出了预言，又要让我寻找答案。它一眼就可以被我看见，也曾被别人一次次呼唤，但它是那么玄奥，谁也看不见它，也不能呼唤它。因为你看见的是错的，你呼唤的应不是真正的它，可是你看见的、呼唤的又是谁呢？

吕省已经去了秦国，我等待他回来，给我带来确实的信儿。也许他已经在秦国了，他正在和秦穆公说话，也许已经见到了我的父君，他们在交谈。他们说什么呢？我想知道他们所说的话，也想知道他们心中所想。一切不可能知道。我所在的地方，不是他们所在的地方，我只能在这里等待，只能倾听他们的脚步，倾听越来越大的风，以及大风从屋顶掠过的声音，它的呼啸盖住了我内心的声音。

古灵魂

卷二百九十七

吕省

自从国君被秦国捕获，我就开始主持晋国的朝政。国君在位的时候，晋国的人心已经混乱，大臣们也都满腹怨言。一个国家不可没有君王，不然就会人心惶惶。人们需要看见坐在那里的君王，他是谁并不重要，但那里必须有一个人坐着。人们需要的是一盏灯，它必须放在最中间的高处，晋国才变得明亮。否则人们不知道自己该做什么。可现在国君已经成为秦国的囚徒，晋国的心被取走了，寄放到了另一个地方。

我能够做的，就是把散失的人心重新聚拢，把失去的东西重新找回来。与秦国韩原一战，晋国的军队已经损失殆尽，死去的将士还没有得到安抚，国君做了俘虏，生死未卜。我便以国君的名义做了两样事情，就是做爰田和做州兵。也就是为了援救已成为秦囚的晋惠公和跟随他的众臣，缓解国人对国君的仇怨，就以国君的名义把土地赏赐给那些在韩原之战中阵亡的将士遗属。让这些为晋国而死去的人们魂有所归，让他们的遗属有所抚慰。

即使是死去的将士得以安慰，但晋国的兵卒已经严重不足。若是没有兵卒，仅仅有战车、长矛和弓箭有什么用呢？所以必须通过作州兵而恢复战力。以前只有城邑及周边的国人参与战事，现在需要扩大兵源，允许山野之人开垦荒地并缴纳军赋，就能打破田制的困局，丰蕴国库的储备，让州郡和贵族采地自行征集州野之兵，既让每一片州野的民众缴纳军赋，也能补充在韩原之战中损失的兵甲，使晋国度过危机。

这样做有很多好处，也许还是长远之计。它不仅能够将散失的人心得以聚拢，也让天下不因我们的战败而歧视和责骂晋国。这样的好事情，能够让晋国重整旗鼓而获得天下先机，我们为什么不做呢？现在国君仍然在秦国被囚，但晋国的民众开始振奋，朝堂上众臣也似乎突出了悲伤和绝望的重围。人们都在等待国君被秦国赦免，早一天回归。这时候，郤乞请命归来，宣布了国君的新令，国人都受到了感动，很多人都掉下了眼泪。

一个国家就像一个人一样，需要盈满了的气，它才有足够的力量和生机。一个死去的人乃是他失去了气，而一个活着的人则是他有着充足的气。失去了气就意味着死亡。与秦国的交战，让晋国变得气息奄奄，所以它需要休养生息，需要养足自己的气。缺少气息就不会有力量，没有力量就没有生机，也就不会有繁茂和旺盛。我们必须借助国君被秦国俘虏的时机，将天地之间的气注入晋国的人心里。这需要爱而不是恨。培植爱是养气的根基，只有爱和温暖才能使晋国获得足够的气息。

从前国君只是用吝啬和贪婪对待自己的民众，也同样对待自己的邻国。人们不能从中获得爱，所以这气息就渐渐虚弱了。所以我们不能再用严苛的办法，而是用赏赐的办法，才能获得气息。这曾是国君所厌弃的，可是这厌弃赏赐的时候，也厌弃了残剩的气息，厌弃了慷慨的时候，也就厌弃了生机和活力。我们不能让民众生活在枯干的土地上，那样一切就变得毫无趣味，他们就失去了追随国君的心力。

不论任何时候，慷慨的赏赐都有着温馨的美丽。赏赐不仅仅是简单的给予，而是一种能够感受到的爱，让寒冷和干涸远离，让月夜的光辉接近人心。这样天空将有着令人向往的东西，不仅有蓝天，还有云和雾，还有太阳的光芒。人们既需要照耀，也需要甘霖，也需要云翳的遮蔽。远方既有浑浊和模糊，也有清晰的希望。民众将因此获得自己的国，或者把君王的国视为自己所有，也会将暂时的苦恼抛入希望，希望就会淹没了悲观和绝望，灵魂里就营造了处处都在萌芽的花园，而且花园里的草木也变得旺盛。

这是他们能够看见的事物，他们需要用自己的双眼看见，也能够用自己的手触摸。在深绿的树叶上，含有自己的掌纹，因为他能够摘下这树叶，并紧紧攥在手里，只是这掌纹早已落在了树叶上。他能够看见树上的果子，即使自己摘不掉所有的果子，但果树的意义在于经常赏赐给他可以品尝甘甜的果子，并能够用自己的鼻孔呼吸果子散发的芬芳。这样的景象太壮观了，每一个人都愿意谈论自己以及自己所在的国家，也愿意用自己的泉水浇灌它。那么，这个国家就会充盈，就会丰富，就会生机勃勃。

国君就可以藏在这花园的深处，窥视自己给予别人的东西，但它也属于自己，因为自己才是这一切的真正主人。只有别人拥有，你才能拥有，只有别人拥有那么多，你才能拥有更多，这难道不是一个国家和一个人气息的源泉？所以我们不仅要寻找这源泉，还要用心去开掘隐藏在石头中间的源泉。

　　我知道国君想的和我不一样，但我先做几件事情，让国君看见这事情的效果。事情的结果就是最好的谏言。你不能单单用话语说服他，因为国君不相信话语，他甚至也不相信自己所说的。所以你不能把他所不相信的给他，这样他就会将你所说的都丢弃到看不见的地方。现在，晋国的气息已经渐渐转强，你已经可以听见民众的呼吸，也可以听见花园的呼吸，河流的呼吸和山峦的呼吸，天地之间的呼吸已经融合在一起。那么，我就可以将国君迎回来了，让他看见他的园子已经是生机盎然了。

　　天道不在别处，就在这无所不在的气息中，就在这充满了呼吸的繁茂中，就在万民之中。可是国君从不想这些，他所想的就是眼前的事情，就是镜子里的自己。他在自己的形象里彷徨，所以不知道自己为什么会失败，又为什么会成为秦国的囚徒。我不知道他在被囚禁的生活里是不是有所感悟，但他是从被自己的囚禁中，走向了被别人的囚禁。他原本就是囚徒，现在却成为现实里的囚徒。现在我来到了秦国，就是为了解救他。因为他需要解救，晋国需要解救，晋国也不能没有一个主人。

　　我见到了秦穆公，他的热情是真诚的，脸上露出胜利者谦逊的笑容。这笑容里既有敦厚宽容，也有一个君王的威严。我不知道这两者是怎样融合在一起的。他说话的语调缓慢、稳重而低沉，似乎含有土地般的深厚力量。他没有居高临下的傲慢，却是采用推心置腹的交谈。他轻轻地问我，现在晋国的情况怎样？国君离开了他的国，人们还能和睦相处么？人们有什么想法？

我说，晋国现在人心浮躁，因为国君来到了秦国而不在他本应的位置上，民众担心失去自己的君主，表示宁愿侍奉戎狄，也要报仇雪恨。大臣们也因爱护自己的国君而觉得自己是有罪的，没有将事情做好，期盼着秦国能够释放国君，让他回到自己的国家。若能这样，他们说必定报答秦国的恩德。这两种想法截然相反、彼此冲突，怎么可能和睦呢？

　　秦穆公想了想说，我能理解这两种想法，因为它们各有理由。若是秦国出现这样的事情，我的民众也会这么想。人心和人心是可以比较的，所以可以通过自己来推及他人。我要是他们，也许也是这样的想法，毕竟一个国家需要它的国君，不然这个国就会因失去国君而变得空洞，民众就会失去自己的主人，就不知道究竟该做些什么。可是秦国的民众却另有想法，他们觉得你们的国君屡次背德毁诺，没有信义，违背了天道，应该受到惩罚，很多人希望将他杀掉，这样才能够消除愤怒。

　　我说，君王说得对，我们的国君以前的确做错了很多事情，违背了秦国对我们的恩惠。但在韩原战败，又做了秦国的俘虏，他已经后悔做了这么多错事。一个知道了自己过错的人，应该得到原谅。谁能把所有的事情都做好呢？任何人很难成为圣贤，不可能将自己所做的事情想得周全，甚至还凭着自己的私性伤害了恩人，可是他能够悔过，就说明他仍然想做一个好的国君。何况，我们的头顶还有神灵在看着，他不会偏袒有罪过的人。一个国君做了别人的囚徒，这已经是绝大的惩罚了，也许这比他死去还要让自己痛苦。这么大的痛苦和教训，我们的国君怎会遗忘呢？所以你若对他的罪过予以赦免，就必定被他牢记，并期待报答的机会，晋国的民众也一定和国君所想的一样。

　　他说，我听说你在主持朝政中做了很多事情，晋国的人心已不再涣散，绝望和悲伤也渐渐远离。我说，我做得不够好，我只是代国君做了一些小事，但即使是这些小事也是效仿你的德行。晋国好像遭受了一场寒风，树上的叶子都被刮到了地上，我只是拿起了扫帚，把这些落叶归拢在一起，把它们放在炉灶里，燃起火焰。但是它们已经很难再回到树上。让我不会绝望的原由是，树上还会长出新叶，这需要你给我们送来温暖和春风，就像你从前所做的那样。难道万物不会因春天的到来而欢欣和感激么？

　　听了我的话，秦穆公频频点头，看来他已经接受了我所说的，国君就要迎来他的新生了。果然，秦穆公很快就改换了我们国君的住所，并赠送了七牢之礼，也就是牛羊豕三牲各七头。这是天子赠给诸侯的礼物，说明秦穆公已经有了雄主天下的雄心了。他以诸侯的礼节对待国君，也说明他已赦免了我的国君。国君虽然还没有离开秦国，但已不会被杀了，被释放回国已是指日可待了。

　　秦穆公的确是宽厚的，他的仁义之举让人感动。然而这样的国君也是可怕的，一个能够用仁德治国的君主，必然会让他的国强盛，也会让他自己成为一代雄主。因为他有锋利的剑，但这剑却是用仁德铸造。他有仁厚的心，但这心里却藏着锋利的剑。你不能分清他的剑和心，因为这两者已经合为一体，它既柔软又锋利，既能够伸长也能够缩短，它变化于无形之间，升腾于万物之上，翱翔于重峦之中，化生于繁茂之里，播撒于垄亩万顷，他气息的馨香已经散发于天下了。还有什么比这更厉害的君王呢？

古灵魂

卷二百九十八

庆郑

别人告诉我，国君就要回来了。我知道他回来就会杀掉我，所以我身边的人就劝我逃走。在韩原之战中，他的戎车陷入了泥沼，我却没有去救他，他必定要忌恨我。我之所以不救他，是我不愿意违背自己的内心，不愿意去救一个没有德行的人。可他又是我的国君，所以我就呼唤梁由靡去救他。他还是被秦国俘虏了，这是他的宿命，他的所做所行，应该受到秦国的惩罚，不然人世间还有什么公理？

他背叛了仁德和天道，毁弃了自己的诺言，远离了信义，把别人对他的恩惠视作理所当然。而秦国需要他援助的时候，他不仅没有报恩之心，而且要趁着秦国的灾祸攻打秦国，这是怎样的恶行？我从来没有见过这样忘恩负义的人，难道他不该得到惩罚？我为什么要去救这样的人？我若去救他，我就违背了自己的良知，那样我就不能理解自己，也不能顺应天意。但若不去救他，我又违背了一个大夫的忠诚，所以我让别人救他，这样我已经尽责了，也成全了自己的完整。

那一刻，我已经知道自己必将因这件事而遭祸，但我仍然这样做了。一个人不能因畏惧自己的死而放弃自己的本意，也不能因为自己可能的遭祸而背离天道。不然一个人活着又有什么意义？我不愿意逃走，尽管我可以逃走，别人也会理解我的逃走。看起来我的逃走是为了逃命，为了躲避死，可我不能接受这样的结果。因为我的逃走乃是我的灵魂的逃走，我的躲避乃是对自己的躲避，那意味着我不承认自己所做的事情是正当的，也不愿意面对自己所做的事情。

难道我不记得自己所做的一切了么？难道我不承认自己所做的事情了么？我有着清晰的记忆，我也承认我所做的，所以逃走的不是我的生命，而是我的灵魂，这样的逃走是多么可耻。那样我不就要成为国君那样的人么？我所做的就不再是正当的了，因为我的逃走就是说明我自己就不是一个有德行的人，可我却借了德行的名义来违背国君，这是多么虚伪的德行，这将让我如何面对自己。我不愿逃走，乃是不愿做一个我自己厌弃的人，我也不愿厌弃自己的灵魂，我愿意为了我的灵魂的纯净而赴死。

死并不是可怕的。人世间的所有事物都会面对死，死是一开始就注定了的。我们的出生就意味着将来要死去。所以我们从来到这个世界上开始，所做的一切都是对死亡的认识，对死亡的理解，我们所做的每一件事都和死亡相关。我既然认识了它，理解了它，又有什么可怕的？我所恐惧的不是别人，也不是死，而是我自己。我是一个怎样的人？我自己在内心里是怎样的形象？我从镜子里照见的自己和真实的自己有什么区别？我是自己么？或者我是不是还有另外的面目？

不，我是单一的，我迷恋自己的单一，我灵魂的单一。因为我有着这样的单一，我才变得丰富和具有意义。天神所创造的每一个人都应该是单一的，这样自己才能得以确认。一个不能被确认的自己是不能接受的。若我都不能接受自己，又怎样会被别人接受？那么你可能要面对痛苦的生活，这乃是要被别人所抛弃的生活，也是自己想要抛弃的生活。

我决心抛弃自己应该抛弃的，而留下不能抛弃的。我曾在野地里见过蛇的行迹，也在它经行的路上看见过它的蜕下的躯壳。这躯壳里的生命逃走了，留下了包裹着生命的衣裳。死亡不就是脱去自己华美的衣裳么？这有什么可惜的？那躯壳里原本就是空洞的，只不过看起来有着什么。它由一个迅速逃窜的形象变为了真实的逃窜。它的生命就是为了逃窜，它终于逃窜到我们看不见的地方了。它到了哪里，我不知道，但我知道它真的逃窜了。因为它的一切就是为了逃窜，它因自己的死而获得了生的本意。

它将自己的意义逃走了，获得了永恒的意义。它留下了自己原本厌弃的东西，供我们观赏它的表面，表面的花纹、表面的形状，表面的一切不过是本该被抛弃的。这些原来我们认为是生活的样子，仅仅是一个空空的躯壳。它逃走的乃是最重要的东西，而抛弃的却是可以抛弃的。天神总是用其它形象说话，他借用了这个躯壳发出了启示，告诫生活的真义。

我也曾看见过夏天的蝉，它们在树上欢叫，不停地欢叫，它们是欢乐的使者，整天沉浸于毫无理由的欢乐中。可是它们为什么欢乐？它们从不追问欢乐的理由，也不会相信这欢乐有着另外的目的。仿佛自己欢乐仅仅是为了欢乐本身。它们永不厌倦自己的欢乐，却让我们十分厌倦。这样的欢乐来自它的本性，它只是出于本性而感到了欢乐，并不因为自己的命运而担忧。该到来的事情就会到来，有什么可以担忧的呢？

　　但我也看见了它们的死亡。它们即使在死亡到来的时候仍然在欢叫，因为它们不知道自己的死亡，也不知道死亡的含义。它们的死亡也是神奇的，就像蛇的死亡一样，它们留下了自己的外壳，悄然消失了。它们不知道自己的出生，也不知道自己的死亡，也不知道生来要做什么，更不知道将要到哪里去。它们啜饮着树叶上的露水，然后不断地欢叫，直到最后的一刻。这样的死，还有什么恐惧？

　　我从这蝉蜕中看见了它们的生，看见了飞翔和鸣叫，看见了从不止息的快乐。它们的声音仍然存在于遗忘在地上的躯壳里，只是表面看起来，这些躯壳转向了沉默。可是这沉默里仍然存在着更大的欢叫，因为死亡将这欢叫带入了无限的寂静。难道这寂静不是另一种欢叫么？一切都是栩栩如生的样子，只是这空空的躯壳停在了那里。它的生命已经飞出了体外，飞向了不可知之处。它们的声音似乎听不见了，但是它们的欢乐依旧留在那里，留在了永恒的夏天。它们通过这样的方式，遗忘了过去，也遗忘了自己所留下的和所废弃的。

　　我的死不也是这样么？我坚守着自己，没有向死亡妥协，没有违背自己的德行，也没有忘记自己所应该做的。我将死去，我早已知道这件事，只是我将这样的事实藏了起来，暂时寄放在另一个地方。现在我将它取出来，重新审视它的样子。我看见了自己肉体的腐烂，在地下的腐烂，看见了遗忘的白骨。是的，我将成为白骨，那将是我遗留给土地的，也是我所废弃的，我已经将最珍贵的珍藏起来，并将它带到另一个我所不知道的地方去。

　　我的国君不知道这一点，他只知道仇杀，只知道自己的生活，却不知道死亡。他是可怜的，他不为自己的可怜而惭愧和不安。尽管他是一个国君，我只是侍奉他的大臣，但我仍然比他更知道怎样生活，因为我知道死的意义。他乃是在一条窄路上行走，而我却知道如何行在宽阔的路上。我能够听见我的躯形里发出的欢叫，他听见的只有悲戚和担忧。我并不会感受到临死前的恐惧，也不觉得有什么悲伤。他杀掉我仅仅是拿走了我的形躯，而我的灵魂却到了另一个更加快乐的地方。他杀掉我，实际上是给自己背负了更加沉重的罪，也加重了他的可悲和不幸。

不过，他不会知道这一点，他知道的就是杀掉别人，以为这样就可以卸除私愤，以为这样就可以将自己的耻辱归于别人的耻辱，却不知道这耻辱是不会平息的。它将像大河里的波浪，一浪接着一浪冲向他的船，他将变得更加凶险，他的身子会不断摇晃，他的船也会因着波浪的冲击而颠覆。就要葬身深渊，却不知道自己已经走到了深渊的边缘。

我不会逃走，我不是曾经遇见的蛇，不是一个逃窜者的形象，即使我离开了自己的躯壳，只是我的灵魂抛弃了我的躯壳，但这躯壳也是完整的、从容的，拥有我的灵魂的形象。我的内心和我的形躯是一致的。我将扔掉我的形躯，一个质朴的、没有花纹的形躯，只是它的内部的、被包裹的德行和我的洁净的灵魂一起离开了，让这形躯里的人世温馨渐渐散尽。我不能成为死的奴隶，我要成为死的主人。我不惧怕死，所以我不会死在逃命的途中。我等待着死，是因为我乃是死的主人，国君要给我的，就是我所要的，他给我，我就拥有。

于是我现在已经忘记了时间，也忘记了等待。忘记这一切是多么困难，曾经认为不可能的事情，在面对死亡的时候，一切竟然发生了。太阳就要落山了，地上将变得昏暗。我将开始忘记白日的一切。群星闪耀，或者月光明亮，但它们似乎不能同时发生，因为月亮的光将遮掩群星的光，或者月亮将隐匿，它就被忘记，群星就将自己的闪光显露出来了。这是哪一天？我不知道，也不需要知道。我原先知道，以后将不必知道了。

我似乎已经忘掉了人世，忘掉了我曾经经历的各种事情。我忘记了，我本不应记住它。我本应像蝉那样欢叫，却不必知道这欢乐的原由。可是我以前做不到，也不可能做到。我的身上好像长了翅膀，在遥远的地方飞。我同时看见四季的重峦，山林在不断变化着，看见它们的色彩和上空的云。它们失去了历法，并不按照以往的样子交替运行，而是一会儿长出了新叶，一会儿就大雪纷飞，盖住了一切。一会儿秋风卷起了无边的树叶，它们在空中飘舞，却永远不会落到地上。

地下的虫子忽然就会冒出头来，用呆滞的眼神看着我。它们没有表情，也不需要表情，所以更接近永恒。它们更多地保持着沉默，而有一些虫子却发出了叫声。它们和树枝上云集的乌鸦一起叫着，各种语言混杂在一起，以至于你根本听不见它们究竟在说什么。它们从来不让你听懂，也许它们用这样的方式告诉你，所有的话语并没有意义，说话的意义就在说话中，它并不涉及话语之外的事情。说话不是为了说明自己的理由，也不是为了说出内心的哀伤，而是为了说出与生俱来的欢乐。

它是生的欢乐，也是死的欢乐。石头和泉水是欢乐的，因为它们互相击打。草木和云影是欢乐的，因为它们互相遮盖。草木自身也

古灵魂

是欢乐的，因为它不断在风中摇动，并彼此呼应，发出好大的无边的声息。它们瑟瑟发抖，不是因为恐惧，而是因为欢乐。它们不断变化着，发芽、生长、枯黄，不是为了展示自己的过程，而是为了暗示自己的不变。痛苦能够消逝，但欢乐是不变的。我们所看见的，是为了知道那不可见的。我们所看见的事物里，没有笔直的东西，天神却用随处可见的曲线暗示笔直的存在。我们的内心都充满了痛苦，但天神却用让你不快乐的，来说明欢乐。

这样事物之间的界限就没有了，它原本就没有，只是我们觉得它存在。你的感觉是靠不住的，所以要连自己的感觉也要忘记。生和死也没有界限，或者说，生和死都是幻觉，是假象，它本是寻常发生的事情，是明灭之间看不清的东西。就像大雨中地上激起的泡沫，它们不断出现，又不断消失，可是它们真的有么？大雨过后，地上的水立即变得平静，却在风中掀起了一圈圈波纹，可是这波纹也真的有么？风停下来的时候，波纹也消失了，它照出了晴朗的天空，但这所照出来的天空真的是这样么？不，一会儿乌云又遮蔽了它。而这地上的雨水又要在烈日里干涸，它化作了汽，进入了我们的呼吸。我们又怎知自己的呼吸里已经包含着我们曾看见的一切？

我们看见的都在我们的生命里，可是这生命也将消失。既然是要消逝的，也可以说不曾有过。只有死是永不消逝的，所以只有死才是真实的。我难道要害怕真实的东西么？我一直害怕虚假的，我也厌恶这虚假，国君违背了自己的诺言，他用虚假代替真实，我是厌恶的。国君背弃了别人所施的恩德，是虚假的，他用虚假代替了回报，甚至还将这恩德转变为仇恨，我是厌恶的。我厌恶所有虚假的东西，我不

— 111 —

愿让自己的内心也充满虚假，所以我获得了国君的怨恨。所以国君必要杀掉我。而这样的死却是真实的，所以我欣然接受。

也许死后的日子，才是真实的日子，所以我要接受死，让自己变为真实的我。我虽然还活着，但已经沉浸于死的欢乐里。生的欢乐也是由于死才能够得到，而死的欢乐则因为濒临死而获得，它先于死，也高于生。它是深藏的，也是早已显现的，它是秘密的，也是每一个人都可看见的。你可以看见，在阔野上的草不是昨日的草，也不属于明天。今天的树叶也不是从前的树叶。所有的事物都在不断死去，也不断新生。生与死是互相包含着的，所以我的形躯里早已包含了死，它的存在意味着放弃。

我就是草，我就是树叶，我就是根须，我就是云和雾，我也是雨和雪，我是千山万壑和浩瀚的松声，也是奔流的河和每一个水面上涌起的波浪，也是河里所行的船和船的侧面升起的拱形的、七彩的虹。我是一切一切，我是昼与夜，是月和星，以及长夜里的等待和醒来时的重生。是啊，每一次从梦中醒来，不就是从死亡里重新看见了生么？死不过是一场睡眠，一场深沉的睡眠，或者说是一次真正的醒。我将看见另外的我不曾看见的景观，所以我对死充满了期待。或者说我不曾有过这样的期待，因为我不知道期待。谁在睡眠里有过期待？谁又知道你是怎样醒来的？

国君就要回来了，我既没有对他归来的期待，也没有想过他留在秦国，我甚至已经不再厌恶他了。我要忘记他，我已经忘记了他。我曾经对他的每一个表情都是熟悉的，现在我不认识他，也不记得他。因为我的所有记忆已经飞越了生活，从所有的日子上一掠而过。所以

古灵魂

我已经不必看清我下面的事情，也不必看清任何人的面孔。我也不必看见自己，因为我同样要忘掉自己，既忘掉生也忘掉死。因为我剩余的生命仅仅是我的灵魂飞越时的回眸，它已经是蝴蝶焚毁后的余影。

卷二百九十九

晋惠公

　　时间在飞逝，一切都在飞逝。我不知道自己在秦国过了多少天，也不知道做了多长时间的秦国囚徒，又在什么时候改换了住所，恢复了我的王侯生活。即使是秦穆公以王侯之礼相待，我依然是屈辱的。因为这样的生活不是我自己获取的，而是别人的恩赐。多少日子在煎熬中，每一天都很长，时间被拉长了，几乎要被拉断了。那种耻辱和绝望伴随着我。我在梦中不断说着梦话，我却不知道。

　　我说了些什么？我听不见，别人也听不见，但我似乎一直在梦中说着自己内心的秘密。但在醒来之后，这些秘密消失了，消失在了醒来所看见的所有景物里。我看见了自己被囚禁的狭窄的屋子，看见了旁边的人，却看不见自己。我没有镜子，我不知道自己的面容。我以为自己要死去了，可是我竟然活了下来，这必定来自一个我所不知的神奇天意。

　　我不喜欢神秘的东西，因为神秘的东西遥不可及，所以我会选择放弃。但神秘的天意分明在接近我，使我重获生的权利。我还是原来的我，我仍然是一个国君，我只知道这就是天意向我显示的。我在秦国做囚徒的时候，就一直在想，是谁将我推下了深渊？我一次次回忆韩原之战的场景，我也该是真正的胜利者，但却被秦国俘虏了。也许如庆郑所说，我应该使用晋国的战马，但我却使用他国的小驷，就是不愿意听从他的话。我为什么要听从一个我所厌恶的人所说的？也许我应该仍然让庆郑为我驾车，可是我不愿意自己的身边有一个我所厌恶的人，我也不信任他。他也许会害我，故意将我引入歧途。

也许他不会这样做，但我不能让一个不信任的人在我的身边。这是两国的交战，是生与死的较量，我怎能任用对我不忠的人呢？事实证明就是这个人害了我。我的战车陷入了泥沼，我呼救的时候，他就在离我不远的地方。他看见了我，却装作什么都没看见。我呼喊他，他却斥责我，说，不听从占卜，也不听别人的进谏，就会落得这样的下场。这是多么可恶。这个人从来就不知道敬畏国君，我能和这样的人一起与敌人交战么？

一个不懂得敬畏的人，他的心中就没有国君的位置，国君所下的命令，他怎会听从？每一个人都不听从国君的话，国君还是国君么？他不但不救我，竟然还斥责我，这样的人还是我的大臣么？尽管他呼来了梁由靡前来救我，但已经延误了时间。而且梁由靡已经就要追上秦穆公了，就要捉住他了，可是他因为要救我而放弃了追击。要是他捉住了秦穆公，那么一切都要颠倒了，我将杀掉秦穆公，并将秦国并入晋国。至少我将把更多的土地归于晋国。那该多么好啊。

我的屈辱的结果都是由庆郑而引发。没有这个人，命运将是另一个样子。我曾经想过很多事情，每一件事情都是上天的安排，也许我就必须遇到这样的人。我许诺了秦国的河西五城，是为了自己做晋国的国君，可是我一旦成为国君，又怎能将先君的土地送给别人？秦国就不应该相信我的承诺，他们相信了就是他们的愚蠢。可是我还要为别人的愚蠢负责么？别人的愚蠢是别人的，而我不能违背自己作为一个国君的本意。一个流落异乡的公子和一个国君不是一回事，我答应别人的事情，乃是我作为流浪者的许诺，我毁弃了这许诺，乃是一个国君的决定。

实际上，身份的不同，就会有不同的想法，也有不同的责任。从前的我不是现在的我，以前所说的也不是现在所想的。所以从前和现在，我都不是同一个人。当然我在秦国做囚徒的时候，又是另一个人。我所想的乃是一个囚徒如何不被杀死，然后是怎样获得自由。我乃是在期待中煎熬。可是那样的期待曾是多么渺茫。我曾绝望和焦虑，内心里的痛苦难以名状。那时我只能期盼天神来救我。可是，我陷入了泥沼的时候，我的大臣都不来救我，天神又怎会救我呢？

现在我回到了晋国，我重新做了国君。我所要做的第一件事情，就是诛杀庆郑。我要不杀掉他，一个国君的权威就会丧失殆尽。我杀过许多人，但若不能杀掉自己的仇人，还是一个国君么？别人将会耻笑我的无能。我的屈辱来自这个人。我的战车陷入泥沼的时候，敌人就要围过来了，我第一次向我的大臣投去哀求的眼神，可是这个大臣却不愿救我。我哀求我的大臣已经是一种屈辱了，我的哀求使我失去了国君的尊严，但这竟然是无用的。我又做了秦国的俘虏，这让我蒙受更大的屈辱。

屈辱不是来自战败，而是来自屈辱。一个屈辱来自另一个屈辱。每一件事情的滋生都是来自这件事情的种子，就像农夫所种的谷子，它的种子来自往年的谷子。只要是一个屈辱开始了，就会滋生一连串的屈辱。我先是哀求我的大臣，后来又哀求秦国的国君，然后又哀求天神，最后我就哀求自己。这是最后的结局，我已经没有可哀求的了，因为哀求自己的时候，就是哀求绝望本身。可是绝望已经是最后的了，还有绝望中的绝望么？

所以我先要杀掉这个屈辱的开始，杀死这绝望的种子，让这种子死在干枯的石头上。我是畏惧死的，我想每一个人都畏惧死。我要让庆郑在恐惧中死去。在我回来之后，我看见了他。我没有和他说话，我怎会与一个就要死去的人说话？或者说，在我的眼里，他已经不是一个活着的人了，他已经死去了。我看见的仅仅是一个死者的残影。一个已经消失了的人，他之所以还在我的眼前出现，是因为他要看见他所恐惧的面孔。我不能让一个死者恐惧，但会让一个将死者浑身颤抖。我已经从他的眼睛里，看见了他的枯骨，看见了野草覆盖的坟茔，看见了一个在恐惧中发抖的灵魂。

我在他的面前摆弄着我的剑，让剑的寒光鄙视他。让他的眼睛看见这剑的时候，就看见了自己的灵火在暗夜闪光，在暗夜的坟头游荡。让他从我的剑上看见自己的死。死的面影已经刻在这剑上了，他一定认识这面影。因为我的剑上刻着杀人的字，这字已经足够恐怖了。如果他的面容叠加在这字迹上，那就更加恐怖，因为这字已经和他的死联系在一起了。

刻在剑上的文字是可怕的，因为文字是不朽的，它可以把死放在里面，因为死也是不朽的。这文字已经是对人的诅咒了，它的光冰冷、阴沉，将死的气息灌注到将死者的身形里，让它毁灭于文字，又从这文字里逃离。文字也从死亡中获得自己的生命。这符合它的创造者的心意。因为它能够从生者那里抽取血汁，转化为自己的活力。它刻在剑上，就是为了借助剑的锋刃，将毁灭加于某个具体的人。

庆郑已经看见了这个毁灭的结局，他也感受到了即将面对的是什么。他眯着眼睛，显然被我的剑的寒光照得眩晕了。他就要进入他的无限的梦境，这梦境将一个连着一个，直到堕入无限的黑暗。因为这梦境太长了，他没有能力穿越。然而我的剑却能够穿越，从他的梦的开始到结束，把他送到一个永远逃不出的洞穴里。其实，剑上的文字已经告诉他一切了，只是他还不会相信，因为这文字有着噩梦般的悬疑和魅惑。

黑暗无法阅读文字，但是文字却能够在黑暗里发光，就像遥远的残月，将幽暗的光投向人间。文字也能穿透人，并把人的气息带到黑暗里。剑上的文字尤其如此，它里面已经收取了无数的呻吟和哭喊，收集了无数疼痛和恐惧。它沾染了血，将人提升到高于人的地方，并将这文字盖住人的尸骨。人却从中找到了死亡的途径，找到了自己早已渴望的东西，他会在短暂的恐惧中解脱，从而完成对这文字的阅读。

庆郑也许看不见我剑上的字，它是一个咒语，一个深奥的咒语。它可能是指向这剑下的死者和将死者。可是什么样的文字不是咒语呢？文字是神所创造，所以它被赋予了特权。所以它本身就是神灵，是神灵所创造的新的神灵。这文字实际上写在了所有的事物上，它无处不在。太阳和月亮是文字，变化无常的云是文字，飘散的烟雾中也包含着文字的形象。夜晚的星辰组合成了各种神奇的文字，我们难以识读的文字。每一棵树的形状里拥有文字，它的树叶上有着清晰的叶脉，它有着文字。野草的摇动中展现着文字，老虎身上的花纹、蛇身上的花纹、麋鹿身上的斑点以及地底冒出的虫子身上的忽隐忽亮的图案，都是神秘的文字。飞翔中的蝴蝶的翅膀上也拥有各种不同的图案，都是文字。山峦的形象、河流的形象……万物的象形，文字都在其中。

世界是由各种文字组成的，它说出了各自的理由和内心的秘密，我们却不知道。每一个人的脸也有不同的纹脉，有着不同的皱纹，同样写满了文字。既然那么多的文字，让我们感到迷惑不解，那么从文字的本性上说，它们都是咒语。这些咒语已经包含了事物最初和最后的结果，但我们仍然不知道它究竟在说什么。

我面对着庆郑，虽然知道他将要死去，但仍然要用剑来照耀他。让他醒悟，并获得醒悟的痛苦。我把剑拿在手上，反复观赏这剑上的装饰纹，上面的瑞兽，但这瑞兽也是凶狠的，它有着文字的表情，有着圆睁的眼睛，有着绝望的面相。我看着这剑，也用余光窥视着庆郑的脸上的反应。他看起来似乎是镇定的，但这样的表情不过是他掩盖内心的装饰物。他显然害怕了，他在我的剑的寒光里经受着恐惧的折磨。

我不和他说一句话，我已经不需要和他说话了，对一个死者说什么呢？他已经是一个死者，站在我面前的是一具死尸。很快我就要扼住他的呼吸。我要亲自杀掉这个仇人。不，我不能让他的血污了我的剑。我的剑不是为了杀死他，而是为了鄙视他，为了使他颤抖。我要看见他哀求我，然后再杀死他。我曾在绝望的时候哀求过他，被他拒绝了。现在我要让他哀求我，然后我不是用语言，而是用沉默的剑拒绝他。

我摆弄着自己的剑。欣赏着剑上所刻的神秘的文字，由于角度的变化，剑的寒光也在明暗中变化。这些字晃动着，就像水面上的倒影。在这晃动中，仿佛有着无数的波纹，推动这文字的倒影，看起来这倒影也是无穷的，倒影中包含着倒影，又包含着另一个倒影。它已经包含了我的面前这个仇者的面影，它已经转化为这上面的文字，成为对这个人的新的诅咒，让他的灵魂也不得安宁。我看见这个面影向后仰去，跌倒了，然后碎裂，然后连碎片也没有了。他彻底消失了，消逝在文字的后面，不，是消逝在这神奇的文字所发出的光芒里。

古灵魂

卷三百

虢射

　　我清晨起来开始舞剑，直到大汗淋漓。晨风把日头吹起，它在离开远山不远的地方，似乎停留住了。它一动不动，将发红的光撒到每一个地方。我曾无意抬起头来，看见它发出的第一缕光。它从两座山头的凹陷里露出一个发亮的红斑，然后一点点扩大，出现了一道弧形的边缘，上面的一条横着的云，紧紧地压着它，就像一块灰色的石板，既不沉重也不轻飘，只是压着它的红边，不让它出现得太快。

　　它一开始是缓慢的，一点点露头，当多半个太阳呈现之后，它就迅速冲决了那上面的灰石，离开了山的束缚，越到了云上。我很快就感到了一股来自它的温热，我的剑上辉映着它的红光，我挥舞着剑，不断看见剑锋上的光越来越强烈了，以至于我所看见的剑，只是一团团闪光。我挥舞的似乎是一道道光，这光伴随着风声，发出了呼呼声。我头顶掉下的汗珠，被它削成了碎片，散发到了空中。

　　我坐在树下的一块石头上，喘着气，呼吸着这新一天的空气。这空气里有着草叶和野花放出的馨香，也有事物腐烂的气息，它们混杂在了一起，但却新鲜而舒适。这是多么美好的一天，新的一天总是美好的。回想那么多的日子都丢在了秦国，韩原之战后，我跟随着国君做了秦国的俘虏，失去了自由的光景。每一天都是窒息的，我的手中没有剑，也没有我的长戟，一切已经被夺走，我什么都没有了。我的双手是空的，我的眼睛里也是空的，我从没有在秦国的土地上看见过日出，但每到黄昏的时候，却看见了日头沉没之后的黑暗。我知道天空是怎样一点点暗下来，并将这黑暗逐渐盖到我的身上。

现在我已经跟着国君回到了久别的晋国，回到了自己的家。当我远远望见晋国的都城，内心就感到了一阵阵激浪，它使我的呼吸急促，它给了我新的希望，我的步伐也加快了。深沉的夜，让我重回从前的时光。这里的星光是那么明亮，多少个日子，我没有见到这么大的星，这么耀眼的星。我坐在夜晚的星光里，一直望着这深邃的星空，第一次发现这星空是那么神奇，激起我多少想象。我们乃是生活在最低的地方，才会对遥远的、不可触及的光亮产生心驰神往的想象。我好像是熟悉自己的晋国的，但这一切却变得陌生了。我感到一切都是新的，我所看见的似乎都不是从前的样子了。

作为一个将军，战败是可耻的。我记得被秦军俘虏之后，我们都摘掉了战盔，褪去了铠甲，披散着头发，跟随国君走在前往秦国的路上。那时我的内心是疼痛的，我痛恨自己，甚至诅咒自己为什么没有战死，这样活着还不如痛快地死去。可是我还是做了秦军的俘虏。国君做了俘虏，我也跟着国君做了俘虏。我希望到了秦国就被杀掉，但是秦国的国君没有杀我，也没有杀掉国君。他们这样做更加可恨，因为他们不杀掉我，是为了羞辱我，让我羞耻地继续活下去。

渐渐地，我什么也不想了，一个囚徒还想什么呢？一个囚徒应

古灵魂

该失去了所有的权利，甚至连想什么的权利也不应该有了。我熬着日子，一天又一天，每一天从天亮开始，就等待着夜晚，因为对一个囚徒来说，睡觉是最好的时刻。睡觉和死亡几乎是没什么差别的，睡觉就是短暂的死亡，而死亡则是长久的睡眠。

我不能得到死亡，就期待着睡眠。在睡眠中，曾有一个个噩梦向我扑来，用它的利爪将我的梦境撕成了一个个碎片，以至于我在醒来的时候，怎么都难以将这些碎片重新拼接起来。我经常从梦中惊醒，摸着自己的头，竟然满头大汗。我什么时候变得这样虚弱？我不记得自己生来害怕过什么，但我却开始害怕做梦了。

毕竟熬过来了，我又跟随着国君回归了故土。这样我似乎获得了新生，从前的我不在了，现在我已经是一个新的我。现在想来，我们的战败也许是国君没有听从占卜，他固执地拒绝了天意。这样的结果也许就是应该的。也许任何事情的结果都是应该的，这个世界上没有不应该的事情，所以我们所遭遇的一切就应该接受。因为你拒绝接受也没有用，就像在秦国的时候一样，你有多少想法都没有用，因而只有期待夜晚的睡眠。

为了回到晋国，当初国君许诺割让的河西五城，已经真正归于秦国了。与其这样，当初为什么要毁弃诺言呢？唉，我当初也是支持国君这样做的，因为我同样不愿意将先君遗留的土地白白送给别人。不过我们还是送给了别人，面对惨痛的失败，我们还能怎么做呢？我们既然已经成为别人的囚徒，就不得不接受这样的羞耻了。土地和羞耻已经连在了一起，这土地上已经沾染了羞耻，就把这羞耻送给别人吧。

国君原本让郤乞代他说，要把国君的位置让给太子圉，可是他一旦回来，国君的位置仍然归于他。太子圉本来就要成为国君了，或者怀着做国君的期待，却被送往秦国做了人质，若晋国违背盟约，太子圉就要被杀死。公主妾也被送往秦国作为别人的侍妾。他们出生后的占卜都应验了，他们名字中的含义和他们的命运完全一致，人的命运从他出生时就被注定，这是多么可怕的事情——一个人不能从他的命运里脱身，就像国君的战车陷入了泥沼，一个人的前面，总是有这样的泥沼等待着。

国君失去了信义，也失去了土地，但谁想失去呢？我们原本什么都不想失去，但还是失去了。原本只想失去虚化的诺言，但连同实在的土地也没有了。这是一夜间的事情，一场激战后的结果。这样的结果不是让你思索的，而是让你接受的。可是我们毕竟又回来了，晋国少了一部分，但它仍然还是晋国。国君回来了，他仍然还是国君。似乎什么都没有变，但我仍然感到我面前的一切变得陌生了。

我坐在这块石头上休息，早上起来舞剑，竟然感到累了。以前我从没有感到疲累，也许在秦国的日子让我变老了？我竟然浑身冒汗，似乎变得虚弱不堪。我手中的剑也似乎老了，它也没有从前那么明亮、那么寒光逼人了。尽管我已经把上面的尘土擦拭干净，它仍然没有从前那么明亮、那么寒光闪闪了。我只有在太阳升起之后，才看见了往昔的一丝光芒。我所坐着的石头似乎比从前也缩小了，但仍然是沉重的、稳固的。我开始怀疑自己，是不是做了一次别人的囚徒，就已经被彻底击败了？

我看见一条变色龙在树上爬着，它一会儿走一走，一会儿又停了

古灵魂

下来。它的颜色是树皮的颜色。如果不仔细看，你几乎看不出它的存在。因为它的行走，你才发现它。它的样子是古怪的，有着长长的尾巴，尖尖的嘴，以及突出的双眼。它行走是因为它想这样做，它停住的理由也一样。它是自由的，因为它可以通过变化获得自由。变化就是让发现它的，觉得它是陌生的，怀疑它究竟是不是别的事物的一部分。所以它在熟悉的和陌生的之间游荡，就能够做它想做的事情。

我怀疑它就是我们传说中的龙，或者是缩小了的充满了变化的龙，是龙的化身。我却不会变化，我一直保持着自己的原形，所以我痛苦，我疲惫，我被击败，然后变得衰老。我拿起来的剑也变得软弱。变色龙发现了自己的猎物，就将自己嘴里的舌头吐出来，然后将猎物捕获。它得到食物太容易了，所以它没有忧虑。可是我得到了什么？我吐出了自己的舌头，却得到了耻辱。

我又看见地上的几个粪虫推着一个粪球在一点点向前走。世间什么事情都会有的，竟然有这样的虫子喜欢臭的东西。它们看起来是光滑的、漂亮的、干净的，却对粪球有着特殊的偏爱。它们就像几个穿着铠甲的武士，浑身黑亮，外壳看起来是坚硬的。它们的腿很短，甚至藏在了腹下，让你一下子看不见。它们很费力地推着大大的粪球，一点点移动。我不知道它们要把这粪球推到哪里去。这是固执己见的做法。它们竟然不知道自己所做的，是别人所不愿做的，谁喜欢做这样的事情呢？

也许一切都有自己的理由，只是在观看者眼中，它们的理由是荒谬的。但它们认为荒谬的却是自己所需的。就说庆郑吧，只喜欢他的仁德和天道，他就是这样的粪虫，推着一个大粪球，自己费尽了力气，却让自己身上裹满了臭气。他所说的不过是一些空洞的言辞，却要别人接受它。他用荒谬的言辞迷惑不了别人，自己却沉陷其中。

我不喜欢固执的人，固执的人做不了大事情，因为他看不见事情的真相，却只能看见自己心里所想的。他以为自己所想的就和所做的一样。他出言不逊，对国君毫无敬畏之心，国君没有采纳他的谏言，就心生怨意。国君的战车陷入泥淖时，却不予救助，让我们失去了战机。这样不仅没有捉住秦穆公，反而让国君成为秦军的俘虏。这样的人，和我眼前的粪虫有什么区别？他推着自己的粪球，也将自己推入了黑暗。他既然谈论天意，难道不知道不能违背天意么？他既然知道君臣之道，难道能在关键时刻抛弃国君么？

也许现在的结果不是本该有的结果。若是庆郑及时驾车跃出泥沼，也许国君不会被俘，也许我们就要反败为胜。也许庆郑乃是上天的安排，让他来毁掉晋国，那我们还有什么好说的呢？总之，国君回来要做的第一件事，就是将庆郑诛杀，不然以后就会有人效仿他。不然他作为国君还怎么能发号施令呢？如果每一个大臣都不听从国君的话，国君还有什么权威呢？若是如此，一个国家就毁灭了。就像树上的果子，它的毁灭来自内部的虫子，那些最早掉下来的果子，外表看起来光滑闪亮，但它的里面已经腐烂了。

我站起身来，想着这一天要做的事情。我的心里是茫然的，我竟然不知道自己究竟要做什么。那条树上的变色龙已经不知道到了哪里，我寻找着，却再也看不见它了。它也许停在哪一个地方，它的颜色也变成了另一种颜色，我已经找不到它了。我怎能捕捉到不断变化的事物呢？我的眼光从树干向上一点点扫去，直到无数细小的树叶遮住了我的视线。我又看地上的粪虫，它们也不见了。它们行走得那么缓慢，而且推着一个巨大的粪球，应该走不了很远，可是也不见了。它们都好像有着绝妙的隐身术，忽然之间就不见了，就像飘逝的日子。

虚幻让人厌倦，我不喜欢这样的虚幻。我看见的和没有看见的，好像就是神话和传说。变色龙不是真实的，粪虫也不是真实的。真实好像已经远去了，但我又怎么抛弃这虚幻？我分明真切地看见了变色龙和粪虫，看见了大大的粪球在微小的力的推动中一点点移动，可是它们都那么快就消失不见。我将自己的剑收入了剑匣，太阳已经离开山头很远了，它越来越明亮了。我感受着这阳光的温暖，迟迟不想回到屋子里。这个世界上有着无数值得留恋的东西，阳光的温暖就是其中的一样。树上的叶子刚刚长出来，它们还显得很小，但这个时候它们是最鲜亮的，仿佛自己就会发光。

卷三百零一

卜偃

晋惠公回来了，他还没有站稳脚跟，就先把庆郑杀掉了。这不是一个好兆头。他的仇怨之心太重了，即使经历了囚徒生涯，也没有将他的心胸放大。唉，晋国虽然还在，他仍然是国君，但繁茂的草木已经衰败了。我在暗夜观察星象，属于晋国的那颗亮星已经倾向西南了。它已经被几颗星缠绕，看来晋国将陷入困境，而秦国将要兴起。

我听说，国君听到人们议论，想让重耳回来做国君，就要再次派人谋害重耳。我暗中占卜，发现重耳已经逃到了东方，而且有回转的征兆，也就是说，重耳可能用不了多久就真的会回来成为国君，而晋惠公的命数就要到了。可是这样的占卜不能对任何人说起，不然我也会和庆郑一样，遭遇杀身之祸。我已经老了，希望自己在缄默中获得安宁。

一个国君成为别人的囚徒，这已经是奇耻大辱了，被释放回来却先把自己的大臣诛杀，就犯了治国大忌。因为战败而民心散落，本应安抚民众，振兴国家，却先要发泄私愤，这必然会让民众议论。可是作为国君却不改自己的本性，仍然任性放纵，不考虑国运，让人怀念

古灵魂

公子重耳就十分正常了。他又要派人寻找重耳的踪迹，并施展谋杀的手段，这就尤其要激起民众的愤恨了。

我想，国君虽然回到了自己的国家，但他的心并不安定。他既忧虑民众之心思变，也忧虑重耳归来。他在秦国待了那么久，已经不放心身边的任何人了。他诛杀庆郑，不仅仅是痛恨庆郑，也用杀戮来让更多的大臣恐惧。然而，庆郑并没有恐惧，他没有为了活命而逃走。他是可以逃走的，他已经知道了自己的必死，却仍然在镇定中等待。他以自己的死让别人看见了对死的无畏。我听说他临死的时候，国君曾问他是不是感到后悔？他说，生与死都是天定的，所以无所谓生与死，也无所谓后悔，我只是做了我想做的事，我没有违背自己，这应该让我感到欣慰。

对一个并不畏惧死的人，杀死他有什么意义？杀戮是为了震慑，为了让人恐惧，但你杀死的却并不害怕这一切，那么杀戮就成为纯粹的杀戮，它的血腥反而给杀戮者以羞耻。而对于被杀者却是一种等待中的解脱，他等到了要等待的，获得了自己所需的结果。如果等待者一直等待，那对他将是一种可怕的折磨。

不过在我看来，这一切都是早已发生了的事情，它不是现在才看见，而是早已摆放到那里的，只是等到现在才得以在眼前显露。事情看起来是一件接着一件，实际上它们仅仅是早已堆放在地上的一块块石头，它们就在那里，它们原本就在那里。我的眼中没有时间，没有流逝的事物。时间仅仅是人的幻觉。比如说一个人渐渐变老了，实际上是一连串的我，从生到死的一连串影子。它是由同一个我来投射，只是外面的太阳将这影子拉长又缩短，然后太阳沉没了，影子也就消失了。

从这个意义上说，死后的人仍然存在，只是他的影子消失了，但他仍然在那里，只是他已经站在了黑暗里。所以人们惧怕死，不是惧怕自己的消失，而是惧怕黑暗，因为这黑暗熄灭了光，熄灭了自己的影子。庆郑已经到这黑暗中去了，每一个人都将到这黑暗里。可是太阳还要升起，死去的人就要在黑暗里等待。实际上这和我们每一天的睡眠相似，死只不过是对生的景象的重现。它是另一种白日和夜晚，另一种日出和日落，另一种醒和睡，这是灵魂的节奏，是生命的轮替，是影子和无影的生活的转换。你既要看见你看见了的生活，也要看见你不曾看见的生活。谁曾看见过自己的睡眠？你要想好了这一点，所有的事情还有什么可怕的？

我一生所做的，就是试图看见还没有发生的事情。这些事情都隐藏在时间深处。我要把它们从黑暗里挖出来，放到自己的眼前，放在有光亮的地方。但这些东西都是天神埋藏起来的，我就等于一个盗掘者，将天神的宝藏盗取出来，并告诉别人。这是非法的，它违背了天神的意志。也许出于天神的宽容，他容许我从中拿出其中的一点点，而不是全部。尽管我知道很多，但我不会都说出来，我只说其中最关键的部分。我要是说出太多，就会遭到惩罚。所以我越是知道得多，就越是感到恐慌。

我所拥有的权力是无形的，因为我的权力不属于人间。我的权力来自天神，来自天神的恩赐。因而，我不会贪图人间的一切财富。我所得到的已经足够多了。只是我所看见的，让我感到忧虑，为我所在的晋国忧虑。人们不遵循天神的启示，也不会顺从天意，所以我为他们日夜担忧。而且我也日渐衰老，我的衰老我早已看见了。我不是从镜子里看见的，而是在时间里看见的。

实际上，天神创造万物都是为了用万物说出天神自己的话，是的，他没有声音，但万物包含了声音。他没有文字，但万物都是文字。他借助万物说话，是为了让世人倾听和理解。更多的时候，人不知道这万物的意义所在。早晨的鸟鸣是神在说话，我们仅仅知道这鸟鸣是悦耳的，却不知道它们在说些什么。抬头所见的云形在说话，我们也仅仅看见了这云形的美丽变化，却不知道它为什么变化。飞过夜晚的蝙蝠在说话，它从我们的头顶一掠而过，我们以为它仅仅是为了自己的捕食才这样飞翔的。燕子在秋天归去，又在春天归来，我们只知道它告诉我们季节的变化，却不知道其中还有更丰富的寓意。人们也不愿耗费心力去猜测它。人是懒惰的，所以就会在迷惘里虚度时光。

门前突然滋生的野草也在说话，我们很少弯下身来注视它。每一阵风吹过，它都在向我们摇动，想说出它存在的理由，可是我们却从它的面前昂首走了过去，甚至我们的脚从它的身上踩了过去，它的疼痛不是来自我们脚的踩踏，而是来自我们不经意的心。树上掉下的果子也在说话，但我们以为这不过是偶然发生的，那么多果子，总会有几个掉下来。有时候人们会将它捡起来，但仅仅当作可以食用的果子，而不是说话的果子。

若是一只虫子爬到了你的脚下，它绝不是无意的，而是想告诉你什么。可是你不会相信它，也不会在意它。你觉得一条微小的虫子能说出什么呢？要知道，它不是自己在说话，而是天神遣使它来到了你的面前。你看见了这只虫子，却看不见它背后站着的神。你傲慢地瞥了它一眼，却不知你已经藐视了神，那么你怎么会不受到惩罚呢？

人们是愚昧的，只相信龟甲和蓍草的占卜，只相信星象的占卜，却不知道所有的预见包含在万物之中。这预见不是真正的预见，在神灵看来，你的预见已经是摆在那里的事实，但你却不知道。你要想知道，就必须听懂神灵的语言。龟甲不过是事物中的一个，蓍草也是万物的一种，星象仅仅是天上的灯组成的图案。它们能告诉你的，别的事物也能告诉你。

你坐在河边的石头上，河流的声音能够告诉你。每一条河流的流水声都不一样，每一个时刻的流水声也不一样，它们的变化，已经预示了你的变化，告诉你未来的趋势，你就可以推演出自己所做事情的结果。你坐着的石头也不一样，你为什么选择这块石头并坐在这里？你不知道自己之所以选择的根由，但这选择已经在告诉你什么了。也许这块石头是平整的，它适合你坐在这里，你就坐下了。你却不知它就是神灵向你发出了邀请，不是让你坐得舒适，而是让你看见你想看见的。可你并不在意四周的一切。你擦去石头上的灰尘，实际上已经擦去了你要倾听的语言，神灵的语言也在这灰尘里。

人们忽视的事物太多了。但是我必须留心神的语言，我要凭藉自己的理解，向世人泄露一些深奥的秘密。因而我的权力远比国君更大。一个国君仅仅迷恋世俗的权力，想着如何支配别人，想着如何获得更多，而我早已走在了他们的前面，知道了他们究竟能不能获得这些东西。我通过占卜试图拨开他们的眼前的迷雾，但他们不会听从我说的话。因为执着于内心的顽念，他们就放弃了自己的希望。

古灵魂

国君的权力归于国君，我的权力却归于神。国君只能决定自己的现在，而我却只是用我的眼睛看见他的将来。我说出，他不一定会听从，我不说，他必定陷入迷茫。他像瞎子一样在黑暗里摸索，就是找不到路。我可以通过神灵的启迪给他以光，尽管这光是微弱的，他要仔细观看，就不会在黑暗里迷失。所以，我的权力远在国君的权力之上，因为我所站立的位置在他的上方。我乃是坐在云端，而国君静静坐在地上的宝座上。我所触及的，他甚至难以看见，而他所要夺取的，却是我所不需要的。

所以在人世间，我是孤独的。我的周围好像有很多人，但真正陪伴我的，却是天上的神灵。很多时候我也想和人们沟通，但他们既不理解我也不知道我所说的话，我只能用他们能够听懂的话告诉他们一些即将发生的事情，这也是他们最感兴趣的。我并不是热爱孤独，而是我看见了真正的人世的荒野，看见了无所依赖的迷茫中的人，我既同情和怜悯他们，却又对他们的困境无可奈何。我的孤独是站在高处的孤独，就像一个人站在荒凉的山头上，看着山脚下的卑微的人们，你既不能让他们听清你说的话，又不能真正干涉他们的生活，他们只有在自己的决定中盲目寻找。

我是孤独的，就像一个人置身沙漠。可是我只有在这沙漠里行走，它没有路，但我所走的地方就是路，所以它又到处都是路。我不需要选择，也免除了选择的痛苦。但我并不寂寞，因为我倾听和阅读天神的话，这些话无处不在。我在每一个地方都能够听见和看见。在山林里，野兽会绕开我，因为它知道我听懂了它的咆哮。在山崖下，我看着石头的裂缝入迷，因为那里面含着天神的奥义。我在沙土上写字，我随着自己的心去写，但我却发现我所写的，并不容易识读，它仍然需要我向神灵问卜。

可是我生活在晋国，又掌管着晋国的卜筮事务，所以我又为晋国的事情担忧。我看见了一切，所以我自知担忧是无用的，可是这无用的担忧却是我生活的一部分。因为这样的担忧，我的孤独似乎减少了，可我却永远不能变得快乐。对我来说，快乐是奢侈的。我满眼都是悲伤，又怎能有快乐？我的眼中能看见那么多，却因为看见的缘故而显露出无边的忧郁。我更担忧的是人间的杀戮，我不喜欢杀戮，可是我却不能阻止，因而就更加忧郁和悲伤。有人问我为什么不会微笑，我的回答是，人间的事情都令人担忧，因而没有值得我微笑的事情。因为微笑是短暂的，接下来的事情却让你哀伤。既然我已经看见了以后的哀伤，我的微笑也就没有了。

晋国需要一个新的国君，需要一个新的开始。我从天上的星辰里看见了这个新的国君，也看见了一个新的晋国。但仍需要等待。一棵树需要长出新叶，秋天的谷子需要收割，储藏这收割的粮食，还要在春天播下新种。万物都是在轮回中，在生与死中交替运行，不然就会枯萎。晋国若要繁荣，就要循着天神的启示，从万物的节律中拨开丛林里的路。现在，我就坐在河边的石头上，倾听河水的流淌，观察着新草的生长，看着河水中映照出的天空和云影，以及两岸的树影，河里还有游鱼在随心所欲地游动或者停留。我的心里充满了光，我在这光中看见了一个个未来的幻象，但这幻象都是真实的。只因它将出现在将来，在现在看起来还有点儿虚无，但它将变得一点点清晰起来。

我已经看见了未来。这未来已经在我的心里了。我看见了未来的四季，有兴盛，有衰落，有繁荣，也有枯萎，有新生的，也有坠落的。在整个时间里，每一件事情都漂浮在波浪上，一会儿沉入了低谷，一会儿又推向了高潮。对于人世间的每一个人来说，都充满了期待，他们的目光也随着这波涛翻滚而起伏不定。新的不一定就很好，但新的毕竟是我们所期盼的。人们都仰望着，期盼着，等待着，都在一个个将要幻灭的希望里沉湎。我看着他们焦急的样子，无限的怜悯，无限的恻隐之心，无限的悲哀，在我内心的光亮里，呈现出一个个暗淡的斑点，就像突然越出草丛的兽身上的斑点，这斑点以凶猛和速度，以敏捷和力量，以一个漂亮的不清晰的身形，从我的眼前一跃而过。

卷三百零二

太子圉

一夜醒来，发现外面的世界已经是另一个样子。昨夜睡得很好，来到了屋外，才醒悟到已经在秦国了。父君已经答应我做国君，可是他还是回到了晋国，却把我送到了秦国做了人质。我知道父君的话经常会改变，他说过的话很快就会反悔。我曾为自己能够做国君而感到狂喜，但发现这仅仅是一个梦，一个让我欢喜的梦，实际上紧紧相连的却是另一个梦，那就是噩梦。我已经堕入这噩梦里了，且不知这噩梦的尽头在哪里。噩梦不仅给你带来现时的惊恐，还要昭示未来。我不惧怕暂时的惊恐，因为一旦醒来，它将消散不见。我害怕未来，因为未来乃是未知。因而噩梦中坏的昭示让我万分恐惧。也许我就要在秦国住下去了，但这是多么陌生的日子，我不喜欢这陌生的日子。

我还年龄不大，我喜欢熟悉的地方，每一个地方都可以找到，我想到哪里去就到哪里去，那样我既是自由的，也是快乐的。可是我成为秦国的人质，我的父君一旦再次违背诺言，我就可能被杀掉。我生活在危险之中。我将在心惊胆战中度过将来的一个个日子。据说我出生之后，曾经让人占卜，结果是我将成为别人的大臣，而我的妹妹则

古灵魂

将成为别人的侍妾。也许这就是我没有成为晋国国君的原因。现在，我真的成为别人的大臣，我的妹妹也成了秦国的侍妾。

尽管秦国的国君对我以礼相待，但我仍然感到了屈辱。我乃是因晋国战败而得了这样的结局，是因我的父君背弃了诚信而得了这样的结局。我不仅背负着自己的屈辱，也背负了父君的屈辱。为了让我的心安定，秦穆公将他的女儿嫁给我，可是我仍然不会因此而快乐。因为我的屈辱太沉重了，一个女人怎能卸去我身上的重负？

在秦国的每一天都是痛苦的，尽管我的夫人安慰我，可我无法接受这样的安慰。在白天，我不论走到哪里，都有人跟随着我，实际上他们在监视我，害怕我逃走。我的身后有着他人的目光，我被这目光穿透，已经失去了自己的秘密。我经常坐在郊外的草地上，尽量忘掉那些监视我的人。可是他们的影子依然落在我的心里，遮住了我的光。我就像被一条毒蛇缠绕，它的力量太大了，我怎么也挣不脱。

即使我逃回了晋国，又能做什么呢？我的父君仍然坐在那里，他会把我重新送回秦国。在他的眼中，他的位置远比我重要，我仅仅是他座位下面的木头，我要在秦国，他就能坐得安稳。对于秦穆公来说也是这样，只要我在他的目光里，他就知道晋国不敢背弃所定的盟约，他的邻居安宁，他就是安宁的。他已经得到了河西五城，得到了他想得到的。而我却被他的双手牢牢抓住，就像老鹰利爪里抓紧的兔子。

我的夫人嬴总是在我的身边，我问她，你也是监视我的么？她说，不，我嫁给了你，就属于你，怎么可能监视你呢？我只是觉得你来到秦国，这里也没有你的亲人，你是孤单的，需要一个人来陪伴。

我说，我还不习惯这样的生活，但迟早会习惯的。秦国是美丽的，尤其是雍城，这里环绕着河水，在深沉的夜晚，睡在屋子里就可以听见隐约的水声。我喜欢这水声，也喜欢在河边看水上的帆影。

她说，我的父君并不怕你逃走，因为你的父君也不愿你回到他的身边。你想吧，他已经答应把国君的位置让给你，可并没有变为现实。你要回去了，他也不会安宁。我问，为什么？我从没想过这样的事情。她说，你其实是清楚的，因为你总是惶恐不安的样子，说明你的内心在忧虑着什么。你想回去，是因为你太想做国君了，可是一个国君怎会容忍另一个想做国君的人站在他的身边？这样他的梦就会被干扰，因为另一个国君总是在他的梦中。

我说，我是他的儿子，从前我就一直在他的身边，现在和过去有什么不同呢？她说，现在不一样了，因为你的父君已经让人宣读了他的诏书，每一个人都知道他要择日让你做晋国的国君了。可是他改变了主意。也许他这样做原本就是为了试探国人的反应，他并不愿意让任何人坐在他的座位上。他曾是秦国的俘虏，他的耻辱不愿让任何人谈论，也不愿让任何人想起他曾说过的话。他本就在国人的心中没有信义，要是你在他的身边，国人就会因为看到你而想起他做的事和说过的话。从前你在他的身边，是因为他不曾答应你继位，现在他答应过你却没有让你如愿以偿，这就不一样了。不是他不想见到你，而是他不愿让别人看见你。若是你在他的身边，别人就会看见另一个国君的影子。

我说，你也许是对的，我的确想做一个国君，但我却成了秦国的人质。这就是命运？我不知道。我生下来的时候，曾有人为我占卜，说我将成为别人的大臣，所以为我取了这个古怪的名字。这个字是一个被围起来的形象，还有外力控制着，我就在这中间。难道我就因为出生后的一次占卜，因为一个名字，就做不了国君？我为此十分苦闷。我想挣脱这个束缚，挣脱我的名字，挣脱这个不祥的占卜，可是我却来到了这里。

她说，既然你知道这是自己的命运，就接受它。实际上你已经接受了，却为这样的接受感到痛苦。你还年轻，需要等待。若是属于你，就会等到机会。若要不属于你，等待中仍有希望，这希望就是你接受命运的理由。一个人的名字只是让别人呼唤的，它束缚不了你。你要做了国君，你的名字就没有用了，因为国君将成为你新的名字。所以这名字只是说出你的一段生活，不是让你在自己的名字里彷徨和迷惘。一个人怎么会永远被困在围墙里呢？即使是放牧中的羊群，也是在夜晚才被围在栅栏里，到了天亮，自有放牧者将它们放到外面的草地上。何况你在秦国是自由的，没有人担心你逃走。

我说，我承认，我想逃走，可你已经猜到了，我无处可逃。我的内心有两个人在搏斗，但谁也战胜不了谁。一个人想逃走，另一个人不让他逃走，他们的搏斗让我感到烦恼和痛苦。我不能阻止他们的搏斗，因为他们是同一个我。我逃走并不是仅仅为了逃走，而是想做一个国君。但我即使逃走也做不了国君，那么逃走又有什么意义？我逃走是为了获取，若是我得不到，就只有接受这命运了。现在我也有所获，那就是得到了你。

我看着嬴的脸，竟然发现自己没有仔细地看过她。她的眼睛是生动的，也许是我的话感染了她，这眼睛里竟然充盈着泪水，透过这泪水，她的瞳孔是那么明亮。她的眉毛没有多么浓密，却有着淡淡的神采，眉梢有一点轻轻翘起，似乎要飞起来的样子，可是却最终落在了眼角之上，仿佛对什么东西有着深深的留恋。她的鼻梁挺拔，嘴角有一点微笑的意思，但这微笑不是真正的微笑，乃是生来就带着的微笑的表情，原初的、没有装饰的表情。一切都是她本来的样子，我却从来没有认真地看过她。

她说，我听到你说出的话，非常感动，我就是希望你珍惜我，喜欢我，现在我听见了你的心跳。可我知道自己仅仅是你的陪伴者，我陪伴你度过在秦国的时光，让你感到这时光是美好的。我不愿意让你烦恼，可我却不知怎样做才能使你高兴。你的想法我是知道的，但我却不能帮助你。我嫁给了你，帮助就是我应该做的。你需要什么，就告诉我，如果我做不到，就求助于我的父君。

我为她擦去眼泪，抚摸着她的脸。她是真诚的，她和我说的都是心里话。她日夜陪伴着我，但她不仅仅是一个陪伴者。她理解我，知道我心里所想的。她正在将她的爱一点点给我，我已经感到了从她的身上传递给我的温馨。这是爱的陪伴，我突然发现，我不仅仅是渴望国君的权力，我还渴望爱。从很小的时候起，我获得了太少的爱，从前仅有的一点爱，是母亲给我的。现在我从又一个女人那里找到了久已陌生了的爱。

忽然间，我觉得自己不那么孤单了，我的身边有着我所需要的。一个需要可以冲淡对另一个需要的渴求。一种奇妙的生活从她的身上涌现，我看到了喷涌的泉，看到了滋润的雨水，看到了日出，也看到自己忽然从土地里冒出来，长出了叶片。我的根部有一种推着我生长的力量，我的血液在奔腾。我的山顶升起了云烟，它开始扩散、蔓延、飞扬，微风在上空飘动，树木在摇动，发出了浩瀚的呼声。瀑布飞驰而下，它从山顶的石头之间，草木之间，一跃而出。石头用沉默储存的思想，草木用叶脉描绘的图像，都被这飞溅的激流激活了，它们随着这激情喧嚣着，跳跃着，在雾气中若隐若现。我的心就在这迸溅的每一滴水里，我在飞跃，我在奔跑，我在欢叫……

是啊，我还有什么要说的呢？我已经逃脱了，我不是逃出了秦国，而是逃离了困住我的名字，逃离了我的命运。天神原来为我设想的，都改变了。天神因为我身边的这个女人，改变了主意。或者说，我原本苦涩的命运中融入了甘甜，融入了另外的东西，它的味道变了。我所想的，离我原来的越发远了。我未曾想过的，却到了我的跟前。它让我不再为逝去的忧愁，却为了获得的而欢欣。

我从这张美丽的脸上，看见了青春和激情，看见我的渴望，也看见我自己。我需要她。我从来没有像现在这样需要一个人，一个女人。我一直想，我拥有了君王的宝座，我就拥有了一切，可是我想要的一切，现在似乎已经拥有了。我的内心的搏斗停止了，我内心的两个搏斗者放下了刀剑，他们拥抱在了一起。晋国是美好的，那里有我的梦。秦国也是美好的，这里也有我的梦。这两个梦并不冲突，相反它们融合在了一起，就像雪花落在温暖的泉里，它一下子就消融在一片蒸腾的热气中。

卷三百零三

晋惠公

我没想到自己会成为这个样子，浑身毫无气力，眼前一片眩晕。我每一个夜晚都在做梦，一个接着一个。我不断梦见死去的人，他们和生前一样，但他们的面部却没有表情。他们不像是真人，而是一些用木头雕刻的人。他们也会走路，但每一步都是缓慢的，僵硬的、模糊的身形向我一点点接近，可是快要到我跟前的时候，就突然消失了。

我看不清眼前的人，只看见一个个人影晃动，却不知道他们是谁。反而梦中的人异常清晰。我听说，这是一个人濒死的时刻。看来我已经在弥留之际，即将要进入另一个世界了。我心里是清楚的，但我大声说话的时候，身边的人却听不清我究竟在说什么。我已经发不出大声音了。

我怎会想到自己也会有这一天？我曾看着无数人死去，却不曾想到自己的死。我并没有认为自己会永远活着，但却没有意识到自己会死去。一个人死去后会是什么样子？生活着的人们谁也没见过死去的世界，只有死去的人才知道死的秘密。死是未知的，未知的只有猜

古灵魂

测，没有真实。因而猜测是无用的。

狐突曾说他在去曲沃的路上遇到了太子申生的灵魂，我既相信又不相信。我相信是因为他描述得活灵活现，我没有听出其中有什么破绽。我不相信，是因为我不相信一个灵魂会以生前的样子出现在人世间。他的肉身已经腐烂了，那么他是怎样重新变出一个肉身的？这肉身又是怎样突然之间消逝的？狐突看见了这出现和消逝，他真的看见了？还是他在梦中见到了那一幕？也许他在车上睡着了，他所描述的仅仅是一个梦，便以为这梦是真的。我相信梦，但不相信真实，也许梦比真实更真实，真实的东西却比梦更虚幻。

现在我就经常沉浸在梦中。但我所做的梦并不美好，更多的是一些片段，缺少生活里的完整。或许这就是死？我已经死了？如果死就是让生前的一切变成了碎片，那的确是可怕的。你不知道这碎片里包含着什么，也不知道这碎片什么时候会出现。重要的是，你不能用一个碎片推演出另一个碎片，因为碎片是不连贯的，甚至它们之间毫无联系，你不知它们为什么会一个个出现在你的面前。

可能这些碎片将会越来越远，已经成为我与从前的生活的唯一关联。它向我展示和呈现的，就是我的曾经，我的从前，但它们自身却失去了关联。它们是遥远的，虚幻的，我的生活事实上已经失去，这些碎片就是已经失去了的。我原以为失去的都是美好的，但现在的碎片却失去了从前的美好，因为我的生命本身随着这碎片的梦，已经被撕成了碎片。

是的，我的一切已经散落了一地，就像落在了地上的树叶一样——从前的树叶乃是在树上的，被交错的树枝悬挂着，它们不是一个又一个、一片又一片，而是因为整个大树的存在而成为一个整体，每一片树叶都是整体的一部分。现在这些树叶落在了地上，它们变成了一个又一个、一片又一片，那个整体不存在了，这就是死亡，每一片树叶的死亡。

死亡就是失去了关联。所以我的一个个破碎的梦，就是死亡的前兆。我就要死了。我已经感到了我正在失去自己，失去一切。我很想有更多的东西，但是没有了，都没有了。权力、杀戮、占有、国家的疆土、美女和美酒、随意呼唤的仆人以及那么多的大臣、无数民众、良马和宝玉、军队、群山和河流，以及我想要的一切，都不需要了。要这些有什么用呢？

可是我曾经是那么渴望拥有，我好像有着深渊般的欲望，我要的尽可能多，我需要很多很多，可是现在我没什么想要的了，因为我拥有的也破碎了，我的手已经抓不住什么了。我失去了力量，也失去了欲望，我所拥有的只有一个个梦的碎片，连一个完整的梦都没有了，连一个完整的人的面孔都看不清了。我看见的都是模糊的东西，而我的梦是清晰的，但却是一个个清晰的碎片。

谁将坐在我将要腾空的座位上？我的儿子？还是别人的儿子？太子圉还在秦国，他不可能回来了。可是我为什么还要关心这样的事情？一切将与我无关了。我将离开这个世界，我将到另一个世界去。这个世界就要和我割断联系了。我对自己所做的一切都不后悔，不论别人觉得这些事情是不是应该做的，但它属于我，属于我的就是美好的。可是在我将死之际，这些美好的就要失去了，所有美好的事物又有什么意义呢？

古灵魂

美好的仅仅归于美好本身。我曾觉得美好的，都是失去的东西，就是痛苦本身也是美好的，因为曾经的痛苦也失去了。我感觉到自己已经进入了一个巨大的冰冷的影子里，那是我自己投射的影子，这影子笼罩了我，一阵阵寒冷刺穿了我。无边的寂寞，无边的孤独，就在这影子里。我向这寂寞和孤独喊话，却得不到任何应答。我曾为自己的欲望而活着，然而这欲望退到了我看不见的地方，它剩下了一个小小的斑点，在无边的黑暗里的一个斑点，我和它的联系就要中断了。

　　我的欲望曾是那么剧烈地燃烧，它冒着浓烟，它的火焰烧光了我的激情，留给我的是一片荒原。我不相信世间的礼法和圣人的仁德，却相信我内心的欲念。我的所有决断都来自我的欲念。但现在这欲念竟然逃离了我。我生活的意义都来自它。没有它，我就无法生活。正是这熊熊的火焰伴随着我，使我经历了那么多的事情，可以称得上波澜起伏，我就在这样的波澜里飘动。我的灵魂就在我的欲望里，现在我失去了欲望，也就失去了灵魂。

　　我追寻着那个就要逝去的斑点，可它却愈来愈远了。我已经够不着它了。我在一片荒原上徘徊，这荒原上只有一些稀疏的草木和一块块无人认领的石头。河水已经干涸，我从高处的寒冷里飞掠，我的阴影越来越大，就连这荒原也要被我的暗影吞噬。这里没有早晨，也没有黄昏，只有暗夜。我只能在梦中见到稀少的光，见到一些我生命里悲凉的奇景。

　　我看见我的父君，他的愤怒的面容从我的梦中一闪而过。我也见到了我的儿子和女儿，他们也从我的梦中一闪而过。还有虢射、郤芮、吕省……他们似乎也不在人世了，他们从很远的地方走近我，但永远也到不了我的跟前。他们看起来是向我走来，但又好像是向后退去。还有被我杀掉的人，里克和丕郑，还有庆郑，他们的脸上并没有愤怒和怨恨，他们竟然十分平静。他们的手中不是拿着复仇的剑，而是拿着野花，并将这野花的花瓣一片片摘下来，扔到荒原上。

我知道他们会这样做的，他们会把美好的东西毁掉，所以我杀掉了他们。可是他们死后仍然这样做。我杀死了他们的肉体，却没有真正杀死他们。他们的手里拿着的就是我，就是我的欲望，就是我的花。他们即便在这荒原上，也没有放过我，所以他们的脸上才显出了平静，因为我的心已经浸泡在寒水里，还漂着冰凌的寒水。我想拿起我的剑，再次杀死他们，可是我的剑已经丢失了。

天空是灰暗的，地上也是灰暗的，我环顾四周，只有我的影子越来越大了。我对自己的影子说，是谁把我带到了这里？这究竟是什么地方？我的影子那么巨大，我从没有看见过这么巨大的影子，它穿着黑色的外套，就站在我的前面一动不动。它好像有面容，也有目光，但这一切都是灰暗的。它只用更黑的目光射向我，可这样的目光不是我自己的目光么？我熟悉这样的目光，可从没有见过这目光。它黑暗、深邃、神秘，却又像利箭一样，尖利、快速，带着恐惧的羽翼。我已经被它一次次穿透。它冰冷又灼热，既让我颤抖又让我灼痛。

它应答说，我从没见过你，因为你也从没有见过自己。你所见过的只是镜子里的自己，但镜子里的自己不是真正的自己。没有人领你来到这里，是你自己走来的。我一直跟着你，却并没有让你注意到我的存在。只有我变得越来越大的时候，你才会知道我，但是一切已经晚了，太晚了。我一直用尽气力拖着你，不让你往前走，可是你不听

古灵魂

从我，也没有感到我的力量，现在是你带着我来到这里的。不过，现在你踏实了，因为我仍然在你的身边，我的心从来没有跳动过。

我说，我感到冷，冰雪一样冷。我有着从未见过的孤独，这太让我不能忍受了。它说，你靠近我，我不能给你温暖，但我可以给你更大的冰冷，我也可以给你更大的孤独，这样你就不会感到寒冷和孤独了。我说，不，我又感到烧灼般的疼痛，我觉得从前的火在烧着我，可是我却看不见这火，因为火还能让我看见它发出的光亮。

它说，那你就更应该靠近我。我给你更大的火，我的明亮在我的黑暗里。你看见了黑暗，就看见了我给你的火焰。你的灼痛只是暂时的，很快都会好起来。你将适应从前的火，因为从前的火也在黑暗里，只是你看见了并不存在的火，那不是真的火。我给你的才是真的。生命从没有来过这里，它只是从庞杂的、混乱的人群中匆匆穿过，它看见的，只是它眼里的东西，而不是我要给你的东西，我要给你的，就在这荒原上。

我问，我的儿子呢？他在哪里？还是在秦国么？它说，你所问的并不是你真的想问的，因为你从来没有关注过你的儿子。他对你并不重要。对你来说最重要的就是你自己，你只在自己中生活。你现在问这样的问题，只是想通过你的儿子和你建立起联系，只要你能知道他，就能找到自己。可是你不能知道别人的下落了，因为你已经不知道自己的下落了，你连来到哪里都不知道，又怎么知道别人在哪里呢？

我说，我知道自己正在走向低处，我已经从白日离开了，我可能再也回不到原来的地方。它说，你本来就没有原来的地方，你以为自己原本在某一个地方，可是你错了，你一直在灰色的旅途中，看起来眼前有着一条条路，实际上你从没有走在路上，只是在无边无际的旅途中。你的沿途没有什么风景，只有一大群人围着你，这些人影在你的四周晃动，他们遮蔽了你的目光，让你看不见你究竟在哪里。

周围更加昏暗了，我的黑影笼罩了一切，它不仅笼罩了我，也笼罩了黑影本身。我呼喊它，但它不再应声了。我便嵌在了沉默里，死寂的沉默里，就像卡在石缝里的乌龟，拼命伸出自己的脖子，但我动弹不了。我发出最大的力气，我呼喊，但谁也听不见我的呼喊，因为我的呼喊也是沉默的。呼喊和沉默并没有什么两样，它们本来就是同一块石头。

古灵魂

卷三百零四

太子圉

　　我一夜未眠，但一点儿也不感到困倦。我来到秦国已经几年了，秦国的日出日落、云卷云舒和秋去冬来，已经看惯了。可是我从来没有忘记我的晋国。我是晋国的太子，怎能一直忍受在秦国的屈辱处境？清晨我就来到了雍城外的河边，看着眼前的流水，想着这流水可以一直通往晋国的都城旁，就不禁流下了眼泪。是啊，那年晋国遇到了饥荒，秦国就是从这里开始了泛舟之役，船只一艘连着一艘，装满了救济晋国的粮食，风帆张开，借助着河上的疾风，向着东方驶行。千里水路，波涛汹涌，我的心已经寄予一个个帆影上。

　　我的眼前是波浪翻滚的河水，渡口上的船并不是很多，我看见几只船已经就要起航了。船夫站在船头，就像一个黑影，我不能看清他的面目，但看见了他笔直站在船头的样子。显然这个船夫在向远方眺望，而我的目光却一直看着他。我想着他是向着晋国方向行船的，他的船也许会一直驶向晋国，他所行的水路，正是我所向往的。波浪拍打着河岸，我听见了哗哗的节奏，它是均匀的，但每一个波浪涌上来的时候，都发出不同的声响。它们的强弱不一样，河水也有类似于人的呼吸声。

　　昨天有人告诉我，我的父君已经身染沉疴，一病不起，他的命数就要到了。可是我作为晋国的太子，还在遥远的秦国。我深知，晋国的宫廷还有几个公子可能会被封为新的国君，那样我就永远失去了做国君的机会了。我不是一直想做一个国君么？现在我的机会来了，要是我不能及时回去，就赶不上了。可是我将怎样逃出秦国呢？

　　昨夜月光在照耀，世界变得一片苍白。我在黑暗里看着，似乎看见了自己坐在宫殿里的国君的形象。我的心在狂跳，我的血在浑身汹涌，就像现在这河水一浪高过一浪，拍打着河岸，将河底的沙子不断推到岸上。我的内心既兴奋又担心，我觉得这是我的机会，我的愿望就要实现了。但一切又是不确定的，因为我在秦国待得太久了，国内的大臣们已经遗忘了我。一个人要得到别人的信任和理解，就必须不断在别人的面前显现，你的影子才会放到他们的记忆里。可现在我已经很久不在晋国，晋国的人们在关键时刻可能不会想起我了，他们会先想到晋国宫廷里的公子们。

　　我必须回到晋国，不然我的命运就是我的名字里所包含的命运。我要终结这名字的含义，我需要一个新名字。我在夜晚走出了屋子，在这月光里徘徊。我仰望着天空的明月，隐隐看见了月亮里的黑影，它的明亮中仍然有着神明的影子，也许他能告诉我什么。可是我看了很久，他是沉默的，他用影子说话，可我不知道这影子的含义。但这月光和包含于其中的影子一起照耀我，我的身上已经有了神灵的叮嘱，我接受了他的光，也接受了他的话，我需要逃走了。也许那月亮里的神灵和我一样，也是被质押在那里的。我和他一样，我要逃出这月亮了，以便到更加开阔的地方去。

暗夜是玄奥的，它将我的未知和一切的未知都收拢到怀中。我不知道夜晚会发生什么，因为它都隐藏在暗淡的夜色里。借着明月的光，我看见远处有着一个个黑影，树木、房屋、山壑，所有高出地面的事物，都变成了黑影，我所不能辨认的黑影。一个个屋顶接受着月光，使得屋顶上不断闪烁着光亮，它显得四周更加黑暗了。这黑暗是静谧的，但又有着微弱的各种声音，有着各种鸣虫的声音，远处的河水声，微风摇动树木的声音，各种神秘的声音，尽管不知道这些声音来自哪里，但我还是听见了它们。

我在这各种复杂的声息里捕捉属于自己的声息，捕捉我的捉摸不定的命运。我的心越来越乱了。我越想就越是混乱。天上的星是稀疏的，明月的光芒掩盖了那些微弱的小的光芒。但仍然有几颗亮星在天上，更像是地上映照在天上的倒影。我对自己说，我还有什么依靠呢？我仅仅是一个孤单的流浪者，我不在自己所在的地方，我在异乡的土地上，异乡的夜晚，异乡的月光里。我只有我的影子陪伴，别的影子也似乎在周围晃动，但我不知这些影子究竟是什么，它们是谁的影子。

现在我从夜晚走了出来，我来到了白日的光明里。我一会儿沿着河滩向前走，一会儿坐在河边的石头上。我对我的侍从说，我的母亲属于梁国，但这梁国已经被秦国灭掉了，它不存在了。我在晋国做太子，我的父君已经宣称让我做国君，可这仅仅是对我的戏弄，让我空空地兴奋了一阵，结果却是被送到秦国做了人质。在秦国的日子并不舒坦，我受到了秦国的轻视，我的内心受着屈辱和煎熬，却不得不这样忍耐着。我没有办法，我也许就应该这样，我只有认命了。

——我已经失去了依傍。梁国没有了，秦国也不会帮助我，晋国也遗忘了我。在晋国的宫廷里，我没有亲近的大臣，或者说我已经和晋国失去了联系。我好像是被晋国抛弃了的无用的东西，被扔到了秦国的土地上。我是孤苦伶仃的一个人，对，只有一个人，我甚至没有能够说几句心里话的机会，我不知道该和谁诉说。我和天上的云说过，和夜里的月亮说过，和树枝上栖息的飞鸟说过，也和这流动的河水说过。它们听不懂我说的，我也听不懂它们所说的。现在我只有和你说几句话。

——现在我的父君已经患病不起，恐怕来日无多了。晋国宫廷会随时生变，大夫们也可能拥立别人为君。可我是晋国的太子，我不想被别人遗忘，也不想放弃这次做国君的机会。可是我身在秦国，又怎么能逃回晋国呢？我为此感到十分痛苦，你说我该怎么做？我为什么来到这河边？就是为了看见河上的一艘艘船，它们张开了风帆，准备行往该去的地方。这河流可以通往晋国，我的愿望就在这河水里，就在这一艘艘船上，我看见了船上的风帆，就看见了我的晋国。

侍从皱着眉头，从沉默里出来，他说，我仅仅是侍奉你的侍从，我不可能站在你的位置上思考问题，也没有这样的智慧。但我觉得你会有办法的，整天思虑不如化为行动，你既然想了，就应该毫不犹豫地去做。所有的忧虑都不起作用，只有行动才会实现愿望。你的孤独和寂寞，我已经看见了，你的忧虑我也看见了，你和我说的我也猜到了，可是我只有听从你的安排和吩咐，这是我的职责。但你要听从你自己的内心，你怎样想的就怎样去做。

古灵魂

我说，我内心在呼唤我，我已经从梦中醒来了，可是我却不知自己怎样做，因为我毕竟身在秦国，而不是在自己的土地上。我从河滩上抓起一把沙子，扔到河里。我说，你看，我就像这沙子一样，被卷到了岸上。我停留在这里，回不到河水里了。他说，河水涨起的时候，有些沙子就会回到河里了，它们只是在岸上等待机会，太子的机会已经来了。你要回到晋国，为什么不和夫人说一说呢？

我说，她毕竟是秦国国君的女儿，我怎么能和她说呢？她要是把我的想法告诉了秦穆公，那样他们就会阻止我，防范我，我就再也回不去了。他说，我觉得夫人不会这样，你应该相信她。你若要将自己的想法说给她听，也许会得到她的赞许和帮助。夫人是通达的，也是自尊的，所以她能够理解你，也能尊重你的选择。笼中飞鸟从来不甘于失去自由，一旦你能回到晋国，天上的云就会消散，光亮就会充足，你的翅翼就会展开，因为那里的一切本应属于你，你能够成为一个好国君。谁也夺不走一只飞鸟的天空。

我不安的心似乎稳定了一些，我起身回到自己的居所。我向自己的夫人投去了祈求的眼神，也许我的神态是卑微的，但我在别人的土地上，怎能有高傲的神气呢？她看出了我的心思，说，你一定有什么话要跟我说，不然你怎会用这样的眼神看我呢？我说，是的，我想说很多话，但又不知道怎么找你说。她说，你说吧，我们是夫妻，有什么话不能说呢？

我说，我的父君一病不起，恐怕已经无药可救了。可是我在异国他乡，却不能尽孝，感到十分内疚。另一方面，我又是太子，若我不能及时返国，也不利于晋国，晋国也许会因继承君位的事情而生乱。

所以我决定回国，但又怕你的父君不会答应。我寻思再三，想和你商量，我们寻找一个机会一起遁去。

她看着我，好像在想着什么，一会儿说，你有这样的想法是应该的，你是晋国的太子却屈居秦国，内心受着委屈和折磨。若我是你也会这样想的。我的父君让我嫁给你，就是为了侍奉你，让我为你白日奉茶敬饭，夜晚为你暖床陪守，让你忘掉自己的屈辱，安心留在秦国，也为了秦晋两国的敦睦和好。现在你要逃回晋国，我若随你而去，将违背父命，失去了忠孝之德，所以我要留在秦国。我虽不能跟随你到晋国去，但我是你的夫人，所以不会泄露你的秘密，你逃走的事情，我一个字都不会说出去。

我说，我走了，把你一个人留下，我真的不忍心啊。我们多少年来朝夕厮守，我已经习惯跟你在一起了，以后的日子，我将会怎样孤单。她说，你一旦回国做了国君，就会忘掉我的。你的身边会有很多美女，她们将代替我陪伴你。若是你能从她们身上看见我的影子，我就已经知足了。我知道你从来没有忘记晋国，也没有忘记做国君的志向，我怎能因为我而阻拦你呢？一只属于天上的飞鸟，我怎能抓住它的翅膀不放？你放心去吧，你有你的前程，我有我的思念，我的身体留在这里，但我的心会跟随你。

说着，她把自己佩戴的玉玦摘下，递到了我的手上。她说，我听说这块有着诀别的含义，你就戴着它，知道我对你的情义。也许你看见它就会想起我，但我不奢求你总是想起我，你有更多的事情，它只是我的影子，说明我仍然在你的身边。你若想要忘记我，就把它扔到看不见的地方去。你只要戴着它，我就会心里感受到你，知道你在哪里，你若把它扔掉了，我也会知道你已经离开了我。

我说，夫人想多了，我怎会忘记你呢？我来到秦国的时候是一个人，是孤单的一个人，因为有了你，我才变得充实。我在秦国举目无亲，也没有人能保护我，因为有了你，我有了一个亲人，有了你的保护，我就变得踏实，以至于渐渐忘记了自己来自哪里，也渐渐忘记了自己为什么来到这里。现在我的父君就要离开人世了，是他唤醒了我。他的将死唤起了我对自己的记忆，我意识到自己的身份，意识到在这里我永远是一个人质，我必须逃走，否则我的心也不会安定。

——或者说，我的身形还在这里，但我的心已经逃回了晋国。但我唯一不能舍弃的就是你。你不仅是我的夫人，你还是我的一部分。你陪伴我度过了几年的时光，所以我所失去的，都是由你来填充的。你的身上寄存着我的年华，寄存着我的快乐和希望，你就是时光，你就是希望，你就是我在秦国得到的一切。若是没有你，我很难想到自己还活着，也很难想到自己还会想着逃走，我已经是河流里的漫无目的漂浮的漂木，是你捞起了我，并把我放在了重生的岸上。

——你不会跟随我，我是理解的。因为你是秦穆公的女儿，你这样做，并非真的不想跟我走，而是不能跟我走。但我不得不离开你了。我是晋国的太子，我还有自己的使命。父君离开的座位还等着我，我渴望做一个国君，这一点我曾和你说过。我听说，司掌四季的有四个神灵，他们各自司掌一个季节，我是属于冬季的，我由司掌冬季的神灵掌管，我来的时候不是适宜的，现在冬季已经到了，我也该离开了。我昨夜观察星象，东方的那颗我所期盼的星那么明亮，它拨开了云翳，向我说出了我该选择的方向。

——可是我把你留在这里怎么办？我深知以后很难见到你了。你又要让我孤单而去了。我舍不得你，可是我又必须离开，我的心多么痛苦啊。我也许生来就必须承受这么多，我是为了痛苦而生的，我也是为了痛苦而成了秦国的人质，我又要因着痛苦而逃走了。我就是痛苦，我就是痛苦的化身，我的心里将装满痛苦，哪一天，这痛苦就会和我一起沉到水底了。它就像一块石头一样绑在了我的身上，绑在了我的灵魂里，我没有能力挣脱它。我从来不是自由的，你也不是。我的名字就是不自由的，所以我的选择是没有选择的选择，我的眼前只有一条路，我只能在这条路上往前走。

她说，我知道你的心事，我也理解你为什么这样做。你的痛苦感染了我，让我也沉浸于痛苦中。你想挣脱自己身上的束缚，就像蝴蝶离开自己的蛹壳，你想飞，我也想让你飞，我更愿意跟随你飞。飞翔是多么好啊，可是我只能看着你飞，让我的心跟随你飞。但我只能将自己的身形停留在地上。在一个冬天，这飞翔是艰难的，我会为你准备好冬天的衣装，准备好路上的食粮，我也会把你送出寒冷的暗夜，让你自己去找到属于你的路。你不论走到哪里，我都会在你的身后，我把我的影子放在你的背后，它不会给你增添行路的负重，却会不断增加你的力量和勇气。

冬天就要到我的身边了，河水也将要渐渐结冰。寒风开始呼号，我看到远方越冬的鸟儿已经在天空绝迹了。我准备好了一切，就要踏上归途了。这些天我一直没有出门，路上所需的，夫人已经为我安排好了。从早上开始，我就等待着天黑。我的心怦怦直跳，我就要离开秦国了。天上没有一丝云彩，远处的群山是淡蓝的，树上残留的叶片

古灵魂

随时都会掉下来。我的心已经随风飘去，飘出了自己的视线。

我站起来回到了屋子里，火盆里的炭火就要渐渐熄灭了，木炭的表面蒙上了一层白色的木灰，火苗缩回到了灰烬里。我已经不需要它了。我的浑身充满了温暖，充满了血，充满了向往，对眼前的事物失去了迷恋。也许我从来就没有迷恋过。我所迷恋的在很远的地方，那才是我的地方。那里有我的都城，我的宫殿，我的宝座，我的池水和我的权力，有着我的山壑我的水，我不用在这里倾听河水的声音了，不用坐在这里的河边看河上的帆船和船夫的形象了。我也不需要在这里的郊外寻找我自己的花，我不需要这里的一切，我需要另一个地方，一个我生长的地方，只有那里才属于我，而我现在所在的，属于别人。

夫人双手给我端上了饭菜，可是我一口都吃不下去。我不想吃，肚子里一点儿也不饿。我说，我不想吃，我只想着今夜如何走出去，走出这禁锢我的秦都。她说，你还是要吃一点，这是我亲手为你做的，我从来没做过饭，这是我第一次给你做饭。我吃了几口，说，做得真好。她笑了，说，我知道你说的是假话，但这样的假话我喜欢听。她的眼角流出了一滴泪，这一滴泪就要掉下来的时候，她轻轻地擦去了。

我从她擦掉了的泪滴里看见了自己。它是晶莹的，闪光的，就像珍珠一样闪光，我在一瞬间照见了自己，我被这泪滴浓缩在了其中。她所流出的乃是我的眼泪。它包含着我。我的面容在其中是清晰的，我就在这眼泪里浸泡着。现在我就要逃出这眼泪了。天光渐渐西倾，我又一次走了出来，围绕着一棵树走着。我的步伐缓慢而沉重，我能听见我自己的脚步声，尽管这脚步很轻很轻。

　　暗夜一点点笼罩下来，我围绕着这棵树不知走了多少圈，它的根须会记住我的脚步。天上的星斗敞开了它的星辉，它的斗杓已经在指引我。它是天神的车，它是盛酒的器，它是我的星。天枢为运转的枢纽，天璇司掌这天地的旋转，天玑主宰地上的人事变化……它们各有奥秘，它们中有神，也有人，并含有音律和时间，我的前程都在其中。我却不知道它们为什么今夜这么明亮，也许它们只为了照耀我。

　　时间到了，夫人催促我上路，我借助天上的星光，看着夫人的脸，可在这暗夜里，我只能看清楚她的眼睛。她的眼睛愈发明亮了，和天上的星光遥相辉映。我感到她的泪滴掉到了我的手上，我的手背感到落下了一粒冰。它寒冷，它沉重，它落在了我的手背上。门轻轻打开了，我和我的侍从走了出去。我不敢回头看，但我感到她在我的背后一直看着我，也听见了她的眼泪滴在了地上，砰的一声。

古灵魂

卷三百零五

狐突

　　我已经告老居家，不再过问晋国的政事了。自从太子申生被逼自杀，重耳被迫流亡他乡，我已经对晋国的前途失望了。晋国一次次遭受挫折，人心浮动，也许晋国的兴盛还要等待重耳归来。但我不知道重耳现在到了哪里，只知道他已经离开了狄国，他在迷茫里四处流浪。我已经老了，甚至我的头发和胡须也渐渐稀少了。很多日子以来，我的睡眠越来越少，经常在夜半醒来，披衣坐起，到暗夜里观看星象，这漫天的星斗，似乎指明了他在东方的某一个地方。也许我难以等到重耳归来的那一天了。

　　我的两个儿子跟随着重耳，我天天想念他们，狐偃和狐毛跟随重耳在流浪的途中，我感到自己也跟随着他们，却不知道他们在哪里，我甚至经常忘记我自己究竟在哪里了。我醒来的时候，面对一片黑暗，甚至看见了他们。他们从黑夜里走出来，一张张面庞是那样清晰。他们和我说话，但他们说过的话我却一句也记不住了。

　　但过去的事情却历历在目。我的梦中经常出现从前跟随太子申生的一次次激战场景，一个个过去的老人，里克、丕郑等人也经常向我显现。这些死去的人在我的梦中说话，我却一句都没有听清楚，我看见他们的嘴在动，看见他们的表情，可听不见他们究竟在说什么。我真的老了，竟然连梦中的话都听不清楚了。

听说太子圉逃回了晋国，接着晋惠公就去世了，现在太子圉已经继位做了国君，成为晋怀公，现在又要大开杀戒了。唉，每一次新国君都是这样，都要将旧臣杀掉几个，这种残暴的清洗一次又一次，不知要到什么时候。这就像农夫烧荒，不断将野草烧掉，然后种上自己的庄稼。可是他所种的庄稼就是好的庄稼么？他所种的就会有他的收获么？也许他还没有看清他手里的种子，也许是野草的种子，就播撒到地里了。

看来这晋国的地又要荒废了。夷吾不仅背弃了秦国，也背弃了他自己。他不仅做了秦国的俘虏，也做了他的贪心的俘虏，最后得到了什么呢？许多人盼望他死去，现在他死去了，但换来的并不是人们想要的。人们希望有一个好国君，想着晋惠公死后，将重耳迎回来，因为重耳是一个有仁德的君子，他一定能够重振晋国，也能让晋国的民众舒心。可是他在哪里呢？谁又想到太子圉竟然从秦国逃回来了。

这是怎样的现实，让人百思不解。晋国缺少一个好农夫，也缺少好谷种。撒种的人不是把种子撒在土里，而是撒在了石头上。种在石头上的，怎能长出新苗？这地里的庄稼总是拔去了好的，留下了坏的，每一年春天人们都盼望着天上的雨水和地上的庄稼，但到了秋天却没有好收成。这是怎样的天意，竟然让晋国一次次遭受磨难。我已经老了，不管这么多事情了，可是我的心里仍然有着一个个挥之不去的影子，这些影子已经是死去的影子了。都死去了，我也将死去，只

古灵魂

是我仍在这影子里等待自己的影子。

新国君很快就露出了自己的牙齿。他一直在秦国做人质，在晋国的时候年龄又小，所以民众不了解他，大臣们也不了解他，当然国君也缺少自己的根基。所以他对晋国是陌生的，人们对他也同样陌生。这是两个陌生者的相遇，彼此打量着、权衡着对方，估算着自己和别人的力量。太子圉不甘心在这样的气氛里，他的心是虚的，他已感到自己的宝座在摇晃，因为这宝座下没有足够的支撑。所以，他就要杀人了。

他需要把血涂抹在自己的脸上，这样别人就会害怕。现在轮到了我。他把我召去，对我说，我已经下令让所有跟随重耳的人都必须归国，若不及时归来，就要诛杀全家。现在你的两个儿子都跟随着重耳，必须叫他们回来。新国君是严厉的，我已经看见了他眼里的血。他的目光是红的，他的话语也是鲜红的，我已经看见了他的宝座前将要滴下的血，他所说的，也是一滴滴掉下来的。

我说，我已经老了，更要做别人的榜样，我不能在剩下的日子里失去自己的德行。我很想听从你的命令，这是我作为一个老臣的本分。可是从古至今，儿子出仕为臣，做父亲的就要告诫他必须对自己所跟从的主人忠诚。我的两个儿子已经跟随重耳多年了，一直跟着他流浪四方。我若要让他回来，就违背了我当初对他们的训诫，也违背了我自己。我怎能让我的儿子对自己跟从的人不忠？又怎能在他的主人遭遇困境的时候独自离开？他们若抛弃了自己的忠诚，就是抛弃了自己，我又怎能让他们抛弃自己？

国君说，可你是晋国的老臣，就应该对国君忠诚，所以我让你做的，你就应该做，而不是在这里和我空谈你的理由。我说，你说得对，我应该对我的国君忠诚，就像我的儿子应该对他的主人忠诚一样。但一个人不能让自己的儿子施行忠诚，又怎能让自己对国君忠诚？一个不信守自己对别人的训导的人，怎能做别人的榜样？你对别人所说的，自己都不能做到，这已经背弃了忠义，还有什么理由谈论忠诚之道？何况，我也不知道我的儿子究竟在哪里，只知道他们在流浪，不能像你一样回到自己的土地上。

国君说，你的儿子不能回来，就是父亲的责任，你已经违背了对国君的忠诚，你已经背叛了我，那么我就必须将你诛杀。否则，所有的人都像你一样，背弃他的国君，我还怎样继续做晋国的国君？我说，我的忠诚归于我，我的儿子的忠诚归于他，你若要杀掉一个忠臣，要滥用你的权力，我还有什么好说的呢？

——若要违背忠诚，我不能听命，若要让我死，我就会因我的忠诚而听命。已经有多少人死去了，我经常梦见他们，他们已经在梦中告诉我，死并不是可怕的。我以为自己并没有听清他们所说的话，现在我从你的嘴里听见了他们说的话，在梦中，你借用他们的面孔说话，现在你也被我梦中的人所借用。现在我已经知道了你是谁，我已经从死去的人中辨认出了你。现在我先去死，然后我等待你。

他说，好吧，既然我给了你生的机会，你却不愿接受这活下来的恩赐，我还能对你说什么呢？我还年轻，你就等着我吧，当你等到我的时候，我会再次杀死你。说完国君的脸上露出了杀气，或者说这杀气是原本就有的，只是现在从他的脸上冒了出来。他的眉毛上翘，他的眼睛充满了血，他的怒气使他变得丑陋。我从来都是惧怕一个好的

古灵魂

国君，但不惧怕一个丑陋的国君。我慑服于美好，因为美好乃是我所需的。我不惧怕丑陋，因为这丑陋乃是我要抛弃的，我怎会惧怕我所要抛弃的？我的死，就是对面前的所有丑陋的彻底抛弃。至于我的老迈的形躯，已经不值得珍惜了。

我深知，国君所害怕的不是我，而是他所看不见的重耳，以及重耳的跟从者。他们虽然在流浪的途中，但人们却更希望一个有德行的国君站在面前。晋惠公害怕，晋惠公的儿子也害怕。或者，他们害怕的也不是重耳，而是害怕天下的仁德。因为他们缺少，所以他们害怕。这样的国君不思怎样增加自己的仁德，而是要杀害有仁德的人，他们以为杀掉了有仁德的人和向往仁德的人，就杀掉了仁德本身，这怎么可能呢？

我对国君说，我已经决定赴死了，但我仍然想和你说几句话。你杀掉我，我自己都不觉得可惜，因为我已经老了。我年轻的时候身经百战，并没有害怕死，现在时间已经一点点抽取了我身体里的生气，我已经离死不远了，我还害怕我已经望见了的东西么？一个人的身体终究将被抛弃，而他的德行却会被更多的人记住的，它住在了众人的心里，所以德行是永生的。你杀掉的只是一个人的形躯，你却不能真正杀死一个人。

——就像你现在，尽管你已经是一国之君，但你却仍然惶恐不安。你不是害怕我，因为你可以杀死我。凡是你可以杀死的，你都不会害怕。你更害怕你杀不死的东西。你杀死我，是为了减少你的恐惧，我死后，你就会发现，原本的恐惧因为杀掉了人而增加了。你恐惧的是远在异国的重耳，他拥有你所缺少的仁德，他还有你所缺少的好声名，所以你感到了不安。你杀掉了我，并不会消除这不安。

他放声大笑，说，我不会因为你说我什么，就成为什么，你的话丝毫不会改变我，但会改变你自己。你现在还活着，但很快将死去，那样你就再也不能改变了。你想让我改变想法，但我却只让你改变一次，然后将你固定在无形之中，你在这无形中就会什么都没有。我不会因为你死去而失去任何东西。我拥有的仍然拥有，但你拥有的却没有了。

这样的笑声我在哪里听到过。这是一种可怕的笑声，因为这笑声里已包含了他自己感到可怕的东西，这笑声就是为了掩藏这恐惧。我反而因他的笑声而坦然了。我已经不觉得他是一个国君，一个坐在高处的人。我觉得自己在升高，从高处看着他。因为即将到来的死，让我的身形变轻，我被一阵风吹向了高处。人间的所有事物都变小了，国君就变得更小，就像地上的虫子一样小，我难道还害怕么？

我记得自己曾在曲沃的郊外遇到了太子申生的灵魂。他还是生前的样子，什么都没有变。他不是无形的，但他可以化为无形。他是自由的，也仍然有着自己的爱和憎恶，他说了要惩罚晋国，后来的事情验证了他的说法。晋惠公因为失去了道义，做了秦国的俘虏，他获得了一个死者的灵魂的惩罚。那个落叶纷飞的秋天，让我感到了一阵阵震撼。大风是从空中降下的，它将两旁树木上的叶片清扫着，叶片就像暴雨一样倾斜着，从高处一阵急似一阵地落下，我的眼前竟然出现了落叶，什么都看不见了。

太子申生竟然和我一起乘车，一起说话，他的模样和表情深深印在了我的心里。我的马匹竟然什么都没有察觉，它们还是那样迈着四蹄，在这落满了黄叶的路上走着。它们的节奏没有改变，车轮的转动没有改变，但我的车上却增加了一个人，不，是一个灵魂。我和这灵魂说话，我陪伴着这灵魂走了很远。这是一个充满了爱的灵魂，他的仁德使他到了天神的身边，所以他使我仰望着。尽管他就在我的身边，但我却似乎一直朝着他仰望。好像他坐在很高的地方，是的，他就在很高的地方。

他出现，是在我转眼之间，他隐匿，也是在我转眼之间。我既不知道他是怎样出现的，也不知道他是怎样隐匿的。现在我就要到他隐匿的地方去寻找他了。我也将和他一样隐匿于滂沱而下的落叶里。我想他的形象就在落叶里，他只是被那么多的落叶遮住了。我没有从落叶里找到他，但我将从中找到我自己。我要请求他再次降下惩罚，惩罚失去了仁德的国君，也求情于他让重耳归来，让我的两个儿子归来，因为我一直思念他们。或许，我死后，我的灵魂会在每一天都看见他们？或者就像太子申生一样，突然出现在他们身边？我将选择一个秋天和他们相遇。

卷三百零六

秦穆公

　　唉，我没有听从丕豹的进谏，放走了晋惠公，又让他的儿子太子圉逃回晋国。这一对父子丝毫没有仁德，也没有信义，都是天生的叛逆。我捉住了晋惠公，就应该杀掉他。太子圉来到秦国，我竟然将自己的女儿嫁给他，希望秦晋两国敦睦和好，可是他仍然私逃而去。这都是毫无信义的背叛者，你不论怎样真诚地对待他，都不会改变他的无德无信的本性。看来，还是丕豹看得更清楚，也许怀着仇恨的人更能看清仇人的面孔。

　　我问自己的女儿，太子圉逃走时为什么不给我报讯？她说，你把我嫁给他，他就是我的夫君，我怎能把他的秘密告诉你？我若告诉你，就是对他的背叛。他让我随他一起逃走，我没有答应，我若答应，我就是对你的背叛。我这样做，既没有背叛我所嫁的夫君，也没有背叛我的父君，这是我迫不得已的选择，我哪里做错了？

　　我说，是我做错了，我既不应该把你嫁给他，也不应该相信他。他的父亲晋惠公几次欺骗了我，我却没有接受教训，现在他也欺骗了我。他的父亲毁弃了自己的诺言，一次次背叛我，他同样毁弃了自己

古灵魂

的诺言，同样背叛了我。虽说一个人不等于他的父亲，应该将他们区别开来，但我也应该从儿子身上看见他父亲的面影，我本不应轻信他。一粒谷种播在了地里，难道会长出豆菽么？

她说，我理解你，因为你是宽阔的，就以为别人也是开阔的。因为你信守自己的诺言，便以为别人的承诺也不是虚浮的。你做的都是对的，不要因为这样的事情责备自己。我虽然看得不远，我的目光也狭窄，但我知道一条河的流动不仅仅是为了漂浮它水面上行驶的船，也不是仅仅为了养育水里的鱼，当然也不是仅仅为了飞鸟积聚在它的河边。一条河所做的事情并不是每一件都有用，但因为它做了很多无用的事情，所以它的用处就变得无边无际，它自己也变得悠然自得。它更多的时候是平凡的、平缓的，但它一旦暴怒，它的力量太大了，以至于无坚不摧。巨大的石头可以卷入其中，并带到很远的地方，一座山崖也可以被它推倒，而它将恢复自己一贯的平稳和平静。

——你就是这样的河，因为你的宽容和仁德，你并不会在意那么多小事情，所以天神会偏袒你，秦国也因你的仁德而越来越兴盛了。你放走了晋惠公，又让我的夫君逃走，看起来好像犯了错，实际上他们只会让晋国变得混乱而弱小，他们的背叛并不会减少秦国的力量。我虽然嫁给了我的夫君，和他也结下了感情，但我了解他。他离开秦国，也离开了我，因为他太贪恋君王的位置，太贪恋权力。他所贪恋的，也是要毁灭他的。他贪恋什么，什么就会紧紧缠绕他，他就不会从中脱身。所以他不会一直委身于秦国，他终究要逃走的。既然终究要逃走，现在逃走又有什么惋惜呢？

——他贪恋什么，就会深陷其中，这就像他的名字一样，必定要被什么围栏和墙壁困住，在秦国，他是人质，逃回晋国，他仍然是人质，只不过他既是国君也是国君的人质。他仍然在被困中，所以他的心不会是稳定的。因为他获取的，又害怕失去，越是这样，就越会失去德行和民心，所以他必定不会持久。

我的女儿所说的都是有道理的。她是有智慧的，我从她的身上同样看见了我自己。是的，我也该寻找另一个人，来取代晋国的国君。晋国需要一个贤德的君王，这样秦晋之间就能联手图谋中原了。秦国是偏远的，我不能让我的国永远处于偏远的一隅，它应该在天下获得应有的位置，它应该拥有更大的力量，以便获得天下的信赖。所以我要寻找机会，寻找秦国的未来，但我必须先要寻找和扶持一个让我满意的晋国君主，这样，秦国就会得到一个好邻居，也得到一个好帮手。

我把大臣们召到朝堂，征询他们的看法。丕豹说，晋惠公已经死了，他躲过了对他的惩罚，但他的儿子已经继位，现在已经是怨声载道。他最害怕的是外面流亡的重耳，因为重耳虽然离开晋国很多年了，但他的德行和声誉仍然在晋国民众的心里隐藏。晋国的人们都希望重耳回来做他们的国君，所以现在的晋怀公非常担忧。他觉得自己在朝堂缺少自己的心腹，也觉得自己缺乏国人的支持，所以他就下了一道旨令，让重耳身边的人都归国，这样就可以剪除重耳的羽翼，让重耳变为孤家寡人。

百里奚说，晋怀公的心里是不踏实的，因为他感到自己的君位不稳，所以采取了这样的对策。他还是太年轻了，既缺乏执掌权力的根底，又缺少隐晦曲折的策略。这个人和他的父亲一样，没有信义和仁德，又贪婪而暴戾，听说他杀掉了老臣狐突，这必将激起国人的义愤，失去国人的拥戴，这就更加让国人怀念重耳，所以他必定不会长久。

公孙支说，国君想让晋国成为秦国的敦睦之邻，这样我们就会联手向中原拓展。我们扶持了晋惠公，他却成为忘恩负义的叛逆。又想把太子圉扶持为一个贤良的国君，但他同样是一个忘恩负义的人。他在秦国做人质期间，国君待他为上宾，并将公主嫁给他，但他竟然私自逃回了晋国。我们与其不断扶持这样的国君，不如趁势向晋国发兵，废掉晋怀公，然后另立一个国君。

蹇叔说，不可做师出无名之事，这样不符合道义，也会损害国君的声誉，甚至会引来诸侯的讨伐。我们应该将目光放远一点，用最小的力量获得最大的利益。晋怀公的根基不稳，又施展暴虐，杀掉了狐突，已经让晋国的老臣们惶恐不安，他自己更加惶恐不安，他的宝座已经动摇。他害怕重耳归来，那么我们就将他所害怕的人召来。既然我们能把晋惠公扶立为国君，也能将重耳扶立为国君，这样既顺应民众也顺应天道，何乐而不为呢？

——据我听说的重耳，的确是一个怀有仁德之心的人，晋献公追杀他的时候，他没有选择对抗，而是选择了逃走，说明他有忠孝之心。有那么多人跟随着他，虽然到处流浪，却没有一个人背离他，说明他的德行能够让人敬重。他已经是一个流亡的公子，几乎没有什么权力，前途渺茫，却能受到每一个国家的欢迎和尊重，说明他是一个有信义的人，所做的事情也合乎礼节。这样的人还是可以信赖的，若能将重耳扶立为国君，必能为秦国所用。

我说，你们所说的，我都听见了。我选择大臣的时候，希望他忠诚老实，即使他没有什么技能，但他必须善良仁厚，发现别人比自己更有才能，就会十分高兴，就如同自己拥有才能一样，这样就不会嫉贤妒能压制别人了，他就会不断发现和使用更有才能的人。看见别人的美德就像自己拥有美德一般，也就会发现和使用拥有美德的人。这样，我们就会拥有越来越多的人才，国家就越来越强盛。选择晋国的国君也是这样，以前我扶立晋惠公，是因为被他的花言巧语所迷惑，却没有看见他的真实面孔。

　　也许我对自己的想法太执着了，就被别人所利用。泛舟之役后，我仍然对他存有希望，但很快这样的希望就破灭了。于是我发起了对晋国的讨伐，所幸获胜了，但我还是被我自己的希望所迷惑。后来我又寄望于他的儿子，可是他的儿子和他一样，不仅私逃回了晋国，还忘掉了秦国对他的恩德，那么我还能有什么希望呢？

　　我发现有一种人是永远也不可能记住别人的恩德的，你无论怎样用心对他，都不可能得到回报，哪怕是很小的回报。我听说林中的狩猎者深知一些兽类是不可驯服的，你无论怎样喂养它，都不会得到它的一点温情。它总是会对喂养它的主人露出凶相。这样的野兽，你只有杀掉它，让它对你深怀恐惧。所以，我必须放弃对这样的人仅剩的一点希望了。你们所说的重耳，我从没有见过，但从别人那里知道他。不过，他的面影仍然是模糊的、不清晰的，我不能再一次犯错了。

　　既然你们都觉着这个人是可以信赖的，我便听从你们的话。可是重耳又在哪里呢？我又怎样才能将这个人找到？我要将他召到秦国，

古灵魂

亲自观察他,看这个人是不是如你们所说的。因为你们所说的,也是听别人所说,别人所说又是听另外的人所说。而且这个人已经离开晋国很多年了,尽管很多人跟随他,但他们在晋国已经失去了根底,他虽然保有晋国公子的身份,却对晋国所发生的一切都不知情。那么晋国的人们还会听从他么?

蹇叔说,人的根底是他的德行,德行会让更多的人信服。他的德行会给他带来声誉,这声誉乃是自己德行的累积。只要这累积足够大,人们就会像看见高山一样,就会仰望它的山巅以及这山巅上的虹霓。仰望就会带来向往,向往又会带来听从,听从也就转变为跟从。既然许多人能够在十几年里跟从他,就必定会有更多的人跟从他。而且他一直在逃亡途中,必定遭受了很多磨难。遭受过磨难的人会懂得更多。君王可以将他召来,亲眼看见他的样子,这样你就放心了。若是晋国有了希望,秦国也就有了更大的希望,毕竟两个人同做一件事,比一个人会做得更快更好。

丕豹说,可是你就不担心晋国变得强盛么?若是晋国得到了一个雄心勃勃的国君,国人又愿意听从他,那么这个国家就会兴盛。若是我们的身边有一个强邻,秦国还能睡得踏实么?一个无道的君主固然可恨,但一个拥有仁德的强大君主岂不是可怕么?你看这几年的晋国,因为国君的残暴和无能,他的国人已经对他憎恨。他所说的,虽然也听从,但乃是出于恐惧,而不是出自真心。因而人心已经远离了他。人心一旦远离,国家就会混乱,混乱就会衰弱,衰弱就会覆灭,而这对于秦国来说难道不是好事么?

我说,我不惧怕别人的强盛,却担忧别人的衰败。真正的繁荣是共同的繁荣，真正的衰败也是共同的衰败。因为别人的衰败也预示着自己的衰败，只是看起来别人衰败了，你仍然显得繁荣。你见过荒地上一棵孤零零的大树么？最大的树不在贫瘠干枯的旷野上，而是在山中的深林里。因为这大树的周围也是繁荣的，它的繁荣所依靠的乃是别人的繁荣。别人好了，并不意味着自己就变得不好。你不要盼望别人的衰落，但要让自己变得更好。我现在想的是，这个重耳现在流落到了哪里？他究竟在什么地方？我能把他召到身边？现在，不是晋国需要他，而是我更需要他。

这个人究竟是个什么样的人？我从没有见过重耳，但我的眼前不断晃动着他的影子。似乎他的面容是清晰的，我看见了他的眼睛，看见了他的重瞳，他的眉毛弯曲着，就像天空的残月，他的胡须花白了，因为他的年龄应该不小了。他从很远的地方向我走来，我等待着他走近我。但他在距离我不远的地方停住了脚步。他的脸上浮着一层和蔼，但却好像又深藏着什么。我的目光向这个陌生者投去，他却将头扭了过去。他好像看着自己的后面，并没有发现前面的我。

我从没有见过他，但我却似乎见过他。我记得晋献公去世之后，我曾派子显去安慰公子重耳，并试探他是否有意归国继承君位。那时他逃亡到了狄国。子显向他传达我的话，说，我知道，你获得或错过国君的位置就是在这个时节，这是你的关键时刻。虽然我恭敬和体谅你此时的严肃和哀伤，但也要告诫你，居丧的时间不可太长，想必你已经考虑过了，还是应该珍惜转瞬即逝的机会。机会过去了，就不会再有了。

重耳就对我的使臣子显回话说，君王能够派你来吊唁，这是对我

古灵魂

最大的赏赐。我虽然在逃亡中，但父君的逝去让我哀伤，因为不能归国参加悲哀的丧礼而更加哀伤。父君的失去这是多么大的事情啊，我怎能在这个时候有所图谋。若是借着这样的机会来贪图私利，岂不是辜负了君王慰问的情义？他说完后以额触地，行了稽颡之礼，但没有拜谢，接着就在哭泣中起身而去，没有继续与子显交谈。

　　子显回来告诉我重耳的表现，我十分感慨，公子重耳真是一个仁德者，他叩拜但不予拜谢我的使臣，是他没有把自己当作君主的继承者，所以就不拜谢。在哭泣中起身，说明他敬爱父亲，内心哀伤。起身而去却不与来者私自交谈，这是表示远离自己的私利。这样的人还不能算一个仁者么？这是重耳给我留下的深刻印象，可是我毕竟没有见过他，我渴望能见到这个仁者。也许，我就可以见到他了。

卷三百零七

重耳

　　我走了多远的路？连我自己也不知道了。这途中既有屈辱，也有快乐，可是毕竟这样的路太长了。我离晋国越来越远，可是我的心却距离它越来越近了，我似乎已经摸住了晋国的土地。因为父君的追杀，我逃到了狄国，又因夷吾的追杀我离开了狄国。我到了卫国，卫国的君主觉得我是一个失去了一切的逃亡者，对我慢待和侮辱，我愤而离去。我曾向农夫乞讨，农夫给了我土块，可是赵衰说，这是给我的土地，也表达了对我的臣服，所以我欣然接受了这土块，并把它放在了我的车上，可是这土块怎能使我消除饥饿？

　　但齐桓公是一个仁义的君主，他收留了我。他不仅用厚礼招待，还将同宗的齐姜嫁给了我，陪送了二十辆驷马之车。这样我才安定下来，生活安逸而快乐。但在几年之后，齐桓公去世了，齐国发生了内乱，而后是齐孝公即位，外敌乘虚而入，不断侵犯齐国，这使齐国越来越衰弱了。

　　齐国的生活太好了，我有着美丽的女人，有着美酒佳肴，有着我想要的一切。可是，赵衰和狐偃却一直劝我离开，到别的地方去。这么好的日子却要告别，那么我将寻找什么？齐国真是一个好地方，有着秀美的山林和四处漫溢的甘泉，有着云雾缭绕的山銮和成群奔跑的麋鹿，我想到什么地方就到什么地方，这样的日子在哪里还能找到？

尤其是我的夫人齐姜，她不仅美艳惊人，还内心贤淑，我又怎能丢弃这样的夫人？但是跟随我的人却希望我不要忘记回归晋国，不应该耽于享乐，安于平庸的生活。可是平庸的生活有什么不好？人的真正的幸福不在于山巅之上的寒冷之处，不在于云端之上的孤独之处，而是在平庸的安逸之中。我们所做的一切不就是为了幸福和快乐么？为什么必须用动荡和流浪破毁这平庸中的安乐？我不愿意离开齐国，我已经年龄不小了，不愿意再过颠沛流离的生活了，即使让我死去，我也要死在齐国。

有一天，赵衰和狐偃在野外的一棵大桑树下密商怎样离开齐国，但他们没有发现我的夫人的侍女就在这棵桑树上采摘。他们究竟说了些什么，我也不知道。但这侍女却将他们的谈话回屋告诉了夫人。夫人的举动让我吃惊，她竟然把这个侍女杀掉了，然后告诉我，并让我离开齐国。她说，我杀掉了我的侍女，是为了不让你的事情被泄露，现在她已经死了，没有人会知道你要离开的消息，你赶快离开吧，你应该知道你的天责，因为你是属于晋国的，齐国绝不是你的久居之地。

我说，人生来的目的是为了什么？难道不是为了幸福和快乐？难道不是为了安逸和享受？难道不是为了有一个安定的居所？这么多年的流浪生活已经让我品尝了足够的人世艰辛，我不想再过那样的日子了。我的很多本应享受的日子都消耗在路上，那是一条看不见尽头的路，一个个坎坷，一次次颠簸，每一天都让我精疲力竭。一开始我还迷恋路边的风景，觉得每一段路程都有不同的风景，但渐渐的，我发现疲惫和饥饿压倒了一切，路途上的所有事物都是相似的，差别消失了，剩下了丑陋的骸骨。

——我难道生来就为了逃亡么？就是为了流浪么？我从晋国逃了出来，就失去了自己的家园，成为一截漂浮在波澜里的枯木。我不知道自己要到哪里，也不知道自己到了哪里。我似乎由不得自己，我的一切都由着我下面的波浪决定。难道这就是我寻找的东西？我已经在这无穷无尽的寻找中失去了自己。而这无穷无尽是多么可怕。我不喜欢无穷无尽，我喜欢自己能够捕捉到的东西，我喜欢能够感受到，能够看到，也能够实现的。现在的生活就是我可以感受到、可以看到、也可以捕捉到的，所以我喜欢现在的生活，我再也不想于无穷无尽的折磨里寻找虚幻了，我要把虚幻丢弃到昨天，把真实留给未来。

她说，可你是晋国的公子，你不仅属于你自己，你还属于你的国家。你的身上已经负有更加沉重的天责，这是你生来就有的。你曾经有着鸿鹄之志，因而你走到哪里都会被各国的君主给予尊贵的礼遇。如果你仅仅是一个人，一个单个的人，你的背后没有你的国家和责任，你就只能在流浪的路上，不断地流浪。现在的流浪是有着流浪的目的，而不是简单的漂泊，而你是一个单个的人的时候，你的流浪就是真正的流浪，也不会有人跟随你。你要仅仅是为了到齐国贪图享乐，我又怎么会嫁给你呢？你又怎么会得到现在舒适的生活呢？

我说，那么我已经得到了，可又为什么必须放弃呢？得到这些是多么不易，可放弃它，却是在一念之间。我若现在失去我已得到的，那么什么时候才会得到更多？命运不掌握在我的手里，我不知道我的命运究竟在哪里，但我现在看见的命运就在齐国，而不是别的地方。总之，我不会走，我绝不离开齐国，我已经把这里作为我的家园了。

她说，你说这些话的时候，我已经为你感到羞耻，可我曾经是为你骄傲的。你作为晋国的公子，是因为走投无路才来到这里的，你若不走，你仍然会走投无路。你若离开，你的路仍然属于你。你想想跟随你的人们吧，他们为什么跟随你？他们难道不知道过自己安逸舒适的日子？他们不知道幸福和快乐？他们将自己的生命和你的命运捆绑在一起，究竟是为了什么？他们忠于你，情愿过颠沛流离的生活，情愿侍奉你，情愿和你一起流浪，忍受痛苦和饥饿，不就是为了你能够回国，拯救衰败的晋国么？他们觉得你会成为一个好君主，成为一个有作为的君主，觉得你的身上有着德行的光芒，所以才和你在一起。可是你却贪恋女色、贪恋美酒和舒适安逸，你这样能报答跟随你受尽劳苦的忠臣么？

夫人说完之后，愤然而去。我看见夫人背影里的痛苦，看到她决绝的动作里的绝望，也看见她在出门的一瞬间挥袖擦泪的样子，我陷入了深深的沉默。我真的是那样让人厌恶么？我仅仅是不愿离开齐国，不愿离开我的夫人，不愿离开我习惯了的生活，却遭到了夫人的痛斥。我这样想，难道就身负重罪了么？

夜晚到来了，我慵懒地坐在地上，头脑是呆滞的，眼睛看着一片漆黑。我不想点亮灯，就想在这没有光亮的漆黑中沉浸。一幕幕往事在面前呈现。童年时代的欢乐，我在晋都的日子，美丽的花园和荷花盛开的池塘，夜晚此起彼伏的蛙声，以及秋天来临之后的秋虫的悲鸣，我好像看见了，也听见了。我被扶到了高高的树上，用手采摘悬在枝头的果子，那么红的果子，我用力啃了一口，那么甜，但这甘甜过后却是长久的酸，甚至感到了苦涩。这是一个小小的惩罚么？童年发生的一切都有着不能理解的深意。

从晋都到蒲邑，我一路奔逃。我看见自己惊慌的样子。寺人披挥起的剑，那是一道光，从我的手臂上一闪，我的袍袖掉落了。我又往狄国奔逃。父君严厉的目光，一次次从我的背后射来，我感到万箭穿心的疼痛。我还看见了太子申生和狐突，他们已经死了，可我还能真切地看见他们。他们没有像我一样奔逃，所以他们的脸是镇定的，但眉宇之间却露出了悲愁。是啊，我在一路狂奔，而他们却一直站在那里。一个个日子飘过去了，就像一片片落叶一样，飘过去了，我却沉浸于一片漆黑之中。

我听见有人在呼唤我。我听出这是夫人齐姜的声音。她的声音是温柔的，她不是还在愤怒之中么？我不是还在她的义正词严的痛斥之中么？我不相信这是她的声音，但这声音还是将我唤醒了，我从这漆黑里走了出来。灯火的亮光让我久久不能适应——我的眼前是夫人为我准备的丰盛夜宴，赵衰、狐偃、狐毛和介子推等众臣已在前堂等待。

我不知道他们要做什么。这时夫人齐姜说，我这是向你赔罪的，我不该对你那样说话，我是你的妻妾，嫁给你就应该听从你，做好侍奉你的事情。现在齐国陷于混乱，我劝你及早离开是为了你的安危，却不该冲撞你。我知道你有自己的想法，我的想法也许是短浅的，但我又想说出自己想说的。我设置了筵席，又将跟从你的众臣

古灵魂

招来，就是为了当众向你赔罪，你今夜要痛快饮酒，以消除我给你带来的怨气。

我说，夫人所说的也许是有道理的，我哪里会有什么怨气呢？我只是不想失去这样的生活，我觉得齐国真是太好了，我想过的日子就在这里。在别的地方怎能找到这样的快乐？我一直在黑暗里静坐，我所经历的，都在我的眼前闪过。除了我的童年，以后一直在逃命的途中，我不知道这样的光景什么时候能够结束。所以我的心是忧伤的，我的眼前是迷惘的。我的年龄越来越大了，晋国也离我越来越远了。所以我开始喜欢过这样的日子，我不愿意轻易抛弃这样的日子，我也离不开你，我的夫人。

夫人说，好吧，我知道你的情意，我永远忘不了你对我的深情，我想要的，你都给我了，我还有什么可求的呢？我们在今夜痛饮美酒，忘掉所有不愉快的事情吧。而且，这么多人跟随着你，受尽了劳累，也应该多一点快乐，少一点忧伤。齐国虽然距离晋国很远，愿我的夫君在这里感受到和晋国同样的温馨。我说，这样的夜宴让我太高兴了，我们就一起举起酒盏吧。我举起了我的酒盏，一饮而尽。

这酒盏里有我的所有的日子，有我的所有的痛苦和悲伤，也有我所有的幸福和快乐，它既有遥远的晋国，也有眼前的齐国，既有我自己，也有跟从我的所有的人，它的里面有着深邃的光，又被这耀眼的烛光所照射，我从中看见了光芒四射的一切。我看见了自己也看见了别人，我看见了所有的人和事，看见了自己的路和我自己的脸。我看见了一切。

那一夜，我不知喝了多少美酒，我的眼前渐渐变得朦胧，一个个人影在晃动，一切竟然变得更加虚幻了……万物都浸泡在美酒中，万物都向我聚拢过来，我感到这黑夜里的光明逐渐探入更深的黑暗，我向着这黑暗开始狂奔，就像我再一次逃命。我的腹中发热，我的浑身在发热，我变为一个黑暗的火球，在深邃的看不见尽头的暗夜滚动。

不知过了多久，我感到身边有人在轻轻说话，也感到自己的身体像漂浮在水上，微微睁开眼，蓝色的天光一下子穿透了我。我接受不了这样的强光，又闭上眼。我在想，我这是在什么地方？莫不是在梦中？怎么会有这么蓝的天空？我不是在夜晚和众人一起饮酒么？我的夫人呢？我猛然醒来了，看见我身边的赵衰和狐偃，他们正在说着什么，又听见了车轮和马蹄的声音，我怎么会在颠簸的车上？

我问，我们在哪里？狐偃回答，我们早已离开了齐国，已经走了很远了。我又问，我记得我们在黑夜饮酒，现在怎么走在了路上？狐偃说，你昨夜酩酊大醉，我和夫人一起把你抬到了车上，这是夫人的计谋，不然你怎么会离开齐国呢？我一跃而起，愤怒地说，想不到你们会欺骗我，我要杀了你。我寻找着，拿起了旁边的长戈。狐偃敏捷地跳下了车，朝着远处奔逃，我持戈追赶。他边跑边说，你若杀了我，就能成就你的大事，那我就情愿去死，死有什么可怕的呢？可怕的是你忘掉了自己所要做的事情。

我追赶着，说，若是事情不能像你说的那样，我们回不到晋国，我就吃你的肉。他笑着说，我是天生的野兽，我的肉有着腥膻气，我的肉又粗又硬，你即使吃下去也咽不到肚子里。我也笑了，我喘息着，坐在了荒野上。我的怒气没有了，可是我的夫人也离我远去了。

古灵魂

我开始思念我的夫人齐姜，她的脸在我的眼前出现，她的话语在我的双耳飘动。我俯下身子，双手捂着自己的脸，热泪从手指的缝隙里涌了出来。

卷三百零八

狐偃

　　已经走了一个夜晚了。天亮之后已经看不见齐国的都城临淄了，它早已消失在茫茫夜色里。昨夜的星辰已经停留在了昨夜。夫人为了让公子离开齐国，施展了计策，设宴狂欢，让公子醉酒沉睡，我们借机将他抬上了车。夫人是足智多谋的，也胸怀大义，为了公子的未来，舍弃了自己本应美好的生活。她曾劝说公子离开齐国，但公子贪恋安逸，不想再踏上流亡之路了。

　　但我们深知公子只要离开齐国，他曾经的志向将回归自己。他实际上并没有忘记，只是他不愿意想起曾经的一切。这一切真是太痛苦了，谁又愿意不断回忆痛苦的往事呢？车轮发出轧轧的声响，它提醒着我们，我们一旦离去，就不可能回去了。齐国留下了我们几个春秋的时光，留下了我们的快乐，但我们必须与所留恋的告别，到苍茫的路上寻找失去了的晋国。我知道，我们所走的每一步，都沾着晋国的泥土。

　　公子还睡在车上。看来他昨夜醉得太厉害了，根本不知道我们已经在路上了。车轮在滚动，骏马的马鬃在风中飞扬，我的视线在夏风里飘动。几年来在平静中的焦虑一扫而空。我们终于向另一个国家出发了，先去的地方是曹国，这是一个小国，我们不可能停留太久，因为最终的目的地是自己的晋国，我们回去的日子不会太远了。

我走下车，和赵衰开始轻轻交谈。我们生怕把公子吵醒，让他多睡会儿吧。公子的鼾声夹杂在各种声音里，车轮的声音、马蹄的节奏和微风的吹拂，以及四周从远处和近处传来的各种声响。他的鼾声是均匀的，似乎和我们的步伐一致。他的沉睡从昨夜的醉酒开始，一直持续到现在。沉睡是焰火绽放的开始，没有沉睡怎么会有一个美好的梦？

赵衰说，我们终于离开了，公子是多么留恋齐国啊，齐国的确是美好的，有着无数的涌泉和河流，还有无边无际的大海，我只是不知道大海的另一边是什么。我说，大海没有另一边，大海已经是大地的尽头了，大海是无边无际的，只有海浪和海浪，可能其中也有一些荒凉的岛，但不会有人在那里居住。我们是地上的人，没有必要去想大海的另一边。大海是荒凉的，是可怕的，它的存在只是为了表明我们的生活边界，并给我们以恐怖的警示。它告诉我们能做什么，不能做什么，你不能做的就不要去想。

赵衰说，可是它也许就是引诱我们去想做不到的事情，我听说齐国很多人都乘着船到大海的深处，但他们都没有回来，是不是他们发现了更好的地方，就不愿意回到我们的中间了？也许他们都死了，大海里就像地上一样有着各种猛兽，或者还居住着不可侵犯的神灵，他们一旦到了那里，就不可能返回了，可能连骸骨都找不到了。

我说，唉，谁知道那么多呢？好奇是危险的，因为你的发现就是你的毁灭。就说夫人齐姜的侍女吧，她在桑树上偷听了我们的谈话，就被杀掉了。她是多么冤枉，她仅仅是偷听了我们的谈话就遭到了灭顶之灾。她要是在树上发出响动，我们就不会继续交谈了。但她却有着好奇，希望知道我们说些什么。若是她把我们的谈话不告诉夫人，她也不会死，但她却想用这样的方式讨好别人，也想把自己知道的与别人分享，但她因此泄露了秘密。人的秘密尚且这样，何况是天神的秘密？我们都想知道天神的秘密，一旦探知这秘密，就是可怕的。所以不要对天地之间的秘密充满好奇，我们知道什么，就是我们该知道的，不该知道的，就不要知道，也不必知道。

赵衰说，那个侍女死得太冤了，夫人是智慧的，可是也是狠心的，智慧是不是和凶狠联系在一起？许多智慧不是空谈，而是通过凶狠来实现。若是寻常的女人，必定会挽留自己的丈夫，让他留在自己的身边。但是夫人齐姜却不是这样，她是将公子推开，让他设法回到晋国，以便做他应该做的事情。你说这是不是也是狠心的？可我们把公子放到车上，她又不断流泪，我真是捉摸不透一个女人的心事。她究竟是怎么想的？

我说，这才是女人中的大丈夫，她没有被儿女情长所羁绊，也没有只考虑自己的私利，而是能够将目光放到天下。她的内心有着悲伤，但又能自己克制。她深知自己将失去，但仍然决然地将这失去的作为得到的。她也是骨肉做的，但她却宁愿忍受诀别的苦痛，也要成就别人，这岂是一个一般的女人所能做到？我问，我们离曹国还有多远？

赵衰说，可能不会很远了，可我们还没有走出齐国呢。将来我们

古灵魂

公子做了国君，晋国的疆土定会比齐国还要宽广。我说，我们离曹国还很远，什么时候才能回到晋国呢？他说，会的，不会太久的。以公子的贤德和声望，必定能够找到一个大国，并护送我们回去，这一天不会太远了。你想吧，我们跟随公子走了这么多路，受了这么多磨难和艰辛，又经历了这么多的国家的种种变故，公子已经不是原来的公子了。他有了更多的见识，也有了更大的胸怀，对于每一件事情都了然于胸，他做事能够采纳别人的直言忠谏，也有自己的主见，治理国家需要的真知灼见和宽宏气度，公子已经具备了。

我说，是啊，一个人是需要历练的，只有经历过的，才知道其中的苦辛，只有亲眼所见，才看见其中的得失。公子是细心的，也是敏锐的，但他的年龄也越来越大了。你看他怎么也不想离开齐国，他太迷恋温馨的窝巢，不想高飞了。一个人老了是不是就是这样？

他说，那是因为公子经过十几年的逃亡，不想将余生在逃亡中度过。我听说，东海就有一种大鸟，它的寿数很大了，但从来都在天上飞着，从不会降落到地上。它饮着云中的雨水，吐纳着天地之间的灵气，从大海的波涛里捕捉生长了几百年的大鱼，捕鱼的时候，在大鱼露出水面的一瞬间，它就会伸出长爪，轻轻拿起。它不愿意让自己的身体沾染海水。它的志向就是一直飞，一直飞。我们的公子就是这样的大鸟，他对生活的留恋是暂时的，因为他还没有找到真正的生活，所以这样的留恋也许仅仅是一个念头，一个迷惘中产生的念头，但他真正的生活就是飞，一直飞。

夏天的热气开始蒸腾，我的脸上开始流汗。路上没什么行人，只有我们十几辆车在行进。我们的车走在前头。两旁的山势已经平缓，道路开阔起来。我不认识的各种树木在瑟瑟作响，脚下的野草不断被车轮轧倒。树木顶端的树叶发出一阵阵白光，就像是白银打制的，它们那么耀眼。林中的鸟儿不断啼叫，它们说着自己的语言。一只浑身长满了七彩羽毛的飞鸟突然惊起，从我的眼前一掠而过，它飞过的空中，似乎留下了一道彩虹。啊，这是什么鸟？这么漂亮的飞鸟，我还是第一次看见。但它飞得太快了，它的影子很快就消失在路旁的密林里。我却停下了脚步，一直看着它消失了的地方，心中怅然若失。

卷三百零九

赵衰

公子醒来了，他问我们这是在哪里？我告诉了他。他愤怒地跳了起来，拿起了车上的长戈，追赶狐偃。狐偃在野地里跑着，公子在后面紧紧追赶。但他怎能追得上狐偃呢？狐偃在前面不断回头，看着公子傻笑。公子说，我要杀了你。狐偃回答，你杀了我吧，若是杀了我就能成就你，那就杀了我吧。

公子追赶，狐偃就跑，公子累得停下了，狐偃也停下了。公子生气地坐在了地上。他把长戈放在一边，叫骂着，说，你们骗了我，若是事情不能成全，我要吃了你的肉。狐偃笑着说，我的肉没那么好吃，有着腥膻气，有着骚味，我是野兽变的，你吃了也咽不下去。公子坐在那里，喘着气，接着他沉默了，看着眼前的长戈，好像想起了什么。

我走了过去，开始安慰他。我说，公子，这是夫人的主意，她一直劝告你，你却执意留在齐国。她也是为你着想，她怎么愿意你离开呢？夫人为了你，竟然舍弃了你，还杀掉了她宠爱的侍女，你就不想想她的良苦用心么？若是不能做出一番事业，你就辜负了她。我现在还记得她告别的时候，一直流着眼泪。尽管是夜晚，我看不见她的脸，但她一直用袍袖擦泪。她跟着我们的车，跑着，追赶着，但最终还是在夜色里停住了。

公子哭了，他捂着自己的脸，发出了野兽般的、压抑的呜呜声。我第一次听见公子这样的哭声。我就坐在他的身旁，默默地陪伴他。让他哭一会儿吧。我听着这压抑的哭声，我也感到了自己胸腹中有着某种压抑的东西。我的胸膛里就像垒着石头，这石头里有着凝固了的渴望，也有着神的安排，我不能逃脱的安排。我的身体一动不动，我被这沉重的力量压住了，我也想哭，但哭不出来。我没有眼泪，没有能够从身体里流出来的东西。我的泉眼被堵住了，我的泉水只能倒流，从里面流入更深的里面。

夏风从半空吹来，来到我面前的时候，贴着地面，似乎要将我身边的野草连根拔起。野草摇动着，就要飞起来了，可是就在即将起飞的一瞬间，它停在了原处。它稳住了。它被我的石头压住了。这是一株很小的草，四周是荒凉的，只有它在生长。它张开了四个叶片，指向了四个方向。它已经暗示了自己，也暗示了我所在的地方。我要在这四个方向中予以选择，可是它的每一片叶子几乎都是一样的。我的心里掀起了一阵阵骚动，仿佛这外面的风不是来自我所不知道的地方，而是来自我自己。我的身体里有着更大的风暴，但这风暴却被我的越来越高的石头挡住了。

放在公子身边的长戈是悬空的，它被土块支了起来，这是为了让它投下自己的影子，细长的、有点儿变形的、蛇一样的影子。它好像能够蹿动，我只要一碰它，它就可能逃之夭夭。它的铜尖是闪光的，阳光不断停留在它的尖端，它要将我和公子一起照亮。公子的哭泣似乎撼动了这光斑，它跳跃着，躲闪着。一只虫子，绿色的虫子，沿着长长的木柄爬着。这是它的路么？它要是这样行走，很快就会走到路的尽头。

我说，虫子啊虫子，你是陌生的，你要到哪里去？它不断将身子缩回来又伸开，它行走的样子是可爱的，但实在是太慢了。我将自己的目光对准它，但它的眼睛却看着前面。它既不会回答我的问话，也不理睬我。又是一阵风，它摇晃了一下，还是从这木柄上掉下去了。也许，这虫子也有它的命运，虽然我不知道前面等待它的究竟是什么，我想，它也不会知道的。在这个世界上，谁又知道什么呢？

我想起昨夜的狂欢。我们痛饮着美酒，又站起来跳舞。粗野的歌声震动了天上的星斗。齐国的美女是漂亮的，她们有着美好的身姿，她们的每一个姿势都充溢着柔情，但我知道，我们都不能沉湎于其中。美好的事物都是短暂的，我们所寻求的是永恒的。在这激情四射的夜晚，我的内心却充满了离别的悲伤。公子不知道这将要出现的离别，他不知道。所以他是最快乐的。夫人依偎在他的身边，不断劝他喝酒。那迷离恍惚的眼神在灯光的照耀中更加动人。公子一会儿看看她，然后就一饮而尽。在空阔的屋子里，挤满了喧哗和人影，每一张脸上洋溢着欢笑，然而在这欢笑的背后却遮盖着墙壁上的一个个黑影。那些不断晃动的黑影不知道究竟属于谁，但其中必定有一个属于我。

这样的欢笑不知意味着什么。是离别的忧伤？还是未来的渺茫？还是歌吟中的虚空？还是对命运的诅咒？没有真正的狂欢，只有真实的悲歌。介子推在举起酒盏的时候，引吭高歌，他的歌声中有着我们内心的苦痛，有着对齐国的迷恋，也有着流浪者的忧虑。他的歌声好像不是从喉咙里发出，而是从屋外的夜空里降下，从头顶上盖了下来，让酒樽里的酒扬起了波澜，让每一个人的灵魂飘起了雪花。我的浑身突然感到了寒冷，我突然在这歌声里变成了冰，所有的往事从这冰上滑向对岸，并落满了寒光。

可是昨夜已经过去，现在我们却由狂欢转向了又一次流浪。前面隐约有着方向，但这方向乃是心里的方向。在现实里，这方向只有一个，那就是前方。我们来到了平缓的土地上，偶然有几个农夫在庄稼地里干活儿。我不知道他们在做什么，只是看见他们从浓密的谷地里露出了头。有时候他们会站起来，腰身也会露出来，头顶戴着的斗笠像树上鸟儿的窝，破烂而实用。更多的是丛林，在高低起伏中拦住了远山的白云。

我坐在公子的身边，环顾四周，每一处景观既是熟悉的，也是陌生的，它们好像在哪儿见过，但又想不起来了。这就是我们的路。所有的路都是这样，所有路边的风景也是这样。正是这既熟悉又陌生的一切，从我们的身边向后退去，退到了它们本来在的地方。长戈仍然横在公子的身边，他的低声哭泣和昨夜高昂的歌声交织在一起，他低着头痛苦的样子和昨夜欢乐的样子重叠在一起，我们的影子从昨夜的墙壁上转移到荒地上。

时间一点点过去了，车停在路上，等待着，等待着，我们都在等待。可是我们究竟等待着什么，却不知道。也许在这低声的哭泣中，我们在等待一束光，等待前面突然出现的一束光，等待它的照射。可是在这无穷的光阴里，在这无穷的天光的覆盖下，这一束光隐没在所有的光中。也许我们已经接受它的光明，但却感觉不到它就在那里。因为众多的光的覆盖，我们所期望的那束光在看不见的地方。

我对公子说，不用太伤心了，离开的已经离开了，我们还是在路上寻找属于我们自己的东西吧。也许一切都在我们的身边，但我们却毫无所觉。公子松开了捂着脸的手，擦了擦眼泪，默默站了起来。我拾起他的长戈，跟着他上了车。车轮又开始旋转，马蹄又开始发出嘚嘚、嘚嘚的声音，单调而沉闷。狐偃一直低着头，好像自己做错了什么，或者他思考着什么。很长时间，一直在这忧伤的沉默中，所听见的只有微风遮掩着的无边的寂静。我对公子说，曹国离我们不远了。

卷三百一十

介子推

我一直跟随公子重耳，从晋都到蒲邑，又到狄国，再辗转到了齐国。在齐国过了五年时光，谷子收了五茬，树叶落了五次。这时间是多么漫长啊，一天又一天，就这样过去了。我不善言语，总是默默地跟在公子的身后，随时等待公子的呼唤。公子去狩猎，我就准备好车马和弓箭。公子去山林野游，我就预备野炊的器具。公子若是出行，我就检点好车上的每一个部件，不让一个榫卯松动。公子谈论天下大事，我就在一旁默默聆听。

我相信公子必定成为一个明君，他所谈论的都是高深玄奥的，他总是能够从细小的事情中洞察大势，从一片落叶里看见秋天的到来。当我还在想着眼前的事情的时候，他的目光已经投向很远的将来了。他注定是一个非凡的国君，只是他还在逃亡的路上。就像山林里的猛兽，它还在洞穴里栖身。他有着不同寻常的魅力，他的谈吐让沿途的君王折服。只有那些目光短浅的人才把他仅仅视作一个逃亡的公子。

公子有一双能够往深处看的眼睛，当我们仅仅看见山崖的洞穴时，他已经看见了洞穴里面藏着的东西。当我们看见一棵树的时候，他却看见了地下的根须。他善于发现事物隐秘的部分。他也善于洞察人的心灵。当一个人出现的时候，他看见这个人，就差不多看见了他的内心，于是就会决定是接近这个人，还是远离他。他所许诺的，必定不会失信，他内心的道德所否定的，就不会接受。他也有犹豫的时候，但他总会将自己的想法说出来，仔细倾听别人的看法。若是别人说得对，他就能采纳，说得错了，他又能宽容。

当然，他也是一个真实的人，也有留恋生活的时候，但只要你有足够的理由，他最终会改变自己的决定。比如说在齐国，他已经不想离开了，无论是情感还是生活的安逸，他想着如何保有现有的，几乎遗忘了从前的志向。但夫人和我们设计让他醉酒之后，就将他放到了车上。他不知道自己已经离开了他不想离开的地方，但他一旦获知了真相，他也能在痛苦中接受这样的现实。他热爱生活，是因为他心里有着爱，他暂时忘记了他一直想做的，也是不想放弃爱和善。这是因为已经获得的满足中有着上天赋予的爱和善。

因而我愿意为这样的人付出自己。记得有一年我们逃到了卫国，一个叫作里头须的随从偷走了我们携带的资粮，逃到了深山密林。公子十分愤怒，想追杀这个人，经众人劝说，就渐渐平息了愤恨。公子开始责备自己说，他偷走了我的资粮，说明我不会识人，我没有辨明这个人藏着私心，也没有看清这个人的不忠和无德。既然我没有看清楚我眼前的人，又怎么能看清远处的东西呢？我失去的是活命的食粮和行路的盘缠，但我却从中得到了教训，那么我所得到的胜于我所失去的。那就让他逃命去吧。

公子的宽容大度让我感动。他能容忍一个偷盗者，还有什么事情不能容得下呢？因为别人的罪而自责，还有什么事情不能反思自己呢？一个能够从自身寻找原因的人，必定是可以成就大事的，这一点我从不怀疑。可是这也给自己带来了烦恼。我们因此沦为了一群衣着破烂、忍着饥饿的流浪者。公子平日衣食无虞，何曾经受过这样的磨难。他因饥饿而浑身无力，在车上昏昏欲睡，甚至就要晕过去了。

我们向田间的农夫讨要吃食，但农夫却顺手从地里捡了一块土，递给公子。这简直是对公子的侮辱和戏弄。公子勃然大怒，拿起长戈就要杀掉农夫，但赵衰劝住了公子。赵衰说，土块就是土地，农夫献给你，就表示对你的臣服，你应该施礼接受它。于是公子听从了赵衰的劝谏，施礼接受了农夫的土块，并将这土块恭敬地放在了车上。我看见这样的情景，背过身去，偷偷地哭了。

我说，我去寻找一点吃食吧。公子点点头。我就来到了山沟里，用刀割下了自己腿上的肉，又采摘了一些野菜，煮了一锅汤，给公子献上。公子吃着这野菜和肉煮的汤，十分满足地对我说，我从来没有吃过这么好的饭菜，真是太香了。我忍着剧烈的疼痛，对公子笑着说，人只要吃饱了才会有气力，也许走不了多久就会有丰盛的宴席了。狐偃说，我们到了另一个国都，国君一定会设宴款待。

但我还是没有掩盖住真相。我走路时一瘸一拐的样子被赵衰发现了。他问我，你为什么这样走路？是不是生病了？还是在哪里受伤了？我摇摇头。他强行察看我的腿，我才将事情告诉他。我再三嘱咐不要将这件事情告诉公子，可他还是告诉了公子。公子立即看我的伤口，流着泪说，我只知道你采来的饭菜太香了，不知道我吃的是你的肉啊，我一旦做了君王，定要报答你的忠诚和恩德。

古灵魂

可我能对公子有什么恩德呢？我失去的仅仅是一块肉，忍受的只是短暂的疼痛，而且这块肉很快就会长出来的，留下的不过是一个小小的伤疤。公子将来是晋国的国君，他的恩惠将是阳光雨露，将洒遍整个晋国，甚至更广阔的地方。我的生命是属于公子的，只要能够成就公子的大业，我即使死去也毫无怨言。因为公子所能做的，我做不到，公子所能看到的，我也看不到，所以我的付出就是为了换取给予民众的恩德。一片云，就是为了为地上降下甘霖，我就是为了将自己放到更大的云影里，以获取更多的甘雨。

现在我们离开了齐国，一路来到了曹国。但在曹国并没有待多久。曹国的大夫僖负羁恭敬地私访，给公子送来了菜肴和肉食，公子接受了这样的礼物。他们交谈了很久，谈论天下大势，十分融洽美好。僖负羁走了之后，公子饿了，就享用送来的食物，却发现这食物的下面放着一块晶莹的玉璧。他说，我不能接受这么贵重的礼物，我已经享用了美食，应该将这玉璧还给大夫。于是公子差我去僖负羁的住处，把玉璧还给了他。

僖负羁从我的手里接过玉璧，说，这本是给公子的礼物，以表达我的敬意，可是公子却不接受，让我感到惭愧。我说，公子让我转告，他接受了你的美食，已经十分感激，再接受你的美玉，就受之有愧了，而且以后也不知怎样才能回报。他说，我听说公子贤良而有智慧，仁德而志向高远，我只是表达我的钦佩之情而已。既然公子不接受我的薄礼，我也就不能勉强了。请你转告公子，若需要我的时候，我必愿为公子效力。

紧接着一件意想不到的事情发生了。在公子沐浴的时候，曹国的国君曹共公偷看公子的身体，他对公子的骈胁充满了好奇。但却被人发现了。据说，他曾和大夫僖负羁说起，想看看公子的骈胁究竟是什么样子。僖负羁说，晋国公子重耳是一个贤明的人，他的德行早已远播，也许以后就会成为晋国的国君，各国的国君都将其待为上宾，现在他仅仅是因为暂时的穷困路过曹国，国君不可对他无礼。可是曹共公并没有听从劝告，竟然偷窥公子沐浴。公子知道了这件事，感到受到了侮辱，决意离开曹国。

僖负羁代国君致歉，但公子绝不原谅这样的轻慢和侮辱，他对僖负羁说，我知道你是贤良的大夫，但曹共公却不能任用贤臣，这样的国君怎能治理好一个国家？我虽然落难至此，但我是晋国的公子，他却这样侮辱我，我怎么还能继续留在曹国？这是一个毫无德行的国君，曹国怎么能兴盛和持久呢？你对我的善意，我将永记在心，我一旦摆脱困境，必定要回报你。可是现在我的前途渺茫，自己都不知道要走向哪里，我所说的也许并没有意义。

就这样，我们离开了曹国，然后来到了宋国。宋襄公是一个有德行的国君，但他的命运却并不好。他曾与陈国、郑国、许国和曹国的国君约定，与楚国的楚成王一起在盂地会盟，但楚成王违背约定，率军赴会，拘捕了宋襄公，并押解着他攻打宋国都城。由于宋国公子目夷的顽强抵抗，楚成王没有攻破宋都商丘，不得已释放了宋襄公。

但宋襄公不甘受辱，决定联合卫国、滕国和许国讨伐依附于楚国的郑。公子目夷和大夫公孙固劝谏，但宋襄公未能接受。楚成王为了解救郑国之危，亲率楚军进击宋国，宋襄公仓促迎战。在泓水之滨，宋军占据了有利地形，在秋风中列阵迎击楚军。秋风已经越来越大了，开始扫除树上的叶子。泓水的波澜一阵阵被掀起，浪头不断拍击着河岸上的石头。岸上的树木在狂风里摇动，天空的飞云从山头上涌起，杀气和血腥在地上蔓延。

楚军开始渡河的时候，大夫公孙固说，敌军众多而我军太少了，不能采取常规的战法，必须在敌军渡河到中流的时候进击，方可以少胜多。可是宋襄公却不愿意这么做。他说，宋军是仁义之师，不能在别人在险境中获利，也不可把别人逼迫到困厄之中。当楚军渡过泓水之后，公孙固又一次谏言，说，应该趁着敌军阵列混乱、立足不稳，发起攻击，可一举击溃对手。宋襄公又说，按照古老的约定，我们不能在对方没有擂击战鼓和没有形成军列的情形下发起攻势，这有悖于攻伐的古制和礼仪。即使在危亡之时也不能忘记仁德和礼节，否则我们将为天下所耻笑。

公孙固说，我们所面对的是毫无信义的楚成王，他没有仁德，也不守古礼，而是以诡诈行事，对待这样的敌人，怎能讲求仁义和古制呢？对待仁义者，我们就要更加仁义，但对待诡诈者就必须用诡诈应对。宋襄公说，别人的诡诈归于别人，我们的仁义归于自己。不能因为别人的诡诈使我们变为诡诈者，也不能因别人的背叛仁义而使我们也沦为背叛者。自古以来，仁义之师坚守正道，不伤害受伤的敌人，不俘虏白发老者，不在敌军困于险境中取胜，也不能攻击没有列阵的敌军。若是我放弃了古则，我活着又有什么意义？取胜还有什么意义？所有的取胜都应是天道的取胜，都应是仁义的取胜。

这样的结果可想而知……我们来到宋国的时候，宋襄公刚刚战败归来，他也身受重伤。即便这样，他早知公子的贤明和仁德，就带着重伤按照国礼接待了公子。宋襄公的仁义成就了他的心性，也因此而兵败泓水、负伤而归。宋国大夫公孙固和狐偃曾是好友。公孙固对狐偃说——我的国君太仁善了，他不知道野兽的本性，所以不能成为一个好猎人。他只知道自己，却不愿意知道别人。他用自己的心去推测别人，而别人却不是他所推测的那样。一个仁善的国君，能够对他的国人施与仁善，因为仁善乃是国人拥戴他的原因。但是对狡诈的敌人，仁善只能成为狡诈者火上炙烤的肉，仁善就成为仁善者的弱点，而这样的弱点经不起尖利长矛的击穿。

狐偃说，你的国君毕竟是一个仁善者，但他的仁善不能被效仿。他所想的是仁善的兴盛而不是国家的兴盛，他也想的是自己的仁善，并以这仁善给天下做榜样，以自己的失败告诉天下乃是存有仁善的。他讨伐郑国，不是为了灭亡郑国，而是为了讨伐楚国的背信弃义，告诉别人不能依附背信者，这样的依附就会让仁义归于覆灭。他也要在这讨伐中消除自己的屈辱，即使身负重伤能获得自己的尊严，也仍是值得的。他虽然在泓水之战中战败，但我仍然钦佩这样的战败者。

公孙固说，公子也是仁义者，我早就听说了。若是他做了国君，就不要在仁义的漩涡里挣扎，那样一个国家就不可能兴起。在野兽的丛林里，就要知道野兽的习性，决不能用仁义来等待野兽的牙齿。狐偃说，你说的有道理，但我仍然钦佩你的国君。让野兽仍然是野兽，让仁义者仍然是仁义者。我们有时会受困于兽阵，但我们仍然应知道自己是人。

我听着他们的交谈，也陷入了深深的迷惘。我不知道一个人应该怎样做才是对的，也不知道一个国君应该怎样做出选择。显然，做一个国君和做一个人是不一样的，一个国君不仅仅是一个人，他还是一个国君。若是公子做了晋国的国君，他将成为一个怎样的人呢？我看着饮酒的公子，看着他的每一个动作，他的侧影在我的眼前渐渐虚化，整个世界也开始虚化了。我仍然是一个侍奉者，我的职责就是侍奉公子。我该只有眼前的公子，不应有将来的国君，因为将来是不可知的，我为什么要想不可知的事情？

所有不可知的，都归于天神。我若要知道那不可知的，就是对天神的僭越。可是我越是阻止自己，自己就越是深陷其中。我在一片泥淖里凝住了。我只有停住挣扎，才能获得援救。公孙固走到了公子身边，轻轻说，宋国是一个小国，它已经自顾不暇。它兵败不久，兵败之后就是衰败，这是兵败的结果，而不是仁义的诅咒。我们不可能帮助你，也失去了帮助你的力量，你若要成就自己，还需要大国的扶助。宋襄公虽然敬重你，也给了你诸侯的礼遇，但这乃是对你的仁德的钦敬，也是对你将来的寄望。但你所需的不仅仅是这些，你所需的宋国给不了你。你现在的选择应该是离开。

听了这样的话，公子起身拜谢。一天又要过去了，宋国的一切是美好的，但我们所追求的不是美好，因为美好会毁坏真实。我看着他们说话的样子，听着他们所说的，却不知道这真实在哪里。或者真实是不存在的，即使是眼前所见，也未必是真实的。我的想象越过了躁动的人影，似乎已经在另一条路上了。可是我又被一座荒凉的山挡住了去路。总应该有一条路，也许是一道峡谷，布满了石头的峡谷，两边高高的危崖向我压来，我的裸脚被激流所冲刷，我似乎站立不住了，又有怪兽用利牙咬住了我的肉，我想在疼痛中尖叫。

落日是辉煌的，它在沉没的时候，仍然放出了耀眼的光芒。我竟然没有意识到一天的尽头，它竟然从开始就要走到这个时候。我们停住了，它仍然在行进。似乎时间并不属于我们，而是包含在落日里。我站起来，注视着这一天中的最后一幕。落日越来越红，它的圆形的边缘是清晰的，甚至就像画出来的。它碰到了远处的山顶。它被这强烈的碰撞所震颤，它在痛苦中跳跃了一下，然后迅速地消失了，被一个巨大的淡蓝的山影吞噬了。渐渐地，山影的颜色越来越深，射出了深的黑。

　　我们急促地呼吸，将喂足了草料的骏马套在车上。公子上了车，我跟在车的后面。我回过头来，看见公孙固和宋国其他的人，在向我们施礼告别。公子也回头施礼。天色已经发暗，天空的蓝色失去了，露出了它的本色，那就是黑。有一颗明亮的星在天幕上熠熠闪光，它那么孤独，那么寂静。在送行者的目光里，我们消逝于茫茫暮色。

卷三百一十一

农夫

夏天的夜晚真是太凉爽了。我在田间照看我的谷子，它们长得很好，看来这是个好年头。我从田间归来的时候天已经黑下来了，我的手里拿着从地里采摘的野菜，坐在我的草屋前乘凉。这一天太累了，我很想立即进入睡乡，但又舍不得这凉爽的时光。

我就这样坐着，天上的群星神奇地列阵，据说，从前曾有兵家从这星阵中揣摩出变化无穷的阵法，用于人间的兵法。这兵法太复杂了，所以仅仅用过一次，就是黄帝和蚩尤在涿鹿争战。黄帝用这样的阵法击败了蚩尤，但这掌管军事的军师不久就死去了，这阵法也随之失传了，以后再也没有什么人可以再现这样的星阵。

星群照耀着我。还有远远的天边的一弯残月，它那么低，快要挨住远处黑黝黝的山头了。它已经被群星淹没了它的光辉，只有在山边漫不经心地徘徊。蚊虫的声息就在双耳边，还有来自更远的声音，遍地的虫鸣震动着，它们在野草间，也在我的谷地里。它们太多了，从四面八方向我围拢过来，都汇集到了我的双耳。偶然会有野兽的低嚎，它还不睡觉？这样的夜晚，它呼唤谁？

中午的时候，有一个行路者告诉我，晋国的公子重耳来到了宋国，国君正在招待他。跟随他的有很多人，不知他是路过还是要在宋国住下来。我们还聊起宋国的国君在泓水之战中受伤的事情。据说，国君不忍心在楚军渡河的时候发起攻击，在楚军还没有列阵的时候也没有发起攻击，贻误了最好的时机。他身边的大夫公孙固不断劝说他，但他没有听从，因为他要遵守古代的礼仪和仁义。

楚军的兵卒众多，而宋国的兵士却很少，这样的列阵对杀，宋国怎么会是楚军的对手？兵败是可以预见的。尽管宋军英勇作战，却承受了败绩。据说，楚成王在混战中射出了一支带着白羽翎的利箭，射中了国君的胸部。这支箭叫作召鳞，上面还雕刻着细小的咒语，又在泓水之滨用兵，岂不是要射杀水中的大鱼么？所以，国君被射中乃是命中注定。

国君是一个好人，他能够用仁义治国，宋国也就日渐强大。但他将仁义用错了地方。用兵之道就是诡诈之道，他却仍然用仁义来应对诡诈，这怎么能行呢？他大败而归，还有心招待晋国的公子，说明晋国公子是一个他所敬重的人。这个人我从前听说过，据说是一个贤人。但他的命运也不好，被他的父君一直追杀，后来他的弟弟做了国君，又开始追杀他，迫使他到处躲藏。

我已经看出来了，好人的命运都不会太好。天神的剑总是从坏人身边掠过，却会刺中好人。他不是偏袒坏人，而是不能让自己的剑对坏人一击而中，他的剑法还不够精巧。或者天神还有自己另外的想法？先将坏人放在高处，让他变得一眼可见，然后他再耐心地从好人中拣选好人，直到选中他心仪的君王？我不能猜测天神的意旨，我只是看见自己所看见的，听到自己所听到的。也许我所见和所听太少了，更多的已越出了我的眼睛和耳朵。

我看不见的，却是藏在深处的，我听不见的，乃是在我听不见的远处。就像我的谷子死掉了，我寻找着它死去的原因，却发现地鼠藏在了深深的地穴里，它在地底啃掉了谷子的根。我就将水灌入了地鼠的巢穴，然后在洞口捉住了它，更多的谷子就不会因它而死掉了。再比如我撒好了种子，过了很多天，地上就长出了谷苗，我却没有听见它成长的声音。它是怎样顶破了硬土，钻出了地面，我也不知道。世间的事我怎么能都知道呢？

现在我欣赏着夜色，欣赏着漫天的星斗，也欣赏着隐藏在黑夜里的一切。突然听见嗖的一声，我的身边有什么东西蹿过去了，应该是一只小动物。它是什么？我不知道。夜间的动物很多，它们有着自己的想法，也有着自己的命运。它们会在白日隐藏起来，但在夜晚就出来了。因为黑夜是最好的躲藏场所，黑夜掩盖了它们的面孔，而我在暗夜就看不清东西了。多好的夜晚啊，因为你不能看清它，它就变得更加美好和神奇。

我茅屋前面的路上出现了很多车辆，一辆接着一辆，隐约可以看见马匹拉着它们，也听见了马蹄的嘚嘚声。车上的人们还不断说话，我仔细倾听，发现他们正在谈论宋国和楚国的争战，也谈论起晋国。我断断续续听见了一些词，猜测着他们想表达的含义，可是这样的猜测不可能实现，但我知道这就是晋国的公子重耳的车队，他们为什么这么匆忙地离开了宋国？他们要到哪里去？为什么要连夜行路？

也许重耳觉得宋国刚兵败泓水，宋襄公也身负重伤，不好意思继续停留在宋国了。以重耳的贤德，他也该想到，不应该在这样的时候，让宋襄公为他们劳累，所以及早离去了。宋国沉浸于失败的悲哀中，这样的气氛也不适宜留宿。要么，就是另有什么急事，需要赶路。总之，他们离开了宋国，要到另外的地方去了。

在这暗夜里，在广袤、浩瀚的星空下，我只能看见车与人的影子，但我看不清他们的面孔，也看不见每一个具体的细节。我听说他们十几年来都在到处躲避，只是在齐国居留的时间要长一些。他们是一些流浪者，可从他们说话的语调来判断，他们还是快乐的。一个快乐的流浪者，一群跟随他的快乐的流浪者，他们究竟要到哪里去？我并不是担心他们，而是因为他们的快乐感染了我，因为我也是快乐的，和他们一样。我虽然停在原地，每日作务我的田地和田地里的禾苗，但我也是一个流浪者，一个在原地流浪的人。

这个世界上，谁不是流浪者呢？我同情和怜悯所有的流浪者，因为我也同情和怜悯自己。我居住在路边，我曾看见一个个行色匆匆的行人，他们用这样的行路启迪我，我知道我不过是流浪于时光里。我每日看见我的庄稼，但我同样就像所有的行路者一样，对将来是迷惘的，我也不知道自己将走向哪里。

夜里的光是真的光，而白日的光太大了，以致让人觉得虚假。因为白日没有明和暗，即使是暗也是明亮的，它让我们能够看清眼前的一切。而在暗夜就不一样了，明与暗分开了，我们可以明确地看见黑暗，也明确地看见星光，而这星光却在黑暗里闪耀。它微弱，它却明亮，我们更能感受到光的可贵。我正是借着这微光，看见了重耳和他的随行者，行走在暗夜里。我看不清他们，不是因为他们不是清晰

古灵魂

的，而是因为我的眼睛在黑暗里。我知道，这正是他们行走的真相，他们借着暗夜的微光行进，也借着黑暗行进。他们在明与暗之间，既不属于黑暗，也不属于光明，这样，他们乃是属于自己。他们和我一样，既看不清前面的路，也看不清已经告别的事物，但他们却知道自己是确实存在的，也知道自己在向前走。

他们所驾驭的车与马，在微光里呈现的是一长串影子，我只有听见他们的谈话，才能获知他们是谁。他们告别了齐国，又告别了宋国，他们还将告别另外的国家，但仍然距离自己的晋国很远。我不知道他们会流浪多久，或许会一直在流浪的路上。或者说，他们不是行进在路上，而是行进在时间里。只有时间会给予机会。他们从我微弱的视野里一点点消逝了，消逝在了苍茫的暗夜里，他们的脚步也会被暗夜卷走。不论是谁，都必定要消失在时间的深处，因为那里存在着更深的暗夜，我们每一个人所寻找的不就是暗夜么？

卷三百一十二

叔瞻

晋国公子重耳来了，他是从宋国来到郑国的。宋国刚刚兵败，据说宋襄公也被楚军的箭射中了，所以重耳也没有在宋国太多停留，就匆匆走了。我对国君说，晋公子是贤明的，在各国都有很好的名声，他的随从也都是有才能的，和我们又为同宗，郑国出自周厉王，而晋国出自周武王，所以郑国应该对公子重耳以礼相待。

但我的国君说，你说的有道理，但也没什么道理，因为从诸侯国中逃出来的公子太多了，有多少公子路过郑国，我们怎么都能按照礼仪来招待呢？何况，他已经在外逃亡了很多年，晋国换了一个个君主，都要追杀他，我们若以礼相待，就可能得罪了晋国的君主，这怎么行呢？他只是一个落魄不堪的公子，他的贤明也仅仅是一个传说，和我们有什么关系呢？我们接待他，已经不错了。

我说，晋公子重耳和别的公子不一样，他在晋国有着很高的威望，许多人都盼望着他回国，只是现在的机会还没有到来。晋国经历了一场场内乱，现在晋国的国君是夷吾的儿子圉，这个人年幼无知，又没有仁德，国人并不信服他。说不定什么时候重耳就会成为新的国

古灵魂

君，我们不要把眼光停留在现在，要看见可能的将来。

他说，重耳已经流亡了十几年了，对晋国的情况早已陌生，晋国应没有他的亲信，即使他回去，又怎样立足？他在流亡中尚且一直被追杀，若要回去，岂不是把自己送到了别人的剑刃之下？别人的剑一直在寻找他，他怎么敢回去呢？他要是能够回去，怎么会仍在途中流浪呢？你说的仅仅是一种可能，但在我看来，根本没有这样的可能。

我又说，国君若不能以礼相待，那么就趁机杀掉他。若是他真的回去做了国君，他的随从又有那么多足智多谋的大臣，必将给郑国带来威胁。晋国现在是一个大国，它有着强壮的筋骨，也有着利爪和牙齿，一旦重耳回去将晋国唤醒，郑国就可能遭殃。这个人无论走到哪里，无论是大国还是小国，都不敢轻视他，而我们却轻视他，那么他就会怀恨在心。现在他来到了郑国，岂不是一个永绝后患的好时机？

他说，我不能这样做。杀掉他是容易的，但我杀掉的不仅仅是他，还杀掉了我的荣誉。他虽然不会有什么前途，但毕竟还是晋国的公子，即使他在逃亡中，也仍然是逃亡的公子。就像你所说的，他还和我是同宗，我们都是姬姓，都是周王的后裔，我若杀掉他，晋国的国君是高兴的，但却让各国的诸侯怎么看待我？我不是害怕他，而是害怕他背后的诸侯们对我的指摘。既然各个国家的国君都器重他，而我却杀掉了他，这会使我的双手沾染污斑，我将在诸侯们面前伸不出自己的手。

我沉默了。我的谏言没有被国君采纳，我所说的他都不听。国君所看的仅仅是眼前的，他没有考虑将来的可能。可是谁能预料到将来会发生什么？各国的国君都器重重耳，都是看着将来的可能，如果不能把可能放在现在，将来遭祸的可能是自己。国君是固执的。我只是郑国的大夫，我的职责就是侍奉国君，并忠于他。我说出了自己的谏言，剩下的事情就该由国君来决定。该说的我都说了，那么我还能做些什么呢？

公子重耳不仅仅是一个人，也不仅仅是他在将来可能成为一个国君。他的流浪，也不仅仅是他个人的流浪。他乃是带着他的国家在流浪。因为这个国家将希望寄托在他的身上，晋国的国人虽然不在他的身边，但都在远远地看着他。他仍然是这个国家飘荡在体外的灵魂，这也是他被不断追杀的原因。若是晋国早已把他遗忘，那么他就已经被抛弃，就不会有人继续追杀他了。因为他失去了被杀的意义。

但是重耳仍在被追杀，这说明他并没有和他的国家分开。他看起来远离自己的国家，但这远离并不是真正远离，这样的远离反而是一种更具充分的接近。他的仁德不仅远播他乡，也在晋国深入人心，这就会让现在的国君感到危惧。因为现在的国君所俘获的乃是一个国家的表层，而它的心却随着重耳在流浪途中。他所坐的也仅仅是虚幻的宝座，真正的宝座却被携带在遥远的流浪者身上。一个国君怎能容忍自己乃是坐在虚幻的座位上？他坐在这样的位置上并不踏实，因为他知道这宝座的下面没有支撑，那么他就随时可能落入不可知的深渊里。

我的国君将重耳视为一个流浪者，这只是他眼中的流浪者。一个被他的国家默默注视的人、期望的人，还被他的国家的国君追杀的人，就不是一个真正的流浪者。因为他从未被抛弃，也从未被遗忘。他一直有着被追杀的荣耀。这意味着他仍是一束光，远远地照着他的国家，他的国家也看着这束光，而现在的晋国国君却想着扑灭这一束光。这束光乃是在移动中，当捕杀者扑向他的时候，他已经到了另一个地方，而扑向另一个地方的时候，他已经到了又一个地方。这是不能被捕捉的灵魂，它永远存在于不可捕捉之处。

所以，你只要看看他，就可以看见一个国家的将来。他的模样就是他的国家的模样，他的面孔就是他的国家的面孔，他的光亮就是他的国家的光亮。你就看看围绕他的人们吧。狐偃是重耳的舅父，忠心不二，足智多谋，文而有礼，有着过人的胆识和大智大勇，是一个治理国家的好谋臣。赵衰是周朝大臣叔带的后裔，他有着深邃远大的目光，他能够看透别人不能穿透的事情，也能找到每一件事情的关键。他总是在最重要的时刻，能够帮助重耳转危为安，他的过人的敏锐和遇到大事时的冷静沉稳，都是我很少见到的。

魏犫是毕万的儿子，忠诚贤德，有着过人的勇力，既有自己的主见，又能随顺别人，还有着非凡的智谋。贾佗谦恭有礼，有着广博的学识，是一个辅佐治国的贤臣。先轸则是一个天生的兵家，他虽然脾气很坏，但说话直率，胸中自有千万雄兵，精通兵法和战阵，通晓用兵之道，有着诡诈和计谋，却对重耳忠心耿耿。介子推则是另一种贤人，他从不显露自己，从来都是默默做事，把功劳都归于别人，而自己却退到别人看不见的地方。他总在别人的背后，从不会走到别人的前面，他的贤德让人敬佩，又对晋国公子重耳忠心不二。这样的人，即使不会被人看见，也会让别人向往。

这么多贤才都紧紧跟随着重耳，这是多么令人羡慕啊。现在的天下，还有哪一个国拥有这么多贤才？还有哪一个国君能够聚拢这么多精华？一旦重耳回到他的晋国，晋国就会获得自己的灵魂，就会立即兴起，就会繁荣强盛。你想吧，一个人的周围是什么样，他就是什么样。你不用真的见到这个人，只要看看他周围的人是谁，就会知道他是谁。你只要看看他是谁，就会知道晋国的将来属于谁，它又会变成什么样子。

所以，我必须再一次劝说我的国君杀掉他。若能杀掉他，就杀掉了晋国，郑国就少了危险。若能杀掉他，就是挪开了峡谷中间的巨石，郑国前面的路就会通畅，也不会在行路中被绊倒了。于是，我又一次回到了国君的面前，对他说，我们必须杀掉公子重耳，他若不死，我们的将来就不会安宁。

但国君摆了摆手，说，这件事不必再说了，我已经把我的理由告诉你了。重耳只是一个逃亡的公子，杀掉他是没有意义的，只能给郑国带来坏名声，却帮助晋国的国君除去了心腹之患。我们何必这样做呢？我说，你想吧，晋国的国君为什么想方设法要杀掉重耳？是因为他太有贤德了，太有才能了，随时将会代替现在的国君，所以国君因重耳的存在而感到不安。可是他所不安的，也是我们不安的原因。

一个自己感到不安的国君对我们来说并不是坏事情，因为他的不安就会不断放大，就不会图谋别人的事情，因为他已经被自己的不安所陷，他就难以挣脱这不安，这样，晋国就不会强大，而我们就会安稳了。他的不安是因为自己的无能，我们应该希望一个强大的国家被一个无能的国君统治，它就会渐渐萎缩。可是一旦重耳回到自己的国家，就会做了这个国家的国君，他的身边又有那么多贤能的人才，我们就会因此而感到不安，甚至这不安会演化为我们的祸端。

古灵魂

他说，不，不会的。按照你所说的，我们杀掉了重耳，岂不是杀掉了晋国国君的不安？一旦晋国的国君获得了安稳，岂不是会图谋别人的事情？他要是有所图谋，那么郑国岂不是更加危险？就让重耳继续他的流浪吧，这样就可以让晋国的国君保持这样的不安，而我们将因他的不安而变得更加安稳了。这样，我们不杀掉他，岂不是一件好事情？我们留着重耳的命，就是为晋国留下无穷的不安，也就给郑国留下长久的安稳。就让追杀的继续追杀，就让不安的继续不安吧。

我又说，若是这样，我们还是对重耳以礼相待吧，这对我们不会带来损失，也不会给他带来更多的东西。我们只是给他应有的礼节，而他也得到该有的尊敬。国君说，不用再说了，他只是一个逃亡的公子，我们怎会给每一个公子这样的礼遇？若是我们给他应有的礼遇，就会增加他的荣誉，他返回晋国的可能就会增加，我也不愿给他不该有的，也许我的荣誉会因为给了别人而有所减损。他来了，我们就敷衍应对，他走了，就让他走吧，我可不想因为这样的小事而给自己带来麻烦。若是我们对他充满了热情，他要是留在郑国怎么办？他若感到郑国对他的敷衍，他就会很快离开。

唉，我已经不可能说服我的国君了。他总是比别人更有理由。我击杀不了重耳，又不能对他施以应有的礼仪，我可怎么办？这样，郑国将把祸患留给了将来，可是国君却看不见这祸患。所有的祸患并不是摆在那里的，它都是隐藏在小事情的背后。若是一件小事没有办好，将会把它背后的祸患带出来。这就需要面对小事情的时候也要足够谨慎，还需要看见小事情背后究竟有什么。对一个逃亡的公子来说，他会记住每一个屈辱。而对于对待他的每一个人来说，似乎事情

— 211 —

很快就会被遗忘。

遗忘并不是自己所做的已经消失，而是那被遗忘的将在遗忘中成长。一个农夫不小心在播种的时候连同草籽也撒在了地里，但新苗长出来的时候，自己要用十倍的辛苦来拔除。一只鸟儿不小心踩碎了自己的一个蛋，它将失去自己的一个孩子。小的事情是大的事情的开始，但大的事情到来的时候会让你惊慌失措，你却不会觉得那曾经是一件自己忽视了的小事情，一切本不该发生的。

一个人的愚笨，并不是出自他的愚笨，而是出自他的心思不周。一个人的失误也不是出自失误本身，而是没有察觉到自己已经在一个个失误之中。我只好按照国君的想法行事，见到了晋国公子重耳。他的年龄已经不小了，他的胡须已经花白，但他的精神饱满，他身边的人也一个个容颜不凡。他高大的身材，像一座山一样巍峨，我似乎要被这迎面而来的巍峨所压倒。我满脸微笑，面对着这个人，但我知道自己的微笑是虚假的，不自然的。我向他施礼，他同样向我还礼，他的动作是那么优雅，他的每一个动作都是迷人的。

他的脸上透出了君王的威严，却还有着充满魅力的谦逊。这是多么可怕，一个人竟然把威严和文雅的谦逊融合在一起，这给他灌注了贤德者的气象。我听说他长着一双有着双瞳的眼睛，所以我抬头望向他的时候，他却眯起了眼睛。我从他的眼缝里看见一道深邃的光，他的光是掩藏不住的。我用一般的礼仪接待他，他的脸上并没有显露出不悦，反而更加镇定自若。我不知道这个人究竟在想什么，他的想法在他沉浸的、不露声色的面容上，他的变化在不变的背后，就像深水中看不见激浪一样。

古灵魂

赵衰走到了他的身边，在他的耳边说了几句话。于是他就向我告辞。赵衰究竟说了什么？也许他在说，郑国对我们无礼，还停留在这里做什么呢？我们不应该忍受一个小国的轻视。也许说了另外的我所不知的话，总之，重耳很快就告辞了。他说，还要继续赶路，前面的路仍然很长。我是尴尬的，竟然一时想不出好的话语。一只美丽的蝴蝶突然飞过了我的脸，它的翅膀擦着我的睫毛一飞而过，我惊慌地后退，竟然没有看清那只蝴蝶的样子，但它的斑斓的色彩我已经隐约看见了。

赵衰

我们一行人匆匆离开了郑国。郑文公竟然如此无礼,我们难道路过郑国仅仅是为了讨一餐饭么?他的大臣叔瞻虽然满脸笑容,但这笑容是虚假的,他分明是敷衍应付,并不是对公子予以真正的尊敬。而且他的笑容里似乎还藏着阴险和狡诈,他的目光游移不定,甚至还藏着不可告人的杀机。于是我和公子说,不能在郑国多加停留,否则就会有所不测,因为我已经感到了一种暗藏的凶险。就像我们在悬崖下走过,上面有着随时可能掉下来的悬石,最好的办法是,快步离开,逃离这险境。

我对狐偃说,你看见了么?那个叔瞻是可怕的,他的微笑里有着阴险,他的眼光里有着暗影,他的心里露出了凶兽的花斑。狐偃说,郑文公是个傲慢的国君,势利而无礼,他的目光短浅,所以轻视公子。但这个叔瞻不一样,他对公子还是敬重的,这可以从他的举动看出来,但他的心里还有另外的想法。他的想法一定与他的国君不一样,你看他在公子面前的卑微,就可以看出他并不想这样无礼和敷衍。

他说，我们被轻视不一定是坏事情，被重视也不一定是好事情。若是被轻视，仅仅是受到了屈辱，但要被重视就可能有了危险。我们离开郑国是对的，因为它的君王轻视公子，但大臣叔瞻又非常重视公子。这是冰与炭的相遇，结果是不可预知的。不是冰熄灭了炭火，就是炭火融化了冰。若是郑文公从傲慢中觉醒，我们就十分危险了，若是他又完全听从叔瞻，那么我们可能就要遭殃了。

我说，是的，叔瞻似乎想要杀掉公子，因为他的目光一会儿似乎是温顺的、恭敬的，一会儿又似乎是嫉妒的、仇视的，这说明他的内心变化不定，也说明他一直在矛盾中选择。如若我们停留在郑国，不知会发生什么事情。即使郑文公不会伤害我们，叔瞻会不会暗害公子？

狐偃说，不是没有这样的可能。不过我看叔瞻没有这样的胆魄。他的内心是胆怯的，所以他有着凶狠的一面，却缺少凶狠的胆量。郑文公不会容许他这样。若是他暗害我们，我们必定会奋起反击，最后他即使杀掉了我们，郑国也必会受到诸侯们的指责。郑文公是一个目光短浅的人，他的傲慢乃是由于他的虚荣。一个虚荣的人最害怕的是别人对他的指责，这对他的虚荣构成了威胁，他的傲慢也将失去理由。

我说，你说的或许是对的。我只看见了叔瞻偶然显露的凶狠，却没有看见他的胆怯。我只看见郑文公的傲慢，却没看见这傲慢背后的虚荣。他必定会珍惜自己的虚荣，以保持自己的傲慢，但这样的人不可能成就大事，郑国有这样胆怯的大臣，又有这样的国君，它注定不会有什么前途，以后，它也只能在强国之间摇摆不定。不过，他的目光短浅会让他的将来遭遇灾祸，他对别人的无端轻视，必定会遭到报复。

狐偃说，大国和小国是不一样的。一般说来，大国的国君胸怀也大，因为他有着大的疆土，他的目光也能看得长远。小国的国君就不一样了，因为它的弱小，它的疆域也小，他所看见的也只有眼前的利益。他会既自卑又傲慢，这两者是分不开的，自卑是傲慢的原因，傲慢又是自卑的表现。他对比他强的，就会十分自卑，而对比他弱小的，他就会表现得傲慢，这样他的自卑才会得以掩饰和安慰。也有小国的君王，处于小国却不卑不亢，处于危境却镇定自若，对别人谦逊有礼，遇到大事能采纳智慧的谏言，这样的小国，它的弱小是暂时的，因为它有着一个强大的国君，也自然会有贤明的、有才能的人集聚在身边。一个国君的形象里已经包含了他的国家。

我笑着说，你说的不就是我们的公子么？在你的心里只用公子的尺子来衡度别人，所以从每一个方向都看见公子的形象。可是一个胸怀狭窄的人怎能看见公子的未来？只有目光深邃的人才能够看见目光深邃的人，只有有才能的才能发现有才能的。就像夜空里的群星，只有明亮的才照耀明亮的，暗淡的就只能在暗淡中。所以明亮是孤独的，暗淡也是孤独的，或者暗淡得更加孤独，因为别人看不见它，它又只能看见自己。

狐偃说，我们就要往楚国去了，楚国是大国，它可能是晋国将来的真正对手。我说，楚国的国君是狡诈的，我们也该有所防备。他说，我们不害怕狡诈，因为狡诈乃是他获取利益的手段，从这一意义上说，狡诈和智慧并没有界限。在我看来，狡诈是小的智慧，智慧是

古灵魂

大的狡诈。狡诈只是对智慧的一种嫉妒的说法，就像一个人有两个名字，其实它们都指向同一个人，我们说其中的一个，已经说出了另一个。

我说，你这么说，我们也是狡诈的？他肯定地说，是的，我们也是狡诈的，没有一个人是不狡诈的。我们的每一个选择都是狡诈的选择，这是我们一路逃命，却能活下来的原因，也是我们复兴大业的根基所在。只不过我们的狡诈是怀有仁德的狡诈，和无德无信的狡诈不同。不论怎样，我们都需要狡诈，因为我们的生存就是狡诈的竞赛。猛虎要捕捉猎物的时候，需要将自己埋伏在草丛，等待猎物靠近的时候就一跃而起，这样它就能用最少的力量来获得食物。水鸟也是这样，它先要搅动水面，让鱼儿以为有了自己的食物，当它游过来的时候，等待它的是尖利的喙。野兔为了躲避地上的和天上的厉敌，就会拼命奔逃，然后钻入地里的洞穴。禽兽尚且是这样，何况人比这些禽兽更聪明。

他笑了笑，继续说，狡诈就是生存，没有狡诈的生存是不可能的。国家和国家之间也是这样。先君就是这样的狡诈者，所以他能轻而易举地灭掉了虞国和虢国。狡诈既伴随着温情，也伴随着冷酷。温情是狡诈者投出的诱饵，即使这温情是真实的，也是狡诈者的温情。冷酷是必定的，没有冷酷的狡诈就会失去狡诈的作用。所以，我们要理解狡诈，而不是害怕狡诈。楚国的国君是狡诈的，这是智慧的本性。因而，楚国将成为晋国的强敌，现在我们就要去强敌的地盘。让我们了解自己的强敌，而不是对它充满恐惧。

我说，也许你所知道的，楚成王也是知道的。若是这样，他不会杀掉我们么？他说，不会的，一个强大的人需要对手。他若杀掉我们，就会失去将来的对手，他的强大将变为孤单的强大，孤单的强大就会因为它的孤单而消亡。我想，他会厚待我们，我们将在楚国得到我们应得的礼仪，因为他知道我们，就像我们知道他。既然我们都知道对方，我们就会相视一笑，然后相互欣赏。这是两头猛虎的相见，会互相贴住脸颊，闻到对方的气味，让彼此都认识对方，然后友好地分开。

他接着说，但厮杀是不可避免的，不是现在，而是到了争夺食物的时候。现在我们的面前都没有食物，所以都会将自己的利爪和牙齿收起来。这就是礼仪的用途。礼仪就是为了藏起狡诈。不是没有狡诈，而是懂得在什么时候藏起自己的狡诈。所以，礼仪也是狡诈的一部分，它就是谋略。因而谋略才显得深不见底，以致我们在更多的时候运用谋略，却穿不透谋略。我们只能看见谋略中露出表面的部分。

我说，我们都没有去过楚国，那么楚国究竟有多大？他说，一个国家并不是你所看见的疆域那么大，它的大小取决于它的国君。它的国君的心胸有多么大，它就会有多么大。实际上，在楚成王看来，中原的广袤土地已经属于楚国了，他只是没有实际占有它。不过我们不会承认。所以我看见的只有它实际上的疆域。就像我们虽然在流亡的途中，但却觉得拥有晋国，甚至拥有更大的晋国。以后，晋国和楚国的交锋，乃是彼此心胸中所怀的想象的交锋，表面上是刀剑碰撞，背后却是想象力的碰撞和争雄。

我说，这不是以虚无对虚无么？一切交锋难道是虚无和虚无的交锋么？他说，是的，但这虚无中却有着实在，它依托的是土地。没有土地，就没有国家，也就没有真正的虚无。土地是沉默的，但地上的一切在骚动。这是彼此交锋中的骚动。但除了土地本身，这所有的骚动都是虚无的，因为所有的交锋是建立在虚无上，而虚无又归于沉默的土地。虚无不是没有意义，而是这意义乃是土地本身的意义，这也是土地保持沉默的原因。

车轮就在这沉默的土地上滚动，骏马又在这沉默的土地上迈开步伐。我看着沿途的景物，树木在风中抖动，野草在地面轻轻摇晃，它的野花在盛开。蝴蝶和野蜂在飞，它们好像漫无目的，可是它们知道自己要做的事情。它们要做的，都藏在了飞翔中。就像我们要做的，都藏在了行路中。土地的沉默和这地上的喧哗形成对照，但它们不能分开，它们是连在一起的。没有地上的喧哗，又怎能有土地的沉默？

只有沉默是实在的？也许不。难道我所见的都是虚无的？我们的行路也是虚无的？这虚无因为土地的沉默已经是另一种实在，它是我们所做的一切的证据。只有证据充分，虚无才会消散。远处的农舍是实在的，但它屋顶上的炊烟却在消散。这消散的却说明了屋子里的居住者，说明了生活本身。所以每一样事物的喧哗不是为了证明沉默的意义，而是为了证明自己的生存以及生存的意义。

所以我们朝着楚国的方向走去。我们乃是走向一场场喧哗，从小的喧哗走向大的喧哗。一棵小树只能发出小树的喧哗，但它成为大树的时候，它的声音就会变大。我听见车轮行进的声音是那么大，马蹄的声音是那么大，我们说话的声音是那么大，而风声也变得越来越大了，在这巨大的声音里，楚国离我们更近了。

卷三百一十四

楚成王

　　有人前来报信，说晋国公子重耳就要到了。我要出城迎候他。我早已听说重耳的名声，只是没有机会见到这个人。不知为什么，我听到他就要到来的消息，竟然十分兴奋，这样的感受已经很久没有了。我得知他是一个贤能的人，我喜欢贤能者。我要和他好好谈一谈，倾听他对天下大事的看法，也了解一下他的晋国。晋国是强盛的国家，强盛者和强盛者总会有相遇的时候。

　　一个国家最终会归于贤能者，所以我相信重耳必将成为晋国的国君。我整理好自己的冠冕，又在镜子里照自己，观看自己的形象。我从镜子里看见自己的容颜，就像看另外的一个人。我是楚国的国君，我不仅是自己，还必须具有楚国的气象。我想象着我见到他的时候，应该采用什么样的表情，既要严肃庄重，又要热情和真诚，可是这样的东西怎样显现在同一个表情上？我对着镜子，琢磨着将要出现在重耳面前的样子。

　　我是不是应该佩戴我的宝剑？这样就更加显得威严。可是我不能太过威严，因为威严将盖住我的真诚和热情。我不断对着镜子，调整

古灵魂

着我的表情，但是无论怎样都做不到最合适。后来，我想通了，最好的就是最自然的，所有故意做出来的，都是虚假的，这既不能显现你的热情和真诚，甚至一个君王的庄严也不复存在了。

镜子里的自己并不是真实的自己，而真实是在镜子之外。我不是要照着镜子去见重耳，而是要对着重耳说话。他就是我的镜子。我将要从他的面容上看见自己的面容，也从他的表情里寻找自己的表情。我见他，不是为了满足好奇，也不是为了看他的样子，而是为了发现自己，从而知道自己的样子。

难道我不知道自己的样子么？不，我是知道的，但每一次遇见别人，都会对自己有新的发现。认识自己也是无穷尽的，因为自己的身上总有自己不知道的东西。每一个连自己都不知道的人，怎么会知道他之外的事物？作为楚国的君王，先要知道自己，然后才可能知道别人，若是自己和别人都知道了，就会知道一切。这世界不就是由自己和别人一起构成的么？除此之外，还会剩下什么呢？

郢都的城门敞开，兵士列队，我的众臣随我出城。晋国公子重耳已经到了，他所率的十几辆车停在城外，骏马抖擞着长鬃，前蹄刨着地面，警觉地竖起双耳，看起来就像要随时冲向前面的样子。重耳稳步向我走来，他的身后跟随着他的随从和众臣，虽然衣服并不华贵，却一个个容貌不凡，表情庄重。我看着离我越来越近的重耳，他的每一步，都好像重重地踩在地上，稳当而有力，他的身体从不摇摆，就像一块巨石向我缓缓移动。

我们彼此施礼，他一拜再拜，他的面容是既庄严又谦恭，眼睛里放出了稳定而深邃的光。他的每一个举动都合乎礼仪，优雅而坚定，在迟缓里有着果决。一眼看去，这个人就与众不同。他的跟随者也一个个精神十足，即使是年龄较大的，眉宇之间也放射着英气。我的王宫里已经准备好了酒宴，各种酒肴礼器排开，我用诸侯之礼款待他，他的跟从者也呈以上宾之礼。对于这样的人，我决不能怠慢敷衍。

重耳想要推辞，也许他觉得自己只是晋国的公子，不愿接受与自己身份不符的礼遇。我说，将来的君王与现在的君王有什么不同呢？你现在虽然是公子，但你必将成为晋国的主人，我的宴席不仅为你预备，还为你的将来预备。你的贤明和德行我早有耳闻，可是却不曾见到你，今日见到你乃是我的幸运。享用这诸侯之礼，你是受之无愧的。

他身旁的赵衰说，公子还是应该接受，因为这是上天的旨意。我们一直在逃亡的路上，许多小国都轻视你，大国就更不必说了。楚国是大国，楚国的君王既然这样厚待你，你为什么要辞让？这乃是上天让你兴起。他的另一边的狐偃也说，上天的意志不可违背，我们是逃亡者，但让大国君王敬献诸侯之礼，虽然身份不能对等，却是上天的旨令，不然楚国君王怎会这么做呢？

我含笑颔首，说，我不久前曾做梦，梦见从北方飞来一只浑身披满了各种色彩的巨鸟，我叫不来它的名字，也不知道它来自哪里，我也从没有见过这样华丽的鸟，但它飞到了我的跟前，发出了非常好听的叫声。这叫声将我唤醒，我只知这个梦是祥瑞的，没想到你却来到了楚国，看来一切都是有征兆的。我也多次见过别的诸侯，但从来没有做过这样的祥梦。这的确是上天让我有幸来款待你。

筵席开始了，乐师高奏黄帝的古乐，美女翩翩起舞，我们面前斟满了美酒。美酒的香气在宫殿里缭绕，注满了我们的鼻孔。我依照诸侯之礼九次献酒，我们于微醺中彼此问候致意。趁着令人眩晕的酒力，我们的热情在蒸腾，浑身充满了热气。我们的话语也越来越多了。

我趁着酒兴说，在我看来，你已经是一个国君了，你也必将成为晋国的国君。但我也想，你若回到晋国，当以什么来报答我对你的欣赏和厚待呢？重耳拜谢说，楚国山河奇秀，地广物丰，什么好的东西没有呢？美女、宝石和丝帛，你要有尽有，即使珍贵的飞鸟的彩羽、旄牛尾、象牙以及犀牛革，你都触手可取。那些能够到晋国的珍品，也都是君王所剩，已经是一些掉在地上的残渣了。我真的想不出用什么来报答你。

我说，即便这样，我仍然想听到你究竟怎样想的。我们现在相见，相谈甚欢，有什么不可说的呢？也许你做了国君之后，我们还会争战于中原，但我们毕竟有着今日的情谊。重耳回应说，若是真能借助你的福运，也借助上天的护佑，我回到晋国之后，必定会经常想起你对我的厚爱。我不愿和君王交战，但万一不可回避，两国兵戎相遇，我愿意避开君王的锐势，后退九十里。若是这样仍然不能得到君王的谅解，那么我就左手执鞭与弓，挂着弓囊和箭袋，陪着君王决出胜负，只有这样才能报答你的施与。

我听后放声大笑，我说，你的直率让我感动。你能说出你想说的话，这说明你有着敞亮的胸襟。若是真如你所说，我也会手执长戈，与你一较高下了。我看着重耳的目光，将斟满的酒一饮而尽。我看见酒中有着我笑声激起的微澜，有着我闪烁的光。我所饮下的不仅是美酒，还有我们的交谈、我的笑声以及兵戎相见中的一道剑光。我似乎已经看见了他拿着鞭子和弓箭的样子，看见了他的战马和他的战车，看见了他所射出的箭，箭的尾羽从他的弓上发出，带着惊叫般尖厉的响声从我的耳边飞过。

卷三百一十五

子玉

国君为什么要这么厚待一个落难的晋国公子？还要排开筵席，陈列这么多酒肴和礼器，并施与诸侯之礼。重耳不过是一个公子，是被晋国抛弃了的公子，却享受了这样隆重的国君款待。国君竟然将其当作将来的晋国国君，他能不能回到晋国，还是一个疑问。因为晋国仍然有着国君，他要回去，必然被杀掉。

而且跟从和服侍他的，也不过只有十几个人，这么几个人能做什么？他不过只有一个公子的名分，就值得这样招待他？国君竟然为他九次敬酒，他不但不感到惶恐，还口出狂言，竟然说要和楚国兵戎相见。还夸耀自己要拿着鞭子和弓箭，与我的国君较量。我感到太愤怒了，实在是在君王的筵席上出于礼仪，不能站起来杀掉他，但我骚动的剑早已按不住了。

我和国君说，请让我杀掉这个人，这个人太过狂妄，你把他作为国君来款待，他却以为自己真的是国君了。若是我们不杀掉他，一旦他回到晋国，必将给楚国带来危害。我们为什么要给自己添加忧患呢？你还将这将来的忧患放在了诸侯的筵席上，岂不是抬高了别人，又压低了自己？楚国是泱泱大国，天下已经没有敌手，我们却让一个可能的对手喝掉我们的美酒，看尽我们的美女，又送给他宝玉，还让他出口不逊。我已经十分愤怒了，我们必须杀掉这个人，让他到死亡里享用诸侯之礼吧。

国君说，不，我们不能杀掉他。我们是大国，却要杀掉一个流亡的公子，这怎么行呢？若是我们有着忧虑和恐惧，不是来自我们所款待的宾客，而是来自我们自己。若是我们不能修德自强，怎会没有忧惧？我们缺少必要的仁德，杀掉一个公子又有什么用？你掌管着楚国的兵权，却这样意气用事，还怎么应对我们真正的敌人？一个人既要宽容大度，身怀仁德之心，又要临危不惧，保持镇定之态。你看见一个流亡的公子，听到了他所说的不合你心意的话，竟然失去了礼仪和法度，还怎能担当大任？杀掉一个人是容易的，但身居高位就应该看得长远，而不是逞强凌弱。何况，晋国公子来到楚国，是信任楚国，也是楚国的贵宾，你怎能杀掉一个信任你的贵宾，这样你将失去天下对你的信任。

我说，可是，给他这样的信任又有什么用？我们若贪图一个别人的信任，却失掉了将来的机会，那将会得不偿失。现在杀掉他太容易了，可要将来在交战中杀掉他，那就太难了。我们为什么放弃最省力的，而又给自己埋下隐患呢？信任只是一种名誉，而名誉是虚幻的，我们为什么放弃实在的而贪图虚幻的？我还是希望国君能够允许我杀掉他，这样我们就少了一个担忧。

国君说，若是上天保佑楚国，谁又能给楚国以忧患？若是上天偏袒晋国，我们即使杀掉重耳，你又怎能让晋国不会出现其他贤明的君

古灵魂

主？你也看见了，公子重耳是那么通达，又庄重文雅，他使用的文辞既准确又雄辩，既合乎礼仪，又富有文采，虽然处于困厄之境，但仍能不卑不亢，也不肯曲意逢迎，又有那么多卿相之才辅佐，这不是上天在佑护他么？若是天意要晋国复兴，谁又能挡得住呢？

我说，要么就将狐偃扣留，这个人一看就诡计多端，经常在重耳的耳边耳语。至少我们要将重耳的一个翅膀剪除，让他不论走到哪里都飞不起来。国君说，那怎么行呢？我既给予别人诸侯之礼，又扣押了他的大臣，既施与别人头上的冠冕，又剥去了别人过冬的皮袍，我这究竟在做什么呢？我既施与别人以炙烤的肉，又夺取了他行路的干粮，这岂是君子所为？何况，《诗》上说，一个人不应享有长久的厚遇。它的意思就是一个人若有了过失，就要受到指责，他的优遇也不应有。我为什么要犯这样的过失呢？

——我若明知所做的会是过错，却非要这么做，岂不是错上加错？我是一个大国的国君，不能采用这样的诡计和卑劣的手段。若我不断效仿错的，杀掉一个品性高尚的人，那么我也将失去国人的忠诚，即使是你也不会再信任我了。而且这也不符合礼仪和法度。我要用一把尺子衡量自己，这尺子必须是公正的，不走样的，放到哪里都合乎规矩。我若不用这尺子，楚国的形象也将失去光辉，它将被暗淡吞没。

看来，国君不会听信我的话，他迟早会为自己放弃了一个机会而感到悔恨。而这悔恨将是徒劳的，若要到了悔恨的时候，一切都难以挽回了。我是一个楚国掌管军事的令尹，是将军，我统率千军万马，最知道怎样让兵士列阵，也知道必须把遇敌交战中可能的祸患除掉。

不论他的品性是否高洁，也不论他是否遵守礼仪，只要他可能会给我带来不利，我就会将其斩除。在这里不能有丝毫的温情，也不能用别人的尺子度量自己，而是用自己的尺子度量得失。

晋国公子来了，国君给他诸侯的礼遇，他却文雅里含有张狂，他藏住了自己的尾巴，却露出了尖牙。他现在还是一个没有归宿的流浪者，尚且这样也丝毫没有将我的国君放在眼里，他若做了国君，又会怎样呢？在筵席上，他根本没有看我一眼，他不会知道我，也不会记住我。但我却不仅知道了他，也牢牢记住了他。他既轻视我的国君，也轻视我。这不是轻视楚国么？我要记住这屈辱，将来我必定要让他知道我。

国君认为重耳所说的话是出自内心，也没有什么可以反驳的理由。但是我也许会在以后找到反驳他的机会，我不用嘴巴反驳他，也不用美丽的言辞反驳他，我知道那样的反驳是无用的。我将用我的利箭射向他，让他知道什么是真正的言辞，什么是犀利的言辞。我用我的剑和长戈反驳他，让他知道什么是可以说的，什么不可以说。让他把内心的张狂放回到内心，或者放到可怕的死灭中。

古灵魂

卷三百一十六

狐偃

秦国派使臣来到了楚国，邀请公子到秦国去。是不是楚成王以诸侯之礼接待公子的事情传到了秦国？不会的，一样名声的远传需要时间，秦穆公不可能这么快就知道楚国发生的事情。那么他为什么要请公子到秦国去？

几个月过去了，楚国的冬天并不寒冷，但却是阴冷的。郢都的冬风好像是从地下升起来的，有着潮湿的寒气。屋子里的火盆燃上了炭火，这炭火将寒气一点点逼了出去。我坐在这炭火旁，让火光照亮我的脸，也照亮我的眼睛。我的目光也投向了火焰，我从火焰里看见了烧得通红的炭，也似乎看见了将远去的路。那条路似乎并不很长，它将越过群山和河流，越过我们自己的头顶，越过深深的积雪，我们的脚印将被另一层雪压住，我将看不见这脚印，我们所踩着的路也将消失不见。

我好像不在地上行走，而是在空中飞翔。我没有地方可以落脚。我坐在这炭火旁打盹，似睡非睡，似醒非醒，我是在梦中还是已经醒来？我的心是迷蒙的，因为我已经被积雪覆盖了。但寒冷是真实的，炭火正在把这一阵阵寒气从我的身形里驱逐。我的身形也渐渐和这炭火合在了一起，我变得浑身通红，我的身体也冒着火光，放出了亮光。但我却感到自己在下沉，只要拥有亮光的事物都会下沉，日头会下沉，月亮会下沉，我也会下沉。

这下沉就是向着远方的行进。没有下沉就没有行进。当你上坡的时候怎能看见下沉的路？你以为在上坡的路上时，实际上你已经走在了下沉的路上了。冰冷的峭壁立在了面前，你要找到峡谷的入口，可是我不知道这入口在哪里。因为我虽然有一个目标，但却看不见那个目标，因为它只是在我的心里，却不在现实中。

秦国的使臣来了，他要到公子的身边，我将从这使臣的形象里找到峡谷的入口，也许过了这峡谷，就会豁然开朗，我心里的目标和现实中的目标就会重合在一起了。他不仅仅是秦国的使臣，他还是未来的使臣。他不仅是秦穆公派遣来的，他还是天神差遣的。我甚至在梦中已经见到这个使臣了。他是谁？他的面孔为什么是模糊的？他走路的步伐那么轻、那么轻，轻得让我听不见声音。可我知道他已经走近了我，因为他似乎不是走过来的，而是从雪地滑过来的，从水上漂过来的，或者是从风中飘过来的？

我猛然清醒了，因为公子在召唤我。他告诉我，秦穆公已经派遣使臣来了。我说，我已经知道了。他说楚成王召我们去面见秦国的使臣。我说，看来我们不必在楚国住下去了，这里的气候我也不适应。公子说，秦穆公邀请我去秦国，就是为了商议晋国的大事，我们流亡这么多年，就要看见希望了。我说，我已经感到自己被炭火烧亮了，我的浑身都在放光。我好像刚才在做梦，但都是一些毫无联系的碎片，我不知道这梦在说什么。

公子的脸上露出了兴奋，多少年来，我很少见过他这样的表情。他的目光里吐着火，他的身体也冒出了火焰。楚风飘起了他的微笑，他说，我知道有一条弯曲的路，但不知道这弯曲的路通往何方，现在我好像知道了。秦国是回到晋国最近的路。秦国可以将夷吾送回晋国，太子圉可以从秦国逃回晋国，我们也可以从秦国走向晋国。只是我不知道晋国变成了什么样子，我们毕竟离开晋国太久了，太久了，唉，一切都太久了。

我说，郢都太美好了，晋国没有这样的景色。我曾在郢都的城外徘徊，看见这冬天仍然有着绿色，我感到这里没有严冬，只有寒冷，但这是春天的寒冷，却又不是荒凉的春天。楚国的美女也太多了，她们和这景色是相称的。什么样的景色就应该和什么样的人相配。若是我们一直住在这里，那该多好啊。可我们需要回到自己的家，一直想回去。但在路上的时间太长了，我已经习惯于在路上的日子了。

公子说，路上的人可以看见更多。人世间并不在人多的地方，而在人烟稀少的路上。我们不是流浪者，而是行路者。我们的行路没有目的，每一天都不知要到哪里去，并为找不见目的而犯愁。但又似乎知道我们要做什么，也似乎知道自己的目的，这样的行路是不一样的。我们不论走到哪里，都不是自己要去的地方，因为我们要去的是我们所不知的。现在我们忽然知道要去哪里了，这是一个转变。

我就像往常一样，跟随着公子。他在前面走着，他的步履还是那么稳健，即使在狂风里也不会摇摆。我则看着他的背影，跟随这高大的背影，向着前方走去。落叶不断掉在我的头顶，给我晋国秋天的

— 231 —

感受，让我记起在晋国的时候，在齐国的时候，以及在很多地方的时候，它们的每一个秋天，都是落叶纷纷。可这是楚国的冬天啊，楚国的冬天也是严寒的，但这严寒里仍然有着秋天的景色以及秋天的温暖，这温暖既在我的记忆中，也在这每一片掉落的叶片上。我的脚下踩着这叶片，我的头顶落了这叶片，我的心里也飘动着这样的叶片。我的生活从来不在别的地方，而是在这一片片小小的、轻盈的、在风中翻飞的叶片里。

古灵魂

卷三百一十七

赵衰

　　我们跟从着公子，在楚成王华丽的宫殿里见到了秦国的使臣。他给公子带来了秦穆公的信函。这信中的每一个字都是诚挚的，它既不华丽也不质朴，而是用了古雅的语调，庄重而真诚，足以让我们动心，也足见秦穆公的用心。我从中可以看见一个邻国君王的微笑，看见他的每一个举动。是的，我从这些字的形象里看见了秦国，甚至我穿越了这些字的每一个枝条，看见了晋国，一个被热泪模糊了的晋国。

　　我的内心是激动的，我知道去了秦国之后将意味着什么，至少它离晋国太近了，我们就要到晋国的身边了。我们一直在外面遭受各种磨难，不就是为了回去么？我看见公子面对秦国使臣的时候，反而沉默了，他一言不发地坐在那里，似乎在等待着什么。我想他的内心也同样激动，但他以沉默来掩饰着自己。

　　楚成王说，现在你们可以离开了，我要送给你们一些礼物，都是楚国出产的平常之物，只是表达我的心意。我很想留住你们，但我理解你们所想的，一个将来的国君怎么会在异国的土地上久住呢？我看

－233－

见一个个南国名贵的木头制作的精美箱子，排列在宫殿里。箱盖打开了，露出了里面华美的珍稀之物。丽鸟的羽翎、牦牛尾以及珍贵的象牙，还有那么多美玉和雕刻精美的金盏、鱼灯以及有着瑞兽造型的酒樽……灿光放射，就像将天上的星辰装满了一个个木箱。

但公子的目光只是出于礼仪，对那些奇珍异宝瞟了一眼，就收回去了，他起身施礼拜谢。楚成王说，秦穆公是一个贤德的国君，你们到他那里去吧。楚国离晋国太远了，我能给你的帮助不多，只能送给你一些微不足道的礼物。我知道你不会在意这些礼物，你所想的是回到晋国，以及看见晋国的民众，晋国有晋国的宝物，而我给你的，只是让你看见这些东西的时候，会想起在楚国的日子。

——我只能给你暂时的快乐，但真正的快乐却在自己的土地上。我给你的仅仅是一些没有用处的珍宝，而真正的珍宝只有秦国可以给你。秦穆公派来了使臣，邀请你去你想去的地方，你还有什么犹豫的呢？我知道你不需要什么，但秦穆公却知道你需要什么。

公子再次拜谢说，你给了我希望，还有什么比希望更重要的？你给了我尊重，还有什么比尊重更让我快乐的？我在楚国的日子，是我在流浪中最快乐的，我自己本以为已经失去了快乐，我四处寻找这快乐，但却在楚国找到了。或者说，这不是我自己能找到的，而是楚国君王施与的，我将珍惜这被施与的，也不会忘记你慷慨的施与。你的施与不仅是给我的，你也给了晋国。我不仅得到了希望，还看见了楚国的希望。

——在十几年的逃亡途中，我不知道我为什么逃亡，也不理解命运的含义。我从一个国家到另一个国家，也忍受了饥饿、疾病和种种困厄，我不理解我为什么会这样，也曾抱怨天神的不公。我曾在一些国家遭到它的国君嘲讽和羞辱，也遭到轻慢和敷衍，我从中看见了自己的无能。也有的国家对我很好，我也心存感激，我就一次次问自己，我究竟在这样的困境中需要什么？我来到楚国之后，受到了你的礼遇，感到了我流浪的意义，我重新发现了自己，并从你这里得到了我从来不敢奢望的希望。

——你给我的不仅仅是一些珍贵的宝物，这宝物是希望的见证，它看起来是无用的，但希望难道是有用的么？不，希望也是无用的，但没有希望的日子是黑暗的，一旦拥有了希望，就会拥有一切，包括我的快乐，因为快乐乃是从希望里滋生的。就像谷禾是从土地里滋生的，一个农夫有了土地，他就会播下种子，就会拥有禾苗，就会有秋天的收成。所以我忘不了楚国，也忘不了你，我的希望是从你开始的。

于是我们又一次踏上了流浪者的路，但这一次流浪和以往的流浪是不相同的。这一次我们乃是满怀了希望的流浪，而从前的流浪中却伴随着绝望。我们告别了郢都，楚成王将我们送到了城外。公子不断回头向楚成王施礼。我们跟随着秦国的使臣，走向了我们的希望。已经走了很远了，公子又一次回头，看着远去的、已经消失了的郢都，对我说，楚国毕竟是一个大国，我们还没有走出它的疆土，我们的车轮上沾满了楚国的泥土，我要把这泥土带到秦国，然后带回我的晋国。

我说，我们才刚刚开始。从前所走的路，仅仅是为了结束。狐偃说，这是一条悲凉的路，因为这路总是在异国的疆土上，它从异国开始，又将终结于异国。公子说，不知道异国，又怎能知道晋国？因为看见了异国的路，也就知道了晋国的路，我们走在了异国的路上，却也是走在了晋国的路上。

越往北行，就越是寒冷了。风也渐渐变大了。前面的一座大山似乎挡住了去路。我远望着大山，山顶上的积雪射出冷酷的白光。它是那么高峻，有着高不可攀的峰顶，但我们的路却通向了它。实际上，我们不是要翻越这样的大山，而是要穿越它。在它的背影里，我们走入了深深的峡谷，路变得越来越狭隘了。寒风迎面吹来，我裹紧了皮衣，却仍然好像被这强劲的寒风所穿透。

天又阴沉了，白雾在山间弥漫，两旁的山林变得朦胧，各种树木交错伸展，它们藏起了自己清晰的形象，给人以无限的猜测。接着风雪从空中飞来，不断敲打着我们的脸。它穿过山林的时候，发出了微微的震动，声音是低沉的，好像无数野兽在嗥叫。雪花聚集在我们的头顶，也聚集在眉毛上，聚集在骏马的长鬃上……白，无限的白，渐渐把土地和道路都盖上了，只有我们后面的车辙是清晰的。它讲述着我们的以往，它有着两道很长的线索，更远的以往，却又被盖住了。我不知道，人世间最重要的事情，为什么都发生在冬天？

就因为冬天的严寒么？还是因为冬天的萧条，露出了事物的本色？也许，这冬天有着无数的含义，它意味着过去和现在，意味着冷酷和别无选择，还意味着希望和绝望、忍耐和收获、记忆和遗忘，以及寻路的苦痛、面对未来的迷茫……我接受这风雪的敲打，接受这风雪中的严寒，也必须接受冬天带来的一切一切。

是啊，在冬天发生的，仍将在冬天继续发生，在冬天所行的路，

古灵魂

还将在冬天继续。我们在冬天告别，又在冬天相遇。我们的命运原本属于冬天，因为冬天是一切的开始。冬天的寒冷不是为了寒冷而生，它只是用寒冷缔造繁荣，因而所有的希望不是在繁荣里，而是在寒冷中，茫茫的风雪包含了人世间所有的温情。

卷三百一十八

秦穆公

所有的事情都是梦的演练，但这演练总是会露出各种破绽。但每一个人又怎能没有破绽呢？因为梦就不是完整的，演练又怎能完整？我曾做过各种各样的梦，大多归于遗忘。它们就像春天萌发的叶瓣，到了秋天就会纷纷掉落。既然一切都没有事先的许诺，那么就在破碎和缝补中重新寻找完整的将来。

我曾经想的，都不是完美的，因为想象和事实之间总是有一个个裂缝，只要遇到一点碰撞，它们就会分开，变为不相关的两件事。我护送夷吾回到晋国，但他并没有按照他所说的话去做，他背叛了我。我相信了他的许诺，却忘掉了可能的背叛。因为我相信许诺，不相信背叛。但我所相信的，却是真正的事实。我又将太子圉押为人质，但我却放松了对人质逃跑的警惕。我将自己女儿嫁给了他，但我的女儿却成为他的同谋。面对这样的境况，我所剩下的，只有长长的叹息。

我原以为自己不会为任何事情而叹息，可事情的结果又超出了我的预料。看来，任何预料都不是可靠的，那么我为什么还要相信这不可靠的？因为我必须要向前走，我即使停在了原地，时间也要向前

古灵魂

走，而我不愿意成为时间中的漂浮物。我希望自己是一个船夫，我能够支配我的船，让它按照我的想法到彼岸去。

从晋国传来一个个消息，太子圉虽然登上了君位，但他却登上了一个悬崖上的悬空的石头，这个石头随时要掉落，他也将随着石头的掉落而掉落。大臣们虽然慑于他的血腥中的怒容，但内心里已经推翻了他，梦中已经将他推下了悬崖。他的国人也已经抛弃了他，可是他仍然在国君的位置上，仍然在美梦中沉睡。也许他已经有所警觉，但这警觉也不可能救了他，因而他已经在真实与虚幻之间飘动。他不知道自己在哪里，也不知道自己将会落在哪里。他的脚底的石头已经松动了。

所以我要寻找一个新的合作者，晋国也需要一个新的国君。只要这个国君出现在晋国，晋国就会重新选择，就会把晋怀公扔到悬崖下，然后转过身来拥抱新的国君。实际上他们的心里一直有着国君的形象，他们一直都在呼唤这个国君，只是这个国君一直在流浪的途中，在远离晋国的地方徘徊和漂泊。

现在我已经将他找到了，并召到了我的身边。他就是公子重耳。冬天是多么好啊，我相信冬天，相信冬天的瑞雪，也相信冬天的狂风，因为这瑞雪和狂风已经卷起了地上的残叶，也掩埋了地上肮脏的脚印。要有新的脚印印在上面。这脚印是纯净的，也是我所渴望的，它清晰可见，让我能够看见它从哪里来，又通往什么地方。

我相信冬天，是相信我所能看见的，它让我看见了一切。这样就避免了虚无的预料，避免了不可靠的预料。未来不是在预料中，而是在我的视线里。我在自己的宫殿里召见了重耳，他来到了我的面前。

他就是我选中的晋国君王。他就坐在我的对面，我对他说，这是一个独特的时刻，我派遣使臣前往楚国，就是因为晋国的事情。你的名声我早已听到，只是从未见过面。记得你的父君去世时，我曾派人前去狄国慰问你，你的回复让我认识了你。

——你没有趁着父君去世而有获得君位的想法，却沉浸于深深的悲痛，你的忠孝和仁义让我感动。你也遵循了你应有的礼节，说明你严守祖宗的礼法。你的父君追杀你，你没有选择在蒲邑抗拒，而是选择了逃亡，说明你没有叛逆之心。你的兄弟继承了君位，又一次追杀你，你同样没有选择对抗，因为你觉得这会给你所寄居的狄国带来灾祸，所以又一次选择了逃亡，这说明了你是一个有仁德的君子。你四处流亡，周游了列国，每到一个地方都受到了尊敬，说明你能够修身并抱持你的德行。你也没有为此而抱怨，却能够坦然接受命运的安排，说明你的心胸是开阔的，也能顺从上天的旨意。

——我喜欢这样的人，所以我就差遣我的大夫寻找你，并到楚国请你来到我的身边。我做过很多错事，但我确信这一次我选对了人。你就是我心中的晋国国君，我想你也必定不会辜负我的苦心。你从楚国来到秦国，并不是容易的。我知道楚国待你很好，还给予你诸侯之礼，说明楚成王是一个目光敏锐的明君。他没有将你看作一个流亡的公子，而是把你当作晋国将来的国君。他既然能够认识你内心的仁义，我也能知道你的品性。

重耳向我施礼拜谢，他的举止是谨慎的，他的态度是谦逊的，他恪守了自己应有的礼节，脸上并没有现出惊喜之情，而是似乎充满了忧患之感。他说，我离开晋国太久了，十几年来虽然没有丝毫忘记自己的国家，但却从来没有想到回去做一个君王。这不是出于自己的礼让，而是觉得自己还缺少治理国家的贤德和才能。

你就先在秦国安心住一段时间吧，我已经给你预备好了炭火，以免你在秦国受了寒冷。我也给你预备了你所需的一切，若是你有什么不足，请及时告诉我，我好让人给你添置。我已经预备了筵席，让你畅饮秦国的美酒，我的美酒和别国的美酒是不一样的，它的香气就能让你沉醉。

重耳说，美酒的香气我还没有闻到，但君王的香气早已胜过所有的美酒，你所说的话，已经让我沉醉。一个人最大的烦恼就是从来不被人知道，他所想的也不能被了解，他所做的也不能被理解。我听了君王的话，心中的快乐超过了所有的快乐，你给我的比为我所预备的炭火还要温暖，路上的疲惫和风雪给我的寒冷已经一扫而去。

我说，我还为你准备了特殊的礼物，你必定会感到满意。我从同宗中为你挑选了五个美女，其中还有我的女儿，她们每一个人都拥有贤良和美貌，让你在秦国的日子里不会感到寂寞。我的女儿原来嫁给了太子圉，可是他乃是一个叛逆者，他违背了自己的信义，逃回了晋国。虽然现在他是晋国的国君，但他是一个无德无义的国君。

——他逃走了，却把我的女儿也丢弃了。一个人为了夺取自己的利益，舍弃了自己的夫人，这样的人怎能有德行？他不仅背叛了我，也背叛了我的女儿。他让我的女儿受到了委屈，现在我要让她跟随你，因为我看见了你的德行，你不会再让她受到委屈了。是的，我的女儿应该跟随一个有仁德的人，只有你才和她相配。

我看见重耳沉默了，他的眉头皱了起来。不过，他似乎一直保持这样的表情。过了一会儿，他说，君王的美意我已领受，但你要容我多想一想。外面的风声传到了我的宫殿里，我和重耳坐在这里，前面的炭火在燃烧，火光照着他庄重的脸。随着火光的变化，他的容颜也在不断闪烁，他就像一块石头那样，一动不动。难道他不喜欢我为他挑选的美女？还是他不愿接受我的女儿？

古灵魂

卷三百一十九

胥臣

公子从秦穆公那里回来，一脸不悦的样子。我不知道在秦宫里究竟发生了什么。一定有什么事情让他眉头紧锁，他眼睛里有着忧郁，他的眉宇间飘动着风雪，他的身上带着秦国的严寒。我就问，秦穆公和你说了什么？你的心里有什么忧虑？

我是公子的师傅，他从小就跟随我读书，我已经将自己所知道的都传授给了他。我所读过的书，也让他读完了。公子的天资是聪明的，他总是过目不忘，刚读了的书就可以背诵，并能领会其中的深意。我记得他曾对我说，我读了这么多书，却不能去演习书中所说的，我好像已经知道了很多，却没有机会照着书里的内容去观察自己真实的本领。要是能让一个人来教我演练所学的，不知是否可行？

我告诉他，人世间的事情很多，但一旦你有了急躁的心情，就不会做好。固然你聪明好学，也有了很多的学问，但这学问并不是要立即去演习，因为真正的演习需要等待时机。你的学问仅仅是自己的积累，它已经在你的腹中了，你为什么要急躁呢？真正的学问就像深水，它的表面没有波澜，看起来是平静的，可其中的深度却可以养育大鳖和龙，但肤浅的水里只有小虾和小水虫，所以才会为自己的水里没有大鱼而焦躁不安。你所学的并不是为了现在就用的，而是为将来做预备。因为将来是未知的，未知的就必有深奥的，即使你现在演练，也未必能够针对将来的未知。

我一直跟随着公子，这十几年间的流浪，让他看见了自己的所学是怎样获得用处的。也许这是最好的演练，然而这演练也是生活本身。演练乃是基于一种假想，而公子所经历的则不是假想，而是一个个真实。真实比假想变化更多，在真实中假想不起作用。因为假想的并不是完整的，也是僵化的，缺少应变的可能。

现在公子的所学获得了真正的机会。这些年来，我看见他在各种困境中表现出非凡的能力，我的内心十分高兴，但我却从不将这高兴放在自己的脸上。我并不总是夸奖他，但我却暗暗鼓励他，帮助他，尽我的所能为他献策。我想，他刚刚来到了秦国就遇到了难以决断的事情。不然，他的脸上为什么愁眉不展？

他似乎有什么事情说不出口，但还是开口说话了。他说，秦穆公给我挑选了五个女子，让她们嫁给我。我说，这不是好事情么？那你为什么还不高兴？他说，唉，我不想要其中的一个。我问，这是为什么？我们现在需要秦国的帮助，你却要因这件小事耽误你的大事，岂不是因小失大？凡事应知道取舍，即使这个女子不美丽，不合你的心意，你也应该接受，因为你不可在这个时刻拒绝君王的美意。何况，天下有那么多美女，你怎会在乎其中一个相貌不美呢？也许一个女人的外貌不是她的全部，她的优点乃是在她的内心里，你不可能从她的外貌看见她的内心。

他说，你想错了。这个女人是秦穆公的女儿，也是太子圉的夫人。我怎能把我侄儿的女人据为己有？要是我回到晋国，国人会怎么议论我？我不能违背自己的内心，也不能违背做人的法度。可是我又想不出什么理由来拒绝秦穆公的好意。我若没什么理由就拒绝了他，他就必定会不高兴，我也可能失去他的帮助。

我说，原来是这样，你将这样的事情看得太重了。圉的国家我们都要前去攻打，你怎么还在乎他的夫人？你接受这个女人，就意味着你与秦国的国君已结为姻亲，这样返回晋国的时候，得到秦国的帮助就有了充分的理由。你若是拒绝了秦穆公的好意，岂不是拘泥于小的礼节而忘记了大的羞耻？

——你从小所学的学问，不是为了简单理解法度和礼仪，而是能够在不同的时候，遇到不同的事情，能够灵活变通。在天地之间若是没有变通，又怎能有星辰的闪耀和昼夜的交替？万物的生长都是在变通中进行的。一粒树种从来不知道自己会落在哪里，但它不论落在什么地方，都知道怎样汲取雨水和养分，知道怎样调整自己与季节的关系。在春天来了的时候，它知道应该发芽生长，在冬天来到的时候，又知道自己该将自己的叶子蜕落。它所遵循的是大的天意，而不是在小的礼节中彷徨。

——你小的时候曾捕捉过蝴蝶，它的美丽是由于它能够摆脱自己的丑陋，而摆脱丑陋的办法也是能够及时变通自己。蝴蝶曾是丑陋的虫子，又将自己变成了茧壳里的睡眠者，最后却从这茧壳里飞了出来。不会变通的，就永远是丑陋的，但蝴蝶因为自己的变通，获得了美丽的翅膀，也获得了自由和飞翔。

——真正的书不是书写在竹简上的，也不是铭刻在铜鼎上的，而是在万物中。从前先祖周文王就是从万物中看见了天地之间的变化，知道了人事的变化乃是在天地变化之中。你在十几年的流亡中难道还没有看见这诡异的各种变化么？宋襄公就是拘泥于小的礼节，从而在泓水之滨战败，他看起来是恪守了礼仪，却失掉了宋国的机会。他所不知道的，是小的礼节必须服从大的变化，若是小的礼节和大的变化相冲突，就必须放弃小的礼节，因为这小的礼节乃是被大的变化所统摄。

公子说，我懂了，听了你的话，我的心胸豁然开朗。原先我跟着你学习，以为自己已经掌握了你所掌握的学问，现在想起来，我所知道得太少了。我也许知道了学问的细节，以为这就是学问，却不知道这学问的来历，也不知道这学问中所含的学问。学问不是只有学问本身，它的背后仍有大的玄奥。真正的学问乃是在天地之间变化的玄奥之中，地上的人事变化也在这玄奥之中。

古灵魂

卷三百二十

狐偃

　　胥臣告诉我，秦穆公要把他的女儿嬴嫁给公子，但嬴乃是圉的妻子，所以公子不愿意接受。但是胥臣已经说服了公子，公子答应接受秦国的姻亲。这就好了，千万不能在关键时刻拒绝秦国国君的请求。公子应该以国家大事为重，不能因为一点小事而失去好机会。我们在路上流浪了十几年，不就是为了回到晋国么？我们受了那么多苦，受了那么多羞辱，难道不就是为了获得一个机会么？可是机会来到了身边，却要因一件小事而放弃，一个猎人舍弃了捕捉到的大象却要去费力捕捉一只野兔，这怎能是一个好猎手？

　　公子是一个懂得取舍的人，胥臣所说的话毕竟让他回心转意。他知道自己究竟要做什么，也知道自己的选择意味着什么。他可能暂时会被一片乌云挡住视线，但他还有拨开这乌云的能力，并看见乌云背后的事情。当乌云飘来的时候，看起来光亮消失了，但不是光亮本身没有了，而是乌云暂时遮住了光亮。而乌云终究会消散，它不可能永远停留在那个地方。所以不要在意它，要看见乌云消散后所要露出的巨大的蓝。

现在，秦穆公为公子设宴，我们陪公子出席这盛大的宴席。秦穆公非常高兴，他说，我为你挑选的五个美女，你觉得怎样？公子说，我还没有见到她们，所以我不能说什么。秦穆公立即将五个美女召来，说，你现在可以看见她们了。五个美女很快就站在了公子的面前。她们是美丽的，她们穿着华丽的衣裳，头上插着花朵和羽毛，宽大的袍袖随着她们走路的姿势不断飘荡，就像行走在云间。

我没有见过这样的美女，每一个都好像来自神的世界。她们的眼睛看着公子，仿佛树叶上凝结着露珠，闪烁着晶莹和透彻的明亮。她们的脸是白皙的，略微显出粉红，不只是由于害羞，还是天然的颜色。嘴唇涂着胭脂，长长的眉毛弯曲着，犹如天边的弯月。不论什么人，看见她们都会心动。

可是公子似乎并不在意，他仅仅看了一眼，就将自己的脸扭到了一边。他说，她们的确是漂亮的，秦国不仅有美好的物产，也有这么美好的女子。秦穆公说，那就是说，你已经接受了她们？公子说，君王的命令我怎敢不服从呢？何况，这样的美女我怎会不喜欢？你的女儿跟从了我，我绝不会让她有丝毫的委屈，我会用心去对待她，以后，秦国和晋国就是一家人了，君王所说的，就是我要做的。

秦穆公十分兴奋，他不断为公子祝酒，并令宫廷乐师演奏喜庆的乐曲。所有的人都在祥和喜乐的气氛中畅饮。此时，公子吟诵了《河水》，他用流水般的声调和浑厚苍凉的气韵，朗声而赋——

每一条河水都在弥漫而去，它们归往了深邃浩瀚的大海。

苍穹的鹰隼在盘旋，在飞翔中经常停在空中。

古灵魂

我的兄弟却在悲凉和叹息里，身边没有亲人和朋友。

有谁试图阻止丧乱？谁又能不为父母怀着忧愁？

每一条河水都在弥漫而去，它们有着浩荡汹涌的势头。

苍穹的鹰隼在迅飞，自由自在地随心翱翔。

地上的人们有的不遵循法度，有谁为此不安而愁苦？

心里无限的悲愁却无处诉说，这不能忘记的事情堆积在胸中。

…………

这乃是忧乱的诗篇，既有流水朝宗于海，又有着飞翔的鹰隼或停或止，伤感而忧郁，并有在乱世间对父母的担忧。公子选择了一首恰当的诗篇，暗示了自己对于秦国的归顺，归国之后将像诸侯朝拜天子一样顺服秦国，又说出了自己对天下的担忧，用这样的吟诵表明了自己制止乱象的志向。公子的声音感染了众人，也分明感染了秦穆公，他显然已经知道了公子的用意，就继而吟咏了《六月》——

在六月率军不断奔走，戎车做好了修整确保无碍。

四匹骏马肥壮而有力，每一个人都披挂了征衣。

那猃狁的势头凶恶而迅猛，我们的边陲已经危急。

周王命我前去讨伐，我又怎能在危亡之时推辞责任？

我的骏马已经选定，我驾驭的技艺高超而遵循规矩。

六月的盛夏炎热灼人，我将披好自己的铠甲走向激战。

我穿好了风中的征衣，疾行三十里路奔赴边关。

周王命我前往讨伐，我将辅佐天子以匡扶家邦和拯救万民。

…………

秦穆公的声音沉着而有力，他铿锵的声音和节律，让人屏住呼吸，感到了内心的震颤。这诗篇就像秋风一样强劲，在大殿中回旋。《六月》乃是礼赞太师尹吉甫辅佐周宣王讨伐狁的诗篇，秦穆公之所以吟诵这一诗篇，同样有着深邃的用意，以此说出诸侯辅佐天子的天责。这不是要和公子联手辅佐天子么？赵衰分明听出了秦穆公的深意，就立即引导公子走下台阶，向秦穆公施礼再拜，说，君王用辅佐天子来命令重耳，重耳岂能不拜？公子的话语，既表达了对秦穆公的敬意，也表达了自己渴望辅佐天子平息天下之乱的心胸。赵衰太聪明了，他总是懂得在适当的时候找到最好的机会。

此时赵衰离开座位，开始吟诵《黍苗》——

黍苗有着繁茂的勃勃生机，全凭甘雨的即时滋润。

众人在遥远的路上向南而行，召伯的慰劳让人舒心。

我挽着自己的车辇而你肩荷着重负，你拉着牛而我来扶车。

出行的使命已经完毕，为什么还不归家？

我驾驭着车马而你却徒步而行，我在出师途中你也在旅途。

出行的使命已经完毕，为什么还不归家？

古灵魂

赶快修整好谢国的都邑，这是召伯苦心经营的地方。

威武的大军在辛劳中营建，召伯在精心谋划和巡察安排。

将高低不平的地势修建平整，又将井泉和河流疏通。

召伯治理谢邑的大功告成，宣王的内心获得了安宁。

　　赵衰的吟诵让筵席上的气氛更浓了。他所选的诗篇真是太好了，这黍苗的勃兴和繁荣，是借了天雨的滋养，它说的是周宣王的贤臣召伯抚慰南行的役卒，让人们快乐而顺心，又精心修建谢邑，众人齐心协力，快速而井井有序。只要有召伯的慰劳，人们就不惧辛劳。而劳役者又长期在外，思乡之情急切而深沉，但他们又毫无怨言。它既赞颂了召伯的贤良，也说出了自己的心声，并表达了功业告成之后的欢欣。此时此刻，吟诵这样的诗篇，是多么贴切的借喻啊。

　　秦穆公听完之后，说，我已经知道了你们想要尽快回到晋国，你们的心情我能够理解，毕竟离开故国已经十几个春秋了，在这样辛苦的流浪和煎熬中，谁不想回到自己的家乡呢？公子和赵衰又一次起身拜谢，说，我们这些人是孤立无援的，只有仰仗你的威权，才可能实现自己的愿望，你就是诗中说的好雨，我们就是被滋养的黍苗，没有你的及时扶助，我们又怎会繁荣和兴旺？

　　秦穆公非常兴奋，他不断饮酒，美酒的香气飘满了大殿。吟诵的声音在回荡，它在我的心胸中就像波涛一样拍击，并扬起一阵阵碎沫。我的内心在翻腾，仿佛有着山呼海啸的力量，我就在这力量的驱使中一会儿升到了高空，一会儿落到了谷底。我就在这天地之间飘动，以致我忘记了自己。我这是在哪里？是在秦穆公的宫殿里？还是在云影漂浮的星空？我是在异国的土地上？还是已经回到了我的晋国？

我感到了微醺中的眩晕，这声音、乐声和斟酒时酒樽里激起的微澜，以及那么多人影，汇聚为天地之间的浩大的声响和画面。我好像置身于夜晚的秋风里，我倾听着来自天上和地上的各种声息，并遥望着暗夜的星阵，又将自己的双手触摸到了潮湿的泥土。我坐在这里，感觉自己并不是坐在秦穆公的大殿上，也不是坐在空阔的旷野上，而是坐在奔腾的激流里。我被莫名其妙的力推着，我的身体在浮动，我的心也在浮动，我在眩晕里看着两岸，但那两岸却隐没在一片片黑影里。

公子在和秦穆公交谈，可以从他们的笑声里获知愉悦，是的，这欢欣中的交谈涉及了整个天下。他们都有着远大的抱负，但又各自怀有自己的秘密。他们说出了能够说出的，而把不能说出的，沉积到了各自的内心深处。我似乎听见秦穆公说，公子该回去了，晋国的国君是残暴的，他的国人的心已经远离了他。但是，他的残暴和猜忌只会为他增添罪愆，别人的血腥将转为你身上的香气。

卷三百二十一

秦嬴

　　新的一天开始了，这是多么好的一天，虽说冬日是寒冷的，但既没有寒风，也没有云翳，蓝天呈现了自己的本色，落尽了树叶的树木在自己的位置上一动不动。万物好像都是静止的，它们各自停在自己的地方，重获各自的秩序。我是秦穆公的女儿，现在已被父君嫁给了重耳。我从前的夫君太子圉早已逃回了晋国，成为晋怀公。他已经遗忘了我。我记得送走他的时候，是在一个暗夜，那个夜晚是多么黑，除了天上的星光，几乎看不见地上的东西。我流着眼泪送走了他。因为他的父君晋惠公已经奄奄一息，太子圉急于逃回晋国继承君位。

　　我的夫君一直在秦国做人质，以牵制晋国可能的妄动。为了使太子圉安心于秦国，我的父君就将我嫁给了他。我理解父君的本意，他是让我嫁给晋国未来的国君。但太子圉不懂得我父君的苦心，却急于获得国君的位置而从秦国逃走了。我不得不做出痛苦的选择，既要替我的夫君掩盖奔逃的秘密，又要维护秦国的尊严，于是我留在了秦国。

　　我以为圉做了国君之后会迎我去晋国，但他似乎已经忘记了我，也忘记了我对他的恩德。我若不为他保守秘密，他怎会逃走？又怎能成为国君？我和他在一起的日子是快乐的，但他却为了争夺国君之位而抛弃了我。送走他之后，我的身形里的东西似乎被他带走了，我的内心是空的，什么都没有了，只剩下了一个空洞的身形。所以，我就像一个影子一样，留在了秦国，留在了我的影子所留恋的地方。

我一直等待圉的召唤，我望着一次次飞走又归来的飞鸿，看着每天暗夜里的星空，想着他，仔细倾听从东方传来的各种声音，但唯独没有他的声音。这样的绝望在我的内心纠缠，就像野地里踩住了蛇的头，毒牙咬住了我的脚踝，毒性在我的身体里发作，我感到了一阵阵疼痛，但我却只能忍受。除了忍受，我还有什么办法呢？

现在，晋国公子重耳来到了秦国，我的父君要让他回国，以代替我的夫君去做晋国的国君。他需要秦国，秦国也需要他。很久以前我就知道这个人，他有着仁义的好名声，但我不知道这个人究竟是什么样子。我知道他一直被晋国追杀，所以过着东躲西藏的日子。他从一个国家到另一个国家，又到又一个国家，现在转回到了秦国。在我的心里，他不是一个真实的人，而是一个路上的幽灵，一个没有形体的幻觉。

但他来到了我的面前，成为我的夫君。他是冷漠的，他的身上已经失去了活的热力，失去了炽热的感情，他将这一切都已经丢失在了流浪的路上。他对我的微笑也是虚假的，我已经看出了他的虚假，是的，虚假是掩饰不住的。他是在嫌弃我？是因为我曾是圉的妻子？要知道他可是圉的伯父。还是他有着别的想法？他究竟在想什么？这个人在我面前是一个黑影，一个有着厚度的黑影，因为他的心里已经积

古灵魂

满了淤泥和石头，也飘满了一个个日子的落叶，他既是沉重的，也是虚幻的，我的目光穿不透他。

但让我不满意的是，他已经老了，他的须发已经花白，寒冬的大雪已经在他的须发上堆积。他的脸上耕满了沟垄，但却缺少盛开的野花。我嫁给一个荒凉的、悲凉的、神秘的人。我只是要嫁给一个即将回去的国君，而不是一个真实的人。可是，我似乎也喜欢这个人，他的一举一动都是优雅的，他的言辞是漂亮的，他说话的语调在柔和和谦逊中有着威严，他的脸上既是神秘的，也有着迷人的坦诚。这究竟是个什么样的人？

我是秦国的公主，我的内心也是骄傲的。但我的父君告诉我，要侍奉好自己的夫君，因为我是一个女人，就必须跟在一个男人的后面。我不能在阳光里显现自己的美好，而要在自己夫君的影子里隐藏。可是我有着自己的光芒，我即使是藏在巨石的背后，别人也能看见我的光。我知道自己是谁，我也知道自己该做什么，我的骄傲不在我的外表，而在我的内心里，在我谦恭的姿势里。我即使低下自己的头，但别人从我的背后仍能看见我的美貌。

公子回来了，我双手奉上用来盥洗的铜匜，侍奉他洗净自己手上的尘土。我手握着錾，另一只手托着铜匜上的兽足，盖顶的瑞兽和周遭的曲折的盘螭，在我的手上倾斜，清水从前面的流沿流了下来。公子漫不经心地仔细搓着手，却不看我一眼。一个美人就在他的面前，但他似乎却看着铜匜上瑞兽的头，看着那瑞兽突出的眼睛。我难道还不如这上面的瑞兽？我的美貌被忽视了，他的傲慢让我受到了伤害。

清水在他的手上流着，我看着那水花在轻轻飞溅，透过这透亮的水流，我仿佛看见了他的心里的另一个形象。他虽然低着头，但我仍能看见他不屑的表情，我难道是一个婢女么？我仅仅是给他端水的奴仆么？他洗完手后，竟然扭头甩手而去。他手上的水甩到了我的脸上，我感到自己脸上流着冰凉的东西，我好像看见了我脸上的泪痕。

我再也抑制不住愤怒，我说，秦国是可以与晋国匹敌的大国，你为什么对我这样轻慢？我让你接受沃盥，你却忘掉了自己是谁，也忘掉了给你端水的是谁，还忘记了你在什么地方。我看见他的身形颤抖了一下，站住了。一会儿，他转过身来，说，夫人说得对，我知道了自己的罪过，应该受到惩罚。然后他让人剥去自己外面的衣服，又将自己捆绑起来，站在了外面的寒冷里。

我的怒火渐渐熄灭了，严冬的天气使我从愤怒中醒来。外面起风了，我听见风声渐渐大了，它从屋顶的瓦片上吹过，严厉的呼啸掠过我的内心。我走出来，裹紧了衣裳，但寒风依然在我的脸上撒着芒刺。我看着公子穿着单薄的衣服，被一根绳索捆绑着，立在光秃秃的树下，他和这大树一起，经受着严冬的惩罚。我将一件衣裳扔给了他，然后从他的身边走了过去。他不曾认真看我，而我也不看他。但就在这走过去的一瞬间，我感到背后两道灼热的目光投向我，我凭着女人的敏感，知道他正看着我。我感到这目光是温馨的、柔和的，而不是像箭一样锐利和冷酷。我快步走开，我已经感到一阵来自背后的灼热——也许，他已经懂得看我了，可在我的背后，又怎能看见我的美貌？也许一个人要先接受惩罚，才懂得爱，懂得珍惜一个女人。因为惩罚才让他真正看见我。他就是这样的人么？

我踩着自己的影子往前走去。我曾从镜子里看过自己，但却不

古灵魂

知道自己在别人的眼中是什么样子。但我能够看见别人的样子。现在我最希望我的夫君好好看我，但他的目光却在我的背后。他和一棵大树，一棵冬天的大树，站在寒冷的风中。我是多么想回过头去，和他说几句话，但我内心的骄傲不允许我这样做。我只用我的背影说话，他也许会听得懂。我边走边和我的影子说话，并踩着这影子往前行。

卷三百二十二

介子推

　　冬天的寒冷结束了，它只剩下了尾巴上的一点寒气。它的头已经掉转，风向也已经转变，从西北方向吹来的冬风已经被压住了，东风从云端降下，从地面上扫过，残雪被卷起，它残剩的白光，只在地上的褶皱里停留。春天来了，风中的尘土已经露出了一点温暖，可这样微小的温暖几乎感觉不到，但泥土里埋着的万物的根须应该已经知道了，它们从沉睡中醒来了。河水也是知道的，因为河里的冰已经开始融化，只有岸边仍存留着残冰。

　　远处的飞鸿驮着温馨，它们的翅翼扇动着，从天空传来它们的鸣叫，以此传给我们春汛。地上隐藏着的繁荣已经伴随我们了。这一切都令人感动。秦穆公派秦军护送我们到了王城，大河就在眼前了。秦军彩旌飞扬，戎车隆隆，戈矛林立，兵卒的步伐齐整，踏起了地上的灰尘。我向后望去，看不见兵车的尽头。

　　渡河的大船已经泊在岸边，它的风帆已经升起。我们就要回到晋国了，从河边已经可以看见对岸晋国的土地了。大河是宽广的，对面隐约有几个人影，但他们看起来太小了，完全看不清他们在做什么。

他们似乎仅仅是站在河边看着什么，河流的波涛浮动着，他们的身影也似乎随着这波涛浮动。他们是谁？为什么要站在那里？在这里所见的，人真是太渺小了，也许这就是人的本相。在对岸的人看来，我们也同样渺小。但有着大河的衬托，有着我们背后山的轮廓衬托，所有渺小的都获得了巨大的甚至无穷的背景。

狐偃对公子说，我跟随着你周游天下，我曾犯了数不清的过错。我知道自己的过错，你也一样。但我们毕竟走到了今天，看见了对岸的晋国。现在你就要过河了，我可以离开了。公子立即摘下自己的玉璧，投入到滚滚的河水里。他说，你为什么要离开呢？我们就要回去了，十几年来的流浪不就是为了这一天么？你看吧，渡船已经预备，船夫已经立在了船头，我们终于可以做自己想做的大事情了。我知道你的心事，不就是怕我不与你同心么？现在我已经将我的玉璧扔到了河水里，让河伯为我们作证，若我不与你同心，就像这玉璧一样，让河水吞噬我吧。

我已先登船了，我和旁边的人说，我已经看见了上天的意旨，公子就要兴起了，可是狐偃在这时却凭恃自己的功劳，向公子索取许诺。这是多么可耻，我怎能与这样的人在一起呢？我的船要离他远一点，我不愿让他靠近我。

我吩咐船夫，让我所乘的船先行出发，我要让这样的人看不见我，我也不想看见他。我看见他陪伴公子登上了船，而我的船和众多的船只已进入了中流。大河啊大河，千古以来你一直在奔流，从来不知自己的疲倦，无穷的流水将在大海汇聚，你所朝觐的是无边无际，你的深邃不在你的波澜里，而是在你奔腾不息的追求中。

你知道自己将行往远方，那是怎样的远方，在平庸的人看来那是永远不能抵达的地方，可你的心中并不在意遥远，而是千回百转，冲决了重峦叠嶂和高丘峡谷，把巨大的石头压在了水底，又将自己的心浮现在日光和星光里。你所做的并不是让岸上的人们看见，但你的一切却自然而然地呈现了自己的威严和力量，可肤浅的人们却不知道你的力量从何而来。

你所知道的，并不是人所知道的。你的奥秘就在你的内心里，但你从不将这内心的东西向别人显露。你的水是柔软的，但这柔软的却是最强的，你从不隐藏自己的柔软，但却没有什么能够抵挡你。你漂浮起这么多大船，你可以随时让这船倾覆，可是那站在船头的船夫，却高昂着头，看着这浩瀚的巨流沉默不语，因为他只是要将船驾驭到对岸，却永远也不知道你是谁。这是多么不朽的河流啊。每一个人只有渡河的欲望，却不知道他所渡的河流。一个人的内心难道不应该拥有一条自己的河流么？

每一条河流所做的，就是将自己的流水最终放到大海里，就是为了将自己的一切隐身于更大的水中。一个真正的人难道不应该这样么？我们的逃亡不就像这河流一样，为了寻找到自己的大海么？现在这大海已经到了面前，我们就可以隐身于其中了。可是狐偃却不明白这样的道理，他所做的不是为了汇入大海，而是为了显露出自己，若是这样，我们又为什么要跟随公子四处流浪呢？大河啊大河，我现在似乎知道你的奥秘了，可是你的奥秘又在流水中奔往更远的地方了，我看见的，你立即远去；我没看见的，你已经消逝了。所以，我始终得不到你的真正奥秘，因为我即使站在船上，也不能捕捉到你，我所看见的，也不过是我的内心所想，而不是真正的你。

卷三百二十三

赵衰

公子到了大河边，看着滔滔河水，反而犹豫不决了。他说，我的前程就像这大河一样凶险。你看这波涌诡谲，曾将多少行船打翻。即使是好船夫，也不能看见水底有多少石头，也看不见什么样的波浪会突然打烂船板。我已经听见船夫的歌声是悲凉的，因为他们不知道自己的每一刻会发生什么。虽然河岸的渡船已经等待，但我一旦过河就不可能回头了。

我说，你不可辜负十几年的流浪，这十几年来我们受了多少折磨，又受了多少势利者的白眼，还经受了饥饿和轻慢，这样的大屈辱怎能被遗忘。就说眼前的河水吧，它从自己的源头起身，一路汇聚了更多的源泉，它的水量越来越大，它的激浪一个跟着一个，从没有丝毫的懈怠，你什么时候看见过停留的河水呢？我们多么不易才等到了过河的机会，可是你却面对着河水而要停住自己的脚步了，这可是要违背你起身时的源泉了，也违背了你内心中的波澜，也违背了我们一直跟随你的苦心了。你的踌躇不是你一个人的踌躇，你的疑虑也不是你一个人的疑虑，这踌躇和疑虑将意味着对自己的放弃，也是对别人的放弃。

公子说，我想自己离开晋国这么久了，我并不知道晋国已经发生了什么，也不知道它真正的状况。我既不知道有谁在支持我，也不知道有谁在反对我，我若回到了晋国，将以什么来立足？将用什么办法避免祸患？我的性命固然不足道，死和生将归于天意，可是我的身后还有你以及那么多跟从我的人。我不能因我的失误而让你们感到担忧。

公子的眼里映照着发黄的河水，这河水里卷入了太多的泥沙，因而这其中的每一滴水都是沉重的。这激流中包含了沿途的土地，包含了它自己的命运，但它仍然没有因此而犹疑不决。我说，公子应该好好想一想，当初我们用计谋让你饮酒而醉，又把你抬到了车上，这样才离开了齐国。你应该想一想众人的苦心，也要想一想夫人为了你的前途，至今还在忍受着孤单，而你却面对即将成就的大业犹豫不定了。夫人若是在齐国知道你这样想，她将会怎样悲愤？

公子仍然看着眼前的滔滔河水，陷入了深深的沉默。这沉默就像一个猎人的陷阱，我们随时会从这沉默里掉下去。我的心被高高悬起，就像停在了一个波浪的浪尖上，而这波浪却突然凝固了。春天虽然来了，但河风却很大，它从开阔的河面上带着一股股寒气，吹向我们，我的身体似乎要被吹得飘起来了。公子站在那里，就像石头一样，似乎感受不到这寒冷，也感受不到一切，我和他说话，他也似乎听不见。他只是深陷于自己的沉默，他乃是站在了自己的沉默中，大河的激流也冲不掉这沉默。

不知过了多久，公子突然说，我要亲自卜筮，我自己已经不能回答自己的所有疑问，我需请上天告诉我该怎样抉择。狐偃拿出了占卜的蓍草和其它卜具，公子先向大河施礼，又向上天虔诚而拜，然后一次次将蓍草分开。他命筮说，我要问一问，我能不能据有晋国？卜筮的结果出来了，得到了屯和豫两个卦象。

我吃了一惊。变爻和不变爻都说明，贞悔相争而变爻的爻位被不变的阴爻所居，卜筮者断言说，这一卦是不吉利的，卦象所呈现的是阻塞不通，六爻也没什么作为。我说，卦象中仍有卦象，卦辞中仍有卦辞，卜卦的结果乃是在变化中寻找，你何不问问胥臣呢？他是博学的，不仅精通卜筮之术，也懂得观测天象的变幻。

公子将胥臣召来了，胥臣看了一会儿，进入了深思。公子深怀期望地看着他，但他却一言不发。我的内心在绝望中挣扎。我似乎被这河水的大浪一个个击来，感到了一阵阵眩晕。我听着大河的奔腾呼啸，一片轰隆隆的激响，充溢于天地之间，我几乎听不见任何别的声音了。众人也和我一样，把所有的希望都投向了胥臣，他被这希望紧紧围住了。

时间停在了希望与绝望之间。胥臣忽然抬起了头，他向着河的对岸瞭望，然后缓缓说，这是一个吉祥之卦。在《易》书中，两个卦象的卦辞都记有利建侯的字样，就是有利于封侯。若是不能据有晋国，并辅佐天子，怎么会称作建侯呢？公子的命筮之辞是希望获得晋国，卜筮已经告诉我们利于封侯建业，这是你得到封国的吉兆，还有什么卦象比这个卦象更好呢？

按照《易》中所说，震为东方，坎为水，坤为土，而屯卦的屯具有囤积的含义，只要有囤积，仁德就会加厚，仁德将会转为万事的吉祥。豫有着愉悦之意，其中含有众人的喜乐，众人就会在喜乐中归于一心。

震卦有着车乘之意，它在屯卦中处于下卦的位置，而在豫卦中却为上卦，本卦和变卦都有坤卦，这乃是柔顺之象。万民柔顺，车乘可行于疆界内外，路途通畅，并无阻塞之意。屯卦和豫卦中都含有坎和艮之象，坎为水而艮为山，它们合起来就有源泉滋润以助万物生长之象。水滋养着山，天泉充足，土壤厚实而肥沃，山就不会是光秃秃的，它就会林木繁茂，果实密集，云蒸霞蔚，荣象逶迤连绵。

若我们不能据有晋国，那么什么事情可以适于这样的卦象？你想吧，震为雷为车，而坎为水为辛劳为民众，复卦以下卦为主。在屯卦中，雷电和车乘之行是大趋势，车马具有足够的威慑，意味着武备的强盛，而坤为民众，他们柔顺而接受教化，这样的文武兼备，还有什么比这更好的上天封赏？它的卦名屯已经说出了囤积丰厚之意。

它的卦辞说，所有的都是吉利的，不用有所顾忌，有利于建侯兴业。屯为下卦而震为主卦，那就意味着雷是关键，雷电为万物化生的开始，它支配着万物的生息繁衍，其可以化育万民，所以能够使得民众柔顺喜乐而归于一心。获得这样的民众就是嘉美之兆，所以才显示亨通。难道还有什么比这样的卦象更好呢？

公子的眉头开始舒展了，他的脸上露出了微笑。他顺手捡起地上的一块顽石，用力向着大河投去。他对胥臣说，还是你的学问渊博，我曾跟着你学了很多年，但仍然没有学到真正的学问。看来你永远是我的老师，我仍要多向你请教啊。然后，他的目光环视四周，说，既然天意如此，我们就登船吧。

卷三百二十四

狐偃

　　我仅仅是试探一下公子归国后将怎样对待我，他竟然将自己的玉璧扔到了河水里。他说，让河伯见证我的心，我已经把这玉璧放到了河伯的手里，我若不和你同心一意，就请河伯用他的巨浪把我掀翻到河水里。

　　我慌忙予以制止，但他的话是真诚的，我的内心十分感动。公子已经亲自卜筮决疑，胥臣已经细致地讲解了所得的卦象，所有的事情都是吉祥的，我们所遇见的都是吉兆。我们在船上向着对岸不断瞭望。我的内心是激动的。我跟随公子十几年了，经历了多少个春荣秋枯，在多少个冬天忍受严寒，又在多少个夏天熬过炎热。我所看见的都是异国的景色，而对于晋国的一切早已经感到陌生了。它曾无数次出现在我的梦中，但这梦境并不能给我一个清晰的晋国，现在我从船头已经看见了它。

　　可是我看见了什么？看见的只是对岸荒凉的土地，以及稀稀拉拉的村庄，炊烟从一个个屋顶上升起，它就像一只要钻入地洞里的怪兽，露出了一条长长的黑尾巴。这尾巴在半空摇晃，它开始的时候是细小的，然后变得粗壮，然后就变得越来越淡了。这是无限的暗示。它说明自己将伸展于更高的天云，它是这土地具有活力的见证。

我见过无数的炊烟，但我不会觉得它多么具有意义，然而现在所看见的和以往所看见的不同，因为这炊烟乃是晋国的炊烟。所有的炊烟似乎是一样的，它们没有什么区别，但我现在所见的却是我熟悉的。我在我的记忆里梭巡，无数炊烟都在那里上升，但只有这眼前的是真实的，是我的，我一眼就可从那么多的炊烟里将之挑拣出来。

风帆是饱满的，它涨满了向前的力，可我却感受不到船在向前移动。真正的向前是超出感受的。众多的波涛在船头前涌动，一个个大浪从河流的深处卷起，然后重重地落在了船头。但是我们的船还是从这大浪中间穿越了。春风不是顺风，而是逆风，它似乎是对面吹来的，但这样的逆风仍然可被借助。它是无形的，却推动着有形的船。我们一路流浪，不就是在无形中来到这里的么？或者说，这一路上不就是被一种无形的力量所推动么？

尽管占卜是吉祥的，可是我们前面有什么羁绊和凶险，我还不知道，公子也不会知道。我是快乐的，激动的，但又充满了担忧。我们从一个陌生的地方到另一个陌生的地方，现在我们的家邦就在前面，它也是陌生的了。它竟然也充满了未知，充满了凶险，充满了神秘的东西，我们究竟要面对什么？

晋国的大夫栾枝和郤縠、郤溱都已经取得了联系，他们也派人秘密到秦国密报晋国的状况，可是他们所描述的，也许和真实的并不一样。我所知道的仅仅是从他们那里获知的。可是真实的晋国变成了什么样子？许多人并不认识，这些人就像从荒地里冒出来的野草，我

古灵魂

既叫不出他们的名字，也不知道他们的样子。他们的心里究竟在想什么？是啊，我怎能知道这河水深处游动的大鱼呢？而大鱼并不说话，它们只是借助于浪涛说话，你能从一个个浪涛里听见它们的声音么？

公子也来到了船头，他默不作声，脸上露出了凝重的表情。这表情中饱含着十几年的风雪，也集聚了未知的忧虑。我知道他和我一样，也在未知的恐慌中思索。可是我们没有见到的，思索又有什么意义？因为你所思索的，仅仅是在你的内心，而你没有思索的，却可能出现在你的面前。谁又能将所有的事情都想清楚呢？

我闭上眼，感受着大河的波动。人事的波动和惊涛骇浪中的波动是相似的，一切恍若梦中。我的眼帘上映着一道红光，我原以为这光芒来自我的背后，但它却转到了我的前面。我知道我所面对的东方，而日头已经落在了我的背部。许多原以为忘却的事物在我的前面晃动。在齐国狩猎的日子，在河边垂钓的日子，以及在路上饥饿的日子，寒风与大雪，似乎在飘落，它从远处和高处掉到了河水里。那么大的雪花，在我的手掌中融化，我看着它一点点消失，变为了一点小小的潮湿。我所捕捉的形象就这样消失了么？

忽然想起自己在齐国的时候曾做过一个梦，那个梦太奇特了。我好像被人扔到了河水里，那条河也是宽广的，它的四周好像没有通道，可是那水却奔腾着，我就落在了这样的河流里，一片从悬崖上飘下来的树叶接住了我。我就坐在了那片小小的树叶上，随着波涛起落，飘荡而去。我不知这是一条什么样的河，它既没有来的地方，也没有去的地方，我看不见它的来路，也看不见它的去路，但它的激浪却一直奔腾不息。现在我闭上了眼，所看见的就是这样的河。但我睁开眼睛的时候，忽然看见了对岸。

我们已经离岸不远了，岸边的人影渐渐清晰起来了。前面已经有一些船只靠岸了，我好像看见介子推已经在下船。他什么时候登船的？我一路上竟没有看见他。这个人真是一个奇异的人，他总是在别人的视线之外，既不知道他在哪里，也不知道他会在什么时候出现。岸上那么多人，好像是在河边迎候公子的。只要船一靠岸，我的脚就踏在晋国的土地上了。上岸后第一件事情，就是要向这土地朝拜，它将向公子归顺，我也将归顺这土地。

古灵魂

董因

公子回来了，我已经远远看见了他。多少年了，我已经认不出他了，可我一眼就看见了那艘大船的船头站着一个人，他身穿玄色的衣裳，衣摆在巨大的河风中飘动，而被这衣裳包裹着的身形却一动不动。日头已经偏西了，由于他背对着光，我看不清他的脸，却看见一个逆光的、发黑的形躯，稳固地立在船头。这一定是他，因为他的轮廓中透出了别人没有的威严，我甚至能看见这轮廓的中间发出了光芒。尽管这乃是暗藏着的光芒，我却仍然能够认出这光芒。

我尽量睁大眼睛，注视着我将来的国君，但天上的阳光让我仍然看不清他的面容。船就要靠岸的时候，我向着这黑影施礼，那个黑影也向我施礼。船夫已经跳下了船，他在船前搭上了踏脚的木阶。公子从船上稳步而下，我再次向他施礼。他问我，你是谁？我说，我是大夫董因，今受众大夫的委托前来迎接公子。他急切地问，晋国现在可好？我说，很好，晋怀公已经闻知公子归来，和他的近臣们日夜不安，商量着应对之策。

公子说，那我该怎么办？我说，据我所知，晋国的军队不会听从他，所以他才感到惊慌不安。公子说，我都认不出你了，毕竟多少年过去了，我也老了。我说，我还能认出你，你离开晋国的时候还年轻，尽管经历了沧桑变化，我仍然能从你的脸上看出从前的样子。公子沉默了一会儿，问我，你要告诉我，我能够顺利接掌晋国么？

我回答说，我昨夜仰观天象，岁星运行于大梁星的旁边，这是天道循环的征兆。国君即位乃是元年，正好处于岁星在实沈星的位置上。实沈星是地上节令和疆界的分野，也是晋国所居的疆土，它说明国君将要立而兴起。现在公子东返晋国，正是好时机，没有不成功的道理。公子当初逃难出行，正是大火星值守之际。它本是尧帝的司徒阏伯观测天象而判定农时的星宿，因而被称为大辰，是农祥之星，它的出现预示着农丰岁实。周祖后稷在虞舜时主掌农事，一直观测这个星宿，相传后稷夜观星象可以知九州的变化。

岁星运行到大火星附近的时候，晋国先祖唐叔虞受封为诸侯。我记得晋史上记有，只要上承先祖的业绩，就能像嘉禾一样繁衍不息，也必能据有晋国。我也曾为此卜筮，得到了泰卦。变爻为不变的阴爻占据，而应该变化的爻没有超出两个，所以应当以泰卦的卦辞为占断的依据。泰卦上面是坤卦，下面是乾卦，坤为地，乾为天，天必定因它的轻盈要上升，地必因它的重浊而下降，它呈现的是天地交合之象，意味着通透平顺。

卦辞说，所命的筮题是通顺的，大者来而小者去。也就是说，当大的来了，小的就会逃走。今天岁在大火，又得到了泰卦，上天的法纪决定着地上的人事，辰星出而参星入，公子东渡大河回归晋国，已经握住了成功的权柄，公子必定执掌晋国，以后也必将称霸天下。你现在放心回归故土，不必感到惊惧。

公子说，这我就放心了，依你看我该先做什么呢？我说，公子先要宣召令狐、白衰和桑泉三地的大夫，他们早已与晋怀公离心离德，只是因为惧怕讨伐而不敢背叛。他们获得你的召见，必定会归降臣服，这样那些早已盼望你执掌晋国的人，就会纷纷投奔，然后就可以率兵直入晋都了。

公子已经登上了晋国的土地，他的脚印已经刻在了地上，这地就属于他了。晋国的国人都盼望他归来，他的仁德已经广为流传。因为一连几个国君都缺少仁德，他们不断杀掉一些人，就连狐偃的父亲狐突也被杀掉了。他们要么借助别人的手杀人，要么自己拿起剑来杀人，这样每一个人都寻求自保，杀人成了他们统治的秘密。他们担心自己的宝座不稳，于是就用白骨来镶嵌着宝座的根底。可是这白骨就能支撑他们的宝座么？

我将为公子引路，并把他送到别人曾经坐过的宝座上。我说，一切都已具备，只等着公子了。栾枝和郤縠已经做好了准备，他们是忠实的内应。据说，晋怀公已经派出了大军，但他们慑于秦军的威名，在中途畏葸不前。我想他们绝不会听从他的命令，他已经是失去了根的树，它的树叶已经落尽，它的枝干已经枯死，它的果实已经腐烂。他所做的，只能让你掌管的土地更肥沃，你的火炬将把它所剩的点燃，做了炉灶里的柴火。

卷三百二十六

栾枝

公子重耳已经渡过了大河，并率秦军围住了令狐，并宣召令狐、白衰和桑泉三地的大夫，三地已经归降。国人听说公子归来，都纷纷前往投奔。晋怀公已经焦躁不安了，他召我上朝议事，我托病不出。因为这个人是多疑的，他能够杀掉老臣狐突，是不是已经知道我暗通公子，要杀掉我？

我已经预备好家兵，随时准备出击，并在四周巡查值守。晋国的都城里已经大乱，大臣们各自想着自己的出路。晋怀公派兵前往抵抗，但这些兵卒已经不再听从他的命令了，行军到半途就四散而去。

我派人前往令狐联系公子，让他尽快攻打晋都，一切都已水到渠成了。晋怀公已经得知董因前往河边去迎候公子，并卜筮得到了吉卦。他自知不能坚守了，已准备趁着暗夜逃遁。我立即让人坚守城门，将他堵住，这样的国君，必须受到惩罚。

又一个夜晚来临，月亮从高高的穹顶俯视着人间，神灵的目光带着冷静的光辉挥洒在地上。我带着自己的利剑，右边背着箭囊，手里拿着长戈，和我的兵卒来到了都城的城门前。我不能让这个可恶的国君逃走，我要看着他怎样死去。他所做的恶必须让他承担，他所做的乃是要归于他自己身上。

这个人在出生之后，就有狄国的卜招父为他卜筮，他注定要做别人的奴仆，他的名字就是被围墙囚禁的形象，但是他却不服从天意，从秦国逃了回来，做了国君。他已经违背了自己的命运安排，所以必有大祸缠身。他听从郤芮和吕省的谗言，杀掉了老臣狐突，又追杀流浪中的公子重耳，他的罪数不胜数。国人早已在内心和他分离，可是他却依然依仗自己的杀戮坐在自己不该坐的位置上。他杀戮别人，就是杀死自己。没有德行的人占据了德行者的座位，他就必定要离去，不是他愿意离去，而是他乃是应该在别的地方所安置。他的祸患不是来自别人，而是来自自己不能知道自己。

一只猴子要坐在虎穴里，等待它的该是什么？若是它在别处，还能有躲避的地方，可是它坐在了猛虎离开的巢穴，它就只有等待猛虎的归来。国君就要面对可悲的结局了。兵卒举着火炬为我引路，我沿着城墙在梭巡，在高处，我看见了都城的灯火已经熄灭，它已经陷入了沉睡。月光落在一个个长方形的屋顶上，瓦片发出了斑斑点点的反光。我在夜晚观赏这都城，它有着多么奇特的美。它脱离了白日的喧闹，就像一个隐士躲在了梦中。

我不知道现在多少人在做梦，他们究竟做什么梦？其中必定有人梦见真实的事情，但我却不能穿过波动的月光，走入他们的梦境。这样的梦就覆盖在一个个瓦片下面，它被放在了黑暗的盒子里。谁能将这盒子的盖子揭开？谁能看见其中的秘密？我在火炬的映照中，在月光的映照中，却看不见自己。我只能从自己的暗影来判断自己的存在，那么我试图观看别人的梦，却不知自己乃是在梦中？在别人的梦的外面徘徊的人，又在自己的梦中徘徊。我又怎能知道自己在哪里？

我看见君王的宫殿也笼罩在黑暗里。尽管月光仍然照着，但它却带着自己的黑暗，停留在那里。那里的树木遮蔽着，我只看见它的屋脊高高挺起，好像波涛中的船帆。它根基上的石头已经搬走，它就要沉没了。不是这宫殿将沉没，而是住在里面的人，已经在梦中被淹没，并在梦中挣扎。

晋怀公还能睡着么？也许他也在做梦，但他所做的必定是噩梦。他的梦被这沉重的宫殿压迫着，月辉也被一块块石头挡住。即使是他的梦中也不会有光，是黑暗的梦，他已经不可能挣脱这看不见边际的黑暗了。我让士卒熄灭了火炬，我也要在这暗夜里享受这寂静。我坐在这高高的城头，看着月辉里的土地，似乎一切都是冰凉的，城外的树木就像一个个魅影，它们连成了一片，仿佛向着这里逼近。

但是它们是无声的，它们用这样的方式保守自己的秘密。这荒凉的春天只有在夜晚才显露真实，它拥有无数未知，不然为什么万物会从地下突然冒出来呢？它的骚动只在深层，而不是在表面。远处的山已隐没在微风里。它们在白日出现，又在夜晚躲藏。野兽开始出没，它们的绿光时隐时现。神灵也会在夜晚出现，但我不可能看见。因为神灵只有在夜晚才能深入到人们的梦中，它们有自己的路。

突然，从国君的宫殿那里传来了夜枭的叫声，这叫声是恐怖的。一声又一声，既尖厉又沙哑，就像一阵狂风将这寂静卷走了。它夹杂

古灵魂

着尘沙，也夹杂着人世的悲伤。据说，商纣王的江山要倾覆的时候，他的宫殿旁的大树上也不断发出夜枭的叫声。看来，上天已经有了新的安排，晋国将要改换它的主人了。

晋怀公

我知道重耳已经过了大河，秦军已经逼近都城了。我听说秦军已驻扎在郇城，郤芮和吕省率领的军队已经不战而散。我没想到重耳会回来，也没想到秦穆公竟然派兵护送他回来。我原想到我的基座是不稳固的，只是没想到这么快就要倒塌了。

现在想起来，也许我做错了很多事情。最重要的是我偷逃回了晋国。也许我太年轻了，以为自己只要接掌了晋国的君位，什么事情都会得以解决。可是因为我的逃跑，让秦穆公憎恨了我。可是我在秦国过的是什么日子？我是他的人质，差不多就是秦国的囚徒，我既没有足够的自由，也没有高贵的身份，我本是晋国的太子，但却受到众人的轻视。我早已不愿忍受这卑微了，我也不愿继续忍受失去自由的日子。

我还记得在深夜逃走的时候和夫人告别的情景，她的深情让我感动。我真想不回来，但还是经不起做国君的诱惑。我记得她的眼泪滴到了我的手背上，那种冰凉让我疼痛。我的泪水就像泉水一样喷涌，总是擦不干。可我还是乘着小船离开了雍城。河水在船下流淌，我的眼泪也在流淌。那是一个多么暗淡的夜，满天的星光不能照亮我。我在船上看见群星缀满了水面，它们在波动，在我的前面闪烁，但我却看不见前面有着什么。

两岸的景物都是发黑的，好像天上的阴云在地上飘动。我就在这阴云里穿行。我成为真正的飘零者。秦都雍城很快就看不见了，变为了阴云里的阴云。我既不知道我来自哪里，也不知道将去往哪里。但我的心里却充满了希望。我就要做国君了，我将成为一个国家的主人。一想起这个希望，我的内心里立即就被光所充满，这光也充填了黑夜，波浪上漂浮的万点星光汇聚起来，我就从这星光里看见了我的晋国。

但我也是焦急的，我从这水里所见的，乃是虚无的。我捕捉不住这星光，我却不断伸出手来，抚摸我的另一只手，以证明我的确在船上，也的确在朝着晋国的方向行去。我从这发黑的水面上，看着一个个闪烁的幻影，就像看见一个个怪兽爬出了洞穴，它们露出了一颗颗奇特的牙齿，睁着突出的眼睛，也伸出了利爪。它们还有蛇一样的舌头，猩红的舌头，试图舔舐我。我缩着身子，在惊吓中保持着沉默。

我和船夫说话，并不是想问什么，但只要说几句，就感到浑身的紧张会消逝。我问船夫，我们现在到了哪里？他回答说，不知道。我又问，我们还在秦国么？他仍然回答，不知道。我得到的所有回答都是不知道。是啊，一个船夫不知道的事情，我又能知道多少呢？

现在想来，我应该和秦穆公谈一谈，向他说出我的想法，也许我就不会走到今天。他既然将自己女儿嫁给我，不就是为了让我回到晋国做国君么？嬴嫁给我的时候，秦穆公已经在内心有了计算。他怎会将自己的女儿嫁给一个秦国的囚徒？

但我还是逃走了。我并没有和他商量，这样在他看来，我已经背叛了他，他怎么会不恨我呢？何况，我是独自一人逃走的，我还丢弃了他的女儿，让他的女儿成为一个弃妇。他怎么会不恨我呢？这样的仇恨本是不该有的，但我却这样做了。仇恨就这样像雾气一样从我们中间升起，并弥漫于两个国家之间。

仇恨的种子一旦播下，它就要结下果实。但这样的种子的播撒者并不是我，而是我的父君。他生了我，却让我得到了不祥的名字。这样的名字不是要克服我可能的命运，而是暗示和印证了我的宿命。他本不该背弃自己的许诺，但却因这背弃而获得了背弃的恶果。他也不该发起韩原之战，却因此而成为秦国的俘虏。

他本该被杀掉，但秦穆公却释放了他。他已经答应让我继位，但他却回到晋国继续做他的国君，让我成为秦国的人质。我替代了他，继续成为秦国的囚徒。他不仅背叛了秦国，也出卖了我。不然，我早已是晋国的国君了，怎会让我在秦国等待那么长的时间？我又怎会从秦国逃走？若是他遵守自己所说的，秦国怎会将重耳召去，又将他送回晋国？

别人投下种子，却让我来收获这坏果子。我听从了父君的老臣郤芮和吕省的话，要将重耳身边的人召回，不然就诛杀他们的亲族。但我遇上了狐突。他不肯听从我的旨意，并用言辞激怒了我。于是他被杀掉了。也许我太年轻了，没有经历太多的世事，又抑制不住青春的怒火，它焚毁了我。我深知自己的根基并不稳固，但我杀掉狐突之后，许多老臣就不再扶助我了，就是卜偃这样的大臣，也托病不肯上朝了。

也许我杀错了人。杀错了一个就等于从自己的脚底取走了一块石头，我的身形就会摇晃，就会站立不稳了。可是我听从了别人的话，也听从了自己的激情。事情是复杂的，可我想得太少了。那些老奸巨猾的人，总是能抓住一根木棒的中间，让这木棒获得平衡，而他自己也最省力。可我做不到，我总是拿住最重的一头，让自己费力捉住，却又掉下来。尽管一个国君总会有衰亡的时候，但我却衰亡得太快了。

我的年龄太小了，又在秦国过了几年，所以并没有多少真正跟随我的人。我的身边的人都各怀心事，他们曾追随我的父君，但他们对父君的忠诚并不会转移到我的身上。我和他们唯一的感情联系，就是我是晋惠公的儿子。但是这能说明什么呢？我和我的父君毕竟是两个人，他们所忠诚的人已经死了，我仅仅是一个死的替代物。

是的，我不是我自己，我仅仅是替死去的人活着，但我又不是那个死去的人。那个死去的已经死去，连他也丢弃了我。那么我所剩的就只有死的残渣。他掉在地上的，我捡拾。他不要的，我吃下去。他丢弃的，我不能丢弃，因为我也是被丢弃的。一个被丢弃者必须在被丢弃中寻找自己。

重耳是不幸的，也是幸运的。他一直在流浪中，却终于找到了机会。但他的机会是我给的。我若不追杀他，他就会在一个国家安稳地待下去，这样他就会忘记自己要做什么。他离开晋国的时间更长，渐渐地国人也将遗忘他。有什么东西经得起时间的磨洗呢？石头上的尘垢将被洗净，它将一直待在河底。有什么事情能将它推到河岸上？

我对狐突的杀戮唤醒了人们的记忆，让很多人重新记起了他。国人记起了他，秦穆公也记起了他。是我将它从水底捞出来，搬到了我的眼前。事实上，他的年龄已经很大了，已经到了垂暮之年，若是多等几年，也许他就死在了异邦。他之所以获得了机会，是因为他比我更能忍受。可是我太着急了，我害怕他，这反而让我所害怕的，成为我真正害怕的，他从我虚幻的恐惧中走了出来，成为真正的恐惧。我究竟做了些什么事情？

　　我早已察觉栾枝和郤縠似乎在密谋，他们听说重耳已经到了秦国，已经不听从我了。可是我为什么没有杀掉他们？是的，我还是没有杀掉他们，因为我的手软了，已经没有力气拿起身旁的剑。可即使杀掉他们又有什么用？我已经杀死了我自己，我杀掉别人又怎么样？我不是一下子杀死自己的，而是在不知不觉中杀掉了自己。我用自己的剑杀掉了自己，人世间还有什么比这样的做法更可悲？

　　在这春天的寒夜，我灭掉了所有的灯，这样我就不会看见自己可怜的影子了，也不会看见别人的影子。我不想看见一切，我只想在这黑暗里坐着。我从这黑暗里所看见的远比我真正所见的更多。我不仅看见了我曾熟悉的人脸，还看见了我不曾看见的陌生者。他们也许还活着，也许已经死去了。他们存在着，或者曾经存在，但会一起出现在我的面前。

　　这些人不是从门外走进来的，也不是从黑暗里产生，而是从我的灵魂里走出来的。他们是什么时候进入我的灵魂的？我看见了狐突，他的脸上有一道长长的刀疤，但仍在我面前没有畏惧，说着我听不清楚的话，眼里却含着轻蔑。我也看见了重耳。我出生的时候，他已经

古灵魂

逃亡到了很远的地方，我不曾见过这个人，但却一直被他的名字所威慑。他的脸是那么的清楚，他的眼睛里含有双瞳，真是太奇特了。他不太像是从人间来的，而是有着隐秘的神灵陪伴着，从高高的云头降下。他不和我说话，而是用他的眼睛盯着我，我忽然害怕了，双瞳里含有一道道闪电，我的眼睛被晃得睁不开了。

我还看见夹杂在他们中间的一些怪兽，它们的样子十分可怕，就像各种祭神的铜器上所描绘的那样。它们是活着的，有的有着触角一样的眼，有的有着很长的舌头，有的还有着奇特的尾巴，甚至身上还有着鸟翼。有的似乎来自水底，它的身上穿着鱼鳞所做的衣裳，嘴里的牙齿向外翻着，身上还缠着各种水草。它们混杂在人脸的中间，一会儿就会将人脸挡住，一会儿又移开了，重新将人脸浮现到表面。

不，它们都是在波浪上面浮动的，就是那些人脸也是这样。他们都在说话，他们一起说话，他们的声音混合在了一起，在波浪上躁动，和漂浮的闪烁的星光一起躁动。和我逃回晋国的路上的场景差不多，但又远比那个暗夜里的经历复杂。啊，这黑暗里竟然有这么多我所不知道的面孔，而我所知道的仅仅是其中的一小部分。我的灵魂里竟然住着那么多我所不知道的东西，可是我却一点儿也不知道。

我曾和自己说，你不要耽于幻想，因为幻想毕竟是幻想，它从来不会给你任何东西。你所得到的乃是从你的幻想之外获取的，而你所失去的都是从幻想里失去的。幻想既不是稳定的，也不是可靠的，你怎能沉湎于幻想呢？可我是年轻的，幻想是青春的天赋，若是没有幻想，你怎么会有自己的青春呢？又怎能获得悲愤的激情？美好的东西怎么存在？未来又在哪里？你又能在什么地方驻扎？你将向前面看什么？你的脸又朝向哪里呢？

当我的父君在秦国做囚徒的时候，他说要让众臣把我扶立为国君，我涌起了激流一样的幻想，可是他回来了，我的幻想归于破灭。当我在秦国做人质的时候，我的内心涌动着幻想，可是我一觉醒来，我还是秦国的人质。我逃离秦国的时候，我也充溢了涌泉般的幻想。我在离别夫人的时候，我看着暗夜的星空，想象着以后的日子，又在泪水里看见了无数幻象。可是我真的做了国君之后，发现这一切竟然和复杂的各种景象联系在一起。幻象消失了，幻想和真实竟然不能重合，做一个国君并不是想象的那么美好。

是的，我的确获得了一个国君的权力。我可以威慑我四周的人们，他们的面孔上布满了恐惧，他们的眼神是小心翼翼的，他们害怕在我的面前说错什么，因为我的剑就在我的身边，我随手可以拿起它。但是这又有什么快乐呢？我发现自己的快乐消失了，我的一切都是为了别人的恐惧和自己的恐惧而活着。是的，我乃是为恐惧而活着，而快乐却不在恐惧之中，快乐乃是存在于快乐中。

我的灵魂里也曾住着神灵，因为我感到他就在那里，可现在他也逃走了，他离开了我。因为我的逃离，他也随之逃离。是的，我不仅逃离了秦国，也逃离了我自己。这样我才坐在了国君的座位上。但是我所坐的座位却已经摇晃了，我就要掉下来了。我听说重耳已经向曲沃而去，我不知道他会在什么时候来到这里，但不会很远了。我已经看见了秦军的旗帜，看见了无数长戈在半空闪耀，也看见了后面长长的跟随者。我身边的大臣们已经出城去曲沃了，他们赶去向重耳朝拜，现在只有我自己坐在这黑暗里。

古灵魂

我仿佛又回到了逃出秦国时的河流上。我的船在急浪里颠簸，我既不知道自己在哪里，也不知道我的船朝着哪个方向行驶。那个船夫的形象又出现在我的面前。我问他，我在哪里？他回答说，不知道。我又问，我到了哪里？他还回答，不知道。是啊，我所不知道的，别人又怎能知道呢？我既然不知道自己，又怎能知道自己在哪里呢？

　　我似乎听见暗中有一个声音在对我说，你的悲伤不是来自现在，而是来自你出生之前，一切从出生之前就开始了。你现在所做的不过是一个出生前的梦，你一直在这样的梦中，你却不知道，你从未从这梦中醒来。或者说，你虽然只是经历过一次奔逃，但你却一直在奔逃中。因为你一直试图逃脱这个梦，但这梦却紧紧跟随在你的后面，你从来没有逃脱这个梦的追捕，现在你还要奔逃。

　　我吃了一惊，猛然感到了这黑暗里仍有什么在召唤。即使在波涛汹涌的河上，也到处有着幻影。那些幻影不是虚幻的，而是真实的。它们不是在简单观望，而是看着我逃命，还有一些暗影，则是我的追杀者。我唤起了我的家仆，告诉他，将宫廷的兵卒们集合起来，我们要从这虚幻的宫殿里出逃。我走出来，看见城头有着移动的火炬。我说，我们朝着没有火炬的地方走，那里仍然有着无穷的黑暗，只有这黑暗里才有逃命的希望。

卷三百二十八

狐偃

丙午日我们来到了曲沃，董因卜筮后，得到了吉卦，这是个好日子。晋都的大臣们陆续赶来，准备参加公子的即位大典。公子前往宗庙祭祀，告诉先祖自己已经归来。祭祀的仪式是简单的，因为过几天将要在这里举行更隆重的典礼。兵卒列阵，旌幡飘扬，宗庙的上空出现了五道祥光，祥云在天上飘游，日头在上升，宗庙的石阶前野花已经开放，微风在春天荡漾，树木笼罩了一层淡绿，澄明的空气里充溢了春暖时的清香。

还有什么比这更好的时刻？它意味着我们的流亡结束了。晋国将归于公子。但我却沉浸于悲伤。我想起了我的父亲狐突，他看不见这样的场景了。他让围杀害了。他是为了我，也为了公子，决然去赴死的。他的生前曾在曲沃见到了太子申生的亡灵，并和他一起乘车交谈。出于愤怒和绝望，太子申生的亡灵曾想将晋国献给秦国，但他改变了主意，却留下了对晋国的诅咒。父亲没有愤怒，也没有抱怨，只是坚守了自己的仁义，也遵循了先祖的法度，不肯把我从公子身边召回，并用自己的死，申明了忠诚和仁德的意义。

古灵魂

他追随太子申生去了，我想他已经到了天神的身边，和太子申生一起继续他们没有完成的交谈。我的悲痛在于，我跟随公子回到晋国却看不见他了。我在曲沃的城外徘徊，多么想见到他，就像当初他见到太子申生一样。我也想让他和我一起乘车，一起说几句话，可是我所见到的，是春天的荒凉，是被践踏的野草的枯叶，是荒地里已经发芽的野树。

我走向林间的小径，走向树林的深处。一层薄雾在林间弥漫，我听见了一阵阵泉水冒出地面的声息，也有飞鸟在树梢聚集。它们的声音都是好听的，因为它们在谈论什么，说着内心的秘密。我从这薄雾里似乎看见了父亲的面容，他从一棵棵树的梢顶缓慢飘动，我定睛看着他，但这苍白的胡须和头发掩盖着他的眼睛。他是朦胧的，在我的注视下变得清晰起来，但又一点点退去，随着这雾气一点点放大，然后又缓缓消散。

我的泪水从双眼就像泉水一样涌出，我擦掉眼泪之后，就再也看不见他了。我似乎听见了他在说话，他的嗓子有点儿沙哑，低沉而有力，就和他从前一样。我似乎听清了他所说的，但因为我的悲伤，一会儿就遗忘了。他要和我说什么？究竟说了什么？我竟然怎么也想不起来了。我狂奔着，追逐父亲的面容，但他却轻轻地飘散了。也许他要告诉我，他已经看见了已经发生的，也许他用这样的方式告诉我，他已经获得了轻，就像羽毛一样轻，可以随意在天上飘。他已经找到了他的路，不再需要在人间徘徊了。

似乎一切都不能逃离命运。命运既不能轻易否定，也不能直接顺从它。既不能将它放在一旁，也不能把它抛弃到荒地里。它跟从着你，它的里面住着神灵，住着你的亲人，也住着你自己。它是无形的房间，你就在里面。它有自己的窗户，你只有打开它，才能看见你自己。我跟随着公子，一路逶迤曲折，一直行走在命运的路上。我们待在这样的房间，并随着这房间漂流，却从来没有打开窗户。现在我们来到了曲沃，窗户自然而然地开启了。外面是一片开朗，光芒照射进来了，这不是别人的光芒，而是自己的光芒。

我终于知道了自己所做的究竟有什么意义。在狄国的时候，我曾看见了这意义，但它一闪而过就消失不见。在齐国的时候，我也看见了这意义，但它也一闪而过消失不见。它总是若隐若现，从来没有这样清晰地呈现。为了这一闪而过的、看不清楚的东西，我们忍受着饥饿，忍受着寒冷，忍受着屈辱，也忍受了无人理解的苦痛。我们将公子用酒灌醉，在他的睡梦里将他抬到车上，似乎看见了它。但在漫漫的长途上，它又消失不见了。

我的父亲也是随着这意义消逝的，我需要他，需要他看见我，看见我所做的事情的结果，可是他却不见了。但他被杀害之后，他就获得了轻盈，就可以随处飘飞，就可以随时出现在我的身边。只是我不知他在我的身边。我的身边有他的眼睛看着我，我却不知道。现在我在林间的雾气里看见了他，我已经知道他一直跟着我。我看见了他白色的须发，看见了他的眼睛，还听见了他的说话声。

他的声音也许就在我所听见的各种声音里。在落叶的声音里，在树木发芽的声音里，在寒风里，也在这春风里，在秋天的波涛里，也在这深林的泉水里。他的话语无处不在，也许就在秋虫的鸣叫里，在车轮碾轧的隆隆声里，在暴怒的雷霆里，也在野草涌起的广阔的声息

古灵魂

里。他只是独自一个人去了他所选择的地方，但他获得了无数个自己，可以在每一个地方和我说话。

他所说的话不再是直白的，而是变得委婉曲折，变得充满了暗喻。他的言辞已经丢弃了人间最优雅的言辞，是的，这些表面上的优雅有什么可以珍惜的呢？他用自己的语言，用所有的声音里的语言，用神灵的语言，所以这语言也就变化莫测，也就玄奥而绝美。我们以为美好的言辞，他已经弃之不用。他所用的言辞，则需要我细心揣摩。因为他所说的所有的话，已经融化在宇宙的众声之中，他乃是用万物之语呼唤我。

但我必须要杀掉圉，我要复仇，他将别人的生命夺走，我也要将他的生命夺走。他所夺走的必须偿还。我在等待这个机会，我已经看见了这个机会，它已经在我不远的地方了。我已经看见我的剑光闪烁，看见他的哀求，看见了他要和我说话，但是我要告诉他，你所做的，都摆放在那里，所有的人都能看到。它就在那里，也永远在他的身上背负，它一直压着他，所以他不可能逃走。

但有人告诉我，圉趁着黑夜出城了，向北逃跑了。我立即向公子请命，深夜率兵追赶。我乘着兵车，沿着一条近路，我必须在他将去的路上堵住他。我在这暗夜里追击，前面的士卒迷路了。我观看星象，大致判断着方向。我的耳边好像听见了父亲的声音，这声音混杂在夜风里，并随着我一起奔走。我似乎听清了他所说的，是的，我从风中辨别出了他的话。他说，你往前走，你已经距离他不远了。

我的父亲出现了，也许他原本就在我的身边。他早已看见了一切。我感到他已经住在了我的心里，并为这暗夜点亮了灯。我的前面始终有着他的指引。天渐渐发亮了，先是东方的山峦上显出了一点点微光，然后这光亮开始大了起来。我看见太阳露出了一条金边，就像山顶上的一条细细的金线，很快就露出了它的拱形，最后它一跃而起。那么大的红日，被群山弹射了出去，放在了我的身旁。我的车，我的马，以及那些我所率领的兵卒，以及我自己，都被这初日所染红。我们就像刚刚从炉膛里取出的炭，身上带着火焰，朝着我心里所想的地方前行——那个身负着罪恶的人，能逃往哪里呢？

我忽然想起在穆姬出嫁的时候，先君曾卜筮，得到了归妹和睽卦。太史史苏曾说，这是一个不吉之卦。卦辞上说，男人杀羊却看不见血，女人拿着筥筐却里面什么都没有，西面的邻居一直在责难，让自己无所收获。而归妹变为睽卦，意味着无人相助。侄子跟随姑母，六年之后将逃回自己的所居，又要丢弃自己所居住的，死于高粱的废墟。这不就是圈的结局么？他在秦国做人质不就是六年么？他逃出了秦国，回来做了国君，不就是逃回自己的居所么？这一切都已经应验了。

只剩下最后的一件事情了。他已经丢弃了他所居住的地方，这不就是逃出了晋都么？那么他也必定死于高粱。我仿佛听见父亲的声音，他说，你想得对，他已经往高粱方向逃去。父亲的声音是低沉的，这一次，我听见了，这是多么清晰，它从春风里分离出来，这是人间的言辞，是我能够听懂的言辞，是我熟悉的声音。它不是从天上飘落的，也不是从远处传递的，这声音就出自我的身体，出自我的内心。我的父亲是从我的内心里说话的，我听清楚了，我接受了这命令。

古灵魂

勤快的农夫已经到了地头，他们开始用锄头刨着自己的土地。我向一个路边田地里刨翻土地的老农夫问，你看见几辆车和一些兵卒了么？他说，我看见很多人，还有几辆车，听说是晋国的国君，他们也向我问路。他向前方指着，说，他们刚刚过去，看起来十分慌张。他不是一国之君么？好像发生了什么事情，那个问路的兵卒显得很紧张，他说话的时候都在打战，好不容易才说清楚。真奇怪，不就是问路么？他们害怕什么呢？你们这么多兵卒，是去护卫他的么？

　　我没有回答农夫，只是向他施礼拜谢。他的手指已经指向了那个逃跑者。我正要离去，农夫说，我看你们好像不是一伙的，我听说这个国君不是一个好国君，原来逃亡的公子重耳回来了，将要代替他。我说，是的，我不是去护卫那个人，而是去追捕他。农夫说，我知道他们为什么那么慌张了，原来他们在逃命。所以他们问路，却不知道自己将去哪里。唉，人间的道理是一样的，我的锄头用坏了，就要放在火里重铸一把好锄头。

　　我说，你就是要说这些么？我要去追赶那个人了。农夫说，不，我是要告诉你，前面有两条岔路，他们走了左边的一条，而右边的路是一条近路，你可以走到他的前面去。他说完话，顺手捡起地上的土块，朝着前面扔出去。那个土块从他的手中脱出，在空中划过，我没看见它落在了什么地方。但我从那条空中的弧线上，看见了一道闪光。

　　我跳上了车，四匹骏马在御夫的长鞭下飞奔，马的快跑就要让这车飞起来了。它们背上的轭变轻了，它们的身上好像失去了承载。我的车就像羽毛一样轻盈，我的面部被迎面的风所击打，马的鬃毛在飞扬，就像大河的波涛在起伏。车轮的声音几乎消失了，只有晨风的声音，只有我内心的躁动。我的心在狂跳。我顺着那土块划过的闪光在奔腾。不是这风在掀起骏马的鬃毛，而是我前面的马鬃将风卷起，抛到了我的脸上。

我的车上了一道长长的坡，然后又从一道大坡上飞身而下。是啊，我的骏马是长了翅膀的，它们在飞。我的车不是被这四匹骏马拉着，而是它们将我的车驮在了背上。我看见了它们的翅膀，看见了这翅膀在扇动，看见了我已经在云端，一条路，一条细长的路，并不在我的脚下，而是在我的俯瞰中。我的身形在波动，一会儿被推向了高处，一会儿又降落下来，我不是在路上，而是在一阵强似一阵的狂风里飞。

那条近路最后又汇合在另一条大路上。我看见了前面有一团尘烟，那必定是逃跑者的车轮扬起的尘烟。我离前面的车越来越近了，我已经看见了圉的脸。这张脸被高高的冠冕压低了，压扁了，他的表情是扭曲的，我看见了这个仇者的恐惧。我从背部的箭囊里抽出了箭，搭在了弓上。我在颠簸中瞄准，朝着那张脸射去。

我的箭从弓上飞了出去，白色的羽尾越来越小，就要接近他了。我的箭不仅是射向他的躯形，也射向了他的灵魂。我看见他的身形在颤抖，野草一样颤抖，这野草将被我的箭、我的狂风、我的愤怒以及我的仇恨连根拔起，并被我的火焰焚毁。是的，我的双眼清楚地看见他的身形在颤抖，野草一样颤抖。我想，我的父亲也看见了。

卷三百二十九

钓翁

　　这是垂钓的好时候，我将长长的钓线放到河里，总是有大鱼上钩。我的鱼篓里已经有好几条鱼了，但我还希望能钓一条更大的鱼。这条河很深，大鱼一般都沉在水底，它们很少浮出水面。只有一些小鱼在水面上跳跃，可是我不愿意捕获这些小鱼。即使有时候会钓起几条小鱼，我会将它们重新放回水里。它们还没有长大，让它们长大了再来咬我的鱼钩。现在让它们尽情地游吧，随意去跳跃吧。

　　这条河的旁边就是晋国都城。我从水面上可以看见它的倒影，它在我所垂钓的水上波动，它的面孔是模糊的。我知道它的里面有着华丽的宫殿，住着这个国家的国君。我很难想象他住在里面每天在做什么，但我知道他的身边有很多大臣，整天围绕着他。在我看来，一个国家并没有多么大，它的疆域只有一群大臣围绕着一个国君那么大。它是狭小的，远不如我所垂钓的河流。因为我的河流的源泉在很远的高山，而它要流过很多地方，最后它流到了哪里？我不知道。据说都要归于无限的大海，而大海已经是地的尽头了。

　　我住在河边的茅草屋里，我的每一天都是自由的，舒坦的。若是我困了，就去睡觉。我很少做梦，因为不想任何事情，所以神灵会觉得给我的梦是没有意义的，它只将那些梦给予那些需要梦的人。我不需要梦，我所拥有的一切已经比梦还要大。每一天我都能穷尽我的目力，看见最远的山影和最远的云，也能看见最深的水和水底的鱼。我的心能够和飞鸿一样到最远的地方，也能和我的游鱼潜入最深的水草里。那么我还需要什么呢？

我从这河上观察着一切。这里不仅能看见一个国家的都城，也可以看见天下。没有什么比一条河说出的更多。它的表面映着天空，天空里的每一丝云都逃不出河面，它们在天上飘动，也在河面上飘动，天上所有的，河面上也有。在夜晚，月亮和星辰都在河面上，它从天上发出的光和在河面上发出的光都是一样的。

岸上的树木也映照在河水里，它们在岸上生出新叶，也会在水中生出新叶，它们在岸上掉落叶子，水上所映照的树也会掉落叶子。秋风掀起河上的波澜，也会让树木摇动，它们好像从来都在一起，共同接受这炎热和寒冷。河面上也会出现我的面容，因为我就在它的身边，凡在它身边的，它都另给你一个。因为一条河流的存在，世界将变为两个，每一样事物都获得了另一个自己。

然而在它里面游动的鱼则只有它自己。这让它们的每一个，都成为独一无二的。它们若隐若现，一切都随着自己。它摆动尾巴，就会箭一样穿越，它停止摇动，就会将自己的身形停住。人世间的所有事物，谁能像鱼一样自由自在？没有这独一无二，就没有完全的自由。就拿国君来说吧，他的身上投射了无数大臣的影子，而他也将自己的影子投射在别人的身上。他们互相纠缠，无论是国君还是大臣，都在这无穷尽的影子里纠缠。他们互相捆绑，他们互相缠绕，谁能挣脱这看不见的绳索？

他们在互相捆绑中又互相屠杀。要么让别人互相残杀，要么借用别人的手来残杀，要么自己亲自拿起了剑。他们的手都染着血腥，这样的血腥在他们身上散发，很远很远就能闻见这样的气息。我总是听到，一个国君被杀掉了，另一个国君又被杀掉了。一个大臣被杀掉了，另一个大臣又被杀掉了。在这倒映在水面上的都城里，在城墙围绕的宫殿里，每一天都在发生着杀戮。这城墙不是用黄土筑就的，而是用无数尸骨支撑，不然它就会倒塌。他们最害怕的就是这样的倒塌，因为这倒塌将把他们一同掩埋。

所以我从水面上看见，这都城都闪烁着白骨的磷火。这磷火已经在波光点点中融化了，它的悲凉都融为河水的悲凉，又被鱼群所啃噬。因而这河里的鱼乃是被死亡所喂养，它们汲取了这死亡的养分，从而获得了自由。我是一个垂钓者，我所钓取的，不仅仅是鱼的身形，我还从这波光中钓取自由的灵魂。

一个夜晚，我突然听到了一阵嘈杂，其中有人的呼喊。后来我知道是都城里的国君逃走了。几天后，有一个从都城出来的人坐在我的身边，他告诉我，逃亡了十几年的公子重耳回来了，他在曲沃已经举行了即位大典。听说这是一个有德行的人，他从前在列国流亡，每一个大国都欢迎他，并按照礼节招待他。他的跟随者都有文韬武略，都是一些有本事的人。所以很多人都盼望他回来。据说他在曲沃的宗庙举行封典的时候，都城里的许多大臣都去朝拜，他已经是晋国的新国君了。

我说，我不知道以后会怎样，但我知道晋都已经一片混乱。每过一段时间都会经历这样的混乱。混乱和死亡总是联系在一起的。有混乱必有死亡，也必有新生。每一个国家都有自己的四季，春天的时候会万物萌动，夏天的时候会展现繁荣，秋天的时候将露出混乱和衰落，而在严冬的时候会归于寂灭。现在是春天了，也是晋国的春天，它们之间有着神奇的对应，也就是说，晋国已经到了一个新的节令，它必然会改换自己的国君，这是新的萌芽，也许繁荣已经不远了。

　　他说，你是从哪里看见这些的？我指着泛着涟漪的河面，说，我每天看着河水，河水总是在流动，流动就会有变化，但这变化的背后却藏着永恒。眼前的河水流得很慢，你几乎看不出它在流动，但它每时每刻都在更新着自己。万物都不是停滞的，它既在变化中又在不变中，若要不变，它就会成为死水，若要变化而又缺乏不变，它就会干涸，河流也不存在了。我也就不会在这里垂钓了，我的钓线放得再长，也不会钓到一条鱼，因为河里的鱼已经失去了它生存的依据。

　　他说，你在这河上垂钓，就什么都能看见么？我说，我看不见具体的事情，但我可以从河面上看见事情的倒影。比如你现在在我的身边，在河面上也会映现。你和我所说的话，也会在河面上激起微澜。人间所有的，都会在河流中显现，但需要我们倾听河流的话。河流是活着的，它就像我们一样活着。我们的内心只有我们自己，但一条河流的内心则存有所有的事情。河流是从前，是现在，也是将来。我们不知道它从什么时候开始，又在什么时候结束，但它却知道我们从什么时候开始，又在什么时候结束。

　　他说，那你已经知道一切了。而我知道的都是听别人说的。我还

古灵魂

听说原来的国君晋怀公出逃到了高梁，但还是被重耳派出的兵卒杀掉了。唉，做一个国君还不如做一个平凡的人。当初他为了做国君，从秦国逃回了晋国，现在又从晋国逃到了高梁。但是他还是没有逃脱。他好像做所有的事情都是为了逃命，但仍然躲避不了射向他的箭。我还听说，他出生的时候让人占卜，他的命运早已被占卜所决定，因为那卦象已经套住了他，一个人怎能逃出一个占卜者的卦象呢？

我说，他不可能逃掉。他所种的，就要由他来收获。这些天来，我从清晨起来，就来到河边垂钓。我从地里挖出虫子，作为钓饵，将它放在鱼钩上。然后我就将长长的钓线放到深水，并观察着河面上的动静。我是一个钓翁，我的天则就是等待。我等待着大鱼上钩。这是多么有意思的等待，在这等待中，我的胸中的一切被搬走了，我的心是空的，即使外面刮起了大风，我也是安静的。但我在大鱼即将出现的河面上，看见都城的影子在摇动。我知道，不是这都城在摇动，而是都城里的人在摇动，或者说，都城里的人心已经摇动了。在这样的摇动中，国君还能安心坐在自己宝座上么？

他若是做得好，一切都将稳固。他一定是因为自己的恶，也因为有另外的人到来，而使得都城失去了安稳。这河里有一种鱼，叫作虹。它的浑身都是红色的，它的头部却有着黄色，这种鱼身形很大，很少浮现在水面上。我听我的父亲说，这种鱼一旦现身，必定要发生大事情。就在前几天，我看见了这种鱼。它突然在水面上出现了，它的颜色几乎把水面都映红了。我先是看见了一片红，它在河心掀起了一个泉眼一样的突起，继而形成了一圈又一圈的波纹。它就在这波纹的中心一跃而起。

它就像飞起来一样，飞到了很高的地方，然后落了下去。河面上并没有溅起水花，却被它的通红的身影染红了。我的内心升起了一阵恐怖之情，你想吧，那种红就像鲜血，就像杀死一个人的场景。但我不知道，在远处的高梁，晋怀公已经被杀掉。我看见这样的异象，又发现我的钓线在颤动，当我将钓线拉起，这钓线是绷紧的。我觉得已经钓到了大鱼，可最后发现，我的鱼钩是空的。难道是我的钓获被那虹吃掉了？

　　他说，你看，你的钓线又动了，一定是钓到了大鱼。我看了看，说，不，是一条小鱼，它已经咬住了鱼钩，我还要再等一等。一条小鱼上钩后，就不能挣脱了，它会在水里挣扎，就会成为新的诱饵，直到更大的鱼过来试图吃掉它。那时候，我再将我的钓线拉起。我们继续等待吧，一切需要时间，也需要沉浸于时间中的耐心。

　　他说，我知道了，一个好的君王也应该是一个好的钓翁，他需要耐心等待。晋怀公太没有耐心了，他急于逃回来做一个国君，却仅仅看见了眼前的小鱼，没看见更大的鱼。他没有足够的耐心等待，所以必遭祸患。他回来之后，又急于让自己的座位稳固，但越是想得到什么，就越是得不到，这样他就更加急躁了。但是重耳就不是这样，他一直在外逃亡，却并不急于回来，因为他要捕捉更大的鱼。他也曾有过机会，但他放弃了。等待一条大鱼，必须放弃可以获得的小鱼。他周游列国，就是在耐心等待。十几年过去了，现在他终于获得了自己应该获得的。这是等待的结果。

　　我说，不，等待不是简单的等待，而是在等待中追求。我突然想起问我身边的这个人，你是谁？他说，我是一个行路者，我仅仅是路过这里，但对你的垂钓感到好奇。我看见你一动不动地坐在河边，不知道是什么东西在迷惑你。我最初想问你，你难道不会感到寂寞么？是什么让你获得了惊人的耐心？可是，我们在说话之间，我已经明白了。无论是我的行路还是你的垂钓，我们都是在等待。我们都在同样的时光里，我们的头顶有着同一个穹隆，它们一直在我们身边，等待的意义就是忘记这一切。

他提醒我说，你的钓线又动了，这一次一定是一条大鱼。我说，是一条大鱼。我的目光已经穿透了水面，看见了那条大鱼。他问，那你为什么还不把它钓起来？我说，我决定放弃了。你让我发现了自己。我坐在这里并不是仅仅为了钓到一条大鱼，乃是为了等待。等待的意义乃是在等待中，而不是在等待之外。多少年来，我都不知道自己为什么要每天坐在这里垂钓，现在我明白了，等待不在于获得，而在于放弃。

我看见那条大鱼吃掉了鱼饵，又自由自在地游开了。我看见了这大鱼已经获得了它要获得的，又因着这获得而重获自由。但它却不知道，这是我放弃的结果。我的放弃不仅让我获得了自己，也让一条大鱼获得了自己。但是，我所知道的，那条重获自由的大鱼却不知道，它也不需要知道。人世间的事情，为什么要让它知道呢？

卷三百三十

寺人披

又一个傍晚，西天的边缘冒出了一片霞光，这霞光将地上的一切烧红了。我的身上也盈满了红，我向着重耳所住的地方疾步而行。这个春天发生了太多的事情，晋怀公已经被杀掉了，重耳已经在曲沃的宗庙举行了封典，成为晋国的新国君。我就要改换主人了。

可是我曾两次追杀重耳，他会原谅我么？他会赦免我的罪么？我不知道。我的内心是忐忑不安的，可是我并不对我所做的事情悔恨。因为我所做的乃是我应该做的。我听从国君的命令有什么错？我听说重耳是一个心胸宽广的人，也许他能够成为一个好国君。所以我冒着杀头的危险，要去见见他。不过还有一件更重要的事是，他也将遇到危险。我得知郤芮和吕省已经谋划，要在三月的最后一天焚烧重耳所住的宫室。

我来到了国君的宫门前，请求进见国君。侍卫一会儿就出来了，他对我说，国君不想见到你，让我对你予以训斥。他十分厌恶你，你不会忘掉从前自己所作的恶么？你不会不知道自己做了什么吧？

我说，我知道，我从没有忘记。我所做的每一件事情，都牢记在

古灵魂

心里。重要的是，国君应该忘记它。现在国君刚刚即位，有许多大事需要料理，他需要忘掉好多事情。若一个人不懂得忘记，又怎能懂得将眼前的事情记住？

侍卫说，国君让我告诉你，让你想起自己的从前。在蒲邑的时候，先君命你第二天赶到蒲城，你却很快就到了，你几乎杀掉国君，幸亏国君及时逃脱，你只是砍下了国君的袍袖。后来国君流亡到了狄国，和狄国的国君在水边狩猎，你又替晋惠公前来追杀。晋惠公命你三天赶到，你却第二天就到了狄国。虽然你是受命追杀，但你为什么会那么快呢？也许你自己迫不及待地要杀掉国君。在蒲邑被你斩掉的那只袍袖的袖口，国君还保存着，你还有什么话说？趁着国君还没有反悔，你赶快走吧，不然你将送命。

我回答说，我知道自己是有罪的，但也是无罪的。有罪是因为我两次追杀国君，无罪是因为我乃是受命而行。我认为，国君这次东渡归国，已经获得了为君之道。若是还没有获得为君之道，就要遇到新的灾祸了。国君在外逃亡十几年，难道遇到的灾祸还少么？难道见到的灾祸还少么？所遇的和所见的都应该使自己惊醒，而不是在这灾祸里沉睡。

——就说我自己吧，对国君的命令绝无二心，这乃是自古以来的法度。帮助国君除掉心腹之患，乃是微臣的天责。国君发令，微臣就要不折不扣地执行。我有十分的力量，就不能只出九分，我必须尽我所能。国君当时身居蒲邑，后来又身居狄国，我前往追杀他，又有什么错？若是我拒绝执行国君的命令，那就是不忠，若是不能尽力，那就是不仁，我怎能失去自己的忠和仁呢？国君现在已经即位，你怎会

— 299 —

知道发生于蒲邑和狄国的事情不会再次发生？又怎么知道自己不是身处险境？

——我听说，从前齐桓公也曾逃亡，曾被管仲射中自己的带钩，可是齐桓公不仅没有计较射钩之仇，还听从了鲍叔牙的良言，让管仲辅佐他治理国家。这才是一个贤君的胸怀啊。若是国君能够像齐桓公那样，依循他的做法，又怎会将我拒之门外，还要驱逐我，让我逃命？若是这样，我逃走了，别人也会逃走，也许会有更多的人因恐惧而逃命。那么，一个国君的身边还能剩下多少人呢？

侍卫又去向国君通报，转述了我所说的话。一会儿，他返回来说，国君觉得你所说的有道理，决定见你，现在你可以进去了。我在侍卫的引领下，走过了长长的通道，又走过曲折的长廊，踏上高高的御阶，来到了国君面前。我立即上前施礼而拜。他用威严的目光看着我，说，我原不想见你，但听了你的话，还是要接见你。我想你并不是仅仅想来见我，而是有什么话要对我说。

我说，我早已听说国君返国，但要寻找一个好时机来见你。我有很多话要说，但我此时只有一样最重要的事情告诉你。他说，你说吧，我相信你。我说，郤芮和吕省在你东渡的时候没有抵抗，是慑于秦军的强大力量。但他们并没有对你有归顺之心。他们是前君的重臣，一直跟从夷吾，又服侍夷吾的儿子圉，深知自己的罪责深重，所以就密谋杀害你。

他说，我已经是晋国的国君，而且晋怀公已被诛杀，我的宫殿四周布满了兵士，他们怎么能害我？我说，他们已经找了内应，要在三月的最后一天焚毁你的宫室，以将你一起焚烧。他说，他们为什么要选择这一天？我说，他们需要准备，而且卜筮后认为这是一个能够成功的吉日。他说，现在他们在哪里？我说，他们在军营里藏身。他们商定一旦成功就发起叛乱。我已经是一个罪人，但我属于国君。当先君让我追杀你的时候，我执行国君的命令，恪守自己的忠义，我没有杀掉你，那是天意到了你的一边。这样我既没有违背国君的命令，也没有违背天意。晋惠公让我追杀你，我也没有丝毫的犹豫，因为我是晋国的微臣，必须为国君倾尽全力，但我仍然没有杀掉你，那也是天意袒护你。

我有着自己的职责，我做的一切乃是为国君尽责，而不是出于自己的私利和偏见。你没有杀掉我，还接见了我，并倾听我所说的话，说明你已经获得了为君之道。现在你已经是晋国的国君了，我之所以冒着危险前来见你，只是为了说出我的话。我已经得知了叛乱者的秘密，若是我不能如实告诉你，那么我也同样失去了为臣的忠义和德行。那么我即使活着，又有什么意义呢？

我已经把该说的话说完了，即若觉得我有罪，那么你可以杀死我了。我所做的都是危险的事情，我知道我随时都可能遭遇灾祸，但我仍然愿意在这危险之中侍奉国君。不是因为我愿意获得危险，而是这危险之中更能见出我的忠诚。忠诚从来不在平凡之中，而在于危境中仍能侍奉国君。一个人将自己的生死置之度外，他还有什么不能做呢？

他说，你所说的，我已经知道了。我听了你的一番话，也明白了很多道理。因为你的忠诚，我赦免了你的罪。不是赦免你所做的，而是赦免你为了忠义而所做的。我原本是憎恶你的，不是因为你受命追杀我，而是因为你在追杀中格外卖力。所以我想不通，我和你毫无个人恩怨，你却这样倾尽力量来追杀我，这究竟是为什么呢？现在我清楚了，你乃是为了忠信做这些事情。受命而不出力，就失去了忠诚；受人委托而办不到，就失去了信义。我乃是为了嘉奖忠与信而赦免了你，因为该获得嘉奖的，填补了你的罪。

我说，既然国君已经赦免了我，那我就说一下我的想法。你的面前已经有了危险，就需要先躲开身边的悬崖。你现在清剿叛乱者，还没有获得出师之名，没有名分的诛杀就会失去民心。众多前朝的大臣也会因侍奉前君而逃之夭夭，很多人就会离你而去。晋怀公就是因杀掉狐突而让众多人的心离开他的。

他注视着我，用疑惑的语气问我，说，那我该怎么办呢？明知道他们将要叛乱，我却不能阻止，那让我怎样做呢？我说，国君不必忧虑，最好的做法就是躲避。这不是失去勇气的行为，而是运用智慧的手段。若能秘密离开，又不惊动叛乱者，那么一切都将解决。他们会依照谋划而焚烧你的宫室，但他们将因此而暴露自己。他们以为自己得手了，但你突然出现，就会让他们惊慌失措，他们就会想着逃走，那时候就可以擒获他们了。宫殿失去了，还可以重修，但一旦失去人心，就再也建造不起来了。

他说，好吧，让我想想你所说的。他显然陷入了沉思，他的脸上露出了奇异的表情，我很难从这样的表情中获知国君究竟在想什么。不过他没有杀掉我，也理解了我，我因此而感激他。看来这是一个贤良的国君，侍奉这样的国君乃是我的所愿，以后我将听从这个主人的命令了。我从国君的宫殿里出来之后，天已经黑了。春风已经打扫了白日的残云，也拂去了天边的晚霞，我来时所见的红霞已经褪尽，天空显出了黑的本色。

我是多么熟悉这样的夜晚。我曾多少次在这暗夜里行路，就是为了执行君命。我似乎不属于白日，我是属于夜晚的。白日和傍晚的霞光，只是对这黑夜的暗示。它用光来说明暗，说明我的境遇。远处有着莹莹发光的斑点，我知道那是夜兽的眼睛，我乃是它们中的一个。因为我是一个天生的夜行者，我同样拥有窥视黑暗的眼睛。我惧怕白日，但我从不惧怕暗夜。我从这暗夜中穿过，我的前面仍然是漫漫长夜。

卷三百三十一

赵衰

　　据说郤芮和吕省要暗害国君，狐偃已经护送国君在夜晚悄然离开。他和秦穆公要在王城会面，商量晋国将怎样面对乱局。我留了下来，为了让叛乱者认为国君仍然在王宫里。我召集众臣，每天照常商量治国之策，并告诉他们，国君近些日子太累了，需要休养几日，命我处理朝政。大臣们纷纷献计献策，但谁知道真正的危险来自黑暗里。在这看似平静的表面，埋着枯木的毒根。它想要滋生新芽，想要死而复生。毒蛇已经出洞，隐藏在草丛里。它已经伸出了长舌，它的毒牙已经露到了外面，并借助这黑暗遮掩。

　　晋惠公死了，晋怀公也死了，但他们的旧臣仍蠢蠢欲动。他们害怕自己被清算，或者说他们被自己的罪过吓坏了。他们曾是刺杀公子的策划者，现在他们想从自己的罪中逃脱。所以他们唯一的办法就是继续暗害刚刚即位的国君。但我们已知道他们所要做的事情了。他们所做的，他们知道，但我们所做的，他们却不知道，因而他们所做的也必定陷于愚蠢。可是一个愚蠢者又怎知自己的愚蠢呢？

　　是的，毒蛇已经潜伏在草丛，但捕蛇者也在草丛的前面等待着。

古灵魂

我们都在等待着，等待着那个即将到来的日子。那个日子也潜伏在草丛里，可是我们已经看见了它。时光积聚在河面上，它缓缓流动，在寂静中闪烁。可我们已经从这河面上看见了结局，看见了将要来到的事实的倒影。这个倒影里映照着火光，这火光所焚毁的不是宫殿，而是那纵火者。那举起了火的人，将死于这火中的废墟。

三月的最后一天终于来了，我等待着的日子终于来了。它的脚步是轻的，没有惊动地上的尘土。国君的宫室真的燃起了大火，郤芮和吕省率兵围住了这燃起的火焰。但他们没想到自己所围住的，却是空洞的火焰。在奔逃的人群里，并没有他们想要谋害的国君。郤芮和吕省看着这空空的燃烧，内心感到了惊恐。

于是他们就向大河边奔逃，他们所率领的兵士也四散而去。他们看见的不是自己所渴望看见的，相反，从这大火看见了自己的末日。他们没有捕捉住自己要捕捉的，却捕捉住了空空的火焰，这火焰已借了春风，烧向了自己。火焰也照亮了他们奔逃的夜，他们在这样的奔逃中无处藏身。

我站在高处观赏着这场大火。我看见国君的寝宫在深夜突然出现了火光。然后这大火在蔓延。火光照亮了惊慌逃出的人们。这宫室的四周已经被郤芮和吕省的兵士围住，然后是他们惊慌的逃离。他们想用火为死者打开门，但这扇门敞开之后，竟然发现那里面的死者却是自己。他们从火的形象里看见了自己的面容，并发现这面容正在被烧成灰烬。这怎么不会让开门者感到惊恐呢？是的，他们从火中看见了自己，这火是他们的镜子。

他们是站在低处的，怎能看见高处的事物？他们所做的，也仅仅是用大火来焚烧自己的一个幻想。国君早已怀揣着天意离开了，因为他身上带着上天赋予的天责，谋害者的力量碰不到他。让他们奔逃吧，国君已经在大河的另一边等着他们。他们怎会知道自己奔逃的路呢？他们只能奔逃，却始终不知自己为什么奔逃。

从前是我们在奔逃，现在该轮到他们了。但是我们的奔逃是不同的。我们跟随公子奔逃，是怀着希望的，而他们的奔逃则在绝望里。这绝望不是我给他们的，也不是天神准备给他们的，而是他们自己寻找的结果。因为他们不愿意承认规则和法度，也不愿意承认事实。他们不承认从我们记事以来，蝙蝠就寄居在屋檐下，他们要烧掉这屋檐，却失去了自己所寄居的巢穴。不承认事实就必定要绝望。

他们也不想承认夜与昼、四季的循环和星辰的运行，不承认月亮和太阳，不承认所有的光。这是多么荒唐。夜与昼乃是交替而行，白昼既是对夜晚的承续，也是对夜晚的否定。他们应该接受这事实。夜会过去，会被昼所取替，这难道不是事实么？月亮是苍白的，但它在夜晚是明亮的。白日有了太阳，它的光芒就会盖过一切天光。春天到来就必定有草木萌生，盛夏的时候就会看见万物的兴盛，而秋天将扫除旧迹，使草木凋零、枯叶散尽。这难道不是事实么？

可是总有愚蠢者不愿意离开暗夜，因为他们已经适应了暗夜的晦暗。他们所依恋的，必定要弃他而去。难道大河里的水可以一直停留么？现在公子回来了，并已经是晋国的国君了。从前的事情都属于从前。无论是晋惠公还是晋怀公，都已经成为死者。他们的亡灵不知流落在了哪里。可是，郤芮和吕省，还有一些跟从者，就是不承认这样的事实。死去的灵魂是召不回来的。可是他们不愿意承认。

古灵魂

他们曾服侍从前的国君，从前的国君已经将自己的面影落满了这些人的身上。从前的国君已经死去，所以这面影也成为死亡的寓言。叛乱者就是在这样的寓言中挑起了叛乱，这意味着他们将在叛乱中重新领略寓言里的死亡。实际上，他们乃是死在了死亡的国君的面影里，他们已经在自己所侍奉的国君死去的时候，跟随着死掉了。可是他们不知道自己死亡的事实，他们也不愿意承认。

　　这春夜是美好的，但乃是在叛乱者的绝望中展现其美好。微风在吹拂，我的脸上划过了细沙般的东西。我的浑身是爽快的。我看到奔逃者在暗夜里遁去，他们的身形消失于茫茫夜色。只有那国君的宫殿仍在燃烧，但这火焰会渐渐熄灭。这燃烧着的，乃是一个叛乱者的失败的阴谋，是一个即将消失的暗夜。就像农夫的烧荒，地上的草木烧尽了，春天就可以翻耕成田，农夫就可以播撒自己想要播撒的种子了。

卷三百三十二

郤芮

我们本来谋划周密，要将重耳和他的宫殿一起焚烧。但没想到我们所烧的乃是一座空空的宫殿。重耳到了哪里？我想，必定是有人泄露了秘密，我们的事情败露了。于是我和吕省商量向着哪里逃跑。若是重耳预先知道了我们的策划，他一定会派兵守住我们将逃跑的路，现在只有向秦国方向奔逃，才可能活命。因为那里有秦军驻守，重耳不会认为我们会自寻死路。所以，只有这一条逃命的路了。

就在大河旁，秦穆公已经派人等候。我对来人说，你们是谁？为什么在这里等候？秦穆公的使者说，我知道你们是谁，这就足够了。秦国的国君让我们来迎候，你若跟着我们走，就可以活命，因为只要渡过大河，晋国的军队就追不上你们了。吕省说，我怎么能知道这不是你们的计谋？谁不知道就是秦穆公派兵护送重耳回国的？现在你不过是想为他除掉我们。

使者说，若是想除掉你，我们就会在这里埋伏雄兵，但我们没有这样做。我们国君的本意是解救你们，让你们能够留在秦国，这样，只要重耳背叛秦国，我们就能送你们回去，恢复你们的大业。若是你

古灵魂

们不愿跟随我们渡河，不论走到哪里，都不会有人收留你们，那样你们将无处可逃。

我想，他们所说的也许是真实的。秦国需要晋国，需要有一个好邻居。但是晋惠公背叛了秦国，太子圉也背叛了秦国，并偷偷逃回了晋国。晋国已经失去了秦国的信任，要是秦穆公收留了我们，就可以牵制重耳的行为。秦穆公既不信任晋惠公，也不信任晋怀公，又怎么会相信重耳呢？

我和吕省都在犹豫。面对波涛汹涌的大河，我紧张地思索着。其实已经没有更多的选择了。要是重耳派兵追赶，我们也就失去了逃路。大河是那么开阔，对岸是一望无际的平川，秦国的高山顶上堆满了积雪，就像一个巨人顶着满头白发。我望着它，它在远远的地方沉默着。虽然大河用波涛说话，可是我听不懂它所说的。只听见大河在喧嚣，在我的面前展现了涌动的、恢弘的力量。在这样的巨力前，我已经没什么话可说了。

河边停泊着宽大的渡船，看来秦穆公已经准备好一切。他已经预计到我们的命运。我们还能到哪里去呢？我和吕省说，我们已经无路可走了，当年我们跟随公子夷吾出奔梁国，只有那里是我们所熟悉的。但现在梁国已经不存在了，它成了秦国的一部分。许多国家都曾是重耳居住过的地方，我们即使去了，也不会有好结果。

吕省说，秦穆公虽然和重耳交好，也派兵护送重耳东渡归国，可是他不也护送过公子夷吾么？即使公子背叛了他，毁弃了自己的诺言，并在韩原兵败后成为秦国的囚徒，秦穆公仍然没有杀掉他，最终还让他返回晋国。秦穆公这个人还是一个仁德之君，若我们投奔他，也许不会被杀。现在我们已别无选择，活着就是一切。一个人若死了，还能谈什么呢？公子夷吾曾遭秦穆公憎恨，也没有被杀掉。何况在秦穆公看来，我们是无罪的，我们所有的罪不过是跟随过一个有罪的君主。他的罪归于他，他已带着自己的罪死去了，那么我们还有什么罪不可赦免呢？

渡船在河边等待着，一些船只在大河行驶，它们的帆是饱满的，河风越来越大了。这滚滚激流向着南面而去，不远处就要转弯了。河流是神奇的，它以巨大的水流将无数泥沙冲到了两岸，又将一些泥沙带到更远的地方。看着它，我想到自己难道不是这泥沙中的一粒么？我将渡过河去，可是我将被它带到哪里？我是被抛弃到岸上，还是被它卷走，到我所不知之处？我似乎由不得自己了，我一旦投入这激流，就会被主宰，我的命运已经不在我自己的手中了。可是我将在哪里落脚？生和死都不再由我来选择，我所能选择的就是渡过河去，还是留在岸上？也许留在岸上，也是让别人的脚来践踏，渡过河去仍然是让别人的脚来践踏。我不知道，这一粒泥沙将会粘到谁的脚踝上。

古灵魂

卷三百三十三

吕省

　　我和郤芮乘着秦国的渡船过河，这大河的波浪太大了，船在风浪里不断摇晃。我坐在船边，看着这河水汹涌流淌。我不知道这河水流向哪里，也不知道自己的命运将把我带到哪里。我现在有点儿后悔了，不应该焚烧重耳的宫室，而是应该和重耳谈一谈，也许他不会抱着仇恨不放。我听说他是一个宽宏大度的人，很多人传颂他的仁德，也许他会放过我，不至于将我杀掉。

　　可是我却和郤芮一起谋划了焚烧重耳宫室的事情。原本是想孤注一掷，杀掉重耳之后，就可以大势逆转，我们的命运也将彻底改变，但却忽视了这样做的危险。或者坐在自己的屋子观望，看一看重耳在即位之后将做什么，然后再随机应变。可是，我也没有这样选择。我选择了最危险的道路，现在我该承担这选择的结果了。实际上，我并没有想到这样的结果，但我的树上只有这样的果子，我只能将其摘下，拿在自己的手里。

　　我扔不掉它了。现在我们行在大河里，过了河就是秦国了。我手里的果子不知能不能扔到这滚滚波涛里。我只能在船上看着这波涛，看着它在自己的面前不断涌动。天光落在开阔的水面，看起来就像万千金盏在漂浮。它们不断沉没，又不断滋生，最后都要被这波涛带到遥远的地方。我所乘的船乃是生与死的渡船，因为我的生与死都在这渡船上。我只看见波涛在起落，却看不出这船乃是在行走中。好像它已经停在了河心，停在了一个个波涛上。

　　一个波浪接着一个波浪。我看着它们，只是觉得一阵阵眩晕。它们好像在用最快的节奏表达神意。它将人间的事物变化，缩小为一瞬间。在我的眼前，这些波浪并不能决定自己的命运，它们仅仅是被别的波浪所推动，却在此消彼长中出现和结束。我所看见的一切不就是这样么？一个国君死了，另一个国君也死了，一个国君即位，另一个国君即位……除了我眼睛感到的眩晕，还有什么呢？

　　但这船却在移动中，谁又能看得见这船的移动？飘忽不定的光斑、一个个金盏，都在这明灭之中。它们仅仅是为了让我眩晕。我就在这样的眩晕里依凭着渡船，我只是知道它将载着我向着对岸行去，却不知道这一切为什么会发生。但发生的已经发生了，它甚至没有什么原因。或者这原因只能在神意中寻找。

　　那么我只能面对着河流保持沉默。我的伤口不在自己的身上，也不在自己的内心，而是在我嘴里的舌头上。因为这沉默，我不能开口说话，我的牙齿就咬伤了我的舌头。我将自己的血吞咽。于是我的腹中充满了血。我的浑身充满了血，而我的外表却显得十分干净。但我却在真实的伤痛里。

　　每一个人都有一个神意的起点，也有一个神意的终点。我是从哪里出发的？又将在哪里终止我的脚步？也许过了河，我就能看见了。

古灵魂

我为什么不能做一个无害的驯服者？我在晋惠公面前是一个驯服者，我在晋怀公面前也是一个驯服者，但重耳来了，我却成为一个叛逆者。我为什么在他面前就成为一个叛逆者？这其中有着怎样的神意？

难道重耳不应该成为自己的新主人么？还是他的德行比不上前面的君王？公子夷吾那样的人，自私而贪婪，又毫无信义，我却一直跟随他。他的儿子也是这样，年轻气盛又毫无仁德之心，我为什么还要跟随他？但一个有德行的君主来了，我却要背弃。那么我所跟随的究竟是什么？我想获取的究竟是什么？

何况我所跟随的两个国君已经死去，那么我还要跟随什么呢？是出于对死者的忠诚？还是出于对自己的忠诚？还是有另外的想法？我想不出来。我仅仅是在一念之间做出了一个决定，然而这一念之中包含着什么？这一念太快了，我都不知道这一念的真实含义。我是受了死者的诱惑？受着死者的诱惑是痛苦的，因为在这死者的诱惑中忘掉了自己。

你接受了死者，似乎也就接受了自己，实际上自己乃是在死者之外而存在，因为死者已经死去，他不属于自己。可是我曾跟随着死者，直到他死去。他已经是我的灵魂的一部分，我已经不可能完全摆脱死者。可是他死了，我的灵魂的一半已经随着他而去，另一半还能存在么？我所受到的歧引者，乃是死者的亡灵。

可是在这看不见的船的移动中，在一阵阵眩晕中，我一点点看见了对岸。它离我越来越近了。是的，谁知道我是怎么过来的？我乃是在船上，船载着我，我却看不见这船是怎么来到这里的。我所乘的船，只是一只虚无的船，它的真实不在这里，而是在我的命运里。

那样的船我看不见，可是我在自己真实的所乘的船上，看见了我的命运。

秦国的使者把我带到了王城。我沿着石头砌筑的路，来到了秦穆公所住的地方。但我却看见了秦穆公和重耳一起出现在我的面前。他们的脸上有着严峻的表情，重耳说，我早已在这里等待你，没想到你来得这么快。秦穆公说，这是我的客人，但他们是死去的客人。你看吧，他们的脸是晦暗的，他们的身体是僵硬的，因为他们已经死去了。

我大吃一惊，我知道自己受到了诱骗。是的，我一看见重耳，就知道我就要死了，郤芮也要死了。我对秦穆公说，我听说你是一个贤明的君主，但没想到你却欺骗我，看来我所听说的和我所见到的并不一样。

秦穆公说，我是欺骗了你，可你和你跟随的国君一直在欺骗我。这是对你的报应。我若不欺骗你，你怎会来到这里？若你和你的国君不欺骗我，你又怎会走到今天？我若不欺骗你，你的欺骗又怎么获得结果？我也听说，用谎言说话，就会得到谎言，用诚信说话，就能得到诚信。你所欺骗的，还要回到欺骗中。若是没有欺骗，这个世界该有多好。可是不能没有欺骗，因为没有欺骗的，乃是虚假的，因为人们就不容易辨认出好人和坏人。我还听说，对于欺骗者，必须施以欺骗，不然欺骗者怎会知道自己是怎么欺骗别人的？我只不过是把你对我的欺骗还给你而已。这怎么能说是我欺骗了你呢？

郤芮说，可是，公子夷吾是你派兵送回晋国的，他背弃了你，必有背弃的理由。我不知道他是怎么想的。但是他毕竟背弃了你，他的

古灵魂

背弃只能说明你的过错，因为你不认识背弃你的人。你既然不认识别人，眼前的这个人你就能认识么？他多少年在外逃命，你怎么能知道他就是你所中意的国君？

秦穆公说，虽然我护送夷吾归国是我的过错，因为我被你们诚恳的外表所迷惑，你们欺骗了我。但忠厚和仁德总会有报答。我不会每一次都犯错。若我不犯错，又怎能认识你们？也许真正认识一个人是有代价的，但这代价我将找回，现在你们就是我找回来的，你们将补偿我所失去的。

重耳说，你们终于得到了你们想要得到的。你们完全可以归附我，因为你们跟随的国君已经死去了，现在我是真正的国君。但你们执意跟随死者，我又怎能阻拦你们？唯一的办法就是顺从你们的意愿，把你们送到死者那里去。我本想赦免你们的罪，可是你们却把自己的罪加重了。若是你们从前的罪仅仅是听从了一个恶君的指令，仅仅是为了侍奉那个恶君，我还会认为你们不过是为了忠义而为，你们的罪仅仅是因为恶君所犯的罪，因为你们背负了他的罪。可是，你们忘记了从前的忠义，却要暗害现在的国君，这就是叛乱，就是违背了你们从前所遵循的法度。自古以来，叛乱者都必须得到惩处，所以你们就要成为死者的祭品。我想，你们已经疯狂了，以至于要用火来焚烧一个即位的新国君。

郤芮说，我们不得不这样做。这也许是最好的办法。不然你怎么会饶恕我们呢？我们曾经给国君谏言追杀你，你怎么会饶恕我们呢？所以我们也许会杀掉你，那样我们就可以得到另一种饶恕。尽管国君的罪归于国君，但我们是国君的近臣，所以有责任捍卫国君。你杀死了国君，我们也应该为他复仇。不论怎样我们都逃不出一死，只是想着怎样死去。但对我来说，无论怎样死去都是一样的。

重耳说，好吧，疯狂是特殊的死者的祭物。你生来就是祭物，从前被生者享用，现在被死者享用，最好的归宿是随死者而去。你们早已受了死的诱惑，却以为自己还在生活中。你们受到了死者的歧引，却以为自己所行的乃是捷径。乌云飘到了脸上，却不知道反拨，我为你们感到惋惜。你们不是想用火来实现自己的想法么？这是一个好想法。我现在就给你们火，不过这是凝固的火。

他拍了拍腰间佩带的宝剑，说，我所说的就是它。它是从火中取出来的，又被重锤砸过，它是真正的火，是火的精华。现在，我就给你们以火。让它和你们说话，以让你们的灵魂在这永火里游荡。说着，他向着旁边瞟了一眼。立即拥上几个士卒扭住了我的手，然后用绳索捆住了我的手脚。秦穆公和重耳都背过身去，离开了我。我忘不了重耳最后向我投来的目光，它似乎是柔软的、温和的、平静的，却暗含着飞箭的闪光。

晋文公

郤芮和吕省已经死去了，但这看似平静的时间里，仍存着危险。我觉得在每一个夜晚都有着窥伺者，他们潜伏在暗处，我看不见他们，也不知道他们究竟是谁。就像我返国的路上，夜里总会有荧荧的兽眼在林间闪烁。

我不再是一个流浪的公子了，而是一个国家的国君。我已经是晋文公了，我的内心有了从前没有的天责。我从郤芮和吕省的大火中看见了我。它让我照出了自己。我几次在这烧焦的废墟旁徘徊，我看着这废墟，想了很多很多。它所烧掉的不仅仅是一座宫殿，而是我自己的幻想。我不能抱着幻想生活。从前我在一个个幻想中消磨了时光，现在我已经老了，我所剩的时间不会太多，所以必须抛弃我曾拥有的，寻找我该寻找的。

秦穆公可以派军队护送我返国，也可以将我扶立为国君，但这江山的稳固却要凭藉我自己。我不能再依赖别人了。郤芮和吕省虽然死了，但他们所说的话却犹在耳边。那么多跟随他们的叛乱者，我不能都杀掉。我不愿意看见太多的血，不能像从前的国君那样，仅仅凭着剑去治理国家。应该将自己的剑收起来，放到剑匣里。

我将狐偃、赵衰和胥臣召来，商议怎样使晋国更为稳固。狐偃说，郤芮和吕省已经死了，晋怀公的前臣和叛乱者已经失去了大树，残枝败叶也将渐渐腐烂，我们也该将他们清理干净，这样晋国就可以做别的事情了。赵衰说，不要低估他们的势力，从这次叛乱来看，跟随者仍然不少，仅仅用暴力来让他们感到恐惧，不是长久之策。

我问，那你说该怎么做呢？赵衰说，他们叛乱乃是源于他们的恐惧。以前的国君即位之后总是清洗旧臣，所以他们就以为你也要这样做。所以他们为了自保，不惜孤注一掷。最重要的是，我们应该让众人知道，现在的国君和从前的国君不一样，我们不会这样做。他们的内心有一个想象中的国君，而我们必须消除他们对于国君的幻象，让他们看见一个真实的、不同于以往的国君。杀戮仅仅是威慑的手段，但杀戮不能永远起作用。何况，杀戮会唤醒仇恨，而仇恨则会让人们暂时忘记恐惧，愤而复仇，因而会埋下更大的祸患。仇恨将比恐惧更有力，也更可怕和持久。

胥臣说，国君刚即位，许多人都在看着你，看你怎么做。我们平息了这次叛乱，都是借助了秦国的力量。但我们不能继续依赖秦国了，一个国家不能总是把希望寄托在另一个国家上，我们应该找到自己的立足之本。国家的强盛不在于有多少疆土，而在于你有没有德行。而这德行却在于国君。国君的形象就是国家的形象，现在应该是你展现自己形象的时候了。从前的晋惠公和晋怀公之所以失去了国人的信任，就是他们的形象里缺少德行。

我问，我们离开晋国太久了，国人并不了解我。他们不知道我

古灵魂

有没有德行，可是我用怎样的方法才能让他们相信我？胥臣说，我认为最重要的是先要稳固人心，人心不能稳固，国家就不能稳固，你的座位就没有根底。一样事情不能仅仅凭藉自己的话语，要凭藉自己的行动，而行动必须依靠法令，法令就能让国家有秩序，做事就会有依据。若要能先颁布法令，对从前迫害你的旧臣予以赦免，甚至对这次叛乱中的叛乱者予以赦免，一律既往不咎，让晋国的大臣各安其位，人们就不会心存恐惧，反而会感激你。晋国就会免除混乱，就会获得安定，你的形象就会得以呈现，更多的人就会归附和跟从。

赵衰说，这是最好的办法。若能这样，许多事情都好办了。人们会说，新的国君是仁德的，跟随他，晋国就有希望。人们乃是因希望而生活，没有希望的生活是暗淡的。记得我们在流浪中，受了那么多苦，却不觉得有多么苦，受了那么多屈辱，但又很快就会遗忘。别人轻视我们，我们也轻视他。别人给我们的恩惠，我们都心存感激。因为我们觉得在希望中生活，所以能度过一个个危困。

我说，你们说的有道理，和我的心意相合。那么我们就颁布这样的赦令吧。我也不愿一遇到危险就跑到秦国求助。我是一个国君，应该有国君的尊严。一个国君都没有尊严，一个国家又有什么尊严呢？你们跟着我周游列国，也见过别人的治理，也见过别人的混乱。凡是用剑来说话的，也必定将用剑来决断，结出的果子也是苦的。凡是用仁德来说话的，国人也报以仁德，就能用仁德来决断，最后结出的果子也是甘甜的。我们赦免了别人，别人也赦免了我们。我们给别人以仁德，别人也信赖我们，并回报给我们以仁德。若是这样，晋国不就变得很美好么？我们流浪了这么久，不就是为了能够做这样的事情么？

卷三百三十五

农夫

又要开始播种了，这个时候我是最喜悦的。我把田地翻开，让下面的土能够在太阳下翻晒，让底下的湿气上扬，让地里的寒气散尽，让温暖浮上地面。因为土地乃是神灵掌管的，我刨土之前，先要敬拜掌管土地的神灵，以求得它的允许。我还要让卜筮者择一个好日子，以便获得一年中最好的开头。

每当春天来临，我立即就会像地里的树根一样积蓄了力量，我浑身有使不完的力气，因为春天是万物新生的季节，也是我新生的季节。我挥动着早已擦亮了的锄头，刨着我即将播种的土地。我看不见我的锄头的形状，只看见它在我的手里飞舞，看见锄头的光斑有力地在空中划出一条条闪光的弧线。是的，它的形象消逝在这弧线中。我的手感到了一次次的震动，新土不断被这弧线带起，就像水花一样飞溅。

我的鼻子里灌满了新土的气味。这是一种独特的带着万物混杂的香气，呼吸着它，太让我舒适了。世界上所有的花香都比不上土地的香气，因为它们都来自土地，它们只是将土地的部分香气抽取出来，变为自己的香气，而远不是土地香气的全部。土地是万物生长的源泉，是力量的源泉，是一切生活的根底，没有土地，这个世界上还会有什么呢？

我很快就开始流汗了，我的汗珠一滴滴落在了新翻的土地里。这是最初的种子，这是我能够赋予土地的东西，也是对土地的祭祀。我知道，用汗水浸泡的种子会生长得更快，也能结出最饱满的籽粒。前些日子下了一场细雨，我看见这新土里已经渗透了雨水，它是湿润的，它有着我的锄头的光滑的锄痕。发黑的土地里究竟有着什么秘密？我的眼光看不出它有什么奇特的地方，但它里面却包含着万物的秘密。是啊，神灵是住在里面的，它的秘密只有神灵才会知道，人只是用自己的汗水换取神灵给你的谷子。这就像人间的礼数，你给别人礼物，别人也会回赠你礼物。只不过土地对人更为慷慨，你给它一点点，它给你的却很多很多，因而我总是觉得歉疚。这实际上已经不是某种回赠，而是神灵的恩赐。

在这个春天里，许多事情都在发生。先是公子重耳在秦国军队的护送下返回了晋国，然后在曲沃的宗庙举行了即位典礼，成为新的国君。原先的国君晋怀公奔逃到高梁，却被重耳派兵在高梁杀死。这个国君运气太不好了，听说他的父君成为秦国的囚徒之后，本来要让他继位了，可是又被秦国放归，他作为太子就被迫到秦国做了人质。可他听说父君病重，就从秦国逃回来了，这让秦国十分愤怒。所以秦国就找到了流亡十几年的公子重耳，又将重耳护送返国，旧的国君就只有逃命了。

可是他又怎能逃脱呢？他逃跑得太晚了，所以没有跑到很远的地方。我听说这个国君还很年轻，真是太可惜了，他为什么非要做国君呢？一个人不了解自己就会犯错，不了解别人也会犯错，但更重要的是要了解自己。他既不了解自己，也不了解别人，这是他必定被杀掉的原因。就像一个农夫既要知道自己的力气，也要知道土地的性格，才能种好他的田地，才能获得好收成。你还要知道播种和收割的节令，这里有着深奥的天意。你若违背了它，就是辜负了你的好田地，也辜负了自己的汗水，你的田地就会荒芜。

这个晋怀公就是违背了本来的节令。他在不应该做国君的时候，做了国君，就像农夫在严冬播下了种子，那怎么可能发芽生根？这种子撒到地里，却被冻死了。重耳就明白这个道理，他并不急于回来，而是在流亡中等待时机。现在一切都水到渠成，他就回来了。树上的果子已经熟了，他只需要将好果子摘下来，把坏果子扔在地上。

现在新的国君已经即位，许多人都在观望，看他要做什么。原先的大臣郤芮和吕省要谋反，但他们的谋划泄露了，国君躲了起来，他们只烧掉了国君居住的宫室，但国君却安然无恙。叛乱者逃到了大河边，却被秦国诱杀。也许还有一些想谋反的人，但他们因为前面的叛乱者死去了，就蛰伏起来，用眼睛看着外面，就像躲在洞里的野兽，因为害怕而缩成一团。看来晋国也许还要陷入混乱，不知道什么时候才会安定。

可是这与我有什么相关呢？我只要种好自己的地就行了。我并不关心晋国发生了什么，虽然我所种的地在晋国的土地上，但我并不需要一个国家，我只需要土地、种子和我自己。我也不需要一个国君，他坐在自己的宫殿里，能帮助我什么呢？我休息的时候，有时候

古灵魂

会和一些路过的人谈论他们，不然我和别人说些什么呢？我见不到他们，也不知道他们在做什么，可是行路者有时会告诉我他们的一些事情，他们做什么，都瞒不过行路者的眼睛。他们所做的，仅仅供我们谈论。

我又听说，国君颁布了赦令，赦免了从前跟随前君的旧臣之罪，也赦免了这次跟随郤芮和吕省叛乱的人们的罪。我不知道这是不是真的？若是真的能做到，这个国君还是胸襟宽广的，也有仁德之心。那么杀戮就会终止，晋国就会少流血。我难以想象，那么多国君，那么多大臣，却为什么必须流血呢？他们也许都是一些嗜血者，他们用血涂满了一个个座位，然后坐在别人的血中。是不是这样做才能获得快乐？

唉，我只能理解自己的土地，却不能理解那朝堂上的人们。但对我来说，他们并不真实，他们只是一些幻影，就像夜晚的屋子里墙壁上的人影，它们不断晃动，我却不知道这晃动的原因。它们从我的面前一个个匆匆而过，但灯火熄灭了，一切都消失了。真实不在这些影子上，而在于灯火所投射的那个人究竟是谁？

我怜悯他们的虚幻，又怜悯他们不知道自己的虚幻。他们所争夺的，也是虚幻的。他们似乎从来没有见过实在的生活，也不知道生活究竟是什么。他们只是不断争夺一些空空的座位，并在这座位上感到满足。可是这些座位都设置在危险的深渊上，只要一个大浪来了，这座位就会倾覆，他们也将掉入万劫不复的深渊里。处于危险却不知道自己的危险，处于平安却不知道平安的宝贵，该要的生活却舍弃，最后所获得的，不过是秋风中席卷的枯枝败叶。在他们眼里，也许自己是聪明的，但却在这聪明中堕入了真正的愚蠢。因为这聪明乃是为了获得虚荣，而在虚荣中却包藏着愚蠢。

我还是珍惜这春天的每一天吧。对于一个农夫来说，春天的每一天都是美好的，它不仅明媚、和煦、温和和舒适，也是耕播的节令。春天的阳光是充足的，即使树影里也有着比其它季节更多的阳光。每一天都值得你使出浑身的力气，去做好每一件事情。我很早就起来，来到我的田地里，用锄头刨翻这土地，让我的每一次扬起的手臂都被光所浸泡。我看着太阳脱离了山脊线，将远处的山影边缘嵌上金缕。我看见它，内心就充满激动之情，不由得向着它朝拜。它使我的双眼更加明亮，使我看见了我所在的地方是这么辽阔，我获得了一个光明的背景，即使一个人站在地里，也不会感到孤寂。

我不断扬起我的锄头，锄头的形象消逝在一条又一条的弧线的闪光里。大片大片的新土浮上了表面。它就像一片开阔的湖水，跳动着波澜。而我就站在这湖面上，轻轻飘动。过几天，我就要在这土地里播撒种子，然后我将在每一天早晨来到这里巡查，察看我的谷子是不是发芽了，是不是长出了新苗。我将看着它们一点点长高，汇入盛夏的繁荣里。

我的额头上也闪耀着光亮，我的胳膊上同样闪耀着光亮，我所滴落的汗水也闪耀着光亮，我被这无限的、充溢的光亮所包围，我在这春天的光亮中沐浴。在我不远的地方就是晋国的都城，它从我的角度看去，是阴暗的，我所拥有的，它竟然是缺乏的。里面的人们都生活在春天的阴影里，因而他们不会感受到春天的美好。

有一个行路者过来了，他的身影是孤单的。他从都城出来，不知

古灵魂

要到哪里去？对于我来说，他们都是陌生者，但似乎都是熟悉的。我的田头放着我打来的泉水，这泉水是甘甜的。他也许会和我一起坐下来，又一次谈起都城中所发生的事情。我听着他说，就是听一个遥远的地方发生的故事，或者是传说中的故事。它的真实和虚幻并不重要，重要的是我们不断地讲述。我只是一个倾听者，我倾听别人，也倾听着自己。

头须

　　我曾跟随国君逃亡了很多年，但我却不了解他。他所做的事情，我还不能理解，但我却认为他仅仅是为了逃命而流浪。因而我不愿跟着他过苦日子了。所以我选择了一条错路，就将国君逃亡途中的资费席卷而去，逃到了山林里。后来我听说，他们一路忍受饥饿，甚至靠着乞讨行路。

　　我带着这些资费到了卫国，后来又到了郑国，但我却找不到真正安稳的日子。也许我应该跟着他走下去，可那时怎会预料到他以后要当国君呢？我四处漂泊，厌倦了流浪者的日子。我不相信，他靠着这几个人，怎样才能返回晋国？这差不多是一个美梦，一个遥遥无期的美梦。可是我不曾做过这样的梦，于是我选择了逃走。既然跟着他逃跑，还不如我一个人逃跑。我乃是从逃跑者中逃出来的，是逃跑者中的逃跑者。

　　我失去了我所跟从的主人，又能逃到哪里呢？后来我独自一人回到了晋国，可他们仍然在流浪途中。但是现在他回来了，并且做了国君。原先我想着逃跑，到别的地方去，可是我又不愿离开晋国。若要不逃走，让他知道了我所躲藏的地方，那么他必定会杀掉我。

我究竟该怎么办呢？我很想去见国君，可是我说什么呢？他一定会憎恨我，并杀掉我。但好像我的运气来了。我听说曾一直追杀国君的寺人披前去朝见，国君不但接见了他，还给了他奖赏。也许国君是一个心胸广大的人，他可以宽恕所有的罪人。

可是从前的样子不一定是现在的样子。从前我跟着他流浪的时候，他是公子，而现在他已是国君了。一个人所在的位置不同，他的样子也会不同。他从前是和善的，是宽容的，一旦做了国君，难道还能是从前的样子？我几次已经到了都城，但又默默离开了。我看见高大的宫门，看见威武的侍卫，看见那手中的戈和腰间的剑，就好像看见了国君。我被这威严所震慑，我的脚步远远就停住了。

但很快就看见了国君颁布的赦令。他要赦免从前的众臣，也要赦免叛乱者。既然叛乱者都可赦免，那么我的罪难道不能被赦免么？我不过是将他的财物偷走，不过是在他危难的时候背弃了他。这样的罪难道比叛乱还要重么？何况，他已经颁布了赦令，至少他不会杀掉我，也许他还会给我奖赏。

我已经看出，他急于安抚人心。因为他离开了晋国十几年了，没有多少人会相信他。即使他颁布了赦令，人们仍然不会相信他。也许这赦令是为了诱杀那些罪者。我已经看见，整个晋都陷入了慌乱，街道上的行人很少，从前的大臣都躲在家里，或者逃到了远方。

我不知道自己在宫门前徘徊了多久，还是决定走上前去。但是侍卫告诉我，国君不愿见我。我说，既然他可以见追杀他的寺人披，怎么就不愿见我呢？一会儿，侍卫出来了，告诉我，可以进去了，国君在等着我。我心怀不安地在侍卫的引导下，踏上了高高的御阶，来到了高大华美的殿堂。

由于背光的缘故，我没看清国君的面容，只看见一个高大的黑影站在我的面前。不过我已经回忆起曾和他在一起的日子，那个黑影是熟悉的。从黑影里发出了熟悉的低沉而严厉的声音。他说，我以为你早已死了，可是你还活着。你若死了，我还有安慰，觉得你罪有应得。但你不仅活着，竟然还来到我的面前，我现在就可以杀了你，那么就可以连同你的罪一起杀掉，你和我，都可以心安了。

我说，我知道你是一个宽宏的国君，不然我为什么会跟随你那么久呢？他说，可你背叛了我，还将我的资费都偷走了。你让我在路上没有饭吃，让我在饥饿中快要晕倒了。你差点儿将我置于死地。我当时就想追捕你，将你杀掉。现在你来到了我的面前，你把从前的机会带到了现在。现在你还有什么可说的？

我说，我就是来向你认罪的。我深知自己的罪过，但却一直没有机会向你认罪。现在你已经是我的国君，我终于找到你了。我知道你不会杀我。你赦免了寺人披的时候，我就知道你不会杀我。现在你又颁布了赦令，就更不会杀我了。所以我才会朝见。我知道你既憎恨寺人披，也憎恨我。一个是两次追杀你，而我却在你最危困的时候逃离了你。我害得你一路乞讨，在饥饿中行路。

——那时因为我不能理解你，为什么放着安逸的日子不过，却要去流浪呢？我也不相信你，你就凭着几个跟随你的人，却要返国做一个国君？这怎么可能？我觉得与其跟随你没有希望，还不如自己去寻找希望。可是我错了。我并没有寻找到我要的希望，却只能回到晋国

古灵魂

等待你的处罚。现在才知道你是对的，多少年的流浪没有白费，一切如愿以偿。若你不嫌弃我，你仍然是我的主人。

他说，你背叛了我，我怎会不憎恨你？既然憎恨你，又怎会不嫌弃你？你若给我一个理由，我就不杀你。我说，我想不出什么理由。一个有罪的人怎能为自己的罪开脱和解释呢？我只是在想为自己寻找一个继续服侍国君的机会。你若仍然能用我，并信任我，人们就会说，国君的确像别人所说的那样，内心怀有仁善，他所颁布的赦令是真实的，他说的每一句话都是值得信任的。因为他对谋杀他的寺人披和在危难之中抛弃他的头须都能任用，我们还有什么可担忧的呢？

我的眼睛已经适应了眼前的幽暗，渐渐看清了国君的面容。他还是从前的样子，但似乎比从前老了，面部的皱纹也多了，也更深了。他的胡须已经白了。但他的眼睛仍然是锐利的，他的目光仍然让我感到畏惧。并不是因为他的严厉，而是因为这目光乃是柔软的，就像丝绸一样柔软，却闪着比丝绸更亮的光。这目光射向我的时候，我感到这柔软里包含着什么不可阻挡的东西。里面所包裹着的也许是利箭，但我却很难知道其中的奥秘。

他就这样看着我，我却被这样的目光压低了头。我不敢直视这样的目光。我是卑微的，我是一个有罪的人，又怎敢面对这样仁厚的目光呢？他沉默了一会儿，然后收回了这目光，脸上露出了微笑。他说，你敢于认罪，也敢于来见我，那我就宽恕了你。我已经忘记了你从前的罪，你也要忘记它。就像我们流浪途中一样，你仍然跟随我，为我驾车。可是你要熟悉我的马，还要知道我一直坐在你所驾的车上。

我说，国君这样信任我，我还能说什么呢？我只能以我的忠诚相报了。我再也不会抛弃国君了，不论在什么时候，即使在遇到困厄的时候，我也为你驾车，并让你的车不在崎岖的路上颠簸。他说，好吧，那么现在你就去驾车，让我们到都城的大街上走一趟吧，我想到阳光里去，观赏春天里树上的花。

古灵魂

孩子

我在大街上玩耍，却遇见了出行的国君。他坐在一辆华美的车上，他的旁边坐着他的御夫。我向路上的人问，那是谁？他们告诉我，那就是晋国的国君。我又问，他身旁的人又是谁？他们告诉我，那是从前抛弃他的人，这个人叫作头须。

国君的华车两旁是护卫他的士卒，他们手里握着长戈，腰间挂着宝剑，右边背着箭囊，身穿着铠甲，头盔上飘动着长羽。四匹骏马迈着碎步行进。国君的面部威严，他的头几乎一动不动，戴着高高的冠冕，似乎被固定在肩膀之间。他的双眼也只看着前方。我是第一次看见国君，他真是太威风了。

我问一个人，什么人才能做国君？为什么是这个人做国君，而不是别人？那个人说，我说给你听，你也不会懂。我这么说吧，国君是一代又一代传下来的，他的父亲是国君，他的祖父也是国君，他的祖父的父亲也是国君。反过来说，也是这样。他的祖父的祖父都是国君，祖父的儿子是国君，国君的儿子也是国君。我又问，那你的父亲为什么不是国君？他说，因为我的祖父不是国君。

我说，你所说的我好像知道了，就是说一个人生来就是要做国君。那个人说，也不能这样说。一个国君会有很多儿子，只有其中的一个可以做国君。只有那个被指定的儿子死了，别的儿子才可能成为国君。我说，这么说，如果都想做国君，就必须让那个被指定的人死掉。那个人说，是的，所以他们就会互相杀戮。杀戮是一种需要。只有怀有希望的那些人才需要杀戮，杀戮是因希望而起。

我又问，国君旁边那个驾车的头须是什么人？那个人说，他原来跟着国君到处流浪，那时国君还不是国君，而是晋国的公子。就是我前面说的，因为都想做国君，原来的国君就想把他杀掉，好让另一个儿子继位。所以他就逃走了，变成了流浪者。这个头须就是曾跟着他逃命的人。后来，他不想跟着他了，就把路上用的财宝都偷走了，他也到处逃跑，这让现在的这个国君快要饿死了，只好向人乞讨。

我说，那国君还会让他驾车？他说，是啊，这个国君和以前的国君不一样，他还是用他来驾车，并没有计较他以前所做的坏事。他还重用以前要杀掉他的人。有一个人叫作寺人披，两次都是这个人去追杀国君，但都没有杀掉。有一次差点就把国君杀掉了，但国君逃得快，只砍下了国君的一截袍袖。据说，国君还一直保留着那件失去了袍袖的衣服呢。

我说，这个国君真是有意思，连谋害过他的人都要用，一定是他的身边没什么人了。他说，不是的，他身边的人很多。不论谁做了国君，很多人就会围住他，争着为他做事情。因为他的手里有着权力，他可以给别人很多东西。我问，那你为什么不去为国君做事情？他说，我也想去，但我不知道国君用不用我。我说，既然他都可以用自己的仇人，还不能用你么？他说，是的，所以我也想去试一试。既然他都能任用自己的仇人，别人还要担心什么呢？

街上的人们多了起来，他们都在议论这件事。我看见头须的脸上都是胡须，他的半个脸都被胡须遮住了。他趾高气扬地驾着国君的华车，他前面的骏马不断昂起头，骄傲地甩着自己的鬃毛，马蹄敲击着地面，刨起了地上的烟尘。做一个国君多么好啊，国君不仅自己是威风的，还可以有那么多人侍奉，他又可以不断给别人各种好处。可是国君只有一个，多少人却看着他的车，因而他也是危险的，随时都可能遇到想杀掉他的人。他看不见他的仇敌在哪里，但他的仇敌却能看见他。

大人们的事情真是难以理解。现在我似乎明白了一点什么。一个个国君死了，而他也杀掉了很多人。不是他多么仇恨那些被杀的人，而是那些被杀掉的都在仇恨他，而仇恨他的原因只有一个，那就是他是一个国君，而且一个国家只有一个国君。所以每一个人都可能是他的仇敌。这样，一个国君就会用仇恨的目光看所有的人，所有的人也会用仇恨的目光对着他。这像两块石头的对撞，火星就会迸溅。

那么，所有的人都想要杀掉他，他也想杀掉所有的人。可是他的身边必须有人服侍，不然他还是一个国君么？既然所有的人都可能是他的仇敌，那么他又怎么不可以用自己能看见的仇敌呢？让自己的仇敌在明处，总比自己的仇敌在暗处好得多。他只要能看见，就能制服自己的仇敌。因为他随时可以杀掉别人，所以他的明处的仇敌就会因害怕而放弃仇杀。

可是我不再羡慕国君了，而是羡慕他的车，他的骏马。我要有一

—333—

匹这样的骏马该有多好。尤其是最前面的那一匹，它浑身都是黑的，比黑夜还要黑，没有一点儿杂色。它的毛皮是发亮的，就像它自己会发光一样。我身边的那个和我说话的人，不知什么时候离开了，街上的人们也散去了，国君的车从我的身边很快就过去了。我一个人站在一棵树下，树上开满了花。虽然这花儿是好看的，它的香气一阵阵钻进了我的身体，但我望着空空的街道，仍然感到怅然若失。

卷三百三十八

介子推

　　我跟随国君十几年流浪，已经看惯了一个个国家的混乱和残杀。我们也历经了各种险境，也有过安逸的日子。从晋国的都城到边远之地蒲邑，又到狄国，又到更远的地方。那时国君还是一个流亡的公子，受尽了小国的侮辱，也享受过大国的礼遇，见到了各种各样的面孔，也听到了各种言语，既有赞誉也有羞辱。

　　现在我们已经走出了流浪者的峡谷，来到了宽广丰美的地方。流亡的公子已经即位，成为新的国君，晋怀公也被杀死于逃跑的路上，他的旧臣郤芮和吕省的叛乱也被国君挫败，并被诱杀于秦国。国君是贤明的，他看见了自己的不稳，感到了脚跟在摇晃，就颁布了赦令，又任用了曾谋杀他的寺人披和半途曾抛弃了他的头须，晋国都议论纷纷，开始信任他。前朝的大臣都获得了赦免，已经安于原本的位置，晋国已经变得稳固了。

　　我默默看着这一切，心里感到高兴。我该离开了。若我留在原地，就会被人认为我的长途跟随，原本是为了获得封赏，那样我岂不是和许多人一样，沦为名利之徒？我曾跟随公子的本意是为了让他返回晋国，晋国需要一个好国君，它不应该继续互相残杀了。现在，国君已经即位，晋国已经安稳，我的本意已经在现实中，那么我还需要继续留在这里么？何况，我的志向并不在这里，而是在山林之间。

在返国的途中，我已经看清了一些人的真面。狐偃在渡河的时候，公子还没有成为国君，他就开始索要，以致国君只好将自己的玉璧扔到大河，给他以许诺。赵衰虽然没说什么，但他的目光里已经有了私念，他的目光已经不纯净了。我已经羞于和这些人在一起共事了。我不愿意成为他们中的一个。我所希望的是自己的清洁，我要洗去所有落在我衣襟上的尘土，用山泉洗净我的双手，然后做一个自由的隐士，和这污浊诀别。

我从前的日子都归于公子，现在公子已经完成了自己的意愿，他已经是晋国的国君了，我就要将日子重新归于我自己了。从前他需要我，我就跟随和侍奉，现在他已不需要我了，最好的选择就是离开。我曾在晋国都城的大街上，看见国君乘坐着他的御车从街上驶过。他任用头须为他驾车，头须的鞭子在空中飘动，国君端坐在车上，目光是坚定的，他的内心已经激情涌动，已经在盘算将来的事情了。

我听见路上的人们在议论，也听到从前的大臣消除了担忧，并纷纷归附，以后的事情，既不需要我参与，也不需要我知道了。国君是贤明的，他知道怎样做才能摆脱国势的阽危。他所做的，也是我所想的。他能任用自己从前的仇雠，说明他拥有博大的胸襟。能够赦免与原宥，就可以消除积怨，也能避免偏见，就可以获得国人信赖。获得信赖就能聚沙成塔，就能让国运昌隆。

我曾在齐国的乡间遇到一个隐士，和他在一个秋天去观赏满山

古灵魂

黄叶。我们登上高高的山顶，站在一块巨石上，看着那漫山遍野的山林，感受着秋天的悲凉之美。那是多么壮美的景观啊，千山万壑穿上了斑斓的衣裳，大片大片的金黄，大片大片的通红，仿佛天上的落霞降落到了地上。

我的心胸顿时变得开阔和舒适，我似乎从中看见了我的将来。我们坐在石头上，饮着山泉水，一阵阵甘甜浸透了我。我们谈论着天下大势，谈论着人的一生应该怎样度过，也谈论着地上的山水之美。那一天我太快乐了，我觉得自己已经离开了人间，到了神灵所在的地方。或者我不是和一个隐士在一起，而是和一个神灵在一起。

是的，我更喜欢和神灵在一起。一个人的隐藏比他的显明更重要，也更能获得快乐。神灵是隐藏着的，可是他却在人的心中显明，我们希望成为神灵，那就必须离开显明的地方。但是人怎么能成为神灵呢？人只要向往神灵，神灵就会在人心中驻守。我在人间的使命已经完工，我就应该躲藏起来，让人不知道我，也不知道我究竟在什么地方。可是我是不是应该和国君告别？我若和他告别，他就必定挽留我，并会认为我乃是用离去的方式要挟，并获取利益。我若真心要离去，就不必和他告别。

悄悄离去是最好的，我已经不想继续待在他的身边，为什么还要告诉他呢？现在想来，我曾跟随国君一直在逃亡的路上。我已经是一个逃亡者，一个行路者，我已经习惯于逃亡和行路。那么我是不是又一次踏上了逃亡之路？我过去乃是和国君一起逃亡，现在我将独自逃亡。过去我所逃的，乃是被追杀的命运，现在我所逃的，则是功名和利禄，乃是与平庸者一起分享的人间筵席。我既不愿得到封赏的实利，也不愿与平庸者混杂，我乃是要重新寻找我自己的路，一条无路之路。

在行路中，我一直走在国君的前面，就是为了替他寻路。在国君端坐于筵席上，接受大国的礼遇，我就藏在他的身后，因这礼遇是给他的，我不应该沾染他的光彩。这样的沾染对我乃是多余的，我已用自己的手从心里掏走了虚荣，并将它丢弃在我所行的路上。现在，国君已经不需要我为他寻路了，而我也不需要路了。

说实话，我已经厌倦了路。我既厌倦行路，也厌倦寻路。我乃是希望看见一个没有路的地方，我要寻找那个地方。那将是多么好的地方，既没有路，也不用苦苦寻路。那里也许是荒凉的，但它也是繁荣的。因为是这样，所以它应该是混沌的、苍茫的，我无论怎样行走，都是自由的，就像飞鸟只要展开翅翼，就可以任意飞翔。天空还需要一条路么？路乃是对自由的限制，有路的地方就不可能自由。

那么，我无论怎样行，路就粘在我的脚底，我的脚就是路，我已经携带了路，所以再也不用寻路了。道路不是需要寻找的事物，而是跟随我的事物，它是我的一部分。这是我厌倦它的原由。我厌倦它，就是我厌倦自己。是的，我已经厌倦了自己，所以我才要离开我所在的地方，我将让我的所在成为虚幻，有一天，我试图捕捉自己的时候，发现我早已逃离了自己的捕捉。我不是为了逃离别人，而是为了逃离自己。

我要到孤寂中去，要到一个能够完全隐匿自己的地方去。我不知道这世界上是否有这样的地方，所以我乃是要再次寻路。不过这寻路不再是为了寻路，而是为了寻找无路之路。我将到无路之路上行走。

古灵魂

在那里，路已经消失，但我却仍然在那里。也许我将随着路的消失而消失，可是那不正是我要追寻的么？

在这无路之路上，我的行走将犹如神灵的行走。我将行走于云中，行走于水面，行走于深渊之上，我的行路将没有脚印，让我的脚印也归于无形。那么我也在这无形之中获得自由。那样，我既看不见我的脚印，也不知道自己究竟在哪里。我要将我的心事写在文字里，让国君不要寻找我，让所有的人将我遗忘。因为我要遗忘的，也要让别人遗忘。我要抛弃的，为什么要让别人记在心里？我要将自己抛弃于荒野，而不是抛弃于别人的心里。

我想了想，我就用我自己的方式和他告别吧。我挥笔写了一首诗，作为我向国君的告别辞，这也是我向自己的告别——

龙在天上飞，它周游天下。

五条蛇跟从着它，为它侍奉和辅佐。

龙已返回故乡，得到它所要的所居。

四条蛇跟从着它，获得它的雨露。

一条蛇感到羞愧，将死于荒野。

我将这首诗悬挂于我的门楣，然后背负着简单的行囊，到我所向往的山林里去。是啊，我过去不曾离开公子，是因为他遭遇不幸和困厄，从富贵而跌落到贫贱之中，我和他一起度过危困的日子。现在公子已是国君，拥有万乘之军，万顷之田，万户之民，他已经不会因为缺少我一个人而忧虑了。过去我跟随公子不是为了获取什么，现在我可以获取但不获取什么。我的离去就可以说明我当初的志向。若是我和别人一样，借着国君而获取，那就违背了我的灵魂，那样，我自己也羞于看见镜子里的面孔。当然，我将连同我所要照的镜子也抛弃于荒野。对于人世间，我已经死去了，而对于我自己，却获得了新生。

晋文公

有一天，我已经十分疲累，坐在自己的宫殿里休息。我的眼睛微微合上，微弱的光线仍然在我的眼帘上闪烁。渐渐地，我似乎在似睡非睡之间进入了一道峡谷。那峡谷是漫长的，那里是阴暗的，我的前面有一个人。我想知道这个人是谁，于是我追赶着他。但是我要接近这个人的时候，他就又离我远了。我能看见他，却追不上他。我想知道这个人究竟是谁，可是他始终没有扭过脸，我所看见的始终是他的背影。

我多么想让这峡谷里有一道亮光，这样我就能看清前面的那个人，可是这峡谷仍然是阴暗的。我开始呼喊他，我说，你停住吧，我想知道你是谁？他的声音传来了，他回答说，你已经知道了自己，这已经足够了，你不需要知道我是谁，因为你所知道的已经很多，不需要再知道我了。我说，你能不能告诉我一点线索，让我猜一猜？我虽然已经知道很多，但我仍然想知道你究竟是谁。他说，我是行路者，也是寻路者。你已经走出了这峡谷，还为什么要返回来呢？在这峡谷之外，光是充足的，你可以看清一切。

我说，我返回来是为了继续让你寻路，因为你就是我的路。他说我离开了，你的路会更加开阔，我若仍然在这里，就会挡住你的光。你看吧，这峡谷之所以是幽暗的，就是因为我还在这路上。可是我不是为了走进这峡谷，而是为了走近他。他说，你若走近我，就不会离开这峡谷了，所以你还是要返回去。你已经找到你的地方了，为什么还要到这峡谷里来？你即使走近我，又有什么意义？

我听见他的声音在峡谷里回荡，就像有千万个人在和我说话。我竟然不知道这声音来自哪里，好像既不是从前面传来的，也不是从后面传来的。这声音轰隆隆地作响，它让我感到了震动。这声音既不是人的声音，也不是神的声音，而是从我的双耳掠过的风声。这风声刮得我摇晃，但我的脸上竟然没有感到有一丝风吹过。

忽然我的侍卫进来了，他轻轻地唤醒了我。他对我说，人们从一扇门上发现了这张丝帛，上面写着一首诗。说着他将那首诗递到了我的手上。我细细地看着，我思索着它的含义。我离开座位，又来到阳光下细看。每一个字都是美丽的，它似乎是蘸着花香写成的。我说，这必定是介子推写的，你们看见他了么？

我忽然觉得他已经离我而去。不，我不能让他离去，我要找到他。我原来有五蛇跟随，现在我已是一国之君，怎么能独缺其中之一呢？在逃亡的路上，他们从来不离不弃，现在却为什么要离开呢？我是不是哪里做得不好呢？我想到他总是走在前面为我问路，但每次的欢宴中，他总是躲在后面。我饥饿难忍的时候，是他去寻找食物，甚至为我去乞讨。我饿得就要晕厥的时候，他甚至割下自己腿上的肉，和野菜一起煮成了汤，让我吃下去。他对我的忠诚之心，让我永远不

古灵魂

能忘记。可是我做了晋国的国君，他为什么却要离开呢？

他总是不争夺任何赏赐和荣誉，只是争夺行路的重担。这样的人，我到哪里去寻找？我曾答应一旦复国事成，我将报答他。可是他拒绝我的报答，那么我的许诺不就落空了么？介子推啊介子推，你为什么要让我的许诺落空？我的眼泪夺眶而出，我不停地擦拭眼泪，但这眼泪却就像泉水一样涌出，我怎么也擦不干。介子推啊介子推，你究竟去了哪里？你让我到哪里去寻找你呢？

我召来了众臣，商议怎样去寻找介子推。狐偃说，这个介子推，从来都是躲着人们，人们不注意他的时候，他又出现了。这次是不是又是这样？赵衰说，介子推是身怀仁德的人，我们都比不上他。国君现在的大事已成，他就会像以往一样，躲到看不见的地方。他不是害怕困厄之境，而是害怕国君的封赏。他从来都不贪功，只是默默做他的事情。他是一个有着大德的贤人，他走了，就必有他走的理由，我们都不会找见他。

胥臣说，我们应该把这样的人找回来，国君正是用人之际，这样的忠心之臣，我们到哪里去寻找？现在晋国虽然暂时摆脱了困厄之运，但以后的路还很长。狐毛也说，要么国君令我去寻找吧，要是找不到介子推，我也不回来了。我说，那怎么行呢？我若失去了介子推，又失去了你，你们不是更让我悲伤么？

胥臣说，可是天下这么大，我们又怎会知道他到了哪里？不如我们分头去寻访，询问有没有见到他的人。我们还有什么更好的办法呢？于是我乘着车亲自开始寻找他。有一个人说，他朝着北面去了。我们就奔往北面的路。但不久就会遇到岔路，就在岔路口占卜以询问神灵。然后不久又会出现岔路。这样一条又一条的岔路，把我们引向了一座山头。

一个樵夫背负着一些树枝过来了，我们就问他，你见到一个人了么？我们就将介子推的画像给他看。他看了半天，想了想说，我看见一个人，有点儿像这画像上的样子，但我不能肯定就是他。这个人很怪，他背着做饭的釜，拿着雨簦，好像要行很长的路。这个人虽然衣服被树枝挂破了，但他的脸上却遮不住非凡的气象。我看见他疲惫地登山，进入了山林。我曾和这个人搭话，问他，听说介子推跑出来了，国君悬赏百万良田找他，你是不是介子推大夫？那个人说，我也听说了，但我听说介子推不想见任何人，既然他不想见人，谁又能见到他呢？我又怎能知道他到了哪里呢？

我听了樵夫的话，知道这个人就是介子推，于是我让人在这密集的山林里寻找。士卒们钻入了山林，他们的影子消失在无穷无尽的山林里。经过很长时间的搜寻，谁也没有找到介子推。有人进谏说，若是将这山林烧掉，他一定会跑出来。但赵衰说，不可这样，那样他宁可被烧死，也不会跑出来。

——你想吧，介子推是刚烈的，他想定了的，就必然不会放弃，他所放弃的乃是他所不要的。他若不放弃的，就会不断追寻，他若不要的，谁也给不了他。我们一起逃亡了十几年，难道还不了解他么？他可以忍受困苦和内心的煎熬，但不能忍受别人的目光。他愿意在寂静和荒野里游弋，却不愿在快乐和喧嚣中停留。遇到危难的时候他会挺身而出，但别人在享受快乐的时候，他就会默默躲到一边。

——他所要的不是平凡的快乐，而是超过快乐的快乐。他的快乐是超出快乐本身的。这也是他所寻找的东西。当我们感到充实的时候，他却会感受到失落和空洞。他有着凡人的肉躯，却内里包裹着一颗神的心灵。他不愿享受人间的炊烟，因为他有着自己内心的炊烟。他的眼睛不是紧紧盯着外面，而是一直看着自己的灵魂。这样的人，我们又怎么能理解呢？他的灵魂已经远远超出了我们的理解。

我说，我似乎已经看见了他，但还是没有找到他。我已经感到了他的呼吸，听见了他的心跳，觉得他就在身边，但就是找不见他。这山林多么大啊，而山林还连着山林，山林又连着山林，这山林是无穷的。而我所派出的寻找者是有限的，有限的寻找者怎能寻遍无穷的山林呢？介子推乃是找到了无穷，他知道一旦逃身于无穷，就谁都奈何不了他。

就像从前在路上休息的情境一样，我坐在路边，一个人在沉思默想。介子推的脸在我的眼前不断闪现，我甚至怀疑，我从前所见的、一直跟随我的介子推是不是一个真实的人？这个人究竟是谁？我为什么一直没有认识他？现在他隐身于山林，我找不见他的时候，才充满了认识他的渴望。

我的内心里涌起了悲伤。我十分悔恨，我一直没有给他什么。虽然我是一个国君，我拥有整个晋国，但我却没有给他什么。因为他所要的，我不能给他，而我要给他的，他却不需要。我想把我所拥有的给他一部分，可他却为了拒绝而逃离了。他一直在服侍我，却成了我最大的债主。因为我要还给他的，他却不给我还给他的机会。

我在想，他为什么一直跟从着我？难道就是为了和我一起吃苦受累？为了和我受尽屈辱？我在注视他的时候，他总是躲开我，难道是不让我认识他？但他的面影在我的面前是清晰的，他的眼睛里总是含着忧郁。我原以为他乃是为我而忧郁，现在明白了，他之所以忧郁，乃是他本身就充满了忧郁，所以他要躲开所有的快乐。

我忽然想起我坐在宫殿里所做的梦。也许那并不是一个梦，我并没有睡着，怎么会做梦呢？那是他来到我的跟前，和我告别。那道深深的峡谷里，我追赶着他。他不让我追上，因为他总是比我跑得快。我随时可以看见他，却就是追不上他。是的，我必须承认，我追不上他了，他跑得太快了。他在那幽暗的深谷里奔走，我却返回了自己的地方。我真的想在这个地方一直等待他，但是我知道自己不会等到他，他已经在很深很深的山林里了。

我对他所承诺的，永远也不会实现了。这个人让我违背了我的诺言，也违背了我的心。介子推啊介子推，你为什么要陷我于不义呢？我坐在阳光里，阳光照着我的面前，空地上一片耀眼的光，从地上射出。而他已经在山林的幽暗里徘徊。我感到这山林闪现着一双眼睛，他远远看着我。那双眼睛被雨篷遮盖着，却那么明亮幽深，那么忧郁。他的眼睛里就有他的路。我从这眼睛里看见了。我的眼泪又一次泉水般涌出，我用手背揩擦着，那双眼睛却在我的泪水中越来越模糊了。

古灵魂

卷三百四十

文嬴

父君对我说，我的夫君返国之后，很快就顺利登上了君位，又挫败了晋怀公余党的叛乱，接着颁布赦令，赦免了前君的旧臣们以及叛乱者的罪，任用了曾经追杀他的和抛弃他的，使得那些谋反者纷纷归顺。现在朝堂已经安定，晋国的江山已经稳固。他用赞赏的语气说，这次我看对了人，晋文公还是一个贤明之君。一切都好了，你也该去和晋文公团聚了。

我真是百感交集，禁不住内心的激动之情。太子圉在秦国做人质的时候，我的父君曾将希望寄予他，将我嫁给了他。但他毕竟太年轻了，又受不了诱惑，心胸也狭窄，所以逃回了晋国，做了国君。虽说如愿以偿，但毕竟背弃了秦国。他回到晋国之后，一直国势阽危，尤其是他一时冲动，不计后果地杀掉了老臣狐突，失去了国人的信赖，众臣也离心离德，晋国江山也陷入了风雨飘摇之中。

他成为晋怀公，我也由秦嬴变为怀嬴。我的父君由于对晋怀公的极度不满，就开始将公子重耳召来秦国，又将我嫁给了重耳。我并不想嫁给他，但父命如山，我不得不从，只好嫁给了这个已经苍老的晋国公子。看得出来，他也并不想娶我做他的夫人，也许是我曾是他侄儿的夫人，他才嫌弃我。或者是因为晋怀公抛弃了我，我已是一个弃妇？但我是秦国的公主，不论嫁给谁，我也是高贵的。

他对我的嫌弃表现在对我的态度上，我双手侍奉他洗手的时候，他竟然将水溅在我的脸上。他对我的轻慢激怒了我。我质问他，斥责他，他才知道我是谁，知道他获得我才能获得晋国。他脱去外衣又自缚而罚，请求我的原谅。我原谅了他，从此他开始知道尊敬我，我也渐渐适应了他。是啊，我是遵从父命才嫁给他的，但我一旦成为他的夫人，就应该尽到自己的本分。但他就像我的前夫一样，很快就离开了我。但我并未又一次被抛弃，我乃是在秦国等待，等待他作为晋国的国君能够使自己稳固。

现在我已经跟随他又一次改变了我的名字，我变为了文嬴。可我觉得自己仍然是从前的自己，我从未变过，只是我的名字变了。这意味着我有了双重身份，我既是秦国的公主，也是晋国国君的夫人。我就要回到我的新家了，以后的日子，我将居住在晋国。父君亲自将我送到大河边，他的脸上洋溢着得意的微笑，而晋文公——也就是我的夫君渡河迎接我，他已经不是从前的流亡者了，而是拥有万乘之军的大国的君主。这迎接的礼节是隆重的，旌幡飞扬，渡船凌波而行，众臣向我朝拜，我成为真正的晋国夫人。

我的夫君的故事也渐渐变得完整了、清晰了，我了解了他的过去。因为，他的儿子欢也回到晋都团聚，这个儿子曾在晋献公征讨蒲邑的时候，躲入了民间，他的母亲也死去了。他是一个幸存者，他所经历的不幸，让我深感同情和怜悯，我就将他认作我自己的孩子。我看着他英俊的青春容颜，我内心的母爱被唤醒了。因为我们的相认，我成为一个母亲，一个真正的女人，我在一夜之间变得更加完整。

我的父君的背后，竟然拖曳着长长的不幸的暗影。每一个国君的背后都有暗影，但我的夫君的背后，这暗影太大了，以致更多的人都被笼罩于其中。没有多久，狄国也送来了他的另一个夫人季隗。这是他在狄国逃亡时的夫人，并为他生了两个儿子伯鲦和叔刘。现在她带着两个孩子也来了。

我的夫君曾在狄国居住了十几年，过着安逸的日子，不是在山间狩猎，就是在河边垂钓。他原以为就这样随着一度又一度的秋风渐渐老去，但有一天，事情突然有了变化。他正在湖边狩猎，一个人突然冲入了围场，狐偃和狐毛认出这个人原是自己父亲的家奴。这个人一句话都不说，就将一封信递到了狐偃手中，俯身一拜后就走了。

这封信讲述了晋国的状况，重耳的弟弟夷吾已经归国做了国君，害怕我的夫君重耳回去夺取他的君位，就要派人来谋杀他。他只好离开自己的夫人和孩子，逃往他乡。我理解我的夫君，他必定不想离开，但狐偃却说，你来这里并不是为了过安逸的生活，而是为了回到晋国，完成我们的复国大业。我的夫君只好和自己的夫人告别，并嘱咐季隗，我若二十五年之后还不回来，你就另嫁别人吧。季隗说，那个时候我坟上的树都很高了，还怎么嫁人呢？据说，他逃走后，季隗每天都要去山顶眺望，但她所看见的只是悠悠而行的白云和空阔的草甸，她不知为此哭泣了多少次，她的泪水流入了山泉，流入了幽深的湖。

我想到了自己，我的前夫也是在深夜逃走，我也曾到水边看着水上的船帆，在思念中度过一个个日子。我的泪水也曾流入了河边的沙子里，直到对那个人完全绝望。我的眼泪和我的身形都被他所抛弃，但水面上所映照的白云却仍然在飘动，水上的船帆一艘艘远去。我似乎也不存在了，我已经被这白云和船帆带走了，只是我的身形还在原地。

现在季隗带着两个孩子来到了晋国，站在了我的夫君的面前。夫君问她的年龄，她说，我们分别已经八年了，你应该知道我的年龄了。夫君笑着说，还没有等到二十五年呢，天神给了我们足够的幸运。两个孩子已经长大成人，他们有点儿羞涩，脸上透出青春的光芒。他说，你们到我跟前来。两个孩子走到他的跟前，他伸出手来抚摸着两个孩子的头，说，我走的时候你们还很小，现在已经长到这么高了。我看见他的眼中涌出了泪水。

我看着他们，我的内心的悲伤就像野草一样生长，似乎被一阵阵无形的狂风卷起了洪波。他们的成长乃是被孤独和不幸伴随，但他们也要长大。是啊，什么力量能阻止一个人长大呢？就像没有什么能阻止一个人变老一样。即使是一棵树，也是这样，它的成长的力量就在自己的根须里，就在自己所扎根的土地里。它有着自己的秘密。上天已经把这秘密灌入它的身躯，它的树叶就会汲取阳光，它的根须就会汲取养分，它就会一天天长大。在漫长的时间里，它们只是在等待，但这等待中已经将所需的一切归于自己。

齐国也派来了使者，他们向我的夫君朝贺，又将另一个夫人齐姜带到了他的身边。夫君说，我们还是见面了，我从没有想到会在这里相聚。齐姜说，我早已知道会有这一天，我想自己必定会等到这一

古灵魂

天。夫君说，我没想到你竟然使我醉酒，又将我抬到车上，我都不知道怎样和你分离的。我想到可能会中了别人的计谋，没想到会中了你的计谋。你害得我历尽艰辛，在路上差点儿饿死。你真是太残忍了，也太无情了。

齐姜笑着说，我不能让你过得太舒坦，不然你就会在安逸中忘记了自己。我要破除你的安逸，要击碎你煮肉的釜，还要将你的钓竿折断。若不是这样，你怎会拿起自己的戈？又怎会返回故园？我不仅对你是残忍的，我对自己也一样残忍，甚至更残忍。对于一个怀抱理想的人，不应该沉醉于温情，所以我要断除你的温情，这乃是为了让你的温情转为真正的温情，只有这样的温情才可能持久。所以我对自己的残酷，乃是为了自己拥有希望，也使你拥有希望。我虽然和你一样忍受着痛苦，但这乃是希望里的痛苦，这比没有希望的快乐要好。不然安逸中的快乐是盲目的，这样的快乐不是我想要的，也不是你真正想要的。

我又知道了齐姜的故事。这是一个绝美的故事，我又一次被感动了。我问自己，若我遇到这样的事情，我会怎么办？我既不会对自己残酷，也不会对别人残酷。我的内心是坚强的，我能忍受一切，但却不会施展计谋。我也不愿意和自己所爱的人分离。我所做的，都是我不得不做的。我知道怎样依照礼仪来服侍夫君，却不知道怎样真正理解他。一个人真正想要的，也许不是他现在想要的，他藏在心里的东西，我怎能将它挖出来呢？

我在她们的面前感到了自己的卑微，我自以为的高贵在这些故事里消逝了，我竟然是站在山谷里的，而她们却站在了高山上。我抬头仰望着，她们的面容是美丽的，因为她们的面容被天上的白云所妆饰，她们的双眼又被夜晚的星辰赋予了光辉。我赞美她们的品德，知道这品德的可贵，因为我的心里是稀有的，她们所拥有的填充了我的低洼。若是没有她们，怎会有我现在的夫君？

我的夫君是由她们捏制的。她们把泥土捏成了一个国君。女人的手是柔软的，但它是多么灵巧。女人的手是光滑的，也将这泥巴捏得光滑。她们知道怎样将柔软的泥巴变为坚硬的陶器，她们既懂得用自己的手去塑造，也懂得使用火来烧制。因为她们的内心早已拥有了美好的形象，她们从一团泥巴中已经看出来了。所以我只是看见了我的夫君，却没有看见他应该有的样子。而她们不一样，她们不仅看见了他的现在，还看见了他的将来，并用自己的心来感受这样的将来，又用手来捏制这样的将来。所以，我感激她们，因为她们将夫君以完美的形象给了我。

古灵魂

卷三百四十一

胥臣

晋国已经稳定了，国君的宫殿的基座增添了石头，它已变得稳固。一切都值得庆贺。让人欣慰的是，好事情都在汇聚，就像无数河流汇聚于大海的洪波。我看见了波光潋滟的广袤和万物兴盛的炫艳。

国君从大河边迎回了自己的夫人文嬴，又找到了在蒲邑失散的儿子。狄国送来了曾服侍他的夫人季隗和两个儿子，齐国也派使者送来了他的另一个夫人齐姜。曾经四散的，又因国君的安定而聚拢。曾经离别的，又重新相聚。从前缠绕的困厄已经解除，从前拥有的快乐又一起聚集在周围。这是何等的快乐，失去的都重新获得，农夫撒在地里的种子，已经成了收割的谷子。他的身上已经是金光一片。

我也被这金光所笼罩，我的内心也充满了快乐，因为这金光不是他独享的，而是披满了我们这些曾历经艰辛跟从他的人们。我们见证了他的痛苦与欢乐，又见证了他的收获，还有什么比收获更让人满意呢？

国君的夫人们都齐聚一堂，她们各自诉说着自己的故事，将这破碎的故事拼合为完整的图形，就像一棵树上所有树枝上的叶片拼接为一棵大树。她们都是国君的一部分，是命运的天籁之声。国君的形象在她们的形象里。或者说，国君的形象乃是从她们的形象中提取出来的。她们每一个人都是感人的，她们是天意的结晶。

现在需要排列她们的座位，就像天上的星辰需要各自的位置，并在这位置上发出自己的光亮。她们不是争夺，而是礼让。她们的德行在这礼让中熠熠闪烁。齐姜说，季隗和文公结合在先，应该是元配，她应成为晋国的夫人。不论每一个人年龄的大小，而要依照时间的先后，不然这四季的轮回怎样确定每一年的秩序？

季隗说，不，不应该这样。当初文公在齐国的时候，齐姜对他照顾得最多，心思也最为细密，以至于他都不愿意离开齐国到别的地方去。若不是你将他用酒灌醉，他怎会离开齐国呢？又怎会有今天的大业？无论是你的德行，还是你的智慧和功劳，都应该由你来坐在夫人的座位上。这不是我的礼让，而是天神的安排。

文赢说，我是后来者，我既没有德行，也没有功业，你们所做的，我都做不到。无论是年龄还是先后顺序，我都应该排在最后。天上的星辰怎能与日月争辉？至于你们谁应该做晋国的夫人，我想应该由夫君来确定。在我看来，你们所做的一切，都配得上任何荣誉，我心甘情愿待在你们的下面，只有用心来服侍你们。

国君面对这样的情景，不知说什么了。他说，你们都是夫人，都是晋国的夫人，你们中的每一个人都有着山一般的高德和水一样的柔情。可为什么要排列座位呢？你们都应该坐在我的上方，没有你们又怎会有我的今天？我的今天都是你们给的，可是现在却让我给你们，

古灵魂

我能给你们什么呢？我的内心只有感激之情，除了这感激，我什么也做不了。

我说，这件事你必须去做，后宫的事情关乎国家的礼法，这必须由你来决定。夫人们都是贤淑的，她们互相礼让，已经说明了她们有着开阔的胸襟。国君想了很久，说，你们中的每一个人都应该是晋国夫人，但要说你们的座次，我真的难以确定。看来我还是要请教秦穆公。无论是我返国即位，还是我治国安邦和平息叛乱，他都给予我无限恩惠。我的最关键的选择，都是他帮助的，现在我又一次感到困惑，仍然需要他的帮助。他是我最佩服的人，也是我见到的最有仁德和智慧的君王，他一定能给我一个最好的答案。

国君是明智的，他若是自己做出选择，无论怎样都将出现偏差。他若将文嬴排在最后，秦穆公将会不高兴，因为国君所有的乃是秦国所给的。但若是让文嬴坐在前面，将有悖于自己的德行，也会让世人耻笑，自己也将成为失德的势利者。若要将这一难题推给秦穆公，他不论做出怎样的选择，都不会让每一个夫人感到他有着偏心。而国君又知道秦穆公的仁德，秦穆公怎么会将这座位给予自己的女儿呢？他要真是这么做，别人所耻笑的，不是国君，而是秦穆公。秦穆公是爱惜自己的名声的，他怎么会做让人耻笑的事情呢？

于是国君命赵衰修书一封，派使臣乘着快马前往秦国。不久使臣就回来了，他带回了秦穆公的决断。其结果和我所预料的一样，齐姜排在第一位，季隗第二，而文嬴排于末座。每一位夫人都十分满意，这使得她们各安其位。而国君又将欢立为太子，这样，因为文嬴已经将欢视为己出，所以她也获得了她想得到的，秦穆公也会欣然接受这样的结局。

有一次，我到晋国的各处巡察，路过冀野，看见郤芮的儿子郤缺在地里锄草，他的妻子将饭菜送到了地头。我看见夫妻相敬如宾，彼此恩爱，十分感动。于是我就坐下来和他攀谈起来。我说，你在这里耕播谋生，为什么不去找晋文公呢？也许他会任用你。他说，我的父亲是晋国的罪臣，他的一把火差点将晋文公置于死地，晋文公怎会原谅呢？我是罪臣之子，他若任用我，难道不害怕我谋反么？我想，我就这样种田，这样的日子也悠然自得，依靠自己的力气生活，不也很好么？

我从清晨起来就来到地里，看着我的谷子长势很好，我的心就是高兴的。晚上我除草归来，我的妻子在屋子里等待着我。在夜里我睡得踏实，甚至连梦都不会缠绕我，一觉醒来天色就亮了，我就开始又一天的生活。这样周而复始，日子一天天过去，我也会渐渐老去，一个人还对这世间有什么多余的要求呢？我觉得这样的日子就是我渴望过的日子，我为什么还要去做不可能的事情呢？

我说，晋文公是个贤明的君主，他和以往的国君不一样。也许你已经听说了，他任用了曾两次追杀他的寺人披，还任用曾在路上抛弃了他的头须，还让他为自己驾车，他就不怕他们谋反么？他相信这些曾给过他惊恐和痛苦的人，是因为他知道，这些人的罪不是来自他们自身，而是来自命令他们的国君，或者来自绝望中的愚蠢。现在国君已经是一国的主人，他的命令就是国君的命令，因而别人原先忠诚侍奉的，仍会对他忠诚侍奉。他已经是国君了，别人曾跟随他看不见的希望，已经是现实，就摆放在了曾经绝望者的眼前，他们怎么还会谋反呢？他们只会在原先的忠诚上再加上更多的忠诚。

国君都可以任用这样的仇人，怎么不会任用一个罪臣的儿子呢？你应该放下手中的锄头，现在就去找他。他说，我见了他该说什么呢？我从来没有想过这样的事情，现在也不想这样想。我已经习惯于只想我的庄稼了，我地里的庄稼已经占满了我的心。即使是在夜晚，我也能看见它们，因为它们是发光的，我能看见每一株谷子都在发光。它们不是映着天上的星辉，而是自己就散发着光芒。每当看见谷子，我的心就变得明亮。

我播种的时候，我的手上就粘上了谷子的香气，我回到家里，就将这香气带回到我妻子的身边，我们的呼吸就无比甘甜和顺畅。这样的香气也会带入睡眠，这睡眠也变得香甜。我不用像我的父亲那样，每天都胆战心惊地侍奉着君王，生怕自己有什么过失。君王死了，他又害怕自己的罪过，因为他已经看见多少人因这罪过而被杀掉。他的心里总是怀着惊恐，以致从来都没有一个完满的睡眠，总是有噩梦将他缠绕。

而我不用侍奉君王，我自己就是君王。我所拥有的就是我的田地和谷子。我不用它们侍奉我，相反我竭尽自己的力侍奉它们，然后它们将自己奉献给我。我对它们是忠诚的，它们也对我忠诚，我们之间毫无欺瞒。我在春天播种，在夏天除草，在秋天收获，然后在冬天里坐在自己的屋子里，守着自己满囤的粮食，烤着火打盹。这是多么好的日子，我为什么还要寻找别的日子呢？

我从谷子上看见了上天赋予的仁德，还从我自己的汗水里看见了忠诚和信义，因为我从不会背弃它们，它们就在夜里闪光，让我看见谷子里的心，也看见它里面住着的神。我每天所吃的，都是它们给我的，我的力气就越用越多，我的汗水也永远不会枯竭。我和它们说话，它们不是用空洞的语言，而是用真诚的风声和涌动的绿波来应答。我知道它们在说什么，因为它们所说的，就是我的心里所说的。何况，我还有一个美丽的妻子，她在我的身边守候，又把饭菜送到地头，我不用考虑什么时候会饥饿，也不会感到寂寞和忧愁。天地之间的大德不是在朝堂，而是在这无限的阔野，在这随风飘动的谷子的形象里。

我说，你虽然是郗芮的儿子，但他已经带走了他的罪，他的罪也不曾沾染到你的身上。他的东西归于他，你的还属于你。你能从谷子上看见德行，也能从自己身上看见德行。你不应该仅仅侍奉你的田地和谷子，一个人应该看见更大的地方，它超出了你所种的田地，你也许一眼望不到边际，可你的心里装着那还没有望见的。你的田地耕耘到地头，但人间的耕耘却是无限。你究竟是想在土地上耕耘，还是想在人间耕耘？在土地上耕耘，只有忠诚的汗水就已经足够，但在人间耕耘却需要智慧和仁义。

他说，无论是土地上的耕耘，还是人间的耕耘，它们有着相同的本义。你看吧，我已经锄掉了田间的杂草，只让嘉禾生长。剩下的就是等待，等待天上的雨水，等待谷子的成熟，等待我的收割。其间的理由是充足的，道理是质朴的，而真正的智慧不在人间的炫耀，而是在质朴和平淡中。天道既在人间也在谷禾里。我的智慧不是为了展露，而是为了隐藏，因为隐藏也是智慧，这样我就获得了双重的智慧，将智慧深藏在智慧里。

我笑着说，智慧乃是用德行包裹，智慧才有意义，所以智慧不是为了藏入智慧，而是为了藏于德行。而德行则要行于世间，而不是行于田地。行于田地的乃是有形的和有限的，行于世间的无形的仁德，才是无边的和不朽的。你的根须若在土地里，就会朽烂，若在人间就会在天意里永在。你还是放下自己的锄头，拿起无形的锄头吧。田地里的杂草易于锄尽，你难道不想除尽人间的杂草么？难道不想让人间的嘉禾旺盛么？

说完，我就转身而去。我登上了自己的车，骏马已经迈开了步伐。我的视线转向前面的道路。我回头看去，郤芮的儿子郤缺也转过身去，继续作务他田里的谷子。他挥动着锄头，将田垄里的杂草除去。他的背影在绿色的谷禾中，他的腿部已经被禾苗遮住，所以我看不清他的步履，却看见他好像在绿波上漂移，沿着他的田垄漂浮而去。

回来之后，我向国君谏言，郤缺是有德行的君子，你应该任用他，我们不能因他是罪臣的儿子而将他抛弃。我看见他在冀野的一块田里锄地，并和他相谈。他的妻子将饭菜送到了他的面前，他们彼此尊敬，这只有君子才能做到。我从他锄草的态度上看出他的忠诚和信义，也从他的谈吐中获知他的智慧。他的父亲是一个叛逆，但他已经得到了惩罚。他的儿子却是无辜的，我们为何不能任用他呢？

国君说，我既然能用寺人披和头须，怎么不能用一个罪臣的儿子？我相信你的话，也相信你的眼光。你看见的，必定是真实的。他既然能这样对待他的妻子和他的田地，就能够忠诚于我。若是他愿意，就让他继承他父亲的爵位，让他到更大的田地上挥动他的锄头吧。他有多重的锄头，我就给他多大的田地。只有拥有智慧的人才能看得见智慧，只有贤才才能看见良才，你既然看见了他，那么，你就让他来我的身边吧。

卷三百四十二

晋文公

胥臣向我推荐了郤芮的儿子郤缺，我想他所推荐的一定是一个良才。胥臣不仅是一个贤臣，还是一个目光敏锐的识人者。我相信他的话，就派他将这个人召来，让他继承他父亲的官爵。他的父亲郤芮是晋惠公夷吾的旧臣，曾一直跟随着夷吾逃亡他乡，是夷吾的近臣。我即位后，他竟然发起叛乱，密谋烧掉我的宫室，置我于死地。但是寺人披发觉了这个阴谋，及时告诉了我，使我免于灾祸。

晋国若要强盛，就必须任用贤能的人，不论他来自哪里，我都需要。我颁布了赦令，让曾经有罪的都归顺我，让那些有着不凡智慧的贤才都聚拢在我的身边。就像秦穆公那样，就像齐桓公那样，身边的贤能越多越好。每一个人都有不同的才智，只有将这众多的才智汇聚，才可以形成天上的星河，暗夜的天空才会变得明亮。也只有汇合众多的涌泉，才会有大河奔腾，才能将大船浮在水面。

我的夫人们也从各地来了，她们彼此尊敬，其乐融融。我的儿子们也来了，我已经不会感到孤单了。这让我不再担忧晋国的将来了。我已经将曾失散的儿子欢立为太子，这也是给他的补偿。但我却开始担心他如何能够获得教养。他需要一个师傅，以便让他知道该知道的一切，获得治理一个国家所需的知识和智慧。我若走在前面，后面必须有我的儿子跟得上我的脚步。这样我就不会觉得自己是一个孤独者。晋国需要一个人接着一个人，它的权柄需要一代代传递。

看来我还要请教我的师傅胥臣了。我问他，我想让阳处父来做欢的师傅，教会他如何做事，你觉得怎样？胥臣说，这就要看欢是一个怎样的人。一个弯不下腰身的残疾者，却硬要让他俯身屈背，这怎么能行呢？一个驼背的人却让他昂起头来行路，这怎么能行呢？矮小瘦弱的人却让他举起重物，个头小的人又让他攀到高处，哑巴却又让他开口说话，这怎么能行呢？耳聋者不能让他倾听别人的声音，愚蠢者不能让他运用智谋，这是一些简单的道理。你要为欢选用一个师傅，就要遵循这样的道理。

我说，我曾受教于你，却不知道你是怎样教我的，使我成为现在的我。每当我遇到难以抉择的事情时，总是能够想到你教我的知识。可是我仍然觉得学得不够，所以总是处于迷惑之中。但这迷惑仅仅是短暂的迷惑，我一旦请教别人，我就会豁然开朗。我想这都是你教我的结果。可是，欢需要什么样的师傅呢？

胥臣说，一个人的材质十分重要，就像造车选用材料一样，一些木头可以做车轮，但另一些就不行，一些木头可以做车轴，而别的木头就不行。因为它们都需要符合它们的用途的材料，这样，技术精湛的工匠才能将其打造为结实耐用的战车。若是他本质优良又获得贤良者的教诲，就可以期待他成为良才。若他的本质顽劣，不论谁去教育他，他又怎能听得进去？他又怎能变得良善和贤能呢？

古灵魂

——我听说周文王在出生前，他母亲的身体几乎没什么变化，她也没有意识到自己有了身孕，到了生产的时候，她也没有任何痛苦。因为文王不给母亲以任何忧痛，也不用更多的人为他操心，又不给他的师长带来任何烦扰，不会使他的父王生气和担忧。他对自己的两个弟弟虢仲和虢叔十分爱护，对自己的儿子也同样慈爱，与同宗的兄弟又很亲近。这一切从他出生的时候就开始了。他的本性在他母亲的胞胎里就已经造就，天神已经将他以后的事情做好了安排。

——《诗》上说，文王能为自己的夫人做出榜样，将仁爱推及自己的兄弟和周围的人，从而让家庭和国家都得到了良治。他的本性中就包含了仁德和厚善，所以能任用天下的贤能和忠良。他即位之后，遇到事情就咨询掌管八面山泽的八虞，还要仔细听取两个兄弟的想法，还要听取闳夭和南宫括的建议，还要询问四个太史，又有周文公、邵康公、毕公和荣公的辅佐，从而神灵安宁，民众安乐。他不仅有忠诚于他的四个好友，还有众多的好友襄助，所以没有不圆满的事情。

——《诗》上说，文王祭祀祖庙里的先人，连神灵也不会怨恨。这样看来，周文王能够获得功德圆满，并不是有高人教诲的结果，而是他本身就有这样的德行。无论是他的四个好友闳夭、散宜生、太颠和南宫括，还是众多辅佐者，之所以愿意忠诚与跟随，都是因为他本身的德行。若没有这样的德行，那么多贤良为什么会忠心不二？

我说，你的意思是，教诲本来是无用的？文采也是无用的？一个人生来的样子就是他以后的样子？胥臣回答，是啊，要文采做什么呢？文采是为了使得本性得以包裹，并让这本性变得更为美好。所以人要一开始就学习，就应该获得有益的教诲，不然他怎么会获得大道？他拥有好的本性，又获得好的教诲，他的道路就会开阔。

我又问，那么你先前所说的残疾者该怎么办？胥臣说，从某种意义上说，人是不可能完整的，人的天性不可能完美无缺，所以都有一眼可见的残疾或瑕疵，但更多的残疾不是在表面上，而是在他的内心里。每一个人都有他的长处，也有他不完备的地方。所以要因材施教，也要因材而用。这个世界上没有无用者，也没有什么都可以做的人。你要看他的特点，要发现他的优长，发现他能够做什么，这样才可以做一个卓越的君王。

——若是任用驼背者敲钟，他本来就适合俯下身子，就自然会做得很好。让弯不下腰的人佩戴玉磬，就能敲奏祭乐，因为他本身就是直胸，就不会因站立而感到劳累。侏儒就让他表演杂耍，这样他不仅能发挥自己的优势，也能给别人带来快乐。耳聋者就让他烧火，这不用他倾听，只要用眼睛来观看就可以了。愚蠢者、哑巴和矮小的人，若自己没有可利用的材质，就让他们到边远的地方去，让他们拓荒耕播，各有所得，自食其力。要实现教育的功用，就要以一个人的本性作为依据，将其引导到他本该走的道路上。

——每一个人的道路，都不是别人的道路，因为他的道路不在外面，而是在他的本性里。这就像一条河流一样，每一条河都有自己的源头，但都可以奔腾不息，都可以汇入大海。只要它的源泉不会干涸，只要它的河道不会阻塞，每一条河流都可以抵达目的地。没有无用的河流，只是它们的流向不一样，它们的道路不一样，却拥有同一个归宿。

我说，那我要用谁来教诲太子欢呢？他说，这个人必须是有德行的，若是缺少德行，就会将太子本身具有的德行也损毁。他必须是温和的和有耐心的，只有温和的教诲才会发挥作用，就像细雨可以滋润禾苗，而暴雨就会冲毁良田。他必须具有足够的耐心，若是缺少耐心，他就会为自己所做的感到厌烦，厌烦就会懒惰，懒惰就会放弃，放弃将导致半途而废，他即使有再好的教诲也不起作用了。就像农夫一样，他撒下了种子，却对锄草感到厌倦，以后的事情不愿意做了，那么他又怎能有好收成呢？

——这个人还必须是一个有文采的人，因为文采能够将一件事情说得更好，也更能够接近他所说的本意。若是缺少文采，他所说的话可能是好的，但因为没有文采的包裹，就不会引发受教者的兴致。没有兴致就不会认真倾听，没有认真倾听，就不会仔细领会，不会仔细领会，就不能将道理化入内心，那么这道理也不会被接受。即使看起来接受了，但却没有真正地接受。教育者所讲解的也就白费了。

——这个人还需要有智慧。缺少智慧的就是糊涂的，他不知道怎样开启别人，他不理解的，又怎么将自己的知识给别人？又怎能解开别人的迷惑？他的无智就会将别人本来具有的智慧也用灰尘蒙住。只有智慧能启发智慧，也只有智慧才能揭示智慧。若太子本来是有智慧的，这就要由智慧者来引出。就像发现了泉眼的人，他把泉眼上压着的石头搬开，泉水就会自然冒出来。若是没有发现者的眼睛，他到处搬开石头，却不知道泉眼隐藏在哪里，他所搬开的都是无用的石头，泉眼仍然压在别的石头下面。

我说，好吧，我就照着你说的寻找这个人吧。但是我还不知道这个人在哪里。胥臣说，我也不知道这个人在哪里，但我一旦见到他，我就知道他是不是那个人。不过我已经给你画出了那个人的样子，想必你已经心里有数了。珍珠是藏在蚌贝里的，美玉是藏在顽石里的，看见它，需要我们穿过它的遮盖，然后还要小心地将之分离出来。好的东西多藏在碎渣里，所以要小心对待它。寻找一个贤能者也是这样，你要能从众人中找见他，还要尊敬地将他请来，还要小心对待他。美好的事物都是易碎的，也易于丢失。

——不仅贤能者是这样，一个受教者也是这样，你要小心地对待受教者，不要让他受到伤害，以保持珍珠和美玉的完整。好的师傅就是要将受教者好的自有东西发掘，然后小心翼翼地和他心中的碎渣分离，让自己的珍宝凸显，让碎渣被抛弃。所以为太子寻找一个师傅并不容易，而那个人所要做的也不容易。

我说，是啊，我又何曾容易呢？人世间没有容易的事情。我是喜欢太子欢的，文嬴也喜欢他。但他的珠贝和美玉又藏在哪里呢？或者说，他的碎渣里是否真的藏着宝贵的东西？不过我需要尽到自己的职责，要给他寻找一个好师傅，一个好工匠，将他内心里美好的东西找到，不让它受损，并显明于世间。你已经给那个师傅画好了他的像，我仿佛已经看见了他的样子，我就照着这样子寻找吧。

栾枝

国君即位以来，晋国的国势逐渐稳定。国君赏赐了跟从自己的功臣，并起用前朝的旧臣，已经百官各司其职，民众归于一心。只有曾跟随他的介子推不愿接受封赏，隐居于山林了。介子推真是一个贤臣啊，他跟随国君流浪四方，从来没有后悔过。在国君饥饿难耐的时候，他竟然将自己腿上的肉割下来，和野菜一起煮为肉汤来侍奉国君。但国君封赏功臣的时候，他却默默离去。国君曾四处寻找，但介子推的心意已决，你怎么能找到他呢？

但一切都安稳的时候，一件事情发生了。周天子遭遇他的兄弟王子带讨伐，王子带联合狄人攻破王城洛邑，周襄王逃到了郑国。他差遣使者简师父大夫和左鄢父大夫前来求助。国君将我们召到朝堂，询问众臣该怎样因应。狐偃说，听说秦军已经陈师河边，随时准备前往征讨，他们已经从这突然的变乱中看见了机会。过去齐桓公能够称雄于诸侯，就是因为他对天子的尊顺。天子是天下的最高者，若能尊顺天子，就能够号召天下，国势也能兴盛顺畅。

他说，晋国几次变更君主，民众觉得这已经是习以为常的事情

—— 367 ——

了，因而也就忘记了君臣之间的秩序礼仪和忠君大义。现在我们若能够接受天子的请求，讨伐王子带并兴师问罪，不仅能够匡扶正义，还能让民众得到最好的教化，从而嘉厚风习，也使得晋国为将来雄霸中原做好预备。我们的先人仍在辉耀世间的功勋，就是在辅佐周王中获得的。当初镐京之乱，二王并立，晋文侯能够果断出兵勤王，护送周平王迁都洛邑，除掉不合礼法的携王，像周公匡扶周王室一样成为天下功臣，获得封赏和美誉。

——若是我们不去力助天子平定叛乱，压制狂澜，秦国就会去做这件事情，那么这卓越的功业就归于秦穆公了。因为秦军已经在河边等待，但是它慑于未知之患，尤其是和戎狄不能沟通，贸然深入可能酿为覆灭之灾。可以说，秦军在等待最好的时机。然而时机乃是天赋，它现在已经交予晋国了。我们万不可失去良机，这乃是扭转国运的抉择。

国君对太史郭偃说，狐偃说的有道理，但我仍然犹豫不决。这乃是胜败之间的抉择，一切福祸难料，你可使卜筮问神，看我们能不能勤王有成。郭偃取来卜具，摆放蓍草，虔诚地敬拜天神，在占卜中沉思不语。他的眉头紧锁，仿佛远方的风暴凝结于眉宇，他一袭玄衣，就像一个黑色的神灵端坐于朝堂。我看着他，就像看见了神灵在他的身上，散发着幽暗的光，只有他的目光从暗处射出，让微尘在飘荡中闪烁。大臣们在焦急等待，寂静笼罩了一切，然而每一个人的内心都在喧嚣。这喧嚣乃是寂静的喧嚣，这寂静也是喧嚣中的寂静，两者在交集中冲撞，卦象在天地互生中萌动。

一会儿，郭偃抬起头来，露出了他额头的皱纹。他说，这是大吉之卦，乃是黄帝战于阪泉的吉兆。国君说，我怎么能和黄帝相比呢？我担当不起这样的卦象。郭偃说，周王室虽然衰微了，但它仍然承载着天命。今天的天子就是古时的帝王，所以他必定将战胜王子带。叛乱仅仅是暂时乱象，但天下的大势仍然在按照自己的规则运行，不会因为短暂的骚乱而改变方向。就像乌云有时会涌到天的中央，但天风会扫开它，因为天下不能缺少太阳的光辉。

国君说，我来亲自卜筮，不知会出现什么结果？于是国君亲自问卦，得到了乾下离上的大有之卦，第三爻动变为兑下离上的睽卦。郭偃占断说，大有是一个吉卦，有着获得天子封赏的含义，只有在平息叛军中获胜，才可以得到天子的封赏，还有比这更好的吉兆么？乾代表着天，而离却是日的象征。日在中天而辉耀，乃是昭明的意象。乾卦变动为兑卦，兑又是泽的意象，泽在下而日在上，意味着天子的恩泽将降临晋国，这还需要犹豫不决么？

我说，狐偃所说的，乃是我们所想的。太史的占卜已经说出了天意，所以国君应该做出命令，让我们出兵前往攻打叛军吧。这是一个恰逢其时的好节令，我们不可违背上天给予的时机。既然卜筮已经给出这么多吉兆，那么我们就承接日的光辉和天的晴朗，接纳天子归朝，扫除天上的乌云，将晋国带入天神的恩泽中。虽然晋国刚刚经历了乱局，国力积蓄还不够厚实，但若能精心调度运转，借助天赐良机和暗藏的运势，就必定一举逆转颓势，为与楚国争夺中原累积厚势。重要的是，若可勤王成功，就能获得诸侯的信赖，提升晋国的威望，晋国又与周王室一脉相承，这样做乃是行天下大义，我们不去做这件事，就会失去道义。

狐偃说，启土安疆的大业将在一战之间决定。即使我们不能获胜，还可以退回晋国，那么我们将什么都不会损失。国君还有什么犹豫的呢？国君说，可是秦军已经屯兵河上，随时准备渡河，我们怎么和秦军交涉呢？狐偃说，秦穆公虽然地处边远，但他早有入主中原的雄心，我们在秦国的时候，他即兴吟诵，已经说明了他的胸襟和情怀。所以，他也不会放过这个机会的。他之所以在河边观望，是因为他对沿途的戎狄不了解，而戎狄的疆域又是必经之路，所以他才在河上犹疑不定。

国君说，既然秦军不敢贸然进兵，我们又有什么把握呢？狐偃说，我们可以向戎狄行贿，他们必然高兴，再借用天子的命令说明我们出兵的用意，必定能够得到他们的理解和帮助。另外我们还需要派遣使臣，前往秦国说明我们的大军已经出发，那么秦军就会撤退。国君说，要是秦军也趁机渡河呢？狐偃说，不会的，秦穆公是一个仁义之君，他与晋国又是睦邻，所以不会强渡以与晋国争夺功勋。

国君面露微笑，说，你们既然都认为是天赐良机，那么我们还有什么理由不去做呢？他很快就开始阅兵，让赵衰统率左军，魏犨作为副帅，让郤溱统率右军，颠颉作为副帅。他说，我和栾枝、狐偃在左右策应。去秦国交涉需要能言善辩的贤能之才，就让胥臣前往河上吧。凭藉胥臣的智慧，必定能够和秦穆公说明我的想法，以辞谢秦军。向戎狄行贿，就让狐射姑带上金帛重礼，以他的辞采必能说动戎狄，打通道路关节。

现在，国君已经下令，我将跟随国君出征。夏天就要过去了，但天气仍然是炎热的，田地里的谷子似乎透出了最终的金黄，但还被一

·古灵魂·

种淡绿掩盖着真相。我来到郊外的军营里，检验兵卒们和战车的准备情况，看见战车都排列齐整，士卒手执长戈在操练，我的心就怦怦直跳。我不知道这将是一场怎样的战役，但征战又要开始了。我们已经多少年没有出征了。晋国仅仅是沉醉于内部的杀戮，它的兽齿已经被嘴唇紧紧包裹，它下巴上的血痕也看不见了，现在却又要露出一个国家的利爪了。

我在草地上徜徉，然后转到了马厩前。我找到了自己的战马，过去抚摸它的鬃毛，抚摸它发亮的黑色皮毛，一股股温热从它的身上传递到了我的血液。我已经感到了热血沸腾。我对我的战马轻轻说，我们就要开始新的生活了，你不会永远等在这里，你不仅吃的是青草，你的青草也该用血来调制，你的眼睛不仅要看见你的主人，还要看见你的敌人。它打了个喷嚏，昂起头来长长嘶鸣，并竖起了双耳，似乎在倾听我所说的。

我将长戈立在一旁，清晰地看见日影越来越长了。日头正在西倾，它的辉煌将荒凉的军营辉照，我从战马的眼中看见了自己。我在它的眼中是微小的，那么小，那么淡淡的，我知道它看见了我的样子。它是这样的温顺，它不断地将嘴唇贴近我的脸，热气呵在我的脸上，带着微微的湿润。远方的山峦在起伏中，好像无数呼喊顺着它的脊梁在爬升，这个世界并不是静止的，群山也在移动之中。

卷三百四十四

胥臣

我已经看见大河宽广的滩涂了。据说这大河并不是固定在自己的河道上，而是不断在两边游荡。一条河流是活跃的，也是神奇的。我不知道这河流来自哪里，但我知道它的源头必定有大泉眼，无数的流水从地下冒出来，汇聚到了一起，来到我的面前。它将地上的事物分成两半，划出了人世间神秘的界限。

它也将泥沙和无数枯枝败叶以及无数死者的灵魂带入其中，席卷而去。它的一个个波涛乃是一个个坟墓的样子，它的看起来洁净的水花里含着腐烂的事物，就像人间的每一个人，身上堆累着坟墓和尸体，散发着恶臭。我们只是继承了这些尸体和坟墓里的东西，但我们又怎知道自己来自哪里呢？我们活着，只是死亡的延续，也是对死亡的渴求和等待。

所以生活的活力来自挣扎，来自等待中的抗拒，但又在这抗拒中表现自己的顺从和理解。大河不仅给我们某种外表的美感和震撼，给我们某种力量的启示，也给我们对自己的遐想。每当来到这熟悉又陌生的大河边，心里就生发出无限的感慨。我已经这样苍老，我所能做

古灵魂

的已经很少了。现在看见国君已经成熟，他能够采纳众臣的进谏，必定会有所作为。这一点，我已经看见了，也为此感到欣慰。

我接受国君的命令，前来觐见秦穆公。我要说服他，让他放弃自己渡河的打算，但是我将从哪里说起呢？人是被语言控制的，或者说，人是语言的奴隶，他带着语言的绳索，被语言所捆绑，然后在语言中失去了自己的真实，进入由语言所交织的茧壳里，从而失去了宝贵的自由。我就是来做这件事情的。我要让秦穆公抛弃自己的真实想法，退回到虚假的茧壳里去，这样，我的国君就可以实现自己的愿望了。

过了河就到秦国了。远远地我已经看见了秦军的旌幡，它飘动在大河的波涛之上，就像飘动于水面上。背后是起伏的群山，是无数葱茏的树木。一群水鸟从河边起飞，它们受到了谁的惊吓？还是要到另一个地方捕鱼？乌鸦从头顶飞过，几声惊恐的怪叫，被迅速淹没在波浪声中。这大河的声音里，混杂了多少我所不知道的声音啊。这些声音是汇合在一起的，就像人间的声音，说的都是同一个词，争夺，争夺，争夺……可是这争夺什么时候可以穷尽呢？无限的争夺，构成了万物繁茂的景象。

若是一个完全没有争夺的世界将会是怎样的？也许那将是一个死寂的世界，一个失去了生机的世界。但是人们是在争夺什么呢？他所争夺的最终不属于自己。可是他仍然为这不属于自己的东西而振奋，而感到必须这样做。所以，鲜血乃是为争夺而流淌的，大河也是为争夺而流淌的，水鸟是为争夺而飞，乌鸦乃是为了争夺而叫，野兽也是为了争夺而昼伏夜出，猎手为争夺而布设陷阱，农夫为争夺而耗尽汗水。

　　唉，我也是为这争夺而来。我将用自己的语言争夺我所要的，争夺国君所想要的。这既是虚幻的争夺，也是真实的争夺，我乃是与这大河的波浪一样，被其它波浪推着，向我的终点走去。我不知道自己还有多少日子，但我将在这所剩的日子里，仍然去争夺不属于自己的东西。我就是这些眼前的波浪，我涌起，然后跌落，我又一次涌起，然后又一次跌落……就在这无数次的起伏中，走向我从来没有见过的幽暗的、无边的深渊。在那里，边界消失了，深度消失了，光亮消失了，一切消失了，我不再存在。

　　我乘着渡船到对岸去。波浪击打着船，我像一截失去了根的枯木在这河上漂浮。从这一个个波浪上看见了船上的我，我的面容并不清晰，只是在昏黄的水面上的一个黑影。太阳的光斑在上面闪烁，船头从波浪之间穿过，将这水浪打碎，然后在船尾重合。我的心是慌乱的，我不知道能不能完成国君交付我的使命。

　　秦穆公的弱点就是他的所爱。一个人喜好什么，他就必定因这喜好而薄弱。他所爱的就是他的名誉，他的美德，他想信守的，就是可以被摧毁的。因为他的喜好，就会因这喜好而掩藏自己的真实，这时真实与虚假之间就会产生对撞，最终虚假将击败真实。所以我必须对准他的弱点射出我的箭镞。质朴的语言可以打动人，也易于被人理解，而华丽的词采则可以迷惑人，可以让人掉入陷阱。我要将这两者合为一体，既要打动他，又要迷惑他。这两者要混合在一起，就像于干土中放入适当的水，就会使它成为泥巴，然后就可以将之捏造为你所要的形状了。

古灵魂

由秦国的大臣引导，我在秦军的营帐里见到了秦穆公。他穿戴着铠甲，长戈就放在一旁。他是热情的，就像我跟随国君和他见面时一样。他微笑着说，你路途遥远，又跋山涉水来到我面前，一定有重要的事情要和我说。我说，是的，我将国君要说的话传给你，我所说的都是他的话，因为我只是一张嘴巴而已，我说的都不会走样。他说，我多想见到你的国君本人啊，他是一个心怀坦荡的君子，他所说的都充满了词采，我愿意倾听他的话。

我说，王子带作乱使得天子蒙尘，我的国君和君王你一样感到忧虑。你们所想的都是一样的。我的国君想着如何为你解忧，所以已经兴师代你讨伐强敌，晋军已经行军于半途。晋国虽然比秦国羸弱，但国君心意已决，士气旺盛，必定能够一举击败叛军。他不想让你远劳了，因为秦国对晋国的恩德太多了，这是报答秦国的一个良机，愿你把这个良机给晋国吧，我的国君让我前来向君王致谢。

秦穆公说，我只是想着晋国的国君刚刚扶立，大军还没有集结，就这样长途奔袭，恐怕有不可预知的艰难。但你的国君深明大义，志在解除天子的祸患，那么我就听候你们的捷音了。我说，君王是心怀美德的，我的国君知道你必定能够理解他的一片赤诚。

坐在一旁的蹇叔对秦穆公说，晋侯乃是想着独自施行大义，这样晋国就可以借此让诸侯信任和顺服。他可能是害怕君王分享他的功劳，所以才派遣使者前来说服，以便让秦军止步。百里奚接着说，若是我们乘势渡河，秦晋两国共同迎接天子，岂不是更好么？现在秦军已经陈兵河上，蓄势待发，一切都已经预备好了，怎么好退回去呢？

我的心里顿时变得紧张起来。显然蹇叔和百里奚已经看出了我的用意。我看着秦穆公，不知他的心里究竟在想什么。不过他已经说出了要退兵，即使是后悔也不会改变吧？说出来的话怎么会收回去呢？秦穆公平静地思考着，从他低垂的目光里可以看出他的烦恼。过了一会儿，他说，我并不是不知道勤王之事的重要，也不是不知道这乃是一件美事，但是对面的道路并不通畅，要是戎狄趁机阻塞，就可能遭遇不测之险。现在晋国国君建政不久，还缺少建功立业的机会，要是将这个机会礼让给晋国，就可以使它更加安定。所以，我的意思是不如将这个机会让给晋国，它更需要这个机会。我可以遣使公子絷跟随左鄢父，前往汜上问劳周襄王，这样我们也表明了迎候天子的愿望。

看来我奉命要做的，就已经成了。但却忽然有几丝悲凉袭来。我感到了自己的卑下，也感到了秦穆公的仁德之美。因为我乃是借用了自己的诡诈，也利用了别人的美德。我曾恐惧的和厌恶的，却成了我所做的。我在别人的美德中营筑了自己的诡计。我一下子对自己产生了某种憎恶之情，我的毛孔张开，内心感到了慌乱。我用手遮住了自己的眼，因为我害怕别人的目光洞察出我的慌乱。

我曾在从前教导国君，要用诡计来应对诡计，也要用美德来回报美德。但我现在所做的并不是我曾经所说的。我已经违背了自己。我让别人朝着自己所指的路行走，自己却朝向另一个方向。这样自己将智慧放在了诡计中，智慧就变得卑劣。因为这智慧不是为了成就自己，而是用它来毁弃美德。美德不是实用的计谋，而是超出了计谋的高度。它凌驾于计谋之上，并蔑视所有计谋。

我似乎完成了国君给我的使命，但却沦为一个卑下者。我似乎说服了秦穆公，但我从秦穆公的眼神里看出了他对我的怜悯。他知道这

古灵魂

个机会是重要的，他分明已经做好了准备要接受这个机会的，但他因自己高傲的美德，放弃了，并将之施与一个卑下者。我实际上是被击败了，被我的卑下所击败，但更是被秦穆公的道义所击败。他乃是用一个富有者的姿态，给予一个饥饿者以食物。

秦军就要班师回朝了，我也完成了我的使命，似乎一切都是顺利的，也许这意味着天意已经向晋国倾斜。若是狐偃的儿子狐射姑贿赂戎狄，可以开通东路，那么勤王功成指日可待。尽管这样，我仍然内心感到不安。归晋的路上，我的心里并不是明亮的，而是晦暗的。我回头看着河上的帆影，似乎感到已经远离了自己。万木葱茏的盛夏已经要过去了，我已经离开了闷热的河谷，来到了开阔的原野上。清爽的空气进入我的肺腑，整个大地显出了一片明光，天上飘着淡淡的几缕白云，但我的心已经从高高的天上，落到了地上，并在我的灵魂里投下了一些灰暗的斑点。

可是，我完成了国君交予我的使命，我本是应该高兴呢。车轮在我的身后留下了两道车辙，这是我来时的路上已经碾过的，现在我又一次在这车辙里，这是时光的重复。可是那重复的一切又在哪里呢？多少年前我曾越过大河，多少年后我又一次越过大河，可是我所越过的仅仅是一条河流？我曾跟随国君逃亡，在路上越过了多少河流啊。我仿佛是行进于波浪翻飞的大河的下面，我乃是从我的头顶一次次渡过。我抬起头来，看见的是我的身影在飞渡，而我自己却已经沉于河流底部的泥沙里了。

卷三百四十五

狐射姑

　　我来到戎狄之地，见到了戎狄之王，受到了高贵的礼遇。我将国君的话告诉他们，并献上了所带的重礼。他们既尊奉天子之命，又对晋国献上的厚礼十分感激，答应将让开道路，使晋军东行没有阻碍，还答应在沿途给予足够的帮助。我非常高兴，竟然一举完成国君给我的使命。在返回的路上，我在每一个岔路上都做了标志，好让我们的大军识别道路。

　　我和我的父亲跟从国君一直在奔逃的路上，直到国君返国即位。晋国安定了，我和父亲都得到了国君的封赏，现在到了我可以建功立业的时候了。我们当初跟随国君不就是为了能一展抱负么？这是多么好的时机啊，我感到兴奋，感到浑身充满了热血，好像我的身体在燃烧，我就像一团炽烈的火焰在空中飘动。我所乘的车好像不是行于平地，而是在飞翔。骏马的鬃毛在风中飞扬，它的无形的翅膀已经张开，我听见了一片亮光里的振翅之声。

　　从前的晋文侯不就是顺应时势，护送周平王迁都洛邑么？那时，申侯联合犬戎攻克镐京，杀死荒淫无度的周幽王和姬伯服，诸侯拥立

古灵魂

周平王即位，但旧臣虢石父又扶立周幽王的另一个儿子为周携王，竟然出现了二王并立的奇景。于是晋文侯与郑武公、秦襄公一起合力勤王，完成东迁之举，又诛杀了携王，获得了周王的赏赐。现在，又出现了王子带的叛乱，天子又处于险境，国君必定能利用这样的机会，获得天下诸侯的拥戴以及像晋文侯一样的天子赏赐，那么晋国将会重现昔日的荣光。

叛乱者王子带是周惠王的儿子，和周襄王是异母兄弟。王子带的母亲是周惠王最宠爱的惠后，因而周惠王在生前也最宠爱王子带，原想将他立为嗣君，但没想到周惠王去世了，一切化为泡影。因为周襄王从小就很畏惧王子带，所以在即位之后仍然心存惧怕。王子带也感到自己失去了王位，心里一直想把自己失去的夺取回来。于是，联合戎人攻克王城，烧掉了王城的东门。但这一次叛乱并没有得逞，因为周襄王率兵讨伐，王子带逃到了齐国。后来经过诸侯斡旋，王子带和周襄王讲和求安。

我听说王子带返回王城之后，就和王后隗氏私通，这一丑行败露之后，周襄王便废黜了隗氏。两人害怕被追究，就和大臣颓叔、桃子一起引戎人起兵叛乱，并将周兵击败。周襄王便离开了王城，出逃到了郑国的氾地，王子带就自立为周王。所以周襄王才派遣左鄢父前来晋国求助。唉，兄弟之间为了王位而相争，彼此成为仇敌，不断在生死之间游荡。想到这一切，我的身上就感到寒冷。

可是天子只能有一个，这就是不幸的根源。就是这样的一个简单的事实，天子和王子带都不能接受人的卑下，即使高高在上的天神也会感到无奈。这时另一扇我们不曾见到的门就会开启，在里面，高贵和邪恶失去了界线，它们混合在了一起，就像石头、沙子和污泥混合在一起一样，谁又能将它们分开呢？它只有等待冰冷的剑，将之从中间割开，可是那石头、沙子和污泥的混合却仍然是原来的样子。

若是天子也是人，也和我一样，似乎就可以得到理解。他也有着和我一样的愿望，一样的渴求。他想得到的乃是他能得到的，王子带也是一样，他觉得自己本应得到的被剥夺了，而又不甘于被剥夺，所以就要反叛，就要将那应该属于自己的重新夺取。可是周襄王获得天子的位置，也是夺取的结果。当初周惠王死后，王子姬郑秘不发丧，让人前往齐国求助，齐桓公召集诸侯会盟，拥戴姬郑成为天子，也就是周襄王。天子就这样成为天子。他不该有的，却归为己有。天子尚且可以夺取，还有什么不可以夺取呢？

天下的事情也许就是这样，没有什么是应该自己获取的，一切都是争夺的结果。它被谁得到，就属于谁，这就是天道么？就拿晋国来说吧，究竟谁应该成为国君？先君死后，本应让太子申生继位，可是先君和骊姬合谋害死了太子申生，那么接下来应该由公子重耳来继位，可是公子重耳却被追杀，我们跟随着他一路奔逃。一个个国君被杀掉，一个个国君昏庸无道，可是他们夺去了国君之位，他们就是晋国的主人。一个人成为什么，就是什么。谁又真正怀疑过这样的事情呢？

那么人世间的道理也许只有两个字：争夺。只要争夺到的，就是自己的？这也许是人世间互相厮杀的原因？你怎么知道哪一个争夺是正当的？我难道不是在参与别人的争夺么？可是在这别人的争夺中，我又怎么不是为了争夺我所要争夺的？只不过我的争夺乃是借助了别人的争夺，以在别人的争夺中获取我想要的。那么，我不就是一个趁机的打劫者么？

人们所崇尚的和人们所做的从来不是一回事。我们所说的，乃是说给别人听。我们所做的乃是为了自己。说给别人听的，乃是为了让别人照着我们所说的去做，而自己所做的却是为了抛弃自己所说的东西。所以我似乎已经不相信别人的话了，我只是看他怎样做。这样看来，一个人的眼睛比他的双耳更重要。因为你听到的也许会被迷惑，而你所看见的，却更加真实，也让你的心更加踏实。

天上的乌云在集聚，我已经感到一场激雨就要来了。我就在中途的一家农舍躲避。这个农舍里住着两个兄弟，一个种田，一个打猎。他们都有着健壮的身体，浑身都充满了力气。我就和兄弟两个谈起了晋国的事情。其中的一个说，晋国换了一个个国君，我们已经厌倦了谈论他们。他们总是不断杀戮，所有的国君都是嗜血的，即使是兄弟也毫不留情。他们所追求的就是死，一个人一旦死去，就什么都没有了，他们向往的就是这样的结局么？

我说，我只是一个大臣，他们所做的我不能理解，但我所做的却是我所想的。我只知道自己，不知道他们为什么这样做。不要想着去理解别人，做好自己的事情就足够了。因为理解别人是徒劳的，因为你不是别人，你又怎会知道别人为什么这样做呢？他说，就拿我种地来说吧，我需要理解我的土地，也需要了解我的种子，我要知道这土地适合种什么，也要知道我所种的种子是什么。我还要了解它们怎样生长，需要在什么节令播种和锄草。我还想知道什么时候要下雨，什么时候会天晴，这一切都和我所种的庄稼相关。我生活在晋国的土地上，我就想知道谁是国君，他要做什么。

他的弟弟说，是啊，我们虽然居住在山间，但却想知道天下的事情。我在山里打猎，要知道野兽什么时间出没，知道不同的野兽有着怎样的习性，要不然我怎能捕捉住它们？不过我们的生活是安逸的，不希望拥有血腥的日子。晋国都城里发生的，都有行路者给我们讲述。根据我们生活里的推测，差不多知道究竟发生了什么。我可没有把这样的事情作为闲谈，因为国君所做的都和我们相关。比如说，有一年发生战事，我们田地里的庄稼被战马和战车踏平，我们播种和锄草的辛劳，都沦为雨中的泡沫。

我说，一个国家不能没有国君，没有国君还会有国家么？不过，国君也有两种，一种是好国君，一种是坏国君，这两种国君给你们带来的可不一样。就说现在的国君吧，他就是一个好国君，我和我的父亲曾跟随他在外逃亡十几年，我亲眼看见他所做的一切事情。他是一个和善的人，一个有仁德的君子。他不论走到哪里，都会受到尊重和款待，就是那些大国的国君也是这样。他所说的，没有虚假，他承诺的，必定要兑现。他和你们一样，也喜欢安逸的生活，但他因为心中怀有志向，所以宁肯抛弃安逸，又在流浪中寻找机会。

——我为什么要跟随他受苦受累？就是因为他能够实现我梦想中的东西，我做不到的，他能做到。我们一直相信他，所以愿意在希望里接受一个个困厄。在希望中的一切都是美好的，最害怕的就是没有希望的生活，那是多么难熬啊。有一些时候，我们似乎失去了希望，每一天尽管是安逸的，但我们却看不见日子的尽头。现在他已经是晋国的国君了，我也得到了自己想要的，我能够发挥自己的才能，能做

古灵魂

更有意义的事情，我感到自己不是一个平庸的人，而是因国君而获得了自己的光芒。

那个种田人说，真的是这样么？那么我愿意跟着你走。我只是舍不得我的弟弟，他一个人太孤单了。我要是种地，尽管是安逸的，但我和你一样，也想着在希望里生活。我现在的日子，一天接着一天，从春天开始耕耘播种，到夏天锄草，然后秋天到来的时候就收割，而冬天则是漫长而寒冷的寂寞。我的前一天就可以看见后一天的样子，我的这一年也可以看见下一年的样子，白天和夜晚一个接着一个，每一天都没有什么变化。我经常想，我的希望在哪里呢？我也愿意抛弃安逸，跟着你去建立功勋，做一个男人应该做的事情。唉，要是我走了，我的弟弟就一个人了，他又怎么度过一个个日子呢？

他的弟弟说，我也愿意跟随你去，我也想去更大的地方来施展自己的才能。我每天出入山林，拿着弓箭和刀剑与野兽周旋，为什么不用我狩猎的技艺去做更多的事情呢？我本来是喜欢这生活的，因为我虽然是孤独的，但我面对孤独获得了自己。我熟悉野兽的声音，也知道如何从它们的足迹中寻找它们。我也熟悉山林里的每一条小路，这些小路不属于别人，只有野兽和我的足迹。我总是箭无虚发，每天都有收获。我不需要我兄长那样的耐心，每一天都有着希望。因为每一天的路都是不同的，每一天的收获也不一样。

——但是，我和我的兄长相依为命，我们在晚上相见的时候是快乐的。我给他讲述在山林里的各种遭遇，以及我所看见的各种奇特的野兽，它们的可爱和狡猾，以及它们的凶狠和敏捷。我本来觉得这样的日子很好，这样一天又一天有什么不满足？可既然我的兄长想跟随你闯荡天下，我又为什么不能放弃自己的生活？

我说，你们虽然有着安逸的生活，但却能怀疑自己。不能忍受怀疑的人就不能忍受生活本身。所有的生活都值得怀疑，尽管是看起来非常美好的生活也值得怀疑。因为美好本身就值得怀疑。没有怀疑就没有希望。怀疑的意义在于它使生活不会停止，只有处于怀疑中，才能使自己变得强大，变得不易于被平庸的生活吞噬。一直认为自己处于快乐中，就意味着承认自己是弱者。更多的时候，没有人认为自己是值得怀疑的，因为他从来不检视自己，也不愿意认真看自己所做的。你们开始怀疑自己了，说明你们在安逸的日子里并不是真正安逸的，这安逸里实际上包含着激情的压抑。种田是好的，我们每一个人都需要吃饭，需要滋养身形的食粮，但这还不够，因为我们来到人世间，还需要更多的东西。当你们看见自己的庄稼时，会产生喜悦，看见自己的收获时，也会产生喜悦，但这喜悦是有限的。一个人需要无穷的喜悦，这就需要更多的令人喜悦的源泉。

种田人说，从前我从没有怀疑自己，但我见到了你之后，听见了我内心的声音。我原以为自己已经拥有了一切，因为我每日都是忙碌的，我在这忙碌中获得了满足，忙碌填充了虚空。我的眼睛只看着我的庄稼，看着田地里的一切。我可以从田地里获得我要的东西。我的腹中是饱的，不用感受饥饿的折磨。我的弟弟在山林狩猎，我们可以享受肉食。

——我们兄弟可以在夜晚的星空下谈论天下所有的事情，所以我的心是开阔的，我以为自己在这谈论里已经拥有了天下。可是我从没有经历天下的其它事情。我所知道的事情，都是来自行路者，来自别

古灵魂

人，可是我自己却从没有经历过。所以我想，要是我能够经历更多的事情该有多好。那么多事情，无论它多么荒唐，多么愚蠢，乃是被人经历过的荒唐和愚蠢。若是什么都没有经历的智慧，又有什么用呢？

他的弟弟说，我不一定和我兄长的看法一样，但我愿意和我的兄长在一起。他要到哪里，我就到哪里去。因为我们从来没有分开过。我是一个狩猎者，我觉得自己即使没有出去和野兽打交道，也已经熟知它们，它们也知道我。它们见了我都会躲开，都会敏捷地奔逃。我听见它们的声音，就知道它们将做什么，在什么地方。这一切我已经习惯了。也许不习惯做别的事情，但我愿意和你们一起去。

——外面的世界是什么样子？我不知道。但我从山林里发生的，就可以推测人间发生的。人间的事情和山林里的事情有什么不同呢？人们所做的事情和野兽所做的事情有什么不同呢？只不过野兽比人少一些诡计，它们之间也争夺，但不会寻找争夺的理由。它们之间也说话，但它们所说的可能要简单。它们不想更多的事情，只想着自己的事情。人却不一样，除了想自己的事情，还要想别人的事情，更多的事情，其实很多事情和自己有什么关系呢？不过，我仍然愿意和你们一起去。因为我的兄长跟随你走了，我的世界就少了一半，而这样不完整的生活也不值得留恋。

我说，既然这样，你们就跟着我走吧。我看见你们是真诚的，也是朴素的，我愿意带着你们做另外的事情。不过这些事情都是天下的事情，它不是一个山林里的故事，也不是一块田地里的故事，它是国家的事情、天下的事情。你在这样的事情中，既有你自己，也有别人，所以你不是孤独的。比如这次国君就要征伐叛乱者了，天子的兄弟王子带叛乱，天子召唤我们，我们就要平息这叛乱，让天子归于本位。你想，我们怎能让一个人随意赶走天子呢？这不就违背了天意？我们所做的，乃是为了高高在上的天神，而不是为了自己。

种田人说，我不懂你讲的道理，但我知道，天子是天下的榜样，若是天子的兄弟作乱，让天下的人们怎么和睦相处？你的国君要去制止这样的乱象，就是让天下人都看见什么是应该做的，什么是不应该做的。人们需要一个榜样，需要从天子身上看见自己行事的规则。我愿意和你去做这件事，也想跟着你闯荡天下，见我从没见过的事情。我想换一种生活，也许这才是有意义的。

一阵暴雨扫过了大地，外面到处是积水。我要急着赶路，于是我在泥泞中乘车而去，我的后面跟着他们兄弟。他们身上披着雨披，踩着泥泞，健步而行。我曾跟随着父亲，父亲又跟随着国君，我们多少次在这样泥泞的路上行走。我一直是一个跟随者，现在我的背后也有了跟随者。我没想到，一场暴雨之后，天空仍然在云中，可我却有两个兄弟跟在我的后面。道路上的水洼一个接着一个，它不断照着我以及我的跟随者，我从中看见了我过去长长的日子，这些日子一直绵延到现在。

古灵魂